OFFICIALLY
DISCARDED

CLÁSICOS

Mark Twain, seudónimo de Samuel Langhorne Clemens, nació en Florida, Missouri, en 1835. Pasó su infancia y adolescencia en Hannibal, a orillas del río Mississippi. En 1861 viajó a Nevada como secretario personal de su hermano, que acababa de ser nombrado secretario del gobernador. Más tarde, en San Francisco, trabajó en el *Morning Call*. En 1866 realizó un viaje de seis meses por las islas Hawai y al año siguiente embarcó hacia Europa. Resultado de este último viaje fue uno de sus primeros éxitos editoriales, *The Innocents Abroad*, publicado en 1869. En 1876 publicó su segunda obra de gran éxito, *Las aventuras de Tom Sawyer*, y en 1885 la que los críticos consideran su mejor obra, *Las aventuras de Huckleberry Finn*. Murió en 1910 en Redding, Connecticut.

Las aventuras de Huckleberry Finn

Mark Twain

Prólogo de
Roberto Bolaño

Traducción de
J. A. de Larrinaga

🏠 **DeBOLS!LLO**

Título original: *Adventures of Huckleberry Finn*
Diseño de la portada: Departamento de diseño de Random House
    Mondadori/Nuria Zaragoza
Ilustración de la portada: *El Mississippi en tiempo de paz*, de Fanny Palmer
    (1812-1876). Litografía publicada por Currier and Ives, Nueva York,
    1865. Museo de la ciudad de Nueva York, 1865. © The Bridgeman Art
    Library

Primera edición en U.S.A.: noviembre de 2007

© 2006, Random House Mondadori, S. A.
    Travessera de Gràcia, 47-49. 08021 Barcelona
© 2006, José A. de Larrinaga, por la traducción. Traducción cedida por
    Editorial Planeta, S. A.
© 2006, Herederos de Roberto Bolaño, por el prólogo

Printed in Spain – Impreso en España

ISBN: 978-0-307-39184-1

Distributed by Random House, Inc.

BD 9 1 8 4 1

NUESTRO GUÍA EN EL DESFILADERO

Todos los novelistas americanos, incluidos los autores de lengua española, en algún momento de sus vidas consiguen vislumbrar dos libros recortados en el horizonte, que son dos caminos, dos estructuras y sobre todo dos argumentos. En ocasiones: dos destinos. Uno es *Moby Dick*, de Herman Melville, el otro es *Las aventuras de Huckleberry Finn*, de Mark Twain.

El primero es la llave de esos territorios que por convención o por comodidad llamamos los territorios del mal, allí donde el hombre se debate consigo mismo y con lo desconocido y generalmente acaba derrotado; el segundo es la llave de la aventura o de la felicidad, un territorio menos acotado, humilde e innumerable, donde el personaje o los personajes ponen en movimiento la cotidianidad, la echan a rodar, y los resultados son imprevisibles y, al mismo tiempo, reconocibles y cercanos.

Sabemos que no cualquiera puede ser Ismael y solo uno entre cincuenta millones el capitán Ahab. Lo sabemos y no nos inquieta, aunque si lo pensáramos bien debería inquietarnos. Pero delegamos. Huckleberry Finn, sin embargo, puede ser cualquiera, y eso, que nos lo debería hacer más entrañable si cabe, nos horroriza con esa clase de horror con que a veces recordamos algunos pasajes de nuestra adolescencia; una adolescencia, la de Huck y la nuestra, llena de fuerza, de curiosidad, llena de ignorancia y de empuje, cuando mentir no era una costumbre apenas censurada por algo que difícilmente se podría llamar moral, sino la mejor manera de sobrevivir, de una forma o de otra, en el Mississippi o en el río turbulento y portátil de nuestras vidas sin forma, es decir, de nuestras jóvenes vidas, cuando aún, a semejanza de Huck, éramos pobres y libres.

Todos los escritores americanos beben en esos dos pozos relampagueantes. Todos buscan en esas dos selvas su propio rostro perdido. El valor, la osadía, la felicidad del que nada tiene que perder o del que tiene mucho que perder pero al que su generosidad o su locura lo impelen a arriesgarlo todo, con una elegancia que nada tiene en común con la elegancia europea (es decir, con el punto de vista europeo o con la forma literaria europea): estos señores ya son completamente americanos; una imposibilidad, se mire como se mire, un acto voluntarista, una entelequia que ni Melville ni Twain construyen conscientemente (al menos no este último), pero que la caza de la ballena, con ese barco terrible lleno de seres variopintos, y el errabundaje aguas abajo del Mississippi ponen en pie de forma automática. He aquí a los padres fundadores. De Homero a Whitman y de Whitman a los sinsabores de un esclavo y a la locura de un capitán ballenero. Sin transición, sin método, a la manera del nuevo e indómito mundo.

¿Qué nos quiso decir Melville? Eso es un enigma que aún permanece oscuro porque Melville es un enigma y también un escritor de mayor calado que Twain. ¿Qué nos quiso decir Twain? Muchas cosas, todas razonablemente descodificadas: que la vida solo merece la pena ser vivida en la adolescencia, y que la adolescencia, el territorio de la inmadurez, puede prolongarse tan lejos como se prolongue la libertad del individuo. A simple vista parece poco para un padre fundador. No lo es si el discurso (que es el discurso de Thoreau y de Rousseau, que fue un padre nefasto) se apoya en el vigor y el humor. Y en estos terrenos a Mark Twain no hay quien le haga sombra; su vigor, que se apoya en el habla y los giros populares, es único; su sentido del humor negrísimo, también.

Nadie se salva cuando Twain coge la pluma, nadie se salva cuando Twain arroja a una vida vagabunda a su hijo Huck, río abajo por el Mississippi que tanto quiso, en busca de la libertad y de la libertad de Jim, un negro que busca escapar de la esclavitud. El viaje de estos dos camaradas de desgracias, que junto con la singladura de Ismael en el *Pequod* es la quintaesencia de todos los viajes, es un viaje de aprendizaje y de plenitud, pero también es un viaje absurdo, pues en lugar de navegar río arriba o coger la desembocadura del Ohio y dirigirse hacia los estados abolicionistas, navegan río abajo, directamente hacia el corazón de los estados esclavistas, y eso, que a cualquiera hubiera puesto al borde de la depresión o de un ataque de nervios, a Huck, que huye de su padre, y a Jim, que huye de la sociedad, apenas les disturba un poco sus vidas a bordo de la balsa donde vivirán aventuras y conocerán a personajes increíbles y naufragarán y volverán a salir a flote.

Sobrevivir. Esa es una de las magias que el lector encuentra en esta novela. Capacidad para sobrevivir. Leída con atención y leída por lo menos diez veces, hasta es posible que algo de esa magia se desprenda de sus páginas y comience a circular por la sangre del que lee.

La otra magia es la de la amistad. Cuando Huck, después de hacerle una broma a Jim, descubre con pesar que lo ha ofendido, o cuando ambos se dedican a recordar las cosas buenas que han dejado atrás —Jim: su familia; Huck: a Tom Sawyer y poco más—, o cuando más usualmente se dedican a haraganear en la balsa, durmiendo o pescando o realizando los trabajos que requiere mantener la balsa en buen estado, o cuando ambos pasan por momentos de peligro, lo que finalmente queda es una lección de amistad, una amistad que es también una lección de civilización de dos seres totalmente marginales, que se tienen el uno al otro y que se cuidan sin ternezas ni blanduras de ningún tipo, como se cuidan entre sí algunos fuera de la ley, es decir, más allá de los límites de la gente decente, pues *Las aventuras de Huckleberry Finn* no es una novela para gente decente sino más bien todo lo contrario. Y eso es curioso, ya que el éxito de esta novela entre la gente decente, que al fin y al cabo son los compradores y consumidores de novela, fue enorme; la novela se vendió (y se sigue vendiendo) en cantidades astronómicas (lo que dice mucho de las pulsiones secretas de la gente decente o de la clase media, esa clase media hacia la que todos nos encaminamos, como soñaba Borges); mientras se leyó poco, sin duda, en los círculos más frecuentados por Huck, es decir, entre los adolescentes hijos de padres alcohólicos y maltratadores, huidos de casa, o entre los estafadores y malhechores, o en el círculo de los negros, aunque según Chester Himes la suerte de *Las aventuras de Huckleberry Finn* en las bibliotecas de las cárceles de Estados Unidos no es mala.

Mientras escribo estas líneas leo en el periódico que hoy dan en la televisión una película llamada *De vuelta en Hannibal: el retorno de Tom Sawyer y Huckleberry Finn*. La trama es digna del desaforado deseo de felicidad americano, es decir, es digna de Walt Disney, que produce la película, y de la soledad de todos nosotros. La sinopsis que daba el periódico era la siguiente: con el paso de los años Tom Sawyer se ha convertido en un abogado y Huck en periodista, y ambos vuelven a Hannibal para ayudar a Jim, cuyo oficio no se nos revela pero que probablemente ya no es esclavo. Tal vez Jim se ha hecho curandero o tiene una pequeña granja. Tom Sawyer abogado, es posible. De hecho, es muy posible. Pero ¿Huck periodista? Eso ya es hilar demasiado fino.

¿Quién fue Mark Twain, que en la jerga de los pilotos del Mississippi significa dos brazas? Al principio fue Samuel Langhorne Clemens, su nombre real, y también Thomas Jefferson Snodgrass, un seudónimo de corta vida, y nació en Florida, Missouri, en 1835, aunque su infancia y adolescencia transcurrió en Hannibal, un poblado en los márgenes del Mississippi. Desde muy joven trabajó en una imprenta propiedad de su hermano Orion, de quien luego sería secretario particular en Nevada, donde Orion era a su vez secretario del gobernador, lo que nos pinta a Orion no solo como un hombre de empresa sino también como un tipo espabilado, es decir, como un político. Twain fue piloto fluvial en el Mississippi hasta el comienzo de la guerra civil y de esa época queda un libro que es deudor de la misma, pero que al mismo tiempo atraviesa todas las épocas, un libro raro, *Viejos tiempos en el Mississippi*, en cuyo primer párrafo podemos leer una declaración de principios digna de Tom Sawyer, aunque no de Huckleberry Finn: «Cuando yo era chico, no había entre nuestros camaradas del pueblo, situado en la orilla occidental del río Mississippi, más que una ambición permanente: la de ser marinos de un barco de vapor. Sentíamos ambiciones transitorias de distintas clases, pero solo fueron transitorias. La llegada y la marcha del circo nos dejó a todos con el deseo ardiente de ser payasos; el primer espectáculo de un grupo de negros cantores que vimos por nuestros andurriales nos dejó a todos ansiosos de imitar aquel tipo de vida; de cuando en cuando nos ganaba la esperanza de que, si vivíamos lo suficiente y éramos buenos, Dios nos permitiría ser piratas. Estas ambiciones se esfumaron cada una a su debido tiempo, pero la ambición de ser marino de un barco de vapor permanecía inalterable».

La ambición de ser marino se transformó en la pasión por el Mississippi y por los viajes: el oeste, primero en Nevada, con su sagaz hermano, hasta llegar a California, desde donde Twain embarcó hacia Hawai, un viaje singular para su época; aunque en realidad todos los viajes de Twain fueron singulares, incluso los que realizó por el interior de Nueva Inglaterra, ya flamante esposo de Olivia Langdon, una chica guapa y rica y que jamás lo entendió ni él hizo, por otra parte, el mínimo esfuerzo por entenderla, llegando a formar lo que en aquellos años se llamaba un matrimonio raro (o singular, como sus viajes) y que ahora se llamaría un matrimonio desastroso y encima tocado por la adversidad, una adversidad que cualquier otro escritor no hubiera podido soportar y que posiblemente Twain tampoco soportó. Otro, más sensible, se hubiera suicidado, pero Twain creía que el suicidio era una redundancia: su desprecio por el género humano creció como empalizada, como coraza; ya podía llegar a su vida todo lo malo, que él no se inmutaría pues lo esperaba y lo presentía y vivía como los gladiadores cuya divisa era *nec spes, nec metu* («sin miedo ni esperanza»).

Al escribir sobre una foto de Twain, Javier Marías dice: «En camisón o camisa, escribe metido en la cama, y en su caso hay que pensar que, a diferencia de Mallarmé o Dickens, ni siquiera finge, sino que en verdad está escribiendo, aplicado, alguna palabra, pues él no está para perder el tiempo. Es imposible que no supiera que lo estaban retratando, pero esa es la impresión que da, de no saber o de no importarle. La cama está en orden, no semeja la de un enfermo, pues las de estos están siempre hundidas y desarregladas, las almohadas planas. Al espectador, por eso, no le queda más remedio que preguntarse si acaso Mark Twain vivía en el lecho».

Al cariñoso comentario de Marías se le escapan algunos detalles significativos. Twain sí estaba enfermo. Su cabellera (uno no puede llamar pelo a esa mata) es exactamente la misma que en su juventud, con la única diferencia del color, lo que dice bastante de la imagen que Twain tenía de sí mismo. Y por último, las muñecas, esas enormes muñecas de leñador desproporcionadas para el tamaño de las manos, relativamente pequeñas, unas muñecas prodigiosas, como de dibujo animado. Los escritores escriben con las manos y con los ojos. Twain, viejo y enfermo, descreído de todo, incluso de su propia literatura, escribe con las muñecas y con los ojos, como si en estas se concentrara su fuerza de viajero permanente.

Pero esas no son las muñecas de Huckleberry Finn, son las de Tom Sawyer. Y esa es la primera desgracia de Mark Twain y también es nuestro goce y disfrute, hipócritas lectores, porque parece cierto que si Twain se hubiera convertido en Huck en algún momento de su azarosa vida, seguramente no habría escrito nada o casi nada, pues los niños y los hombres como Huck no escriben, ocupados, saciados por la vida sin más, una vida donde no se pescan ballenas sino bagres en el río que divide Estados Unidos en dos mitades: hacia el este el crepúsculo, la civilización, lo que desesperadamente intenta ser historia y ser historiado, y hacia el oeste la claridad de la ceguera y del mito, lo que está más allá de los libros y de la historia, aquello que interiormente más tememos. A un lado la tierra de Tom, que sentará la cabeza, que incluso puede que triunfe y que seguramente tendrá descendencia; al otro lado la tierra de Huck, el salvaje, el perezoso, el hijo de un alcohólico y maltratador, es decir, el huérfano integral, que nunca triunfará y que desaparecerá sin dejar huella, salvo en la memoria de los amigos, sus camaradas de desgracia, y en la memoria ardiente de Twain.

No, Mark Twain no sentía demasiado aprecio por los hombres. Hay una página en *Las aventuras de Huckleberry Finn* que merece ser escrita con letras de oro en los muros de todas las cantinas (y escuelas) del mundo. Esta página prefigura la mitad de la obra completa de Faulkner y la mitad de la obra completa de Hemingway, y sobre todo prefigura lo que ambos, Faulkner y Hemingway, quisieron ser. La página es sencilla. Narra un duelo y sus posteriores consecuencias. Comienza con un borracho cuya afición es insultar y amenazar a la gente. Una mañana el borracho va a desafiar al tendero del pueblo.

Boggs se acercó montado en su caballo al establecimiento más grande de la población y agachó la cabeza para poder asomarse por debajo del toldo. Bramó:

—¡Sal a la calle, Sherburn! ¡Sal de ahí y ven a hacer frente al hombre que has estafado! ¡Tú eres el perro a quien vengo a buscar, y voy a encontrarte además!

Siguió diciéndole a Sherburn todo lo que se le ocurrió y toda la calle se llenó de gente que escuchaba, reía y hacía comentarios. Por último, un hombre de altivo aspecto, de unos cincuenta y cinco años, y, con mucho, el hombre mejor vestido de la población, por añadidura, salió del establecimiento, y la multitud se apartó a los dos lados para dejarle pasar.

Se dirigió a Boggs, muy sereno y muy despacio, y dijo:

—Estoy harto de esto, pero lo toleraré hasta la una en punto. Hasta la una en punto, óyeme bien: ni un minuto más. Como abras la boca contra mí, aunque no sea más que una vez, después de esa hora, no podrás viajar tan lejos que yo no te encuentre.

Después Sherburn, de quien se nos ha dicho solo unas líneas antes que es coronel, el viejo coronel Sherburn, vuelve al establecimiento y Boggs sigue paseando a caballo por el pueblo insultándolo a grito pelado. La gente ya no se ríe. Cuando Boggs regresa a la tienda (donde ya no necesita agachar la cabeza para saber si Sherburn está en el interior) sigue con las injurias. Algunos intentan calmarlo. Le advierten que faltan quince minutos para la una. Pero Boggs no les hace caso. Antes ha visto a Huck Finn y le ha preguntado: «¿De dónde has venido tú, muchacho? ¿Estás listo para morir?». Huck no le contesta. Y ahora algunas personas intentan convencer al borracho para que se vaya a su casa, pero Boggs «tiró su sombrero en el barro, lo hizo pisotear por su caballo y, poco después, volvió a bajar la calle como un rayo, con los cabellos grises ondeando al viento», una descripción que sin dejar de ser sórdida, tal como la situación lo merece, alcanza al mismo tiempo una altura épica, porque Twain sabe que toda épica es sórdida, y que lo único que puede paliar algo la inmensa tristeza de toda épica es el humor. Y así calle arriba y calle abajo Boggs sigue insultando a Sherburn, sin que nadie consiga hacerle desmontar del caballo ni callar, hasta que a alguien se le ocurre pensar en su hija, la única capaz de convencerlo, y en busca de ella parten y luego Boggs desaparece durante unos minutos y cuando Huck lo vuelve a ver ya ha desmontado, va a pie, no camina con mucha seguridad, marcha más bien nervioso, y dos amigos lo llevan uno de cada brazo: «Boggs callaba y parecía inquieto. No se hacía el remolón, sino que él mismo se apresuraba bastante».

Entonces se oye una voz que grita el nombre de Boggs y todos se vuelven y allí está el coronel Sherburn, y Twain lo describe en medio de la calle, quieto, con una pistola levantada en la mano derecha, una pistola con la que no apunta a nadie sino al cielo, como un duelista clásico, y entonces por el otro extremo de la calle aparece la hija de Boggs; pero Boggs y sus acompañantes no la ven, se han dado la vuelta y lo único que ven es a Sherburn con la pistola levantada, una pistola cuyos dos gatillos están amartillados, es decir, una pistola de duelista, una pistola de dos balas, y los acompañantes de Boggs se echan a un lado y solo entonces la pistola de Sherburn baja y apunta al desventurado borracho y este alcanza a alzar ambas manos en un gesto más de súplica que de rendición y dice: «¡Oh, Dios! ¡No dispares!», y de inmediato, sin ninguna transición, se oye el balazo y Boggs se tambalea hacia atrás, como agarrándose al aire, y luego Sherburn dispara otra vez y Boggs «cayó al suelo de espaldas». A partir de este momento la escena es caótica, la hija de Boggs llora, la muchedumbre se agolpa alrededor del agonizante, Sherburn ha arrojado su pistola al suelo con aire descuidado y se ha ido, la gente traslada a Boggs a la farmacia, lo tienden en el suelo, le ponen una Biblia debajo de la cabeza y otra Biblia, abierta, sobre el pecho, y luego Boggs muere. Y cuando Boggs muere la gente empieza a hablar, a comentar el asesinato, a dar sus versiones, y al cabo de un rato alguien, una voz anónima entre la muchedumbre, dice que deberían linchar a Sherburn, y casi de inmediato todos están de acuerdo, todo el pueblo está de acuerdo, y todos se dirigen hacia la casa de Sherburn «como locos y gritando, arrancando todas las cuerdas de tender la ropa que encontraron al paso para ahorcar al coronel».

Y ahí acaba el capítulo XXI, donde el lector tiene la sensación de estar asistiendo a algo completamente real, no literario, es decir profundamente literario, uno de los mejores capítulos de *Las aventuras de Huckleberry Finn*, y a partir de ahí empieza el capítulo XXII, en cuyas primeras páginas Twain nos habla con lucidez sobre el valor y sobre la masa, como si hubiera leído el día anterior *Masa y poder*, de Canetti, y también nos habla sobre la soledad y sobre la dignidad más desesperada del mundo, y se traviste de capitán Ahab.

La escena es, en medio del caos de un linchamiento, escueta. La turba llega a la casa de Sherburn. Hay un pequeño jardín. La turba se instala, gritando («hacían tanto ruido, que uno no oía ni su propio pensamiento»), detrás de la cerca. Alguien grita: «¡Derribad la valla!». Hay un estruendo «de golpes y de madera astillada y la valla se fue abajo y la delantera de la muralla humana avanzó como una ola». Solo entonces aparece Sherburn. Está sobre el tejado del porche y lleva una escopeta de dos cañones y está inmóvil y perfectamente tranquilo, mirando a los que destrozan su valla, que al verlo allí en lo alto se quedan, a su vez, quietos. Durante un rato no pasa nada. La inmovilidad es perfecta. La turba multa abajo y el coronel Sherburn arriba, mirando. Al cabo Sherburn se ríe y suelta el extraordinario monólogo que comienza con las palabras: «¡La mera idea de que vosotros queráis linchar a alguien es divertida! ¡La idea de que pensáis que tenéis coraje suficiente para linchar a un hombre…!».

Sin duda Mark Twain no tenía en gran estima el valor de las personas. Conocía y podía distinguir a los cobardes allá donde los viera. No mejor opinión tenía de sus colegas escritores, en quienes apreciaba el aroma de la impostura. El coronel Sherburn, que es un hombre paciente, también es un asesino al que no le tiembla el pulso a la hora de matar a un borracho fanfarrón que incluso levanta las manos en el instante crucial de su muerte («¡Oh, Dios! ¡No dispares!»), como si todo hubiera sido una broma, una representación teatral que ha ido demasiado lejos. Sherburn adolece de cierta inflexibilidad que hoy consideraríamos políticamente incorrecta. Pero es un hombre y se comporta como tal, mientras los demás, los que pretenden lincharlo, se comportan como masa, o como actores. Como el infortunado Boggs, dispuesto a recitar su papel pero no a cumplir su palabra, el mismo Boggs que sin desmontar del caballo le ha preguntado a Huck: «¿De dónde has venido tú, muchacho? ¿Estás listo para morir?».

Twain siempre estuvo listo para morir. Solo así se entiende su humor.

ROBERTO BOLAÑO

LAS AVENTURAS
DE HUCKLEBERRY FINN

AVISO

Las personas que intenten encontrar un motivo
en esta narración, serán perseguidas.
Aquellas que intenten hallar una moraleja,
serán desterradas.
Y las que traten de encontrar un argumento,
serán fusiladas.

Por orden del autor,
el jefe de órdenes

I

DONDE APRENDO ACERCA DE MOISÉS Y LOS JUNCOS

No sabéis quién soy como no hayáis leído un libro titulado *Las aventuras de Tom Sawyer*, pero eso no importa. Ese libro lo hizo el señor Mark Twain, y en él dijo la verdad poco más o menos. Exageró algunas cosas; pero, en general, dijo la verdad. Eso no es nada. Jamás conocí a nadie que no mintiera alguna vez, como no sea tía Polly, o la viuda, o tal vez Mary. Tía Polly (es la tía Polly de Tom), y Mary, y la viuda Douglas, de todas habla el libro, que es un libro que dice la verdad en general, con algunas exageraciones, como ya he observado.

Bueno, pues el libro acaba así: Tom y yo encontramos el dinero que los ladrones habían escondido en la cueva, y fuimos ricos. A cada uno nos tocó seis mil dólares, todo en oro. Resultaba un gran montón de dinero. El juez Thatcher lo tomó y lo puso a interés, y nos produjo un dólar por barba cada día, todo el año —más de lo que uno sabía en qué gastarlo. La viuda Douglas me adoptó, diciendo que me civilizaría; pero era duro vivir en casa todo el tiempo, teniendo en cuenta el orden y cuidado que la viuda ponía en todas sus cosas; de modo que, cuando no pude aguantar más, me largué. Endosé de nuevo mis pingajos y el viejo sombrero, y volví a sentirme libre y satisfecho. Pero Tom Sawyer me salió al paso para decirme que iba a crear una cuadrilla de bandoleros y que yo podría formar parte de ella si volvía al lado de la viuda y era decente. Conque volví.

La viuda lloró y me llamó una pobrecita oveja descarriada, y soltó una gran retahíla de palabras, pero no lo hizo con mala intención. Me puso la ropa nueva otra vez y ya no pude hacer nada más que sudar la gota gorda y sentirme apretado por todas partes.

Bueno, pues entonces recomenzó todo lo de antes. La viuda tocaba una campanilla a la hora de cenar y había que acudir puntualmente. Cuando uno llegaba a la mesa, no podía ponerse a comer enseguida. Debía aguardar a que la viuda agachara la cabeza por encima del plato y se pusiera a gruñir un poco, aunque, en realidad, a la comida no le pasaba nada. Es decir, lo único que ocurría era que todas las cosas estaban guisadas aparte. Cuando se echan todas juntas en una caldera, es distinto. Entonces se mezclan, y el jugo de una se combina con el de otra y todo sabe mejor.

Después de cenar sacó un libro y me leyó lo de Moisés y los juncos y me entraron grandes ganas de saber cuanto podía saberse de él. Pero, luego, se le escapó que Moisés había muerto hacía tiempo; por eso ya no me interesó, porque los muertos me importan un comino.

Poco después quise fumar y le pedí a la viuda que me dejara. Pero ella no quiso. Dijo que era una costumbre ordinaria, y que no era limpia, y que debía intentar desacostumbrarme.

Hay gente así. Critican una cosa cuando no saben ni jota de la misma. Ahí estaba, preocupándose por Moisés, del que ni siquiera era pariente y que para nada había de aprovechar al prójimo puesto que estaba muerto, y, sin embargo, me sacaba los trapitos al sol por hacer una cosa que tenía algo de bueno. Además, ella tomaba rapé. Claro que eso estaba bien hecho, puesto que lo hacía ella.

Su hermana, la señorita Watson, una solterona con antiparras y delgada como un espárrago, que acababa de meterse a vivir en su casa, cargó a su vez contra mí con un catón. Me hizo sudar durante una hora y luego la viuda la obligó a aflojar. Yo no hubiera podido aguantarlo mucho más. Después vino una hora de mortal aburrimiento y me puse nervioso.

La señorita Watson decía: «No pongas los pies ahí arriba, Huckleberry» y «No te encojas así, Huckleberry: siéntate derecho». Y, al poco rato, decía: «No bosteces ni te despereces así, Huckleberry. ¿Por qué no procuras tener modales?».

Después me habló del infierno y yo le dije que ojalá me hallara en él. Entonces se puso furiosa, pero yo no lo había dicho con mala intención. Yo solo quería ir a alguna parte; lo único que ambicionaba era un cambio; lo demás me tenía sin cuidado.

Me dijo que era pecado decir lo que yo había dicho; que ella no lo diría por nada del mundo; ella viviría de manera que pudiese ir al cielo. No vi yo la menor ventaja en ir al mismo sitio que ella, conque decidí no intentarlo. Pero me lo callé, pues solo habría armado el gran cisco, sin ninguna ventaja con ello y nada hubiera adelantado.

Puesto que había empezado, continuó contándome todo lo del cielo. Dijo que lo único que hay que hacer allí es pasearse todo el día con un arpa y cantar eternamente. Lo que no me pareció divertido. Pero no lo dije. Le pregunté si creía que Tom Sawyer iría allí y ella dijo que no había el menor peligro. Me alegró saberlo, pues quería que Tom y yo estuviésemos juntos.

La señorita Watson no hacía más que meterse conmigo y me cansé y me sentí muy solo. Más tarde hicieron entrar a los negros y rezaron, y luego se fueron todos a la cama. Subí a mi cuarto con un cabo de vela y lo puse encima de la mesa. Después me senté en una silla al lado de la ventana y traté de pensar en algo alegre, pero fue inútil. Me sentía tan solo que casi me daban ganas de estar muerto. Brillaban las estrellas y las hojas murmuraban en el bosque melancólicamente; y a lo lejos, oí ulular a un búho por alguien que había muerto, y a un chotacabras y un perro, que aullaban por alguien que iba a morir; y el viento intentaba susurrarme algo, y yo no lo entendía, por eso se me ponía la carne de gallina.

Luego, en el lejano bosque, oí el rumor que produce un alma en pena cuando quiere decir algo que le preocupa y no consigue hacerse entender, y es por eso por lo que no puede descansar tranquilamente en su tumba y tiene que vagar así todas las noches quejándose. Perdí el ánimo y me asusté tanto que hubiera querido tener compañía.

Al poco rato me sacudí una araña que me corría por el hombro y fue a caer encima de la vela y, antes de que pudiera moverse, se quemó toda. No necesitaba que nadie me recordase que eso era muy mala señal y que había de traerme mala suerte, conque me asusté y por poco me quedo desnudo de tanto temblar.

Me levanté, y di tres vueltas mientras me hacía una cruz en el pecho cada vez. Después me até un mechón de pelos con un hilo para ahuyentar a las brujas. Pero aquello no me inspiraba confianza. Se hace eso cuando se ha perdido una herradura, que uno ha encontrado, en lugar de clavarla por encima de la puerta; pero nunca oí decir que fuese una manera de alejar la mala suerte cuando uno ha matado a una araña.

Me senté de nuevo, temblándome todo el cuerpo, y saqué la pipa para fumar, pues la casa estaba ya tan silenciosa como la muerte, de modo que la viuda no se enteraría.

Bueno, pues, al cabo de un buen rato, oí el reloj de la población hacer «¡nang!, ¡nang!, ¡nang!», doce veces, y todo volvió a quedar callado, más callado que nunca. Pero después oí el chasquido de una rama en la oscuridad; entre los árboles, algo se movía. Me quedé quieto y escuché.

Enseguida oí, a duras penas, «¡miau!, ¡miau!», allá abajo. ¡Muy bien! Yo dije: «¡miau!, ¡miau!», tan quedo como pude y, prestamente, apagué la luz y salté por la ventana al cobertizo. Después me descolgué al suelo y me arrastré por entre los árboles y, en efecto, allí estaba Tom Sawyer esperándome.

II

EL TORVO JURAMENTO DE NUESTRA BANDA

Caminamos de puntillas por un sendero entre los árboles, volviendo hacia el extremo del jardín de la viuda y agachándonos para que las ramas no nos dieran en la cabeza. Cuando pasábamos junto a la cocina, tropecé con una raíz e hice ruido. Nos arrojamos al suelo y nos quedamos quietos.

Jim, el negrazo de la señorita Watson, estaba sentado a la puerta de la cocina; le divisamos bastante bien porque había luz detrás de él. Se levantó y alargó el cuello un momento, escuchando. Después dijo:

—¿Quién va?

Se quedó escuchando. Luego empezó a andar de puntillas y se quedó plantado entre los dos. Casi hubiéramos podido tocarle. Sin duda pasarían minutos y minutos sin que hubiese un sonido. Y nosotros allí, todos juntos. Empezó a picarme el tobillo, pero no osaba rascármelo. Y luego empezaron a picarme las orejas, y después la espalda, entre los hombros. Parecía que había de morirme si no me rascaba. Bueno, pues desde entonces he notado lo mismo muchas veces. Si uno está entre gente de postín, o en un entierro, o intentando dormir cuando no se tiene sueño, si uno se encuentra en cualquier sitio donde no debe rascarse, le pica el cuerpo en más de mil sitios diferentes. Al poco rato Jim volvió a gritar:

—¡Eh!... ¿quién es? ¿Dónde está? Que me ahorquen si no oí algo. Bueno, pues ya sé lo que voy a hacer: me sentaré quieto aquí hasta que vuelva a oírlo.

Y se sentó en el suelo entre Tom y yo. Se apoyó de espaldas a un árbol y estiró las piernas hasta que una de ellas casi tocó una de las mías. Empezó a picarme la nariz. Me picó hasta hacerme llorar. Pero no me atrevía a rascarme. Después empezó a picarme por dentro. Luego sentí que me picaba por debajo. No sabía cuánto tiempo podría estarme quieto. Esta sensación duró seis o siete minutos, pero parecían muchos más. Ya me picaba en once sitios distintos. Calculé que mi capacidad de resistencia tocaba a su fin, pero apreté los dientes y me preparé a probar. En aquel momento, Jim empezó a respirar trabajosamente; luego se puso a roncar, y entonces ya no tardé en sentirme cómodo otra vez.

Tom me hizo una seña —una especie de ruido con la boca— y nos alejamos a rastras. Cuando nos hubimos apartado unos tres metros, Tom me habló en un susurro. Quería atar a Jim al árbol para divertirse, pero yo me opuse. Podría despertarse y armar una trifulca, y entonces descubrirían que yo no estaba en casa.

Tom dijo después que no tenía bastantes velas y que se colaría en la cocina a buscar más. Yo no quería que lo intentase. Dije que Jim podría despertarse y descubrirnos. Pero Tom se obstinó en correr el riesgo. Así pues, nos metimos en la cocina y cogimos tres velas, y Tom dejó cinco centavos sobre la mesa para pagarlas.

Salimos y yo estaba deseando irme, pero Tom no quiso irse sin arrastrarse hasta donde estaba Jim y hacer algo. Aguardé y pareció que pasaba mucho tiempo, por lo callado y solitario que estaba todo.

En cuanto volvió Tom, seguimos por el sendero, dimos la vuelta a la valla del jardín y, más tarde, nos detuvimos en la cima de una colina muy empinada que había al otro lado de la casa.

Tom dijo que le había quitado el sombrero a Jim, colgándolo de una rama por encima de su cabeza, y que Jim se había movido un poco, pero sin llegar a despertarse.

Jim explicó luego que le habían embrujado, que las brujas le habían dormido, le habían llevado por toda la comarca y que, después, volvieron a dejarle a la sombra de los árboles, colgándole el sombrero de una rama para que supiera quién lo había hecho.

Cuando Jim contó la historia por segunda vez, dijo que le habían llevado hasta Nueva Orleans. Y después de eso, cada vez que la contaba fue prolongando el viaje hasta que, con el tiempo, acabó por decir que le habían paseado por todo el mundo, medio matándole de cansancio, y que tenía la espalda llena de mataduras de la silla de montar que le habían puesto.

Eso le tenía muy orgulloso y acabó por no querer fijarse casi en los demás negros. De algunas millas a la redonda, acudió mucha gente de color para oír contar la historia de Jim, que llegó a ser el más considerado de los negros de la comarca. Los negros forasteros se le quedaban mirando de pies a cabeza boquiabiertos, como si fuese una maravilla.

Los negros se pasan la vida charlando de brujas a oscuras, junto al fuego de la cocina; pero, cada vez que uno tomaba la palabra, haciendo suponer que sabía todo lo que había que saber de esas cosas, Jim aparecía para decirle: «¡Hum! ¿Y qué sabes tú de brujas?», y el negro tenía que callarse y retirarse a segundo término.

Jim llevaba siempre una moneda agujereada de cinco centavos colgada al cuello con un cordel y contaba que era un amuleto que le había dado el demonio con su propia mano, diciéndole que con él podía curar a cualquiera y llamar a las brujas cuando quisiese con solo decirle unas palabras a la moneda; pero nunca quiso decir qué palabras eran esas.

De todos los alrededores venían negros y le daban a Jim lo que llevaban, solo por ver la moneda de cinco centavos; pero no querían tocarla, porque había estado en manos del demonio. Jim quedó casi inservible como criado por lo engreído que se puso por haber visto al demonio y haber sido cabalgado por brujas.

Bueno, pues cuando Tom y yo llegamos a la cumbre de la colina, miramos hacia el pueblo y vimos tres o cuatro luces parpadear donde tal vez había gente enferma. Las estrellas brillaban muy hermosas por encima de nuestras cabezas. Y abajo, junto al pueblo, estaba el río, de una milla completa de ancho y la mar de quieto y grandioso.

Bajamos de la colina y encontramos a Joe Harper y Ben Rogers y dos o tres más de la pandilla escondidos en la vieja tenería. Conque desamarramos un esquife y remamos río abajo dos millas y media, hasta el enorme rasguño de la falda de la colina, y desembarcamos.

Nos acercamos a unos matorrales y Tom obligó a todos a que jurásemos guardar el secreto y luego les enseñó un agujero en la colina donde era mayor la espesura de la maleza.

Encendimos las velas y entramos a gatas. Así continuamos un buen trecho, y entonces la caverna se ensanchó. Tom rebuscó entre las galerías y no tardó en meterse por debajo de una pared, donde uno no hubiera advertido que había un agujero.

Pasamos por un sitio estrecho y entramos en una especie de cuarto, húmedo y frío, y allí nos paramos. Tom dijo:

—Ahora crearemos la cuadrilla de bandoleros y la llamaremos la Cuadrilla de Tom Sawyer. Todo el que quiera ser de ella ha de prestar juramento y escribir su nombre con sangre.

Todos se mostraron conformes. Por ello Tom sacó una hoja de papel, en la que estaba escrito el juramento, y la leyó. Los que firmaban juraban no abandonar la cuadrilla y no revelar nunca ninguno de sus secretos. Y si alguno le hacía algo a algún muchacho de la cuadrilla, el niño a quien se le mandara dar muerte a esa persona y a su familia, tenía que hacerlo. Y no debía comer, ni debía dormir, hasta haberlos matado y rajado su pecho con una cruz, que era la señal de la banda.

Y nadie que no fuera de la cuadrilla podía usar esa señal, y si lo hacía debía ser juzgado. Y si lo hacía otra vez, había que matarle. Y si alguno de la cuadrilla soplaba los secretos, se le cortaría el cuello y luego se le quemaría su cuerpo y se desparramarían sus cenizas por los alrededores y su nombre sería borrado de la lista con sangre, y la cuadrilla no volvería a pronunciarlo jamás, sino que se le echaría una maldición y se le olvidaría para siempre.

Todos dijeron que era un juramento realmente estupendo y le preguntaron a Tom si se lo había sacado de la cabeza. Él dijo que en parte sí, pero que el resto lo sacó de libros de piratas y de bandoleros y que lo tenían todas las cuadrillas de postín.

Algunos pensaron que sería bueno matar a las familias de los niños que revelaran los secretos. Tom dijo que era una buena idea, conque tomó un lápiz y así lo hizo constar en el documento. Luego Ben Rogers dijo:

—Aquí está Huck Finn. No tiene familia. ¿Qué haréis de él?

—Oye, ¿no tiene padre? —contestó Tom.

—Sí, tiene padre; pero hoy día no hay quien le encuentre. Tiene la costumbre de tenderse entre los cerdos, borracho, en la tenería; pero no se le ha visto por los alrededores desde hace un año o más.

Lo discutieron y tenían intención de rechazarme, pues decían que todos habían de tener familia o alguien a quien poder matar, porque si no, no sería justo y equitativo para los demás. Bueno, pues nadie sabía qué hacer; todos se dieron por vencidos y se quedaron sentados, quietos. Yo estaba a punto de llorar; pero, de pronto, se me ocurrió una idea y les ofrecí la señorita Watson; podían matarla a ella. Todo el mundo dijo:

—Esa vale, esa vale. Está bien. Huck puede entrar en la cuadrilla.

Luego todos se clavaron un alfiler en el dedo para tener sangre con que firmar y yo puse mi señal en el papel.

—Ahora —preguntó Ben Rogers—, ¿a qué se dedicará la cuadrilla?

—A robar y asesinar, simplemente —contestó Tom.

—Pero ¿a quién vamos a robar? Casas… ganado… o…

—¡Cuernos! El robar ganado y cosas por el estilo no es robar, es una ratería —dijo Tom Sawyer—. Nosotros no somos rateros. Esas no son nuestras maneras. Somos salteadores de caminos. Paramos, enmascarados, a diligencias y coches en la carretera, y matamos a la gente y le quitamos el dinero.

—¿Siempre hemos de matar a la gente?

—Pues claro. Es mejor. Algunas autoridades piensan de otro modo; pero, generalmente, se considera mejor matarla. Menos unos cuantos, a los que se trae a esta cueva donde se les retiene hasta que los rescaten.

—¿Rescatar? ¿Qué es eso?

—No lo sé. Pero es lo que hacen. Lo vi en los libros. Y eso es lo que tenemos que hacer.

—Pero ¿cómo podemos hacerlo si no sabemos qué es?

—¡Recanastos, tenemos que hacerlo! ¿No os digo que está en los libros? ¿Queréis obrar diferentemente a lo que hay en los libros y embrollarlo todo?

—¡Oh!, eso se dice muy bien, Tom Sawyer; pero ¿cómo diablos se rescatará a la gente si no sabemos cómo se hace? Ahí es donde yo quiero ir a parar. ¿Qué crees tú que es?

—Pues no lo sé. Pero quizá, si nos quedamos con ellos hasta ser rescatados, quiere decir que nos los quedamos hasta que estén muertos.

—Ah, eso ya es otra cosa. Vale. ¿Por qué no lo decías antes? Nos quedaremos con ellos hasta que la diñen de rescate... y valiente engorro van a ser, zampándoselo todo y queriendo escapar siempre.

—¡Cuánto hablas, Ben Rogers! ¿Cómo pueden escaparse cuando los vigila un centinela dispuesto a pegarles un tiro a la que muevan un dedo?

—Un centinela. Esto sí que está bueno. ¿Conque alguien ha de pasarse la noche en vela y sin dormir, solo para vigilarles? Me parece una estupidez. ¿Por qué no puede uno coger una maza y rescatarlos así que entren aquí?

—Porque eso no está en los libros, por eso. Escucha, Ben Rogers, ¿quieres hacer las cosas como es debido, o no? Eso es lo interesante. ¿No te parece que la gente que ha hecho los libros sabe cómo han de hacerse las cosas? ¿Crees que tú puedes enseñarles algo? No, señor, lo que haremos será rescatarles de la forma normal.

—Bueno. Me da igual. Pero digo que es una estupidez de todas formas. Oye… ¿también mataremos a las mujeres?

—Mira, Ben Rogers, si yo fuese tan ignorante como tú, procuraría que nadie se enterase. ¿Matar a las mujeres? No… nadie ha visto semejante cosa en los libros. Se las trae a la caverna y se las trata siempre con cortesía. Y, con el tiempo, acaban por enamorarse de uno y no quieren volver a su casa.

—Bueno, pues si es así, estoy de acuerdo; pero no me convence. Dentro de poco tendremos la cueva tan atiborrada de mujeres y de hombres que esperan ser rescatados que no habrá sitio para los bandidos. Pero tú sigue adelante, yo no tengo nada que decir.

El pequeño Tommy Barnes se había dormido, y cuando le despertaron se asustó y lloró, y dijo que quería volver a casa con su mamá, y que ya tenía bastante de ser bandolero.

Todos se burlaron de él y le llamaron nene llorón, y esto le llenó de rabia, y dijo que se iría derecho a contar nuestros secretos. Tom le dio cinco centavos para que se callara y dijo que todos nos fuéramos a casa y que nos reuniríamos a la semana siguiente y robaríamos a alguien y mataríamos a algunos.

Ben Rogers dijo que no podía salir mucho, solo los domingos, por ello quería empezar el domingo siguiente. Pero todos los niños dijeron que sería un pecado hacerlo en domingo y el asunto se dio por terminado. Acordaron reunirse y fijar un día tan pronto como pudieran, y luego nombramos a Tom Sawyer primer capitán y a Joe Harper segundo capitán de la cuadrilla y nos marchamos para casa.

Yo me encaramé al cobertizo y me metí por mi ventana cuando empezaba a clarear el día. Tenía toda la ropa llena de grasa y de arcilla y estaba reventado de cansancio.

III

EMBOSCAMOS A LOS ÁRBOLES

Bueno, pues la señorita Watson me dio un buen repaso por la mañana por culpa de la ropa. Pero la viuda no me riñó. Se limitó a limpiar la grasa y la arcilla con cara tan apenada que decidí portarme bien una temporada, si podía. Después, la señorita Watson me metió en el retrete y rezó; pero poco ganó con ello. Me dijo que rezara todos los días y que conseguiría todo lo que pidiera.

Pero no fue así. Lo probé. Una vez logré un sedal de pescar, pero no anzuelos. Y sin anzuelos para poco me servía. Probé suerte tres o cuatro veces, a ver si conseguía los anzuelos; pero no pude hacerlo funcionar, no sé por qué. Por fin, le pedí un día a la señorita Watson que probara por mí; pero ella me dijo que era un imbécil. Nunca me dijo por qué, y no por mucho porfiar logré adivinarlo.

Me senté en el bosque y pensé mucho rato sobre esas cosas.

Me decía: si uno puede conseguir cualquier cosa que pida rezando, ¿por qué no consigue el diácono Winn que le devuelvan el dinero que perdió en cerdos? ¿Por qué no puede conseguir la viuda que le restituyan la tabaquera de plata que le robaron? ¿Por qué no puede engordar la señorita Watson? No, me dije, no hay nada de verdad en eso.

Fui y se lo conté a la viuda y ella dijo que lo que se podía conseguir rezando eran «dones espirituales». Esto se me hacía demasiado

34

complicado; pero me explicó lo que quería decir: debía ayudar al prójimo y hacer todo lo que pudiese por los demás, y velar por ellos siempre y no pensar nunca en mí. En esto me pareció que se incluía a la señorita Watson.

Salí al bosque y le di vueltas al magín un buen rato; pero no supe ver en ello la menor ventaja —como no fuera para los demás—, hasta que por fin decidí no preocuparme del asunto y dejarlo.

A veces, la viuda me llamaba aparte y me hablaba de la providencia de una manera como para que se le hiciera la boca agua a un chico; pero, a lo mejor, la señorita Watson me cogía por su cuenta al día siguiente y echaba por tierra todo lo que había dicho la otra.

Pensé que habría dos providencias y que un pobre chico lo pasaría muy bien con la de la viuda; pero que si pillaba la providencia de la señorita Watson, estaba apañado para siempre. Lo pensé bien y decidí que, si me quería, pertenecería a la de la viuda, aun cuando no comprendí qué había de ganar la providencia conmigo, puesto que yo era tan burro, tan patán y tan ruin.

Hacía más de un año que no había visto a mi padre, lo que resultaba la mar de cómodo para mí. No quería volver a verle. Acostumbraba a molerme a palos cuando estaba sereno y podía echarme el guante, aunque yo me escapaba al bosque la mayor parte del tiempo cuando él andaba por los alrededores.

Bueno, pues por este tiempo lo encontraron ahogado en el río, a unas doce millas más arriba de la población, según decía la gente. Al menos, creyeron que era él. Dijeron que el ahogado tenía su estatura, iba cubierto de harapos y tenía el pelo muy largo —todo lo cual era como papá—, pero no podían sacar nada en claro de la cara, porque había estado en el agua tanto tiempo que ni siquiera se parecía mucho a una cara. Dijeron que flotaba panza arriba en el agua. Le sacaron y le enterraron en la orilla.

Pero en mucho tiempo no me sentí tranquilo, porque se me ocurrió pensar una cosa. Yo sabía divinamente que un hombre ahogado no flota panza arriba, sino boca abajo. Por ello comprendí entonces que aquel no era papá, sino una mujer vestida de hombre. Y de nuevo me sentí intranquilo. Calculé que volvería a aparecer el viejo y yo hubiese querido que no aparecieses más.

Durante un mes jugamos a bandoleros alguna que otra vez, y luego yo presenté la dimisión. Todos los chicos me imitaron. No habíamos robado a nadie, ni habíamos matado a nadie, como no fuese de mentirijillas.

Solíamos salir de los bosques y cargar contra porqueros y mujeres que iban al mercado con un carro de verdura; pero nunca nos llevamos a ninguno. A los cerdos, les llamaba Tom Sawyer «lingotes», y a los nabos y cosas «joyas», y nos íbamos a la cueva y charlábamos de lo que habíamos hecho y de cuánta gente habíamos matado y señalado. Pero yo no veía en ello la menor ganancia.

Una vez, Tom mandó a un chico a recorrer la población con un palo encendido que él llamaba «grito de combate» (era una señal para que se reuniera toda la cuadrilla), y luego dijo que, por medio de sus espías, había recibido noticias secretas de que, al día siguiente, un grupo de mercaderes españoles y de ricos árabes iba a acampar en Cave Hollow con doscientos elefantes, y seiscientos camellos, y más de mil caballerías, todos cargados de diamantes, y que solo llevaban una escolta de cuatrocientos soldados, conque podríamos esperarles emboscados, como él decía, y matarlos a todos y llevarnos las cosas.

Dijo que debíamos limpiar las espadas y escopetas y prepararnos. Nunca podía atacar, siquiera a un carro de nabos, sin antes obligarnos a fregar espadas y escopetas, aunque solo eran listones y mangos de escoba y ya podía uno fregarlos hasta pudrirse, que no por eso valían un puñado de cenizas más que antes.

Yo no creía que pudiéramos vencer a semejante montón de españoles y árabes, pero quería ver los elefantes y camellos, de modo que no falté al día siguiente, sábado, a la emboscada. Y, cuando se dio la voz, salimos corriendo del bosque y bajamos la colina.

Pero no había españoles ni árabes, y no había elefantes ni camellos. No era nada más que una merienda de la escuela dominical, y aun de la clase de párvulos. La deshicimos y perseguimos a los chicos cuenca arriba; pero solo conseguimos unos bollos y una mermelada, aunque Ben Rogers se hizo con una muñeca de trapo y Joe Harper con un libro de himnos y un folleto religioso. Entonces cargó el maestro contra nosotros y nos hizo soltarlo todo y poner pies en polvorosa.

Yo no vi ningún diamante y así se lo dije a Tom Sawyer. Me contestó que, a pesar de todo, los había allí a carretadas; y dijo que también había árabes y elefantes y cosas. Yo le pregunté, entonces, por qué no podíamos verlos.

Me contestó que, si yo no fuese tan ignorante y hubiera leído un libro llamado *Don Quijote*, lo sabría sin preguntarlo. Dijo que allí había centenares de soldados, y elefantes, tesoros y todo eso, pero que teníamos unos enemigos, que él llamaba magos, que lo habían convertido todo en una escuela dominical de párvulos solo por dejarnos con un palmo de narices.

Yo dije: bueno, pues entonces lo que hay que hacer es atacar a los magos. Tom Sawyer dijo que yo era un cabezota.

—Pero —dijo—, ¡si un mago puede llamar a un montón de genios que te harían picadillo en menos de lo que canta un gallo! Son tan altos como un árbol y tienen una cintura como una iglesia.

—Bueno —dije yo—, entonces, ¿y si buscáramos a unos genios que nos ayudaran a nosotros? ¿No podríamos vencer a los otros así?

—¿Cómo los conseguirías?

—No lo sé. ¿Cómo los consiguen ellos?

—Pues frotan una lámpara vieja de hojalata, o un anillo de hierro, y los genios se presentan con truenos y relámpagos y rodeados de humo; y todo lo que se les manda hacer lo hacen. Para ellos no es gran cosa arrancar de raíz una torre de hacer municiones y dar con ella en la cabeza de un inspector de escuela dominical, o de cualquier otro hombre.

—¿Quién les hace revolucionarse de esta manera?

—Pues el que frota la lámpara o el anillo, ya que le pertenecen y han de hacer lo que él les ordena. Si les manda edificar un palacio de cuarenta millas de largo, de diamantes, y que lo llenen de goma de mascar o de lo que quieran, y que traigan a una hija del emperador de la China para que tú te cases con ella, tienen que hacerlo… y además tienen que hacerlo antes de que salga el sol al día siguiente. Y aún más… han de cargar con el palacio por el país para colocarlo donde tú desees, ¿comprendes?

—Lo que yo pienso —dije— es que son unos imbéciles, si no se quedan con el palacio para ellos en lugar de entregarlo tan estúpidamente. Es más, si yo fuera uno de ellos, que me ahorquen si dejaba mis asuntos para correr al lado del que frotase una vieja lámpara de hojalata.

—Qué ganas de hablar tienes, Huck Finn. ¡Si no tendrías más remedio que correr a su lado en cuanto la frotara, quieras que no!

—¡Cómo! ¿Siendo tan alto como un árbol y tan grande como una iglesia? Bueno, pues iría, pero apuesto a que obligaría a ese hombre a encaramarse al árbol más alto que hubiese en el país.

—¡Bah! Es inútil hablar contigo, Huck Finn. No pareces saber nada de nada… eres un gran cabezota.

Durante dos o tres días estuve pensando en esto y luego decidí probar si había algo de verdad en el asunto.

Busqué una vieja lámpara de hojalata y un anillo de hierro y me fui al bosque y froté y froté hasta sudar como un piel roja, pensando edificar un palacio y venderlo; pero fue inútil; ninguno de los genios se presentó.

Conque entonces me dije que todo eso no era más que una de las mentiras de Tom Sawyer. Quedé convencido de que él creía en los árabes y en los elefantes; pero, en cuanto a mí, yo opino de distinta manera. Tenía todas las señales de una escuela dominical.

IV

LA BUENAVENTURA DE LA PELOTA DE PELO

Bueno, pues pasaron tres o cuatro meses y el invierno estaba bastante adelantado. Casi todo el tiempo había ido a la escuela y sabía deletrear, leer, escribir un poquito y me sabía la tabla de multiplicar hasta seis por siete treinta y cinco, y no creo que, aunque viva eternamente, pueda nunca llegar más allá. De todas formas, no creo en las matemáticas.

Al principio, detestaba el colegio, pero con el tiempo aprendí a soportarlo. Cuando me cansaba demasiado, hacía novillos y la tunda que me daban al día siguiente me hacía bien y me animaba. De modo que, cuanto más tiempo iba al colegio, más fácil se me hacía.

También me estaba acostumbrando a las cosas de la viuda y no se me hacían tan ásperas. El vivir en una casa y dormir en una cama era para mí una sujeción bastante grande, pero a veces me escapaba, antes de que llegase el frío, y me dormía en el bosque, lo que resultaba un descanso.

Más me gustaban las costumbres antiguas, pero empezaba a volverme de manera que también las nuevas me gustaban un poquito. La viuda decía que progresaba lentamente, pero con seguridad, y que marchaba muy satisfactoriamente. Decía que no estaba avergonzada de mí.

Una mañana, cuando desayunaba, vertí el salero. Tan aprisa como pude alargué la mano hacia la sal para tirar una poca por encima de mi hombro izquierdo y conjurar la mala suerte.

Pero la señorita Watson se adelantó y me lo impidió y dijo:

—¡Esas manos, Huckleberry! ¡Siempre con tus desatinos!

La viuda salió en mi defensa, pero demasiado sabía yo que la mala suerte no se conjuraría con eso. Cuando hube desayunado, salí preocupado y alterado, preguntándome dónde me alcanzaría y en qué consistiría. Hay modo de alejar algunas clases de mala suerte. Sin embargo, esta no era una de esas clases, por lo que no intenté nada, sino que seguí vagando, desanimado y alerta.

Crucé el jardín. En el fondo había una puerta de travesaños horizontales, poco elevada, que servía para pasar la alta valla de maderos. Una capa de nieve recién caída, de una pulgada de espesor, cubría el suelo. Descubrí unas huellas; alguien se había acercado desde la cantera, quedándose un rato parado junto a la puerta antes de dar la vuelta a la valla.

Era raro que no hubiese entrado después de rondar por allí. No acababa de comprenderlo. Resultaba curioso a más no poder. Iba a seguir las huellas, pero antes me paré a mirarlas bien. Al principio, no descubrí nada, pero luego sí. Las huellas del pie izquierdo dibujaban en el tacón una cruz hecha con grandes clavos para ahuyentar al demonio.

En cuanto la vi, me levanté y salí corriendo como un desesperado colina abajo. De vez en cuando volvía la cabeza; pero no vi a nadie. Entré en casa del juez Thatcher como un torbellino. Me preguntó:

—¡Caramba, muchacho! ¡Si estás sin aliento!… ¿Vienes a buscar los intereses de tu capital?

—No, señor. ¿Los hay?

—Sí, anoche llegó medio año. Más de ciento cincuenta dólares. Una verdadera fortuna para ti. Mejor será que me dejes ponerlos a rédito con los seis mil, porque si te los llevas te los gastarás.

—No, señor, no quiero gastarlos —le contesté—. Ni siquiera los quiero, y tampoco los seis mil. Prefiero que se los quede usted. Quiero regalárselos… los seis mil y todo.

Me miró sorprendido. Como si no comprendiera. Dijo:

—Pero ¿qué quieres decir con eso, muchacho?

—Por favor, no me haga usted preguntas. Los aceptará, ¿verdad?

—Me intriga eso. ¿Ocurre algo?

—Haga el favor de tomarlo —dije— y no me pregunte nada… Así no tendré que decir mentiras.

Se quedó pensando un rato y luego dijo:

—Me parece que lo entiendo. Lo que tú quieres es venderme todo lo que posees… no dármelo. Esa es la idea.

Escribió algo en un papel, lo leyó y dijo:

—Toma… como ves, dice «por cierta cantidad». Eso significa que te lo he comprado y pagado. Toma un dólar. Ahora, firma.

De modo que firmé y me fui.

Jim, el negro de la señorita Watson, tenía una pelota de pelo tan grande como un puño. La había sacado del cuarto estómago de un buey y él la usaba para cosas de magia. Decía que en la pelota había un espíritu que lo sabía todo. Pues fui a verle aquella noche y le dije que papá andaba por los alrededores otra vez, porque había descubierto sus huellas en la nieve.

Lo que yo quería saber era: ¿qué iba a hacer? ¿Se quedaría por allí?

Jim sacó la pelota de pelo y le murmuró unas palabras. Luego la alzó y la dejó caer al suelo. Cayó como si fuera de plomo y rodó cosa de una pulgada nada más. Probó otra vez, y luego otra, e hizo exactamente igual. Se puso de rodillas y acercó el oído, escuchando. Pero fue inútil; me dijo que no quería hablar. Dijo que a veces no hablaba sin dinero.

Le dije que tenía una moneda vieja, falsa, de veinticuatro centavos que era inservible porque debajo de la plata se veía un poco de latón y que, de todos modos, no pasaría aunque no se viese el latón porque estaba tan gastada que parecía grasienta y por eso se notaba que era falsa. (Decidí callarme lo del dólar que me había dado el juez.)

Dije que era dinero bastante malo pero que tal vez lo tomara la pelota de pelo, porque a lo mejor no vería la diferencia. Jim la olió y la mordió y la frotó y dijo que se las apañaría para que la pelota de pelo la creyera buena. Dijo que haría una raja en una patata irlandesa cruda, donde metería la moneda y la conservaría allí toda la noche, y que a la mañana siguiente no se vería el latón, ni se tocaría grasienta, de modo que cualquier persona de la población la tomaría por buena, y con mayor motivo una pelota de pelo. Bueno, yo ya sabía que puede hacerse todo eso con una patata, pero se me había olvidado.

Jim puso la moneda debajo de la pelota y se arrodilló y escuchó otra vez. Esta vez dijo que la pelota de pelo estaba conforme. Dijo que si quería me diría toda la buenaventura. Yo dije, adelante. De modo que la pelota de pelo le habló a Jim y Jim me lo dijo a mí. Dijo:

—Tu padre no sabe aún qué hacer. A veces piensa irse y otras piensa quedarse. Lo mejor es estarte tranquilo y dejar que el viejo haga lo que le dé la gana. En torno a él revolotean dos ángeles. Uno es blanco y brillante, y el otro negro. El blanco le hace ir bien un rato, luego le embiste el negro y lo echa todo a rodar. Aún no hay manera de saber cuál de los dos va a llevárselo a fin de cuentas.

»Pero tú vas por buen camino. En tu vida tendrás muchas preocupaciones y muchas alegrías. A veces te harán daño y a veces estarás malo; pero siempre volverás a ponerte bueno otra vez. Hay dos chicas revoloteando a tu alrededor en tu vida. Una rubia y una morena. Una es rica y la otra pobre. Primero te casarás con la pobre y más adelante con la rica. Has de mantenerte alejado del agua todo lo que puedas y no corras riesgos porque está escrito que vas a morir ahorcado.

Cuando encendí la vela y subí a mi cuarto aquella noche, allí estaba sentado papá, ¡papá en persona!

V

PAPÁ EMPRENDE UNA NUEVA VIDA

Había entornado la puerta. Y, al volverme, allí estaba. Solía temerle siempre, tanto era lo que me zurraba. Supuse que entonces también le temía, pero al cabo de un momento vi que estaba equivocado. Es decir, después del primer susto, como quien dice, cuando se me paró la respiración, por lo inesperado de la cosa. Pero, inmediatamente después, vi que no me asustaba lo bastante como para preocuparme.

Tendría unos cincuenta años, y los aparentaba. Llevaba el pelo largo, enmarañado, grasiento, caído, y a través de él se le veían brillar los ojos como si estuvieran detrás de enredaderas. Era todo negro; no, gris; y las barbas largas y también enmarañadas. Donde se le veía la cara no tenía color. Era blanca; no como el blanco de otro hombre, sino de un blanco como para darle a uno náuseas, un blanco como para ponerle a uno la carne de gallina, un blanco de rana arbórea, un blanco de panza de pez.

En cuanto a su ropa, todo era un harapo. Apoyaba un tobillo en la otra rodilla; en ese pie tenía la bota reventada y le asomaban los dedos, que movía de vez en cuando. El sombrero estaba en el suelo, un sombrero astroso, negro y viejo, con la ropa rota, como una tapa.

Me quedé parado, mirándole; él me miró, sentado en la silla echada un poco hacia atrás. Puse la vela en la mesa. Noté que estaba abierta la ventana, por donde habría entrado encaramándose al cobertizo. Me miraba con insistencia de pies a cabeza. Por fin dijo:

—Ropa almidonada… mucho. Debes de creerte un personaje, ¿verdad?

—Quizá lo sea y quizá no lo sea —contesté.

—A mí no me contestes. Has puesto muchos humos desde que me fui. Ya te los bajaré un poco antes de haber terminado contigo. Y además, estás educado, según dicen. Sabes leer y escribir. Te crees mejor que tu padre, ¿verdad?, porque él no sabe. ¡Ya te enseñaré yo! ¿Quién te dijo que podías andar tú con todas esas majaderías de señoritingo? ¿Quién te dijo que podías?

—La viuda. Ella me lo dijo.

—La viuda, ¿eh?… ¿Y quién le dijo a la viuda que podía meter baza en una cosa que no es cuenta suya?

—Nadie se lo dijo.

—Bueno, pues ya le enseñaré yo a entrometerse donde no la llaman. Y, atiende, deja ese colegio, ¿me oyes? Ya le enseñaré yo a la gente a criar a un chico para que se crea superior a su propio padre e insinúe que es mejor que él. ¡Que no te pesque rondando por ese colegio! ¿Me oyes? Tu madre no sabía leer, ni escribir tampoco antes de morirse. Ninguno de la familia sabía hacerlo antes de morirse. Yo no sé; y ahora andas tú dándote esos tonos. No estoy dispuesto a tolerarlo, ¿me entiendes? Oye… deja que te oiga leer.

Tomé un libro y empecé a leer un trozo del general Washington y de las guerras. Cuando llevaba leyendo cosa de medio minuto, le dio un manotazo al libro y lo tiró al otro extremo del cuarto. Dijo:

—Es verdad. Sabes hacerlo. Tenía mis dudas cuando lo dijiste. Ahora, escucha: deja de darte pisto. No te lo consiento. Te vigilaré, perillán, y como te pesque por el colegio, te zurraré de lo lindo. Cuando quieras darte cuenta te habrás hecho religioso también. ¡En mi vida he visto un hijo igual!

Cogió una estampita azul y amarilla con unas vacas y un niño y preguntó:

—¿Qué es esto?

—Una cosa que me dieron por saberme las lecciones.

La rompió y dijo:

—Yo te daré algo mejor: te daré una tunda.

Estuvo mascullando algo entre dientes y gruñendo un rato. Luego dijo:

—¡Qué perfumado petimetre estás hecho!, ¿eh? Cama, sábanas y un espejo, y una estera en el suelo… ¡y tu padre que se acueste con los cerdos en la tenería! En mi vida he visto un hijo igual. Apuesto a que te quito yo unos cuantos humos antes de acabar contigo. Pero ¡si tus pretensiones no tienen fin…! Dicen que tienes dinero. ¿Es…? ¿Qué dices a eso?

—Mienten… eso digo.

—Escucha, cuidadito con el modo de hablar. Estoy aguantando todo lo que puedo aguantar ya, conque no me vengas con desplantes. Llevo dos días en la población y solamente he oído hablar de que eres rico. También oí hablar de eso río abajo. Por eso he venido. Mañana me traes ese dinero. Lo quiero.

—No tengo dinero.

—Mientes. Lo tiene el juez Thatcher. Ve a buscarlo. Lo quiero.

—Te digo que no tengo dinero. Pregúntaselo al juez Thatcher. Él te dirá lo mismo.

—Bueno. Se lo preguntaré. Y haré que desembuche o dejo de ser quien soy. Oye… ¿cuánto tienes en el bolsillo? Lo quiero.

—Solo tengo un dólar y lo necesito para…

—Me importa un bledo para qué lo necesitas… ¡Afloja!

Lo tomó y le hincó el diente para asegurarse de que era bueno, y luego dijo que se iba a la población a comprar whisky, afirmando que en todo el día no había echado un trago. Cuando estuvo sobre el cobertizo, volvió a sacar la cabeza y me maldijo por darme tono y querer ser mejor que él. Y cuando creía que se había marchado, volvió a asomar la cabeza por la ventana y me dijo que no olvidara lo del colegio, porque me espiaría y me daría un palizón, como no lo dejase.

Al día siguiente estaba borracho y fue a ver al juez Thatcher, y le amenazó, e intentó hacerle soltar el dinero; pero no pudo y entonces juró que le obligaría por ley.

El juez y la viuda recurrieron a los tribunales para que me separaran de él y dejaran que uno de ellos fuese mi tutor; pero el juez era nuevo, acababa de llegar, y no conocía a mi padre. Dijo que la intervención de los tribunales no era para separar a las familias si podía evitarse y que prefería no quitarle un hijo a su padre. Así pues, el juez Thatcher y la viuda tuvieron que abandonar el asunto.

Eso exasperó al viejo de tal manera que no pudo ni descansar. Me dijo que había de pegarme hasta que quedase lleno de moraduras si no le conseguía dinero. Pedí prestados tres dólares al juez Thatcher y papá los tomó y se emborrachó y se puso a andar de ahí para allá, y a maldecir, y a gritar y a armar bronca; y hasta cerca de medianoche siguió así por toda la población con un cacharro de lata. Entonces le metieron en el calabozo y, al día siguiente, le hicieron comparecer ante el juez y volvieron a tenerle en chirona una semana. Pero él dijo que estaba contento. Dijo que era el amo de su hijo y que a él se las haría pasar negras.

Cuando salió, el juez nuevo dijo que haría un hombre de él. Se lo llevó a su casa y le vistió de pies a cabeza y le invitó a desayunar, a comer y a cenar con su familia y le trataron como si fuera el hijo pródigo, como quien dice.

Después de cenar, el juez le habló de la sobriedad y de esas cosas hasta que el viejo rompió a llorar y dijo que había sido un imbécil y un perdis toda su vida, pero que ahora se enmendaría y sería hombre de quien nadie pudiera avergonzarse, y confiaba que el juez le ayudaría y no le miraría con desprecio.

El juez dijo que de buena gana le daría un abrazo por esas palabras, y lloró él y su mujer volvió a llorar. Papá dijo que había sido un hombre incomprendido y el juez contestó que le creía. El viejo dijo que el que está caído lo que quiere es comprensión, y el juez le dio la razón, de modo que volvieron a llorar. Y cuando llegó la hora de irse a la cama, el viejo se levantó, extendió la mano y dijo:

—Mírenla, caballeros y señoras, cójanla, estréchenla. Ahí está la mano que era la mano de un cerdo; pero ya no lo es. Es la mano de un hombre que ha comenzado una nueva vida y que morirá antes que desdecirse. Fíjense bien en mis palabras. No olviden que las he dicho. Ahora es una mano limpia. Estréchenla; sin el menor reparo.

Y uno tras otro se la estrecharon todos y lloraron. La mujer del juez le besó. Luego el viejo firmó un papel en el que se comprometía a no probar más alcohol, mejor dicho, hizo su señal, porque no sabía firmar. El juez dijo que aquel era el momento más sagrado de la historia o algo parecido.

Después metieron al viejo en un cuarto muy bonito, que era el reservado para huéspedes, y, por la noche, tuvo mucha sed y saltó al tejado del porche, se deslizó por un puntal y fue a cambiar la chaqueta nueva por un jarro de whisky. Luego subió otra vez a su cuarto y se dio una fiesta y, al amanecer, volvió a salir, más borracho que una cuba, y se cayó del porche y se rompió el brazo izquierdo por dos sitios y estaba casi helado de frío cuando le encontraron después de salir el sol. Y cuando fueron a echar una ojeada al cuarto de las visitas, tuvieron que hacer sondeos antes de poder navegarlo.

El juez quedó apesadumbrado. Dijo que tal vez se pudiera conseguir hacer cambiar al viejo a tiro limpio, pero que no conocía ningún otro procedimiento.

VI

PAPÁ LUCHA CON EL ÁNGEL DE LA MUERTE

Bueno, pues el viejo se curó y se levantó al poco tiempo, y entonces arremetió contra el juez Thatcher ante los tribunales para hacer aflojar la mosca y también arremetió contra mí por no dejar de ir al colegio.

Me atrapó un par de veces y me dio una paliza; pero yo continuaba asistiendo al colegio y la mayoría de las veces le esquivé o corrí más que él. Antes, no me había gustado mucho ir al colegio, pero decidí ir en adelante para hacer rabiar a papá.

La causa en el tribunal iba muy despacio; parecía como si nunca hubiera de empezarse. De modo que, de vez en cuando, me vi obligado a pedirle al juez que me prestara dos o tres dólares para el viejo, y así me libraba de una paliza.

Cada vez que tenía dinero, se emborrachaba; y cada vez que se emborrachaba, armaba la gran marimorena en la población; y cada vez que armaba una marimorena, iba a parar al calabozo. Esto le sentaba bien.

Se puso a merodear demasiado ante la casa de la viuda, y así ella acabó por decirle que, como no dejara de rondar por allí, le daría un disgusto. ¡Se puso más furioso! Dijo que ya verían quién era el amo de Huck Finn. Entonces me estuvo acechando un día de primavera, me atrapó y me llevó río arriba unas tres millas en un esquife y cruzó a la orilla de Illinois, donde había bosques y no más casas que una cabaña vieja, de rollizos, en un sitio en que los árboles estaban tan espesos que nadie hubiera podido encontrarla si no hubiese sabido dónde estaba.

Siempre me tuvo a su lado y nunca se me presentó ocasión de huir. Vivíamos en la cabaña y cada vez cerraba la puerta por la noche y se metía la llave debajo de la cabeza. Tenía una escopeta que supongo habría robado. Pescábamos y cazábamos y de eso nos manteníamos.

Alguna vez me encerraba con llave y bajaba a la tienda, a tres millas del sitio donde se alquilaban embarcaciones para cruzar el río. Cambiaba el pescado y la caza por whisky, se lo traía a casa y se emborrachaba, lo pasaba bien y me zurraba.

Al cabo de algún tiempo la viuda averiguó dónde estaba, y mandó a un hombre para que intentara llevárseme; pero papá le encaró la escopeta y no tardé mucho tiempo en acostumbrarme a estar donde estaba y a encontrarlo agradable, todo menos las palizas.

Resultaba perezoso y alegre estar tumbado cómodamente todo el día, fumando y pescando, sin libros y sin estudios. Pasaron dos meses o más y toda la ropa se convirtió en andrajos y porquería y empezó a parecerme extraño que me hubiese gustado tanto estar en casa de la viuda, donde uno tenía que levantarse, comerse su plato, acostarse y levantarse a horas fijas, y andar siempre fastidiado con algún libro y aguantar las continuas impertinencias de la señorita Watson.

No quería volver más. Había dejado de renegar porque a la viuda no le gustaba que lo hiciera; pero volví a hacerlo porque papá nada tenía que objetar a esa costumbre. Tomándolo todo en conjunto, allá en los bosques se pasaban ratos muy buenos.

Pero, con el tiempo, papá se volvió demasiado liberal con el garrote y yo no podía soportarlo. Estaba cubierto de cardenales. Y se acostumbró a marcharse con demasiada frecuencia, dejándome encerrado. Una vez que me encerró, estuvo fuera tres días. Me sentí la mar de solo. Pensé que se habría ahogado y que yo no volvería a salir más de allí.

Me asusté. Decidí buscar algún modo de escaparme. Muchas veces había intentado salir de la cabaña, pero nunca había encontrado por dónde hacerlo. Ninguna ventana era lo bastante grande para que ni un perro pudiera pasar por ella. No podía salir por la chimenea, porque era demasiado estrecha. La puerta era de tablas de roble macizo, muy gruesa. Papá tenía buen cuidado de no dejar ningún cuchillo ni nada en la cabaña cuando se marchaba.

Calculo yo que habría registrado la casa como un centenar de veces. Mataba la mayor parte del tiempo haciéndolo, porque era la única manera de hacer pasar las horas. Pero esta vez, por fin, encontré una sierra vieja, oxidada, sin mango. Estaba entre una viga y las tablas de chilla del tejado. La engrasé y me puse a trabajar.

En el fondo de la cabaña, detrás de la mesa, había una manta vieja de las que se ponen debajo de las sillas de los caballos, clavada en los rollizos, para que el viento que soplara por las rendijas no apagase la vela.

Me metí debajo de la mesa, alcé la manta y me puse a serrar un trozo del tronco más bajo, lo bastante grande para que yo pudiera salir por el hueco. Bueno, pues fue un trabajo bastante largo; pero ya lo estaba terminando cuando oí la escopeta de papá en el bosque. Hice desaparecer todas las huellas de mi trabajo, dejé caer la manta y escondí la sierra y al instante apareció papá.

No traía demasiado buen humor; era el mismo de siempre. Me dijo que había estado en la población y que todo iba igual. Su abogado le dijo que creía que ganaría el pleito y conseguiría el dinero si es que algún día llegaba a celebrarse el juicio. Pero había muchas maneras de aplazarlo y el juez Thatcher sabía cómo hacerlo.

Agregó que la gente opinaba que habría otro juicio para llevárseme y entregarme a la viuda, que sería mi tutora, y que creía que se ganaría el pleito esta vez. Esto me dio una sacudida bastante fuerte, porque no quería volver a casa de la viuda y verme tan cohibido y tan civilizado, como ellos decían.

Luego el viejo se puso a jurar, maldiciéndolo todo y a todo el mundo que pudo recordar, y luego volvió a maldecirnos a todos para asegurase de que no se había olvidado de ninguno. Después de eso, remató con una especie de maldición general, incluyendo a un montón de gente a la que ni siquiera conocía de nombre, y luego continuó con sus maldiciones.

Dijo que le gustaría ver a la viuda cómo se me llevaba. Dijo que ya vigilaría y que, si probaban algo así con él, sabía un sitio a seis o siete millas de allí en que esconderme donde ya podían buscarme hasta caerse de cansancio que no me encontrarían. Eso me inquietó bastante otra vez; pero solo duró un momento. Decidí no quedarme allí hasta que se le presentara la ocasión.

Me mandó a buscar las cosas que había traído en el esquife. Había un saco de cincuenta libras de harina de maíz, medio cerdo, municiones, una garrafa de whisky de cuatro galones y un libro viejo y dos periódicos para rellenos, además de algo de estopa. Llevé una carga y cuando volví me senté en la proa del esquife a descansar.

Lo pensé bien y decidí escaparme con la escopeta y unos sedales y esconderme en el bosque cuando me escapara. Pensé que no me quedaría en el sitio, sino que cruzaría el país a pie, de noche, y cazaría y pescaría para vivir, alejándome tanto que ni el viejo ni la viuda pudieran volver a encontrarme.

Decidí acabar de serrar el tronco y largarme aquella noche si papá empinaba suficientemente el codo, cosa que esperaba que hiciese. Me enfrasqué tanto en mis planes que no me di cuenta de que el tiempo pasaba hasta que el viejo dio una voz preguntándome si estaba dormido o me había ahogado.

Cargué con todas las cosas y las llevé a la cabaña, y cuando acabé casi era de noche. Mientras yo preparaba la cena, el viejo echó un trago o dos, se achispó y se puso a despotricar otra vez. Ya se había emborrachado en la población. Había pasado la noche en mitad del arroyo y estaba hecho una calamidad. Se le hubiera tomado por Adán, pues era todo de barro. Cuando empezaba a hacerle efecto el alcohol, casi siempre se las tomaba con el gobierno. Esta vez dijo:

—¡Y a esto le llaman gobierno! Pero ¡si no hay más que mirarle para saber lo que es! Ahí tienes a la ley preparada para quitarle un hijo a su padre… su propio hijo que tantos sacrificios, tantos cuidados y tantos gastos le ha costado criar. Sí, y cuando ese padre ha criado por fin a su hijo y le tiene preparado para ponerse a trabajar y hacer algo por él y que pueda él descansar, la ley va y se lo lleva. ¡Y a eso le llaman gobierno! Y eso no es todo. La ley respalda al juez Thatcher y le ayuda a quedarse con lo que es mío. Verás lo que hace la ley. La ley coge a un hombre que vale de seis mil dólares para arriba y le enchirona en una ratonera de cabaña vieja como esta, y le deja andar por ahí con un traje que no es digno ni de un cerdo. ¡A eso le llaman gobierno! Uno no puede conseguir que se reconozcan sus derechos con un gobierno como este. A veces me dan ganas de marcharme del país para siempre. Sí, y se lo dije. Se lo dije en las mismísimas barbas del propio Thatcher. Mucha gente me oyó y puede repetir lo que dije. Digo, dije: por dos centavos me iría de este maldito país y no volvería a acercarme a él. Dije estas mismas palabras. Digo, dije: ved mi sombrero, si es que vosotros lo llamáis sombrero, pero se levanta la tapa y el resto me encaja hasta los hombros y, además, bien mirado no es un sombrero; más parece como si hubiese metido la cabeza en el tubo de una estufa. Fijaos, dije. ¡Mira que llevar yo un sombrero así! ¡Yo, uno de los hombres más ricos de la población si se me reconocieran los derechos!

»Sí, sí… Es este un gobierno maravilloso… estupendo… Pero si… ¡Escucha! Había un negro libre allí, en Ohio; un mulato casi tan blanco como un blanco. Además llevaba la camisa más blanca que se ha visto, y el sombrero más brillante. Y no hay hombre en la población que tenga tan buenos trapos como los que él llevaba. Y tenía reloj y cadena de oro, y su bastón con mango de plata… el más grande nabab de pelo gris de todo el estado. ¿Y qué te parece? Dicen que era profesor de una universidad, y que sabía hablar toda clase de idiomas, y que lo sabía todo. Y no es eso lo peor. Dicen que podía votar en el sitio donde vivía. Bueno, eso me excusaba a mí. Me dije: ¿adónde va a parar el país? Era día de elecciones y yo estaba a punto de ir a votar, si la borrachera no entorpecía mi camino. Pero, cuando me dijeron que había un estado en este país donde podía votar un negro, me retiré. Dije que no volvería a votar. Esas mismas palabras dije. Todos me oyeron. Y ya puede irse al diablo el país, por mí... no volveré a votar. Y al ver la frescura de ese negro... ¡Si ni siquiera me hubiese cedido la acera si no le hubiera echado yo de un empujón! Le dije a la gente: ¿por qué no subastan a este negro y lo venden? Eso es lo que quiero saber. ¿Y qué crees tú que me dijeron? Pues que no podían venderlo hasta que llevase seis meses en el estado y que aún no los llevaba. Ahí tienes, ese es un ejemplo. Llaman gobierno a este que no puede vender a un negro libre hasta que haya estado seis meses aquí. Ahí tienes un gobierno que se llama a sí mismo gobierno, y hace saber que es un gobierno, y se cree que es un gobierno y, sin embargo, tiene que estarse quietecito seis meses enteros antes de poder echarle el guante a un negro merodeador, ladrón, infernal, encamisado de blanco y...

Tan entusiasmado estaba papá con su discurso que no se fijó adónde le llevaban los pies, de modo que cayó de narices por encima del barril de tocino salado y se hizo daño en las espinillas. El resto de su discurso se compuso de palabrotas fortísimas, dirigidas en buena parte contra el negro y contra el gobierno, aunque también entremezcló algunas contra los barriles.

Estuvo saltando a la pata coja por la cabaña, primero con una pierna, luego con la otra, agarrándose una espinilla primero, luego la otra y, por fin, estiró de pronto el pie izquierdo y le dio un puntapié al barril. Pero no dio pruebas de buen juicio, porque aquella era la bota de la que le salían un par de dedos.

Lanzó un alarido capaz de ponerle los pelos de punta al más pintado. Cayó al suelo y rodó por la porquería, agarrándose los dedos del pie. Y las palabrotas que soltó hicieron palidecer las que había dicho hasta entonces. Él mismo lo reconoció más tarde.

Había oído renegar a Sowberry Hagan en sus buenos tiempos y dijo que le había dejado chiquito a él también; pero yo creo que exageraba un poco.

Después de cenar, cogió la garrafa y dijo que tenía whisky suficiente para dos borracheras y un *delirium tremens*. Siempre decía estas palabras. Calculé que al cabo de una hora estaría borracho perdido, y entonces yo podría robar la llave o acabar de serrar el tronco, una de las dos cosas. Bebió y bebió y al cabo de un rato se cayó encima de las mantas; pero no estuve de suerte.

No tuvo un sueño profundo. Estaba agitado. Gruñó y gimió y se movió de un sitio para otro durante mucho tiempo. Por fin me entró tanto sueño que no pude seguir con los ojos abiertos, que era lo único que quería hacer. Conque, antes de que me diera cuenta de lo que me estaba pasando, me quedé dormido como un tronco, con la vela encendida.

No sé cuánto tiempo estuve dormido; pero, de pronto, sonó un grito terrible y me levanté. Vi a papá, con la mirada extraviada, saltando de un sitio para otro y quejándose a voz en grito de las culebras. Decía que se le estaban subiendo por las piernas. Luego dio un salto, soltó un aullido y dijo que una de ellas le había mordido en la mejilla, pero yo no vi ninguna culebra.

Se puso a correr dando vueltas por la cabaña, gritando:

—¡Quitádmela! ¡Quitádmela! ¡Me está mordiendo en el cuello!

En mi vida he visto a un hombre con una mirada tan feroz. No tardó en quedar agotado y caer al suelo, jadeando. Luego empezó a rodar muy aprisa, apartando las cosas a patadas y golpeando y asiendo el aire con las manos, y aullando, y diciendo que le estaban agarrando los demonios.

Al fin se agotó y se quedó quieto en el suelo, gimiendo. Después se quedó más quieto aún y no dijo ni pío. Yo oía a los búhos y a los lobos en el bosque. El silencio de la cabaña era terrible.

Papá estaba echado en un rincón. Al cabo de un rato se incorporó un poco, y escuchó con la cabeza ladeada. Dijo, en voz muy baja:

—Plon… plon… plon; son los muertos. Plon… plon… plon; vienen a buscarme. Pero no iré… ¡Oh! ¡Aquí están! ¡No me toquéis!… ¡No! ¡Quitadme las manos de encima! ¡Están frías! ¡Soltadme!… ¡Oh, dejad en paz a un pobre diablo!

Luego se puso a caminar a gatas, suplicándoles que le dejasen en paz, se lió la manta, y se metió debajo de la mesa de pino suplicando aún; y después se puso a llorar. Le oía a través de la manta.

Por fin, salió rodando de debajo de la mesa y se puso en pie de un salto, con la mirada extraviada. Me vio y arremetió contra mí. Me persiguió por la habitación navaja en mano, diciéndome que yo era el Ángel de la Muerte y jurando que me mataría y que así no me presentaría más a buscarle.

Empecé a rogar y le dije que solo era Huck; pero soltó una aguda carcajada, y rugió, y siguió corriendo tras de mí. Una vez, cuando di la vuelta e hice un regate, metiéndome por debajo de su brazo, alargó de pronto la mano y me cogió por la chaqueta, entre los hombros. Me vi completamente perdido; pero rápido como un relámpago me salí de la chaqueta y me salvé.

Después de un rato se cansó y se dejó caer con la espalda contra la puerta y dijo que descansaría un momento antes de matarme. Se metió el cuchillo debajo, y dijo que dormiría, y se pondría fuerte, y entonces vería quién era quién.

Enseguida se quedó dormido. Yo cogí la silla vieja y me subí a ella con todo el cuidado que pude para no hacer ruido y descolgué la escopeta. Metí la baqueta por el cañón para asegurarme de que estaba cargada y luego la puse encima del barril de nabos, apuntando hacia papá, y me senté detrás, esperando a que se moviera. ¡Y cuán despacio y silenciosamente transcurrió el tiempo!

VII

ENGAÑO A PAPÁ Y ME ESCAPO

—¡Levántate! ¿Qué haces?

Abrí los ojos y miré a mi alrededor, tratando de darme cuenta de dónde estaba. Me había dormido y ya brillaba el sol. Papá estaba de pie a mi lado, con cara adusta, y mareada también. Dijo:

—¿Qué estás haciendo con esta escopeta?

Supuse que no adivinaría lo que había estado haciendo, y repuse:

—Alguien intentó entrar; por eso le estaba aguardando.

—¿Por qué no me has despertado?

—Lo intenté, pero no pude; no pude moverte.

—Bueno, no estés ahí charlando todo el día. Vete a ver si hay pescado en los aparejos para desayunar. Yo iré dentro de poco.

Abrió la puerta y yo salí a la orilla del río. Vi trozos de ramas y cosas así flotando en el agua y algo de corteza, de modo que comprendí que el río iniciaba una crecida. Pensé en lo bien que me lo pasaría si hubiese estado en la población. La crecida de junio siempre me trajo suerte, porque, en cuanto empieza la crecida, bajan flotando leña y trozos de balsas de rollizos, a veces una docena de troncos juntos. De modo que solo hay que recogerlos y venderlos a los almacenes de maderas y a las serrerías.

Remonté la orilla con un ojo atento por si aparecía papá, vigilando a un tiempo lo que pudiera arrastrar la crecida. Bueno, pues de repente apareció una canoa, una hermosísima canoa, de unos trece o catorce pies de largo que flotaba alta, como un pato. Me tiré al río de cabeza como una rana, sin desnudarme, y nadé hacia la embarcación.

Esperaba encontrar a alguien tendido dentro, porque algunos hacen esa broma, para chasquear a la gente y, cuando uno casi ha sacado el esquife del agua, se levantan y se burlan de él. Pero esta vez no fue así. Era una canoa a la deriva y me metí dentro y remé hacia la orilla. Pensé: el viejo se alegrará cuando la vea; vale diez dólares.

Pero cuando llegué a tierra aún no se veía a papá y, al meterla en una caleta pequeña, que parecía una garganta tapada con enredaderas y sauces, cambié de idea. Decidí dejar la canoa bien escondida, y luego, en lugar de escaparme por el bosque, bajaría por el río unas cincuenta millas, acamparía definitivamente en un sitio y no me cansaría andando.

Estaba bastante cerca de la cabaña y me pareció oír al viejo que se acercaba; pero pude esconder la canoa. Luego salí y miré tras un macizo de sauces y vi al viejo en el camino, más abajo, apuntando a un pájaro con la escopeta. De modo que no había visto nada.

Cuando llegó junto a mí, me encontró recogiendo uno de los aparejos de pesca. Me chilló un poco por ser tan remolón, pero yo le dije que me había caído al río y por eso había tardado tanto. Comprendí que advertiría mi mojadura y empezaría a hacer preguntas. Recogimos cinco barbos y volvimos a la cabaña.

Mientras dormíamos después del desayuno, porque los dos estábamos rendidos, me puse a pensar que, si encontraba la manera de impedir que papá y la viuda intentaran seguirme, resultaría más seguro que fiarse de la suerte y alejarme lo bastante antes de que me echaran de menos, porque podían ocurrir la mar de cosas. Bueno, pues durante un rato no vi la manera, pero, al cabo de unos minutos, papá se alzó un instante para beberse otro barril de agua y dijo:

—Otra vez que venga un hombre a rondar por aquí, me despiertas, ¿has oído? Ese hombre no venía a hacer nada bueno por aquí. Le hubiese pegado un tiro. La próxima vez, me despiertas. ¿Lo oyes?

Luego se dejó caer y volvió a dormirse, pero sus palabras me dieron la idea que necesitaba. Me dije: «Puedo arreglar las cosas para que nadie piense en seguirme».

Alrededor de las doce salimos y caminamos ribera arriba. Por la corriente del río, cada vez más impetuosa, se deslizaban muchos maderos. De pronto vimos parte de una balsa de troncos, nueve rollizos trabados los unos a los otros. Salimos con el esquife y los remolcamos a tierra. Después comimos.

Cualquier otro que no fuese papá hubiese esperado y aprovechado el día recogiendo más madera; pero papá no era así. Nueve rollizos de golpe le bastaban. Después me encerró con llave, se llevó el esquife y a eso de las tres y media se puso a remolcar el trozo de balsa.

Pensé que no volvería aquella noche. Aguardé a que tuviera tiempo de alejarse y saqué la sierra y me puse a serrar el tronco otra vez. Antes de que hubiera llegado él al otro lado del río, salí por el agujero. Papá y la balsa parecían un punto negro en el agua, allá lejos.

Cogí el saco de harina de maíz y lo llevé a donde tenía escondida la canoa y aparté las enredaderas y las ramas para poderlo embarcar; luego hice lo mismo con el tocino; después, con la garrafa de whisky. Arramblé con todo el café y todo el azúcar; y las municiones también. Me llevé el relleno, el cubo y la calabaza vinatera, un cazo y una taza y la cafetera. Cogí los aparejos de pescar, las cerillas y otras cosas; todo lo que valía un centavo. Limpié la cabaña. Quería un hacha, pero no había ninguna; solo la que estaba encima de la pila de leña y yo ya sabía por qué tenía que dejarla. Saqué la escopeta y quedé listo.

Al arrastrarme por el agujero y sacar tantas cosas había desgastado el suelo bastante. De modo que arreglé todo eso lo mejor que pude desde fuera, poniendo tierra para tapar lo pisoteado y el serrín. Luego coloqué otra vez el pedazo de tronco en su sitio, y metí dos piedras debajo y una al lado para sujetarlo, porque debido a la curva que tenía no tocaba el suelo. Si uno miraba desde cuatro o cinco pies de distancia y no sabía que estaba serrado, no notaría nada. Además, estaba por la parte de detrás de la cabaña y no era fácil que anduviese nadie rondando por aquel lado.

Desde allí hasta donde estaba la canoa, todo era hierba, de manera que no dejé ninguna huella. Volví sobre mis pasos para asegurarme. Me detuve junto a la orilla para mirar el río. Sin novedad. Así pues, cogí la escopeta y me adentré en el bosque. Andaba buscando unos pájaros cuando vi un cerdo silvestre. Los cerdos pronto se hacían silvestres por allí después de haberse escapado de las casas de labranza de la pradera. Maté al cerdo y me lo llevé al campamento.

Tomé el hacha y derribé la puerta de la cabaña. Para ello hube de destrozarla bastante. Puse el cerdo bastante cerca de la mesa, le seccioné la garganta con el hacha y le dejé en tierra para que sangrara. Digo en tierra porque era tierra, bien apretada y sin tablas. Después cogí un saco viejo y metí dentro unas piedras grandes, todas las que pude arrastrar, y, empezando desde donde estaba el cerdo, lo arrastré hacia la puerta y por el bosque hasta el río y lo tiré al agua. Se hundió y desapareció de mi vista.

Se notaba que algo se había arrastrado por el suelo. Me hubiera gustado que Tom Sawyer hubiese estado allí. Sé que aquello le hubiera interesado y que hubiese añadido él unos toques finales. Nadie se sentía tan a sus anchas en una cosa así como Tom Sawyer.

Bueno, pues, para acabar, me arranqué unos pelos, ensangrenté el hacha, pegué los pelos en la parte de detrás y tiré el hacha a un rincón. Después cogí el cerdo y me lo apreté contra la chaqueta, para que no goteara, hasta encontrarme un trecho más abajo de la cabaña. Allí lo tiré al agua. Entonces se me ocurrió otra cosa.

Fui por el saco de harina y la sierra vieja a la canoa y lo llevé todo a la cabaña. Puse el saco donde había estado y en el fondo le hice un agujero con la sierra, porque no había cuchillos ni tenedores; papá lo hacía todo con su navaja para guisar. Luego me cargué el saco cruzando un buen trecho por la hierba y por entre los sauces al este de la casa hasta un lago poco profundo que tenía cinco millas de anchura y estaba lleno de juncos, y de patos también cuando era la temporada.

Por el otro extremo salía un cenegal o caleta que se extendía muchas millas, no sé hasta dónde, pero que no iba al río. La harina se corría por el agujero y dejaba un reguero hasta el lago. Dejé caer la piedra de afilar de papá allí también, para que pareciera que había caído accidentalmente. Luego até el agujero del saco con una cuerda para que no se escapara más harina y lo llevé otra vez a la canoa, así como la sierra.

Oscurecía ya; entonces saqué la canoa al río bajo unos sauces que crecían a la orilla y aguardé a que saliera la luna. Amarré la embarcación a un sauce; después comí un bocado y, al poco rato, me tumbé en la canoa a fumar una pipa y barruntar un plan.

Me dije que seguirían el rastro del saco de piedras hasta la ribera y luego dragarían el río para encontrar mi cadáver. Y seguirían el reguero de harina hasta el lago y bajarían por la caleta que de él sale para perseguir a los ladrones que me habían matado y se habían llevado las cosas. «En el río, no buscarán otra cosa que mi cadáver —me dije—. Pronto se cansarán de eso y no volverán a preocuparse de mí.

»Bueno, puedo pararme donde me dé la gana. Me conformo con la isla de Jackson. La conozco bastante bien y nadie va a ella. Y después, cuando sea de noche, puedo remar hasta la población y recoger las cosas que necesite. La isla de Jackson es el sitio que me conviene.»

Estaba bastante cansado y, antes de darme cuenta, ya estaba dormido. Al principio, cuando me desperté, no sabía dónde estaba. Me incorporé y miré a mi alrededor, un poco asustado. Luego me acordé. El río parecía tener millas de anchura. La luna era tan brillante que hubiera podido contar los troncos a la deriva que flotaban, negros y quietos, a cien metros de la orilla. Todo estaba callado y parecía tarde y olía tarde. Ya sabéis lo que quiero decir; no sé cómo expresarlo.

Bostecé y me desperecé, y estaba a punto de desamarrar y largarme cuando oí un sonido en el río. Escuché. No tardé en reconocerlo. Era esa especie de sonido sordo y acompasado que hacen los remos al trabajar en las chumaceras cuando es una noche callada. Miré por entre las ramas de sauce y vi un esquife al otro lado del agua. No me era posible ver cuántos iban dentro.

Siguió avanzando y, cuando se encontraba a mi altura vi que solo llevaba un hombre. Pensé «Quizá es papá», aunque no lo esperaba. Se dejó llevar por la corriente hasta más abajo de donde yo me encontraba y, después, se fue acercando a la orilla por el agua mansa y pasó tan cerca de mí que hubiera podido alargar la escopeta y tocarle. Bueno, pues era papá después de todo, y por añadidura sereno, a juzgar por su manera de remar.

No perdí tiempo. Poco después me deslizaba río abajo sin hacer ruido, pero muy aprisa, acogiéndome a la sombra de la ribera. Recorrí dos millas y media y luego remé un cuarto de milla o más hacia el centro del río porque no tardaría en pasar el embarcadero y alguien podría verme y llamarme. Me metí entre los troncos flotantes, me eché en el fondo de la canoa y la dejé flotar a la deriva.

Allí echado, descansé y fumé una pipa mirando el cielo que no tenía ni una nube. El cielo parece muy profundo cuando se tumba uno boca arriba a la luz de la luna; nunca me había dado cuenta de eso antes. ¡Y qué lejos puede uno oír en el agua en esas noches! Oí hablar a gente en el embarcadero. Y oí lo que decían, hasta la última palabra.

Un hombre dijo que ya íbamos entrando en la época de los días largos y las noches cortas. El otro dijo que suponía que aquella no era una de las cortas, y entonces se echaron a reír y otra voz dijo lo mismo, y volvieron a reírse. Después despertaron a otro hombre y se lo dijeron y rieron; pero él no se rió. Dijo algo brusco y les pidió que le dejaran en paz. El primero dijo que se lo contaría a su mujer, a ella le parecería estupendo; pero aseguró que eso no era nada comparado con algunas de las cosas que había dicho en su momento.

Oí decir a un hombre que eran cerca de las tres y que esperaba que el día ya no tardaría más de una semana en llegar. Después no oí nada más.

Ya había pasado el embarcadero. Me levanté y vi la isla de Jackson, a unas dos millas y media agua abajo, cubierta de bosque en el centro del río, grande, oscura y sólida, como un vapor sin luces. No había señal de la barra; estaba debajo del agua ahora.

No tardé mucho en llegar allí. Pasé la punta a una velocidad muy grande, tan fuerte era la corriente, y luego entré en agua mansa y desembarqué por el lado de la orilla de Illinois. Metí la canoa en una hendidura profunda de la ribera que yo conocía. Tuve que apartar las ramas de sauce para entrar. Y nadie hubiera podido ver la canoa desde fuera cuando la hube amarrado.

Fui a sentarme en un tronco al extremo de la isla y contemplé el gran río y la madera flotante, negra, y miré hacia la población, tres millas más allá, donde parpadeaban tres o cuatro luces. Cosa de una milla río arriba bajaba por este una gigantesca balsa de troncos con una linterna en el centro.

Vi cómo la arrastraba la corriente y, cuando estaba casi a la altura en que me encontraba yo, oí decir a un hombre:

—¡Remos de popa! ¡Virad la proa a estribor!

Lo oí tan claramente como si el hombre hubiese estado a mi lado.

El cielo empezaba a tener una tonalidad gris, de modo que me metí en el bosque y me tumbé para echar un sueño antes de desayunar.

VIII

PERDONO LA VIDA A JIM, EL ESCLAVO
DE LA SEÑORITA WATSON

Cuando me desperté el sol estaba tan alto que calculé que serían más de las ocho. Me quedé allí tendido, en la hierba y la frescura de la sombra, meditando las cosas y sintiéndome descansado y bastante cómodo y satisfecho. Podía ver el sol por uno o dos claros, pero, en general, solo había árboles grandes por allí que dejaban una penumbra entre ellos. A trechos el suelo estaba moteado, donde la luz se filtraba por entre las hojas; y estos sitios se movían un poco, lo que demostraba que en lo alto había un poco de brisa. Un par de ardillas, en una rama, parloteaban mirándome amistosamente.

Me encontraba estupendamente bien y me sentí perezoso; no quería levantarme y preparar el desayuno. Bueno, pues ya me estaba durmiendo otra vez cuando creí oír un profundo ¡pum! río arriba. Sacudí el sueño y me alcé sobre un codo y escuché. No tardé en oírlo otra vez.

Me levanté y fui a mirar por un claro de las hojas y vi una nube de humo sobre el agua, muy arriba, por donde debería estar el embarcadero. Y el barco que cruzaba el río estaba lleno de gente y, en lugar de cruzar, flotaba agua abajo. Ahora ya comprendí lo que pasaba.

¡Puuum!

Del costado del barco salió un chorro de humo blanco. Estaban disparando cañonazos por encima del agua para ver si hacían salir mi cadáver a la superficie.

Me apretaba el hambre, pero no me convenía encender fuego porque podrían ver el humo. Así que me quedé sentado mirando el humo del cañón y oyendo los disparos. El río tenía en aquel lugar una milla de anchura y siempre está muy bonito en una mañana de verano; por eso lo estaba pasando bastante bien viéndoles buscar mis restos; solo que hubiera querido tener algo que comer.

Bueno, pues de pronto me acordé de que siempre ponen azogues en panes y los echan al agua, porque flotan hasta donde está el cadáver de un ahogado y no se mueven de allí. Entonces pensé: «Estaré vigilante, y si algún pan baja flotando, daré buena cuenta de él». Me pasé a la orilla de Illinois para tentar la suerte y no salí decepcionado.

Un pan grande, doble, bajó flotando, y casi lo alcancé con un palo largo, pero me resbaló un pie y el pan se alejó. Claro está, me había colocado donde la corriente pasaba más cerca de la costa; sabía lo bastante para eso. Y al poco rato bajó otro pan y esta vez lo atrapé. Le quité el tapón que le habían puesto, lo sacudí para sacar el poco de azogue que había dentro del pan y le hinqué el diente. Era pan de panadero —del que come la gente de postín—, nada de pan vulgar de maíz.

Encontré un buen sitio entre las hojas y me senté en un tronco comiendo pan, mirando al barco muy contento. Y, de pronto, se me ocurrió una cosa. Me dije: «Supongo que la viuda, o el cura o alguien rezará para que este pan me encuentre y he aquí que me ha encontrado. De modo que no cabe la menor duda de que hay algo de verdad en eso de echar panes al agua. Es decir, hay algo de verdad cuando la persona que reza es la viuda o el cura; pero no reza conmigo y supongo que solo rezará para la gente decente».

Encendí la pipa, fumé un buen rato y seguí mirando. El barco flotaba con la corriente y pensé que podría ver quién iba a bordo cuando llegara, porque se acercaría a la orilla por el sitio en que lo había hecho el pan. Cuando estuve bastante próximo, apagué la pipa y me acerqué hasta donde había pescado el pan y me tumbé detrás de un tronco en un pequeño claro. Podría mirar por la bifurcación del tronco.

Al poco rato pasó tan cerca que hubieran podido tender una plancha y desembarcar. Casi todo el mundo estaba a bordo. Papá, el juez Thatcher, Bessie Thatcher, Harper, Tom Sawyer, su tía Polly y Sid y Mary y muchos más.

Todo el mundo hablaba del asesinato, pero el capitán les interrumpió y dijo:

—Miren con atención. Por aquí es por donde la corriente se acerca más a la orilla y tal vez le haya arrastrado contra la costa y esté enredado en la maleza de la ribera. Al menos así lo espero.

Yo no lo esperaba así. Todos se agruparon en la borda y se quedaron quietos, mirando con toda su alma. Yo les veía perfectamente, pero ellos no podían verme a mí. De pronto el capitán gritó:

—¡Apártense todos!

Y el cañón soltó tal disparo delante de mí que me ensordeció con su ruido y casi me cegó con el humo y creí llegada mi última hora. De haberlo cargado con bala, me parece que hubieran encontrado el cadáver que buscaban. Bueno, pues vi que estaba ileso, gracias a Dios.

El barco siguió a la deriva y desapareció de la vista tras un saliente de la isla. De vez en cuando oía los disparos cada vez más lejanos y, al cabo de una hora, dejé de oírlos. La isla tenía tres millas de largo. Supuse que habrían llegado al extremo y que se habrían dado por vencidos. Pero no lo hicieron tan pronto. Dieron la vuelta por el otro extremo de la isla y regresaron por el lado de Missouri, con la máquina en marcha, y disparando de vez en cuando.

Pasé a ese lado para verles. Cuando llegaron a la altura del otro extremo, dejaron de disparar y se dirigieron a la orilla de Missouri, donde desembarcaron y se fueron a casa.

Comprendí que ya no corría peligro. Ya no me buscaría nadie más. Saqué mis cosas de la canoa y acampé en la parte más espesa del bosque. Con mis mantas hice una especie de tienda de campaña para meter las cosas debajo a fin de que no las alcanzara la lluvia. Pesqué un barbo y lo abrí con la sierra y, cuando el sol se ponía, encendí fuego y cené. Luego coloqué un aparejo para pescar algo con que desayunar.

Cuando oscureció, me senté junto al fuego fumando y sintiéndome bastante satisfecho; pero, al poco rato, me sentí bastante solo, de modo que me fui a la orilla a escuchar el rumor de la corriente al pasar y conté las estrellas y los troncos a la deriva y las balsas que bajaban. Y luego me acosté. No hay mejor manera de pasar el tiempo cuando se encuentra uno solo; no puede uno seguir así, pronto se le pasa.

Así pasaron tres días con sus noches. Sin ninguna diferencia, siempre lo mismo. Pero al día siguiente salí a explorar la isla. Yo era su dueño; me pertenecía toda, como quien dice, y quería conocerla bien; pero, principalmente, lo que quería era matar el tiempo.

Encontré fresas abundantes, maduras y en su punto. Y uvas verdes de verano, y frambuesas verdes, y empezaban a salir las moras verdes. Con el tiempo, todas ellas me irían muy bien, pensé.

Bueno, pues anduve vagando por el centro del bosque hasta que calculé que no me encontraba lejos del pie de la isla. Llevaba la escopeta, pero no había matado nada. Era como medida de protección; pensaba matar alguna pieza más cerca del campamento. Por entonces, por poco piso una culebra bastante grande, que huyó deslizándose por entre la hierba y las flores, y corrí en su seguimiento, intentando ponerme a tiro para disparar.

Seguí adelante y, de pronto, salté de lleno encima de las cenizas de un fuego que aún humeaba.

El corazón me dio un vuelco. No me paré a mirar, desmartillé la escopeta y volví sobre mis pasos, de puntillas, tan deprisa como pude. De vez en cuando me paraba entre las hojas y escuchaba; pero jadeaba tanto que me era imposible oír otra cosa que mi aliento. Recorrí otro trecho y volví a escuchar. Y así sucesivamente.

Si veía un tocón, me parecía un hombre; si pisaba un palo y lo rompía, me sentía igual que si alguien me hubiera cortado en dos el aliento y me hubiese quedado yo con la mitad más corta, por añadidura.

Cuando llegué al campamento, no me sentía muy valiente, tenía más tripas que corazón. Pero me dije: no es este el momento para andar perdiendo tiempo… De modo que metí todas mis cosas en la canoa para quitarlas de la vista y apagué el fuego y dispersé las cenizas, de manera que pareciese un campamento del año anterior, y luego me encaramé a un árbol.

Calculé que estuve en el árbol dos horas; pero no vi nada. No oí nada, solo creí oír y ver tanto como mil cosas. Bueno, pero no podía quedarme allí arriba siempre, de modo que me decidí a bajar por fin; pero seguí en el centro del bosque y siempre alerta. Lo único que pude conseguir para calmar el hambre fueron fresas y las sobras del desayuno.

Pero, cuando anocheció, el hambre me atormentaba. Así pues, una vez se hizo bien de noche, desatraqué de la orilla antes de que saliera la luna y remé hasta la ribera de Illinois, cosa de un cuarto de milla. Me metí en el bosque, me guisé una cena y, casi había decidido ya pasar allí la noche, cuando oí clápiti-clap, clápiti-clap y me dije: ahí vienen caballos. Después oí voces.

Lo metí todo en la canoa lo más aprisa que pude y luego me arrastré por el bosque para ver qué podía averiguar. No había ido muy lejos cuando oí decir a un hombre:

—Más vale que acampemos aquí si encontramos un buen sitio. Los caballos están poco menos que agotados. Echemos una mirada por los alrededores.

No esperé. Aparté la canoa y me alejé, remando con cuidado. Atraqué en el sitio de donde había salido y decidí dormir en la embarcación.

No dormí mucho. No pude, de tanto que pensaba. Y cada vez que me despertaba creía que alguien me tenía cogido por el cuello. Por eso el sueño me sirvió de poco. Al fin me dije: «No puedo vivir así. He de saber quién hay aquí, en la isla, conmigo. O lo averiguo o reviento». Bueno, pues enseguida me sentí mejor.

Así pues, tomé el canalete y me aparté un poco de tierra y luego dejé que la corriente arrastrara la canoa entre las sombras, casi parecía de día. Floté cerca de una hora; todo estaba tan silencioso como las rocas y profundamente dormido. Había llegado ya casi al otro extremo de la isla.

Empezó a soplar una brisita fresca, que era como si dijéramos que la noche casi había pasado. Di unos golpes con el canalete y me acerqué a tierra. Tomé la escopeta luego y me aproximé a la orilla del bosque. Allí me senté encima de un tronco y atisbé por entre las hojas.

Vi a la luna abandonar su guardia y a la oscuridad empezar a cubrir el río. Pero, al poco rato, noté una franja pálida por encima de los árboles y comprendí que se acercaba el día. De modo que cogí la escopeta y me deslicé hacia el sitio en que había descubierto el fuego, parándome cada dos o tres minutos a escuchar. Pero no tuve suerte, no conseguía dar con el sitio.

Al cabo de un rato, sin embargo, divisé un fuego por entre los árboles. Me acerqué a él, despacio y con cautela. No tardé en encontrarme lo bastante cerca para echar una mirada y vi a un hombre tendido en el suelo. Por poco me quedo en el sitio.

Tenía una manta liada a la cabeza, que estaba casi metida en el fuego. Me senté allí, detrás de un zarzal, a poca distancia de él, y no le quité la vista de encima. Una luz gris lo alumbraba todo ya. Al poco rato el hombre bostezó, se despertó, y se quitó la manta de encima. ¡Era el Jim de la señorita Watson! ¡Qué contento estuve de verle! Dije:

—¡Hola, Jim!

Y salí de entre los árboles.

Él se puso en pie de un brinco y me miró, alocado. Después cayó de rodillas y juntó las manos.

—¡No me hagas daño! —dijo—. En mi vida le he hecho mal a un fantasma. Siempre me han gustado las personas muertas y he hecho por ellas todo lo que he podido. Vuélvete al río, que es donde debes estar, y no le hagas nada al viejo Jim, que siempre fue tu amigo.

Bueno, pues no tardé mucho en hacerle comprender que no estaba muerto. Estaba muy contento de verle. Ya no me sentía solo. Le dije que no tenía miedo de que él contase a alguien dónde estaba. Seguí hablando, pero él no hizo más que sentarse y mirarme, sin decir una palabra. Después dije:

—Es de día ya. Vamos a desayunar. Aviva el fuego y échale leña.

—¿De qué sirve avivar el fuego y echarle leña para guisar fresas y toda esa porquería? Pero tú tienes escopeta, ¿no? Podríamos conseguir algo mejor que fresas.

—Fresas y toda esa porquería… —dije—. ¿De eso vives?

—No pude encontrar ninguna otra cosa.

—Pero ¿cuánto tiempo llevas en la isla, Jim?

—Vine aquí la noche siguiente de que te asesinaran.

—¡Cómo! ¿Todo ese tiempo?

—Ya lo creo.

—¿Y solamente has comido esa porquería?

—Sí, nada más.

—Pues debes de estar casi muerto de hambre, ¿no?

—Creo que me atrevería a comerme un caballo. ¡Vaya si lo creo! ¿Cuánto tiempo llevas tú en la isla?

—Desde la noche en que me asesinaron.

—¡Qué me dices! Pues, ¿de qué te has alimentado? Pero ¿tienes escopeta? ¡Ah, sí! Perfectamente. Ahora, ve a matar algo y yo arreglaré al fuego.

Nos acercamos a donde estaba la canoa y, mientras él encendía otro fuego en un sitio abierto, cubierto de hierba, entre los árboles, yo saqué harina de maíz, tocino, café, cafetera, sartén, azúcar y tazas de hojalata y el negro se quedó un poco pasmado, convencido de que todo era arte de magia. Pesqué un barbo bastante gordo también y Jim lo limpió con su navaja y lo frió.

Cuando estuvo preparado el desayuno, nos echamos en la hierba y nos lo comimos muy caliente. Jim se atracó con toda su alma, porque estaba casi muerto de hambre. Luego, una vez estuvimos bastante saciados, dejamos de comer e hicimos el vago.

Al cabo de un rato, Jim dijo:

—Escucha, Huck: ¿a quién mataron en esa cabaña si no fue a ti?

Entonces le conté toda la historia y él dijo que le parecía muy ingeniosa. Dijo que a Tom Sawyer no se le hubiera ocurrido un plan mejor que el mío. Luego pregunté yo:

—Jim, ¿cómo es que estás tú aquí y cómo llegaste?

Pareció intranquilizarse bastante y no dijo nada durante un rato. Luego dijo:

—Quizá sea mejor que no lo diga.

—¿Por qué, Jim?

—Pues… hay motivos. Pero tú no serías capaz de delatarme si te los contara, ¿verdad, Huck?

—Maldito si lo haría, Jim.

—Bueno, pues te creo, Huck. Me… ¡me escapé!

—¡Jim!

—Pero dijiste que no lo contarías… Sabes que dijiste que no lo contarías, Huck.

—Sí que lo dije. Dije que no lo diría y no me retracto. Palabra que no. Sé que si la gente se enterara, me tildaría de abolicionista y me despreciaría por callar… pero eso es igual. No voy a delatarte y tampoco pienso volver allá de todos modos, conque ahora cuéntamelo todo.

—Bueno, pues verás, fue así. Mi amita, la señorita Watson, me pincha constantemente y me trata bastante mal, pero siempre le había oído decir que no me vendería en Orleans. Pero últimamente noté que por allí rondaba mucho un traficante de negros y empecé a sentirme intranquilo.

»Conque una noche, bastante tarde, me arrastré hasta la puerta, y la puerta no estaba cerrada del todo. Y oí a mi amita decirle a la viuda que iban a venderme a Orleans, pero que no quería; mas como le ofrecían ochocientos dólares por mí y era eso un montón de dinero tan grande que no podía resistir la tentación…

»La viuda intentó hacerle prometer que no haría semejante cosa, pero yo no esperé a ver en qué paraba el asunto. Me largué más que aprisa, te lo aseguro.

»Salí disparado colina abajo con la esperanza de robar un esquife en la orilla del río, más arriba de la población, pero aún había gente por allí; por ello me escondí en la tonelería medio derruida que hay junto al río para esperar a que se marchara todo el mundo.

»Allí pasé toda la noche. Siempre hubo alguien rondando por los alrededores. A eso de las seis de la mañana empezaron a pasar canoas y, a eso de las ocho o las nueve, en todos los esquifes que pasaban se hablaba de que tu padre había ido a la población diciendo que te habían matado.

»Los últimos esquifes pasaban llenos de señoras y caballeros que iban a ver el sitio. A veces atracaban en la orilla y descansaban antes de empezar a cruzar, y por sus conversaciones acabé enterándome de toda la noticia. Sentí enormemente que te hubieran matado, Huck; pero ya no lo siento ni pizca.

»Me pasé todo el día tumbado allí debajo de las virutas. Tenía hambre, pero no miedo, porque sabía que mi amita y la viuda se marcharían a una reunión religiosa que se celebraba al aire libre inmediatamente después del desayuno y que estarían fuera todo el día. Y ellas sabían que yo tenía la costumbre de salir con el ganado al amanecer, conque no esperarían verme por allí y no me echarían de menos hasta después de anochecer. Los demás criados no me echarían de menos porque, en cuanto las viejas se hubieran marchado, se largarían de fiesta.

»Bueno, pues tan pronto anocheció seguí por el camino del río y caminé dos millas o más hasta donde no hubiera ninguna casa. Ya había pensado lo que iba a hacer. Si intentaba fugarme a pie, los perros me seguirían la pista; si robaba una canoa para cruzar el río, echarían en falta la canoa y sabrían poco más o menos dónde habría desembarcado en la otra orilla y dónde buscar mi pista. Así pues, me dije: «Una balsa es lo que yo necesito, eso no deja rastro».

»Finalmente vi una luz que doblaba la curva, de modo que me metí en el agua y empujé un tronco delante, nadando hasta más de la mitad del río. Me estuve entre la madera que flotaba a la deriva, agaché la cabeza y nadé contra la corriente hasta que llegó la balsa. Entonces nadé hacia la popa y me agarré. Se ocultó la luna y durante un rato hubo bastante oscuridad. Me subí a la balsa y me eché encima de las tablas. Los tripulantes se agrupaban todos en el centro, donde estaba la luz. El río iba de crecida y había una buena corriente; así, calculé que a las cuatro de la mañana estaría a veinticinco millas río abajo y que entonces me echaría al agua, antes de que amaneciera, nadaría hasta tierra y me internaría por el lado de Illinois.

»Pero no tuve ni un tanto así de suerte. Cuando casi habíamos llegado a la isla, un hombre empezó a acercarse a popa con la linterna. Comprendí que no debía esperar más y me tiré al río y nadé hacia la isla. Bueno, pues me había parecido que podría subir a tierra casi en cualquier lado; pero no pude: la ribera era demasiado escarpada. Antes de encontrar un sitio bueno llegué casi al otro extremo de la isla. Me metí en el bosque y decidí no andar más con balsas mientras movieran tanto la linterna. En la gorra tenía la pipa, una pastilla de tabaco y unas cerillas, y no se habían mojado; por ese lado estaba bien.

—¿De modo que no has comido ni carne ni pan durante todo este tiempo? ¿Por qué no pescaste tortugas?

—¿Cómo quieres que las pescara? ¡Como si fuese fácil acercarse a ellas y agarrarlas! ¿Y cómo puede uno golpearlas con una piedra?

¿Cómo iba uno a hacer eso de noche? Y durante el día no iba a asomarme yo a la orilla.

—Es verdad. Has tenido que permanecer siempre en los bosques. ¿Les oíste disparar el cañón?

—Sí. Sabía que te buscaban. Les vi pasar por aquí; los miré por entre la maleza.

Aparecieron unos pajaritos que volaban cerca y luego se posaban, repitiendo después la misma operación. Jim dijo que eso quería decir que iba a llover. Dijo que era señal de ello cuando los pollos pequeños volaban así, y así suponía que quería decir lo mismo cuando lo hacían pájaros pequeños.

Yo quería coger unos cuantos, pero Jim no me dejó. Dijo que eso era la muerte. Dijo que su padre había estado muy enfermo una vez, y alguien cogió un pájaro, y su abuela dijo que su padre moriría, y murió.

Y Jim dijo que no debían contarse las cosas que iban a guisarse para comer, porque eso traía mala suerte. Igual ocurriría al sacudir un mantel después de la puesta del sol. Y dijo que si un hombre tenía una colmena y ese hombre se moría, había que decírselo a las abejas antes de la salida del sol de la mañana siguiente, porque, si no, todas las abejas se debilitarían, dejarían de trabajar y acabarían muriéndose.

Jim dijo que las abejas no picaban a los idiotas; pero no le creí porque yo las he probado la mar de veces y no me han querido picar nunca.

Anteriormente, ya había oído algunas de esas cosas; pero no todas. Jim conocía toda clase de señales. Me dijo que sabía casi todas las cosas. Yo dije que, al parecer, todas las señales eran de mala suerte, de modo que le pregunté si no había señales de buena suerte también.

Él dijo:

—Muy pocas... y esas para poco le sirven a uno. ¿Para qué quieres saber cuándo vas a tener buena suerte? ¿Quieres alejarla?

—Y añadió—: Si tienes los brazos peludos y el pecho peludo, es señal de que vas a ser rico. Bueno, de algo sirve una señal así, porque ¡es para algo tan lejano! Porque, ¿sabes?, tal vez primero vayas a ser pobre mucho tiempo, y pudieras descorazonarte y suicidarte si no supieras por la señal que ibas a ser rico con el tiempo.

—¿Tienes tú los brazos peludos y el pecho peludo, Jim?

—¿Por qué pierdes el tiempo haciéndome esta pregunta? ¿No lo ves que sí?

—Bueno, pues, ¿eres rico?

—No, pero he sido rico una vez y voy a volver a ser rico. Tuve una vez quince dólares, pero me puse a especular y me quedé arruinado.

—¿En qué especulaste, Jim?

—Primero probé en existencias.

—¿Qué clase de existencias?

—Pues existencias vivas. Ganado, ¿sabes? Invertí diez dólares en una vaca. Pero me parece que no aventuraré más dinero en ganado. La vaca se me murió en las manos.

—De modo que perdiste los diez dólares.

—No, no lo perdí todo. Perdí unos nueve tan solo. Vendí la piel y la grasa y me dieron por ello un dólar y diez centavos.

—Te quedaban cinco dólares y diez centavos. ¿Volviste a especular?

—Sí. ¿Conoces a ese negro cojo que pertenece al señor Bradish? Bueno, pues fundó un banco y dijo que el que colocara en él un dólar, al cabo de un año recibiría cuatro más. Todos los negros deseaban participar, pero iban escasos de dinero. Yo era el único que tenía. Así que exigí más de cuatro dólares y dije que, si no me los daban, abriría un banco por mi cuenta. Bueno, pues ese negro quiso evitar que yo le hiciera la competencia porque dijo que no había negocio suficiente para dos bancos; entonces dijo que podía yo colocar mis cinco dólares y que al fin de año me pagaría treinta y cinco.

»Lo hice. Después se me ocurrió que sería mejor invertir los treinta y cinco dólares para que no dejara de rodar la bola. Un negro llamado Bob había robado una balsa y su amo no lo sabía. Se la compré y le dije que se cobrase los treinta y cinco dólares del banco cuando acabara el año. Pero aquella noche robaron la barca y, al día siguiente, el negro cojo dijo que el banco había quebrado. Así que ninguno de nosotros consiguió dinero.

—¿En qué empleaste los diez centavos, Jim?

—Pensaba gastármelos, pero tuve un sueño y en el sueño me dijeron que se los diera a un negro llamado Balaam. (Le llaman el Asno de Balaam; es tonto, ¿sabes?) Pero, según dicen, tiene suerte y comprendí que yo no la tenía. En sueños me dijeron: deja los diez centavos y que te los coloque Balaam y te ganará dinero. Bueno, pues, Balaam tomó los diez centavos y, estando en la iglesia, oyó decir al cura que quien daba a los pobres prestaba a Dios y que le sería devuelto el dinero al ciento por uno. Así que Balaam fue y dio los diez centavos a los pobres y se puso a esperar el resultado.

—Bueno, ¿y qué resultado dio, Jim?

—No dio resultado nunca. No conseguí cobrar ese dinero de ninguna manera. Y Balaam no podía. No volveré a prestar dinero como no tenga garantías. ¡Que le sería devuelto el dinero centuplicado, dijo el cura! Si yo pudiera conseguir que me devolvieran los diez centavos, me consideraría en paz y hasta quedaría agradecido.

—Sea como fuere, Jim, da lo mismo, puesto que tarde o temprano has de volver a ser rico.

—Sí… y bien mirado soy rico ahora. Soy el dueño de mí mismo y valgo ochocientos dólares. Ojalá tuviera ese dinero; no querría más.

IX

LA TUMBA FLOTANTE

Deseaba ir a echar un vistazo a un sitio próximo al centro de la isla que había encontrado al explorarla. De modo que emprendimos el camino y pronto llegamos a él porque la isla solo tenía tres millas de largo y un cuarto de milla de anchura.

Aquel lugar era una colina escarpada, o loma bastante larga, de unos cuarenta pies de altura. Pasamos penas y trabajos para llegar a la cima, de tan pendientes que eran las laderas y tan espesos los matorrales. La recorrimos toda y, por fin, encontramos una gran caverna en la roca, en el lado que miraba a Illinois.

La gruta era tan grande como dos o tres cuartos juntos y Jim podía estar de pie, derecho, en ella. Se estaba muy fresco. Jim era de la opinión de que enseguida metiéramos todas nuestras cosas allí, pero yo le dije que no nos interesaba estar subiendo y bajando continuamente.

Jim dijo que si escondíamos la canoa en un buen sitio y guardábamos todo nuestro equipaje en la caverna, podríamos correr allí si alguien desembarcaba en la isla, y que si no usaban perros jamás lograrían encontrarnos. Además, aquellos pajaritos habían dicho que iba a llover, ¿quería yo que se mojaran las cosas?

Volvimos, pues, a buscar la canoa y remamos hasta la altura de la caverna, a la que subimos todas las cosas. Luego buscamos un sitio cercano para esconder la canoa entre los sauces. En los aparejos encontramos unos pescados, volvimos a montarlos y nos preparamos para comer.

La entrada de la gruta era lo bastante grande para que por ella entrara un tonel tumbado y, a un lado, el suelo sobresalía un poco y estaba plano y resultaba un buen sitio para hacer fuego. De modo que lo hicimos allí y guisamos la comida.

Extendimos las mantas dentro como alfombras y comimos sobre ellas. Pusimos todas las demás cosas a mano en lo hondo de la caverna. Pronto se oscureció el cielo y empezó a tronar y relampaguear, de modo que los pajaritos no se habían equivocado. Enseguida empezó a llover —y llovió a chuzos— y nunca he visto soplar el viento como sopló entonces. Era una tormenta de estío.

Oscureció tanto que todo parecía azul, negro afuera, y encantador; y la lluvia caía tan espesa que los árboles que se encontraban a poca distancia tenían un aspecto borroso como de telarañas; y, de pronto, venía una racha de aire que doblaba los árboles y descubría la parte pálida de debajo de las hojas; y luego la seguía un verdadero mugido, y los árboles agitaban las ramas como si estuvieran furiosos; y a continuación, cuando más azul y más negro estaba todo, ¡chsss…!, se volvía claro como la gloria y, por un momento, se veían copas de árbol agitadas allá en lo que antes había alcanzado la mirada, y un segundo después se quedaba todo negro como el pecado y se oía de pronto al trueno soltar un terrible estampido y luego correr retumbando, gruñendo, rebotando, cielo abajo hacia la parte inferior del mundo, como si se hicieran rodar unos barriles vacíos escalera abajo, donde es larga y rebotan mucho.

—Jim, esto es bonito —dije—. No quisiera estar en otro sitio más que aquí. Dame otra tajada de pescado y pan caliente.

—Pues no estarías aquí si no hubiese sido por Jim, que estarías ahí abajo, en el bosque, sin comer, y medio ahogándote también… Vaya si hubieras estado, querido. Bien saben los pollos cuándo va a llover. Y también los pájaros, muchacho.

El río siguió creciendo y creciendo durante diez o doce días hasta que, por fin, acabó por desbordarse. El agua tenía tres o cuatro pies de profundidad en las partes bajas de la isla y en los bajos de Illinois. Por aquel lado tenía muchas millas de anchura; pero por el lado de Missouri tenía el mismo ancho de siempre, porque la ribera de Missouri estaba formada por altos cantiles.

Durante el día, recorrimos toda la isla en la canoa. En el centro del bosque hacía mucho fresco y buena sombra, aun cuando afuera hiciera un sol de fuego. Serpenteábamos por entre los árboles, y a veces las lianas colgaban tan espesas que nos obligaban a retroceder y buscar otro sitio por donde poder pasar. Bueno, pues, en todos los árboles caídos y viejos se veían conejos, culebras y cosas así.

Cuando la isla llevaba inundada un día o dos, el hambre hizo volver a los animales tan mansos que uno podía acercarse y ponerles la mano encima si quería; pero no encima de las culebras y de las tortugas: estas se tiraban al agua. La loma en que se encontraba nuestra gruta estaba llena de ellos. Habríamos podido tener una infinidad de animales domésticos si lo hubiésemos deseado.

Una noche cogimos una pequeña porción de una balsa de maderas, unas planchas de pino muy hermosas. Tenía doce pies de anchura y unos quince o dieciséis de largo, y la parte de arriba salía del agua unas seis o siete pulgadas, un piso sólido y llano. A veces, durante el día, veíamos troncos de sierra, pero los dejábamos en paz. No nos asomábamos mientras era de día.

Otra noche, cuando estábamos en la parte de arriba de la isla, poco antes del amanecer, bajó una casa de madera por el lado oeste. Era de dos pisos y se inclinaba fuertemente. Nos dirigimos a ella remando y subimos entrando por una ventana del piso superior. Pero aún era demasiado oscuro para ver, de modo que amarramos la canoa y nos sentamos en ella esperando que amaneciese.

Empezó a clarear antes de que hubiéramos llegado al otro extremo de la isla. Entonces nos asomamos a la ventana. Pudimos ver una cama, una mesa, dos sillas viejas y un sinfín de cosas por el suelo.

Y también había ropa colgada en la pared. Había algo tirado en tierra en un rincón, algo que parecía un hombre. De modo que Jim exclamó:

—¡Hola!

Pero no se movió. Entonces yo di un grito y luego dijo Jim:

—Ese hombre no está dormido: está muerto. Tú te quedas aquí; yo iré a ver.

Fue, se agachó y dijo:

—Es un muerto. Sí que lo es; y además está desnudo. Le han pegado un tiro en la espalda. Debe de hacer dos o tres días que está muerto. Entra, Huck, pero no le mires a la cara... es demasiado horrible.

No le miré ni un poco. Jim le había cubierto con unos trapos viejos; pero no tenía necesidad de haberlo hecho: yo, malditas las ganas que tenía de verle. Había un montón de viejos y grasientos naipes esparcidos por el suelo, y botellas de whisky, y un par de antifaces hechos de trapo negro; y por todas las paredes se veían palabras y cuadros de lo más tonto dibujados con carbón.

Encontramos dos vestidos sucios, de indiana, un sombrero de mujer contra el sol, y colgadas de la pared unas prendas femeninas, y también ropa de hombre. Lo metimos todo en la canoa; tal vez nos hiciera falta. Había un sombrero de paja, que debió de pertenecer a un niño, con lunares, en el suelo. También me lo llevé. Y vimos una botella donde había habido leche; y tenía un tapón de trapo para que chupara un nene. Encontramos un arca vieja, desvencijada, y un baúl de pelo, con las bisagras rotas. Estaban abiertos, pero en ellos no quedaba nada que valiera la pena. Por la manera como estaban tiradas las cosas por alrededor, adivinamos que la gente se había marchado aprisa y que no había podido llevarse la mayor parte de lo que le pertenecía.

Nos llevamos una linterna vieja de hojalata, y un cuchillo de carnicero sin mango, y un cuchillo Barlow, nuevo, flamante, que costaría en cualquier tienda veinticinco centavos, y una infinidad de velas de sebo, y una palmatoria de hojalata, y una calabaza para vino, y una taza de lata, y una colcha vieja y raída de la cama, y un bolso con aguas y alfileres, y cera, y botones e hilo, y toda esa clase de menudencias dentro. Y un hacha y unos clavos; y un sedal de pesca, tan gordo como mi dedo meñique, con unos anzuelos enormes; y un rollo de piel de ante; y un collar de cuero, de perro; y una herradura; y unos frascos de medicina que no tenían etiqueta; y, en el momento en que nos íbamos, yo me encontré una almohada en bastante buen estado y Jim se encontró un arco de violín, raído, y una pata de palo. Tenía rotas las correas, pero, fuera de eso, era una pata bastante buena, aunque para mí era demasiado larga y para Jim demasiado corta. No pudimos encontrar su pareja por más que buscamos por todas partes.

De modo que, en conjunto, hicimos una buena presa. Cuando estuvimos preparados para irnos, nos hallábamos a un cuarto de milla por debajo de la isla y estábamos en pleno día. Entonces hice que Jim se echara en el fondo de la embarcación y le tapé con la colcha, porque, si hubiese ido sentado, la gente habría comprendido desde lejos que era negro.

Me dirigí remando hacia la ribera del lado de Illinois y entretanto me dejé arrastrar cerca de media milla. Me deslicé por el agua mansa al lado de la orilla y no sufrí accidente alguno ni me encontré con nadie. Llegamos a casa sanos y salvos.

X

LO QUE SUCEDE CON LA PIEL DE CULEBRA

Cuando hubimos desayunado quise hablar del muerto y adivinar cómo le habían matado; pero Jim no quiso. Dijo que traería mala suerte. Y además, explicó, el fantasma del muerto podría venir a perseguirnos. Dijo que al hombre que no está sepultado es más fácil que le dé por seguir a los vivos que el que se encuentra cómodamente plantado en tierra. Eso me parecía bastante razonable, de modo que no dije más; pero no pude dejar de pensar en ello y de sentirme ignorante de quién había pegado un tiro al hombre y por qué lo había hecho.

Registramos la ropa y encontramos ocho dólares de plata cosidos en el forro de un viejo abrigo. Jim dijo que suponía que la gente de aquella casa debía de haber robado el abrigo, porque si hubiesen sabido que contenía aquel dinero, no lo habrían dejado. Yo dije que seguramente le habrían matado a él también, pero Jim no quiso hablar de eso. Yo le dije:

—Tú crees que es mala suerte, pero ¿qué dijiste cuando traje la piel de culebra que encontré en la loma anteayer? Dijiste que tocar una piel de culebra con las manos era la peor suerte del mundo. Bueno, pues ¡aquí tienes la mala pata! Hemos recogido todas estas cosas y además ocho dólares. Ojalá nos persiguiera esta clase de mala suerte todos los días, Jim.

—Espera, querido, espera. No cantes victoria. Vendrá. Recuerda que te digo que vendrá.

Y así fue. Esa conversación la tuvimos el martes. Bueno, pues el viernes, después de comer, estábamos tumbados sobre la hierba en la parte más alta de la loma y nos quedamos sin tabaco. Yo fui a la gruta a buscar más, y me encontré allí con una serpiente de cascabel.

La maté y la enrosqué al pie de la manta de Jim, con mucha naturalidad, pensando lo que me divertiría cuando la encontrara el negro. Al anochecer, ya me había olvidado completamente de la serpiente, y, cuando Jim se tiró sobre la manta mientras yo encendía la luz, la pareja de la serpiente, que estaba allí, le mordió.

De un salto se puso en pie, dando gritos, y lo primero que vimos con la luz fue el bicho enroscado, dispuesto a atacar otra vez. En un segundo la puse fuera de combate con un palo y Jim agarró la garrafa de whisky de papá y empezó a vaciarla.

Estaba descalzo y la serpiente le había mordido en el talón. Eso fue la consecuencia de que yo cometiera la tontería de no recordar que, donde se deja una serpiente muerta, siempre acude la compañera y se enrosca a su alrededor. Jim me dijo que cortara la cabeza a la serpiente y que la tirara y que luego desollara el cuerpo y asara un trozo.

Así lo hice, y él se lo comió y dijo que contribuiría a su curación. Me hizo quitar a la culebra los anillos de la cola y que se los atara a la muñeca. Dijo que eso ayudaría. Luego salí y tiré las serpientes entre los matorrales, porque no pensaba dejar que Jim descubriera que la culpa era mía, de ningún modo, si podía evitarlo.

Jim se puso a empinar el codo y, de vez en cuando, parecía que se volvía loco, daba media vuelta y empezaba a aullar; pero cada vez que recobraba la cordura, volvía a darle un tiento a la garrafa. Se le hinchó bastante el pie, y también la pierna; pero, al cabo de un rato, empezó la borrachera; de modo que calculé que no había peligro, aunque yo hubiera preferido que me picara una serpiente a que lo hiciera el whisky de papá.

El negro estuvo echado durante cuatro días y cuatro noches. Luego se le bajó la inflamación y pudo andar otra vez. Resolví no volver a tocar una piel de culebra con las manos ahora que había palpado las consecuencias. Jim dijo que, después de lo sucedido, esperaba que le creyera la próxima vez. Y dijo que el tocar una piel de culebra traía tan mala suerte que tal vez no hubiéramos acabado con ella aún.

Dijo que antes preferiría ver la luna nueva por encima de su hombro izquierdo un millar de veces a coger una piel de culebra con las manos. Yo ya empezaba a pensar lo mismo, aunque siempre he considerado que el mirar la luna nueva por encima del hombro izquierdo es una de las cosas más descuidadas e imprudentes que puedan hacerse.

El viejo Hank Bunker lo hizo una vez y se jactó de haberlo hecho; y, en menos de dos años, se emborrachó y se cayó de la torre de las municiones y se aplastó de tal manera que, como quien dice, se quedó hecho una especie de lámina; y le colocaron de lado entre dos puertas de cobertizo que hicieron de ataúd y así le enterraron, según dicen; pero yo no lo vi. Me lo contó papá. Sea como fuere, todo ello le ocurrió por mirar a la luna nueva de esa manera, como un imbécil.

Bueno, pues, pasados unos días, el río volvió a su cauce y una de las primeras cosas que hicimos fue echar al agua un anzuelo de los grandes, poniendo por cebo un conejo desollado, y pescamos un barbo tan grande como un hombre, pues medía seis pies y dos pulgadas de largo y pesaba más de doscientas libras. No podíamos cobrarlo, claro está; nos hubiera arrastrado y tirado al Illinois. Nos quedamos allí sentados viéndole cómo azotaba el agua y se retorcía hasta ahogarse. En su estómago encontramos un botón dorado y una pelota redonda junto con el excremento. Partimos la pelota y en su interior encontramos un carrete. Jim dijo que lo habría tenido dentro mucho tiempo para recubrirlo así y dejarlo convertido en una pelota.

Yo creo que nunca se había pescado un pez tan grande en el Mississippi. Jim dijo que él nunca había visto uno mayor. En la población hubiera dado buenos dineros. En el mercado venden esos peces por libras; todo el mundo compra una porción; tiene la carne blanca como la nieve y es bueno para freír.

A la mañana siguiente dije que me aburría y me estaba volviendo tonto y que quería animarme de alguna manera. Dije que me iría al otro lado del río a ver qué ocurría. A Jim le gustó la idea; pero, según él, tenía que ir de noche y sin entretenerme. Luego lo estudió bien y dijo:

—¿No sería mejor que te pusieras algunas de esas cosas viejas y te vistieras de niña?

Pues no era mala la idea. De modo que acortamos uno de los vestidos de indiana y, después de arremangarme los pantalones hasta las rodillas, me lo puse. Jim lo sujetó por detrás con los corchetes y me ajustaba bastante bien. Me puse el sombrero, atándolo por debajo de la barbilla. Así, al asomarse a verme la cara, era como mirar por el tubo de una chimenea. Jim dijo que nadie me reconocería, ni siquiera de día, casi. Pasé todo el día ensayando para acostumbrarme a la ropa y acabé por acomodarme bastante bien a ella; solo que Jim decía que yo no andaba como una muchacha. Y me dijo que debía evitar la costumbre de levantarme la falda para meter la mano en el bolsillo del pantalón.

Salí para la ribera de Illinois en la canoa cuando ya había oscurecido.

Crucé en dirección al pueblo, un poco más abajo del embarcadero, y la corriente me llevó hasta la parte baja de la población. Amarré la canoa y empecé a caminar por la orilla. En una cabaña pequeña en la que nadie había vivido durante mucho tiempo se veía una luz, y me pregunté quién se habría instalado en ella.

Me acerqué y miré por la ventana. Había allí una mujer de unos cuarenta años de edad, que hacía calceta a la luz de una vela que había sobre una mesa de pino. No conocía su cara; era forastera, porque no había cara en el pueblo que yo no conociese. Esto era una suerte, porque empezaba a perder el ánimo; empezaba a asustarme de haber ido. La gente podría reconocerme por la voz y descubrirme.

Pero si aquella mujer había estado en una población tan pequeña dos días, podría decirme todo lo que yo quería saber. De modo que llamé a la puerta, decidido a no olvidarme de que era una niña.

XI

NOS PERSIGUEN

—¡Adelante! —dijo la mujer.

Entré. Dijo ella:

—Siéntate.

Lo hice. Me miró de pies a cabeza con sus ojuelos brillantes. Preguntó:

—¿Cómo te llamas?

—Sarah Williams.

—¿Dónde vives? ¿En la vecindad?

—No, señora. En Hookerville, siete millas más abajo. He andado todo el camino y estoy que no puedo más.

—Y también estarás hambrienta, sin duda alguna. Te buscaré algo.

—No, señora; no tengo hambre. Tenía tanta que tuve que pararme dos millas más abajo, en una casa de labranza; de modo que ya no tengo hambre. Por eso llego tan tarde. Mi madre está enferma y no tiene dinero ni nada, y yo he venido a decírselo a mi tío Abner Moore. Vive en la parte de arriba de la población, según dice mi madre. Yo nunca había estado aquí hasta ahora. ¿Le conoce usted?

—No, pero aún no conozco a nadie. Apenas hace dos semanas que estoy aquí. La parte de arriba de la población está muy lejos. Mejor será que te quedes aquí a pasar la noche. Quítate el sombrero.

—No, descansaré un poco y luego seguiré adelante. La oscuridad no me da miedo.

Dijo que no me permitiría salir «sola»; pero que su marido volvería pronto, tal vez al cabo de hora y media, y que le haría ir conmigo. Después se puso a hablar de su marido, y de sus parientes río arriba, y de sus parientes río abajo, y de lo buena que había sido su posición y de cómo no estaban muy seguros de no haber cometido una equivocación viniendo a nuestra población en lugar de conformarse con lo que tenían, y así por el estilo, hasta que empecé a tener miedo de que hubiera sido yo el que se equivocara al entrar en la casa para enterarme de lo que pasaba en el pueblo.

Pero, finalmente, se puso a hablar de papá y del asesinato, y entonces yo no tuve inconveniente en que hablara todo lo que quisiera. Me contó cómo Tom Sawyer y yo habíamos encontrado los seis mil dólares (aunque ella dijo diez), y me habló de papá y de que era hombre de cuidado. Y, por último, llegó al momento en que me habían asesinado. Yo pregunté:

—¿Quién lo hizo? Se han dicho muchas cosas sobre eso en Hookerville; pero no sabemos quién fue el asesino de Huck Finn.

—Pues mira, aquí hay un sinfín de gente que quisiera saber quién le mató. Algunos creen que fue el propio Finn padre.

—¡Cómo! ¿De veras?

—Así lo creyó casi todo el mundo al principio. Nunca sabrá él lo cerquita que estuvo de ser linchado. Pero aún no había llegado la noche cuando habían cambiado de opinión, y dijeron que lo había hecho un negro fugitivo que se llama Jim.

—Pero si él…

Me contuve. Pensé que me iría mejor callando. Ella continuó su charla, sin darse siquiera cuenta de que la había interrumpido.

—El negro se escapó la misma noche en que dieron muerte a Huck Finn. Así que ofrecen una recompensa por su captura: trescientos dólares. Y también dan una recompensa por Finn padre… doscientos dólares. Porque, ¿sabes?, vino a la población a la mañana siguiente del asesinato y lo contó, y salió con los demás en la embarcación que buscaba el cadáver. Pero, inmediatamente después, se largó. Querían lincharle cuando aún no había anochecido; pero ya se había marchado.

»Bueno, pues al día siguiente corrió la noticia de que había desaparecido el negro. Descubrieron que no se le había visto desde las diez de la noche en que se cometió el asesinato. Entonces le culparon a él, ¿comprendes?, y cuando aún estaban furiosos, volvió Finn al día siguiente y se fue llorando al juez Thatcher para sacarle dinero con que perseguir al negro por todo Illinois. El juez le dio cierta cantidad y por la noche se emborrachó y anduvo rondando por ahí hasta después de medianoche con un par de forasteros de aspecto dudoso, con los que luego se marchó.

»Bueno, pues desde entonces no ha vuelto, y no esperan que vuelva hasta que el asunto esté un poco olvidado, porque ahora la gente cree que fue él quien mató al chico y que arregló las cosas para hacer creer que lo habían hecho unos ladrones y poder conseguir el dinero de Huck sin tener que enzarzarse en un pleito largo. Dice la gente que es muy capaz de hacerlo. ¡Oh! Es astuto, sin duda alguna. Si sabe aguantar un año sin volver, no correrá peligro. No se puede probar nada contra él, ¿sabes? Y para entonces los ánimos se habrán calmado y podrá conseguir el dinero de Huck sin dificultad.

—Supongo que sí, señora. Nada veo que se lo impida. ¿Ha dejado todo el mundo de creer que lo hizo el negro?

—Oh, no; todo el mundo no. Hay muchos que creen que lo hizo él. Pero no pasará mucho sin que atrapen al negro y tal vez le obliguen a confesar de un susto.

—¡Cómo! ¿Es que aún andan en su busca?

—¡Caramba! ¿No te parece que eres un poco ingenua? ¿Es que cada día se encuentran trescientos dólares por ahí para que los recoja la gente? Algunos creen que el negro no anda lejos de aquí. Yo soy una de esas personas, pero jamás lo he dicho en público. Hace unos días hablaba con un viejo matrimonio que vive en la cabaña de troncos de al lado, y se les ocurrió decir que casi nunca va nadie a esa isla de allá que llaman la isla de Jackson. «¿Es que no vive nadie en ella?», pregunté yo. «No, nadie», contestaron ellos. No dije una palabra más, pero pensé mucho.

»Me parecía estar segura de haber visto humo en la parte alta de la isla uno o dos días antes, de modo que me dije que bien podía ser que el negro estuviese escondido allí. Fuera lo que fuese, me dije, valía la pena registrar la isla. Desde entonces no he vuelto a ver humo; por eso tal vez se haya marchado, si era él. Pero mi marido irá a echar un vistazo... él y otro hombre. Se había marchado río arriba, pero ha vuelto hoy y se lo he dicho en cuanto ha llegado, hace dos horas.

Tanta fue mi intranquilidad que no sabía estarme quieto. Tuve que hacer algo con las manos. Así pues, cogí una aguja de encima de la mesa y me puse a enhebrarla. Las manos me temblaban y no hice un papel muy lucido. Cuando la mujer dejó de hablar, alcé la vista y vi que me estaba mirando de una manera bastante rara y sonriendo un poco. Solté el hilo y la aguja y di a entender que encontraba interesante lo que me contaba, y sí que lo encontraba interesante en realidad. Dije:

—Trescientos dólares es mucho dinero. Ojalá pudiera conseguirlos mi madre. ¿Irá su marido allí esta misma noche?

—Sí. Se fue al pueblo con el hombre de quien te he hablado para conseguir una embarcación y ver si quieren prestarle otra escopeta. Irán después de medianoche.

—¿No verían mejor si esperaran a que se hiciera de día?

—Sí. ¿Y no podría ver mejor el negro también? Lo más probable es que después de medianoche ya esté dormido, y así podrán meterse por el bosque y buscar el fuego de su campamento, si es que lo tiene.

—No se me había ocurrido pensar en eso.

La mujer seguía mirándome de una manera extraña y yo no me sentía ciertamente a mis anchas. Al poco rato dijo:

—¿Cómo dijiste que te llamabas, querida?

—Mary Williams.

No sé por qué me pareció que no había dicho Mary antes, de modo que no alcé la cabeza. Me parecía que había dicho Sarah; por eso me sentí muy apurado y tal vez lo pareciera también. Pensé, ¡ojalá dijera algo más esta mujer! Cuanto más rato estaba callada, más intranquilo me ponía. Pero ahora dijo:

—Querida, creí que habías dicho que te llamabas Sarah.

—Sí, señora; sí que lo dije. Sarah Mary Williams. Mi primer nombre es Sarah. Algunos me llaman Sarah; otros me llaman Mary.

—Ah, es así, ¿eh?

—Sí, señora.

Me sentía un poco más aliviado, pero de todas formas hubiera preferido estar fuera de la casa. Aún no podía levantar la cabeza.

Bueno, pues la mujer se puso a hablar de que se pasaban unos tiempos muy duros, y de la pobreza con que tenían que vivir, y de que las ratas se paseaban como Pedro por su casa, con la misma tranquilidad que si fuesen las dueñas y otras cosas por el estilo, y entonces volví a sentirme más tranquilo.

Tenía razón por lo que se refiere a las ratas. De vez en cuando se veía asomar un hocico por un agujero del rincón. Dijo que cuando estaba sola tenía que tener algo a mano para tirárselo, pues de otro modo no la dejaban en paz. Me enseñó una barra de plomo, retorcida y hecha un nudo, y me dijo que, generalmente, hacía buena puntería con ella, pero que un día o dos antes se había dislocado un brazo y no sabía si podría tirar con tino o no.

Esperó una ocasión y tiró contra la rata, pero marró excesivamente el golpe y dijo: «¡Ay!», de tanto como le dolió el brazo. Entonces me dijo que probara yo con la siguiente. Yo deseaba marcharme antes de que regresara el marido; pero, claro está, no permití que lo adivinase. Tomé la barra de plomo y, en cuanto asomó el hocico de una rata, tiré con ella y, si no se larga de donde estaba, hubiera quedado bastante mal parada.

La mujer me dijo que lo había hecho estupendamente y que estaba segura de que haría blanco a la siguiente. Se levantó y fue a recoger el plomo y trajo una madeja con la que quería que la ayudase. Alcé las dos manos y ella me colocó la madeja y siguió hablando de sí misma y de los asuntos de su marido. Pero se interrumpió para decir:

—No pierdas de vista las ratas. Más vale que tengas el plomo a mano, en la falda.

De modo que dejó caer el plomo en mi falda en aquel momento y yo junté aprisa las piernas para cogerlo y ella siguió hablando. Pero solo durante un minuto. Luego quitó la madeja y me miró de hito en hito, con cara muy simpática, y dijo:

—Veamos… ¿cuál es tu verdadero nombre?

—¿Qué… qué dice, señora?

—¿Cuál es tu verdadero nombre? ¿Bill, Tom o Bob? O… ¿cuál es?

Me parece que temblé como un azogado y apenas supe qué hacer. Pero contesté:

—Por favor, no se burle de una pobre muchacha como yo, señora. Si estorbo aquí, me…

—No harás tal. Siéntate y quédate donde estás. No he de hacerte ningún daño y tampoco pienso delatarte. Tú cuéntame tu secreto y ten confianza en mí. Lo guardaré; y además te ayudaré. Y también mi marido, si tú quieres. Tú no eres más que un aprendiz que se ha fugado. Eso no tiene importancia. No hay nada malo en ello. Has sido objeto de malos tratos y has decidido largarte. ¡Bendita sea tu estampa, muchacho, no sería capaz de delatarte! Cuéntamelo todo… sé buen chico.

De modo que me dije que sería inútil continuar representando el papel más tiempo y que le contaría toda la verdad, pero que no dejara ella de cumplir su promesa. Luego le expliqué que mis padres habían muerto y que las autoridades me habían colocado como aprendiz con un labrador viejo y avaro a treinta millas del río y que eran tan malos los tratos del labrador que acabé por no poderlos resistir más.

Se marchó para estar fuera un par de días, de modo que tenté la suerte, robé ropa de su hija y escapé, y había tardado tres noches en andar las treinta millas. Caminaba de noche y me escondía y dormía durante el día, y el zurrón de pan y de carne que me había llevado me había durado para todo el camino y había comido abundantemente. Dije que creía que mi tío Abner Moore cuidaría de mí y por eso me había encaminado hacia aquella población de Goshen.

—¿Goshen, criatura? Esto no es Goshen. Es San Petersburgo. Goshen está diez millas más allá, río arriba. ¿Quién te dijo que esta población era Goshen?

—Pues un hombre que encontré esta mañana al amanecer cuando iba a esconderme en el bosque para dormir. Me dijo que al llegar a la bifurcación de la carretera debía seguir por la de la derecha y que, al cabo de cinco millas, me encontraría en Goshen.

—Sin duda estaría borracho. Te dijo exactamente lo contrario de la verdad.

—Sí que andaba como si estuviera borracho, pero eso ya no importa. Tengo que marcharme. Llegaré a Goshen antes de que amanezca.

—Aguarda un poco. Te prepararé un poco de comida. Pudieras necesitarla.

Conque me preparó algo de comer y dijo:

—Oye… cuando una vaca está echada, ¿qué parte suya se levanta primero? Contesta de corrido… no te pares a pensarlo. ¿Cuál es la parte que se levanta primero?

—La parte de atrás, señora.

—¿Y un caballo?

—La parte de delante, señora.

—¿En qué parte de un árbol se cría más musgo?

—En la que mira al norte.

—Si hay quince vacas que están paciendo en la ladera de una colina, ¿cuántas de ellas comen con la cabeza señalando la misma dirección?

—Las quince, señora.

—Bueno, veo que sí que has vivido en el campo. Creí que a lo mejor intentabas engañarme otra vez. ¿Cuál es tu verdadero nombre?

—George Peters, señora.

—Bueno, pues procura recordarlo, George. No sea que se te olvide y me digas que es Alexander antes de irte y quieras arreglar las cosas diciendo que te llamas George Alexander, cuando te sorprenda mintiendo. Y no te acerques a las mujeres con ese vestido de indiana. Haces el papel de niña bastante mal, aunque quizá podrías engañar a los hombres… pero solo quizá. Mira, muchacho: cuando te pongas a enhebrar una aguja, no tengas quieto el hilo y acerques la aguja a él; ten quieta la aguja y pínchala con el hilo: así lo hace una mujer. Los hombres lo hacen al revés.

»Y cuando tires contra una rata o algo, álzate de puntillas y levanta la mano por encima de la cabeza con toda la torpeza de que seas capaz y procura que el proyectil caiga por lo menos a dos metros de distancia de la rata. Has de tirar con el brazo rígido desde el hombro, como si allí hubiera un eje para girarlo… como una muchacha; no desde la muñeca y el codo, con el brazo hacia un lado…, como un chico.

»Y ten en cuenta que, cuando una muchacha quiere coger algo en la falda, separa las rodillas; no las junta como has hecho tú para recoger la barra de plomo. Me he dado cuenta de que eras un chico tan pronto has querido enhebrar la aguja, y entonces he ideado las otras tretas para asegurarme. Ahora, vete a casa de tu tío, Sarah Mary Williams George Alexander Peters, y si te encuentras en algún aprieto, manda aviso a la señora Judith Loftus, que soy yo, y haré lo que pueda por sacarte de él. Sigue la senda del río todo el camino y, la próxima vez que te pongas a andar, lleva zapatos y calcetines. El camino del río es rocoso y ¡vaya pies que tendrás cuando llegues a Goshen!

Empecé a andar un poco río arriba, y luego deshice lo andado y me encaminé a donde tenía la canoa, un buen trecho más abajo de la casa. Salté dentro y me marché más que aprisa. Remé aguas arriba lo suficiente para encontrarme al nivel del extremo norte de la isla y luego empecé a cruzar.

Me quité el sombrero, porque entonces ya no necesitaba tener anteojeras. Cuando me hallaba en medio del río, oí que el reloj empezaba a dar la hora y me detuve a escuchar. El sonido llegaba débil, pero claro: las once. Cuando toqué la isla no me paré a tomarme siquiera un respiro, aunque estaba casi sin aliento, sino que me metí por entre los árboles hacia el sitio en que había estado acampado al principio y allí encendí una gran fogata en un lugar alto y seco.

Luego volví a la canoa y remé hacia nuestro sitio, milla y media más abajo, con toda la celeridad posible. Desembarqué, me deslicé por el bosque, subí a la loma y entré en la gruta. Jim yacía allí, en el suelo, profundamente dormido. Le desperté y dije:

—¡Levántate y ahueca, Jim! ¡No hay que perder un minuto! ¡Nos persiguen!

Jim no hizo ninguna pregunta, no dijo una palabra; pero la manera como trabajó durante la media hora siguiente demostró el susto que tenía. Para entonces, todo lo que poseíamos en el mundo se encontraba en nuestra balsa, y esta estaba preparada para desatracar de la caleta de sauces donde la teníamos escondida. Primero apagamos el fuego de la gruta y después no sacamos ninguna vela encendida.

Me aparté un poco de la costa con la canoa para hacer una inspección; pero, si había alguna embarcación por los alrededores, yo no la vi, porque estrellas y sombras no sirven de mucho para ver. Luego sacamos la balsa y nos deslizamos por la sombra, pasando junto al pie de la isla quietos como muertos, sin cambiar palabra.

XII

ES MEJOR DEJAR LA MORAL EN PAZ

Sería alrededor de la una cuando por fin llegamos al extremo de la isla. La balsa parecía ir desesperadamente despacio. Si llegara a presentarse una embarcación, pensábamos tomar la canoa y dirigirnos a toda prisa a la costa de Illinois. Fue una suerte que no apareciera un barco porque no se nos había ocurrido poner la escopeta en la canoa, ni los aparejos de pescar, ni nada para comer. Teníamos demasiada prisa para pensar en tantas cosas. No estuvo muy bien pensado ponerlo todo en la balsa.

Si los hombres fueron a la isla, supongo que encontrarían la hoguera que encendí y que la vigilarían toda la noche esperando el regreso de Jim. Fuera como fuese, el caso es que no se nos acercaron y, si no les engañé con el fuego que hice, no fue culpa mía. Obré con ellos tan torcidamente como pude.

Cuando empezó a clarear el día, amarramos a una punta de estopa en un gran recodo del lado de Illinois, y con el hacha cortamos ramas de álamo que nos sirvieron para cubrir la balsa de manera que pareciese como si en la ribera se hubiese producido un hundimiento de tierras. Una «punta de estopa» es un banco de arena tan cubierto de álamos como un trillo de cuchillas.

Por el lado de Missouri había montañas, y una espesa arboleda por el de Illinois, y la parte navegable estaba más cerca de la ribera de Missouri por aquel lado, de modo que no temíamos que nadie viniera a tropezarse con nosotros. Nos estuvimos allí tumbados todo el día, viendo pasar balsas y vapores por cerca de la ribera de Missouri, y a los buques que iban río arriba luchar contra la corriente por el centro. Le conté a Jim el rato que había pasado charlando con aquella mujer; y Jim dijo que era una mujer muy lista y que si ella hubiese salido en nuestra persecución no se hubiera sentado a vigilar una hoguera, no señor, ella hubiese ido con un perro.

Pues entonces, dije yo, ¿por qué no podía decirle a su marido que llevara un perro? Jim dijo que apostaba a que esa idea se le habría ocurrido cuando los hombres estuvieron preparados para salir. Y opinaba que debían de haberse ido a la población a buscar un perro y por eso habían perdido tanto tiempo, de lo contrario no estaríamos entonces allí a dieciséis o diecisiete millas por debajo del pueblo, no señor: estaríamos de nuevo en la población. Entonces dije yo que me tenía sin cuidado el motivo de que no nos hubieran pillado, con tal de que no lo hicieran.

Cuando anocheció, asomamos la cabeza por el macizo de álamos y miramos arriba, abajo y enfrente; nada a la vista. Así pues, Jim levantó algunas de las tablas superiores de la balsa y construyó un cómodo cobertizo para guardarnos del sol y de la lluvia y conservar secas las cosas. Jim hizo una tarima para el cobertizo y la alzó un pie o más sobre el nivel de la balsa, de manera que las mantas y todas las demás cosas quedaron fuera del alcance de las olas que levantaban los vapores al pasar.

En el centro mismo del cobertizo colocamos una capa de tierra de cinco o seis pulgadas de grueso con un marco alrededor para que no se corriera de su sitio. Era para encender el fuego encima cuando el tiempo fuese de lluvia o hiciese frío. El cobertizo impediría que se viese. También hicimos unos remos de repuesto, para gobernar, porque uno de los otros podía romperse, encallarse o algo parecido.

Colocamos un palo corto, en horca, para colgar la linterna, porque siempre teníamos que encenderla cuando veíamos un vapor que bajaba por el río, para evitar que nos atropellase; pero no tendríamos que encenderla para los barcos que remontaban corriente arriba, a menos que estuviéramos en lo que llaman un «cruce», porque el río estaba aún bastante crecido y las riberas, muy bajas aún, estaban anegadas; por eso los barcos que subían el río no siempre seguían el canal de navegación, sino que buscaban agua fácil.

Aquella segunda noche flotamos unas siete u ocho horas con una corriente que hacía más de cuatro millas por hora. Pescamos, hablamos y nos pusimos a nadar de vez en cuando para alejar el sueño. Era impresionante bajar a la deriva por el enorme y silencioso río, echados boca arriba contemplando las estrellas y nunca teníamos ganas de hablar en voz alta, y pocas eran las veces que reíamos, como no fuera con una especie de risita muy baja. En general tuvimos muy buen tiempo y no nos ocurrió nada aquella noche, ni la otra, ni la siguiente.

Pasábamos todas las noches por delante de poblaciones, algunas de ellas construidas en las negras laderas de las colinas, que parecían una cama suntuosamente iluminada: no se podía ver ni una casa. La quinta noche pasamos San Luis y era como todo el mundo iluminado. En San Petersburgo solían decir que había veinte o treinta mil personas en San Luis, pero yo nunca lo creí hasta aquella silenciosa madrugada, a las dos, en que vi la maravillosa cantidad de luces. No se oía ni un sonido allí; todo el mundo dormía.

Ahora, saltaba todas las noches a tierra, a eso de las diez, en algún pueblecito medio dormido, donde compraba diez o quince centavos de harina de maíz o de tocino, o de alguna otra cosa para comer. Y a veces levantaba algún pollo que no estaba excesivamente cómodo en su percha y me lo llevaba. Papá siempre decía: «Coge un pollo siempre que se te presente la ocasión, porque, si no lo quieres tú, no te ha de ser difícil encontrar a alguien que lo quiera, y jamás se olvida una buena acción». Nunca he visto la ocasión en que papá no quisiera el pollo para él, pero de todos modos eso es lo que acostumbraba a decir.

Por las mañanas, antes de que amaneciera, me metía por los maizales y trigales y me llevaba una sandía, o un melón, o una calabaza, o un poco de maíz o trigo nuevo, o cosas así, a título de préstamo. Papá siempre decía que no era malo llevarse las cosas prestadas si uno tenía intención de pagarlas algún día. Pero la viuda decía que eso de «tomar prestado» no era más que una forma más delicada para decir «robar», y que ninguna persona decente lo haría.

Jim dijo que le parecía que, en parte, la viuda tenía razón, y que, en parte, también la tenía mi papá; de modo que lo mejor sería escoger dos o tres cosas de la lista y declarar que no volveríamos a tomarlas prestadas; así suponía que no sería malo llevarse prestadas las demás. De modo que nos pasamos toda la noche discutiendo, mientras flotábamos río abajo, intentando decidir si renunciábamos a las sandías, a los melones o a qué. Pero, cuando ya amanecía, todo quedó resuelto satisfactoriamente, pues decidimos renunciar a las manzanas silvestres y a las níspolas.

Antes de eso no nos habíamos sentido bien del todo, pero después quedamos sumamente aliviados. Además, me satisfacía la manera como quedaba la cosa, porque las manzanas silvestres nunca son buenas y las níspolas habían de tardar aún dos o tres meses en estar maduras.

De vez en cuando matábamos alguna ave acuática demasiado madrugadora o que no se acostaba lo bastante temprano. En conjunto, nos lo pasábamos bastante bien.

En la noche que hacía cinco, más abajo de San Luis, tuvimos una tormenta muy fuerte después de medianoche, con abundancia de truenos y relámpagos, y llovió a chuzos. Nos quedamos dentro del cobertizo y dejamos que la balsa se las arreglara sola. Cuando relampagueaba, veíamos un buen trozo de río recto delante de nosotros y altos cantiles a los dos lados. Al poco rato dije:

—¡Hola! ¡Jim! ¡Mira allá!

Era un vapor que había chocado contra una roca. Nos íbamos derechos hacia él. Se le podía distinguir muy claramente a la luz de los relámpagos. Estaba escorado, y tenía parte del puente superior por encima del agua y, a cada centelleo, se veían los vientos de la chimenea limpios y claros, y una silla junto a la gran campana, con un sombrero gacho, viejo, colgado del respaldo.

Bueno, pues, como era de noche, y había tempestad, y todo tenía tan misterioso aspecto, sentí exactamente lo que hubiera sentido cualquier otro muchacho al ver el buque naufragado tirado allí, tan melancólico y solitario, en medio del río. Me apetecía subir a bordo y visitarlo un rato para ver qué había dentro. De modo que dije:

—Desembarquemos en él, Jim.

Pero al principio Jim se opuso rotundamente. Dijo:

—Ningún barco naufragado me hará hacer el tonto. Vamos estupendamente y mejor será que nos conformemos con eso, como dice el Evangelio. Lo más probable es que haya un vigilante a bordo.

—¡Qué vigilante ni qué niño muerto! —dije yo—. No hay nada que vigilar como no sea la timonera, ¿y crees tú que alguien va a arriesgar la vida por una timonera en una noche como esta, cuando existen probabilidades de que se desguace el barco y lo arrastre el río de un momento a otro?

Jim no podía oponer nada a eso, de modo que no lo intentó.

—Además —dije yo—, quizá podamos tomar a préstamo algo que merezca la pena de la cámara del capitán. Apuesto a que cigarros puros… y que serán de los de cinco centavos cada uno, contantes y sonantes. Los capitanes de vapores son siempre ricos y cobran una mesada de sesenta dólares, y a ellos no les importa un comino lo que cueste una cosa cuando tienen interés por ella.

»Ponte una vela en el bolsillo. No podré descansar, Jim, hasta que le hayamos dado un repaso. ¿Crees tú que Tom Sawyer se dejaría pasar una cosa así? Ni por asomo. Él lo llamaría una aventura, así es como lo llamaría él. Y desembarcaría en ese vapor aunque fuera la última cosa que hiciera en su vida. ¡Y con qué estilo lo haría! ¡No echaría el resto ni nada, que digamos! Pero… ¡si parecería Cristóbal Colón descubriendo el Más Allá! Ojalá estuviera aquí Tom Sawyer.

Jim gruñó un poco, pero cedió. Dijo que no debíamos hablar más de la cuenta y que lo hiciéramos en voz muy baja. Los relámpagos volvieron a enseñarnos el vapor, justamente a tiempo, y nos acercamos a la verga de cara de estribor y allí amarramos.

Por aquel lado la cubierta estaba alta. Nos deslizamos por su pendiente hacia babor, en la oscuridad, tanteando precavidamente el camino con los pies y extendiendo las manos para defendernos contra los aparejos, porque estaba tan oscuro que no veíamos ni señal de ellos. Bien pronto nos tropezamos con el extremo de proa de la claraboya y nos subimos a ella. El paso siguiente nos llevó ante la puerta del capitán, que estaba abierta, y ¡recanastos!, ¡por el corredor de la cámara vimos una luz! Y, en el mismo instante, nos pareció oír rumor de voces allá dentro.

Jim susurró que se encontraba bastante mal y me dijo que nos marcháramos. Yo le dije que bueno, y estaba a punto de volver hacia la balsa; pero entonces oí alzarse una voz en un gemido, y decir:

—¡Por favor, muchachos! ¡Os juro que no diré una palabra!

Otra voz dijo, bastante alto:

—Mientes, Jim Turner. Ya lo has hecho así otras veces antes. Siempre quieres más de lo que te corresponde en el reparto y siempre lo has conseguido, por añadidura, porque juraste delatarnos si no te lo dábamos. Pero ahora ya pasa de la cuenta. ¡Eres el perro más ruin y más traidor del país!

Para entonces, Jim se había marchado ya en busca de la balsa. A mí me dominaba la curiosidad. Y me dije: «Tom Sawyer no retrocedería ahora, de modo que yo tampoco lo haré. He de enterarme de lo que está pasando aquí». De modo que me dejé caer al suelo en el corredor y me dirigí, a rastras, en la oscuridad, hacia popa, hasta que no quedó más que un camarote entre mí y el salón.

Entonces vi allí a un hombre tendido en el suelo, atado de pies y manos, y a dos hombres de pie junto a él, y uno de ellos tenía una linterna en la mano y el otro un revólver. Este apuntaba a la cabeza del que estaba en el suelo, y decía:

—¡Me gustaría hacerlo! ¡Y tendría el deber de hacerlo por añadidura, so canalla!

El caído se encogía y decía:

—¡Por favor, no lo hagas, Bill!... Nunca hablaré.

Y, cada vez que decía eso, el hombre de la linterna se echaba a reír, diciendo:

—¡Ya lo creo que no! ¡En tu vida has dicho una verdad más grande!

Y una vez dijo:

—¡Mira cómo suplica! Y, sin embargo, si no llegamos a dominarle y atarle, nos hubiese matado a los dos. ¿Y por qué? Pues por nada. Nada más que porque defendimos nuestros derechos... por eso. Pero apuesto a que no vuelves a amenazar a nadie ya, Jim Turner. Guarda ese revólver, Bill.

Bill dijo:

—Malditas las ganas que tengo de hacerlo, Jack Packard. Soy partidario de matarle. ¿No mató al viejo Hatfield de la misma manera? Y... ¿no se lo merece?

—Es que yo no quiero que se le mate, y tengo mis motivos.

—¡Dios te bendiga por esas palabras, Jake Packard! ¡No te olvidaré mientras viva! —dijo el hombre del suelo, haciendo pucheros.

Packard no le hizo caso. Colgó la linterna de un clavo y echó a andar hacia el sitio donde yo estaba, en la oscuridad, y le hizo una seña a Bill para que le siguiera. Retrocedí tan aprisa como pude unos cuantos pies, pero el barco estaba tan inclinado que no pude hacerlo tan rápidamente como era mi deseo. De modo que, para evitar que tropezaran conmigo y me cogieran, me metí, arrastrándome, en un camarote del lado de arriba. El hombre se acercó a tientas y, cuando Packard llegó a mi camarote, dijo:

—Oye… entra aquí.

Y entró, seguido de Bill. Pero, antes de que entraran, ya me había encaramado en la litera superior, como acorralado y sintiendo haber ido allí. Se pararon dentro, con las manos apoyadas en el borde de la litera, y hablaron. No los veía, pero adivinaba dónde estaban por el whisky que habían bebido. Me alegré de no probar el whisky, aunque, de todas formas, hubiese carecido de importancia: la mayoría del tiempo no hubiesen olido mi rastro porque no respiré. Estaba demasiado asustado. Además, uno no podía respirar y oír a la vez aquella conversación. Hablaban en voz baja y con gran seriedad. Bill quería matar a Turner. Dijo:

—Dije que hablaría y hablará. Aunque ahora le diéramos también, sería igual después de la bronca y de cómo le hemos tratado. Como me llamo Bill, que ese nos delata. Tú escúchame. Soy partidario de acabar con él de una vez.

—Y yo también —dijo Packard.

—Maldita sea, había empezado a creer todo lo contrario. Bueno, pues entonces no se hable más del asunto. Vamos a hacerlo.

—Un momento. Aún no he hablado yo. Escúchame. Pegarle un tiro está bien, pero hay procedimientos menos escandalosos si no hay más remedio que liquidarle. Lo que yo digo es lo siguiente: es una tontería hacer oposiciones a un nudo corredizo cuando puede conseguirse lo que uno quiere de una manera que sea tan eficaz y sin que uno tenga que correr tantos riesgos. ¿No te parece?

—Sin duda alguna. Pero ¿cómo piensas arreglártelas esta vez?

—Pues verás, mi idea es la siguiente: daremos una vuelta para recoger el botín que se nos haya pasado por alto por los camarotes y nos iremos a tierra a esconderlo. Luego esperaremos. Yo digo que no han de pasar dos horas antes de que el barco se haga trizas y la corriente arrastre sus pedazos, ¿comprendes? Se ahogará y no podrá echarle la culpa a nadie como no sea a sí mismo. Yo creo que eso es mucho mejor que matarle. No me parece bien matar a un hombre mientras pueda uno evitarlo. No es moral. ¿No tengo razón?

—Sí… supongo que sí. Pero ¿y si no se deshace, ni se lo lleva la corriente?

—Bueno, podemos esperar las dos horas y verlo por lo menos, ¿no?

—Bueno, vamos, pues.

De modo que salieron y yo escapé sudando de angustia y corrí a proa. Por allí estaba oscuro como boca de lobo, pero dije, en una especie de ronco susurro:

—¡Jim!

Un gemido sonó a mi lado. Dije:

—¡Pronto, Jim! ¡No es momento de andar con tonterías y gemidos! Hay una banda de asesinos a bordo y, si no encontramos su bote y lo soltamos para que se lo lleve la corriente y no puedan abandonar el barco esos hombres, uno de ellos va a encontrarse en una situación muy peliaguda. Pero, si encontramos el bote, podemos ponerles en una situación peliaguda a todos… porque el sheriff les echará el guante. ¡Pronto! ¡Date prisa! Yo buscaré por el lado de babor, tú busca por estribor. Empieza por la balsa y…

—¡Ay, Señor, Señor! ¿Balsa? ¡Ya no tenemos balsa! ¡Ha roto las amarras y se ha ido!… ¡Y nosotros estamos aquí!

XIII

EL HONRADO BOTÍN DEL «WALTER SCOTT»

Bueno, pues se me paró la respiración y por poco me desmayo. ¡Encerrados en un barco naufragado con semejante pandilla! Pero no era momento de andar con sentimentalismos. Teníamos que encontrar el bote aquel, lo necesitábamos nosotros. De modo que bajamos temblando y tiritando por el lado de estribor, y fuimos tan poco a poco que nos parecía que tardábamos una semana en llegar a popa. Ni rastro de un bote.

Jim dijo que no quería ir más allá, estaba tan asustado que apenas le quedaban fuerzas, dijo. Pero yo dije: «Vamos, si nos quedamos solos en este barco, vaya fregado en que nos metemos». De modo que volvimos a ponernos en marcha. Buscamos la popa de claraboya y la encontramos y después seguimos por ella hacia proa, colgando de persiana en persiana, porque el borde de la claraboya estaba en el agua.

Cuando llegamos cerca de la puerta de la cámara, allí estaba el bote, en efecto. Apenas podía verlo. Sentí un alivio enorme. Un segundo más tarde ya hubiera estado en él; pero, en aquel preciso instante, se abrió la puerta. Uno de los hombres sacó la cabeza, solo a un par de pies de distancia de mí, y me creí perdido. Pero volvió a meter la cabeza adentro y dijo:

—¡Esconde esa maldita linterna, Bill!

Echó un saco de algo en la embarcación, después saltó él dentro y se sentó. Era Packard. Después salió Bill y subió al bote. Packard preguntó, en voz baja:

—¿Listo?… ¡Lanza amarras!

Apenas podía sujetarme a las persianas, tan débil me sentía. Pero Bill dijo:

—Espera… ¿le has registrado?

—No. ¿Y tú?

—No. Así pues, aún tiene su parte de dinero.

—Oye… ¿no se imaginará lo que queremos hacer?

—Tal vez no. Pero de todas formas tenemos que recoger ese dinero. Vamos.

Así que salieron del bote y entraron en el camarote.

La puerta se cerró sola, de golpe, por ser aquel el lado hacia el que estaba escorado el vapor, y medio segundo después ya estaba yo en el bote y Jim se metió tras de mí. Saqué la navaja, corté la amarra y nos alejamos.

No tocamos un remo ni dijimos palabra, ni un susurro, apenas respiramos. La corriente nos arrastró rápidamente, en silencio, por delante de la rueda de paletas, pasando después a lo largo de la popa. Un segundo o dos más tarde estábamos a un trecho del vapor y la oscuridad se tragó todo rastro de él. Estábamos a salvo y lo sabíamos.

Cuando nos encontrábamos a menos de media milla río abajo, vimos aparecer la linterna como una chispa en la puerta del camarote durante un segundo, y comprendimos que los asesinos habían advertido la falta del bote y que se encontraban ahora en el mismo atolladero que Jim Turner.

Luego Jim tomó los remos y salimos en persecución de nuestra balsa. Entonces fue cuando empecé a preocuparme por los hombres; supongo que antes no había tenido tiempo. Me puse a pensar en lo terrible que era, hasta para unos asesinos, el encontrarse en una situación como la suya. Me dije a mí mismo que cualquiera sabía si llegaría yo a ser asesino alguna vez y entonces, ¿acaso me gustaría a mí? De modo que le dije a Jim:

—En cuanto podamos, desembarcaremos en un sitio que sea un buen escondite para ti y para el bote. Yo idearé cualquier cuento y conseguiré que alguien vaya a buscar a esa cuadrilla y la saque del fregado para que los puedan ahorcar a todos.

Pero la idea fue un fracaso, porque no tardó en desencadenarse otra tormenta, más monumental que la anterior. Diluvió y no se vio ni una sola luz. Todo el mundo debía de estar en la cama, sin duda alguna. Bajamos el río buscando luces y prestando atención por si veíamos nuestra balsa. Después de mucho rato cesó la lluvia, pero no se despejaron las nubes y los relámpagos siguieron parpadeando, y, en una ocasión, vimos a la luz de uno de ellos un bulto negro que flotaba delante de nosotros. Nos dirigimos hacia él.

Era la balsa y estuvimos contentísimos de vernos a bordo de ella otra vez. Entonces divisamos una luz, a la derecha, en tierra. De modo que dije que me dirigiría a ella. El bote estaba medio repleto del botín que la cuadrilla había robado a bordo. Lo pusimos amontonado sobre la balsa y le dije a Jim que siguiera flotando hacia abajo y que encendiera luz cuando juzgara que había recorrido dos millas y que no la apagara hasta que yo volviese. Luego cogí los remos y bogué en dirección de la luz.

A medida que me acercaba, vi aparecer tres o cuatro más, en la ladera de una colina. Era un pueblo. Me dirigí a un punto por encima de la luz de la costa, descansé sobre los remos y me dejé arrastrar por la corriente. Al pasar, vi que era una linterna colgada del asta de la bandera de un vapor de pasaje de doble quilla. Busqué al vigilante, preguntándome dónde dormiría, y, más tarde, le encontré subido a las bitas, a proa, con la cabeza entre las rodillas. Le sacudí dos o tres veces el hombro y empecé a llorar.

Se despertó con sobresalto, pero, cuando vio que solo se trataba de mí, bostezó, estiró los brazos y dijo:

—¡Hola! ¿Qué pasa? No llores, chico. ¿Qué te pasa?

Yo dije:

—Papá, mamá, hermanita y...

Rompí a llorar con desconsuelo. Él dijo:

—¡Diantre! No te pongas así. Todos hemos de pasar nuestras penas y esta se arreglará. ¿Qué les ocurre?

—Están... están... ¿Es usted el vigilante del barco?

—Sí —contestó él, con gran énfasis—, soy el capitán, el propietario, el piloto, el oficial, el vigilante y el primer marinero. Y a veces soy la carga y el pasaje. No soy tan rico como el viejo Jim Hornback, y no puedo ser tan desprendido y bueno con todo el mundo como lo es él y gastar el dinero como él lo hace; pero le he dicho más de una vez que no me cambiaría por él; porque, digo yo, la vida del marino es la vida para mí y que me ahorquen si viviera yo a dos millas de la población, donde nunca pasa nada, ni por todo su dinero ni por otro tanto encima. Digo yo...

Le interrumpí y dije:

—Están en una terrible situación...

—¿Quiénes?

—Pues papá, mamá, mi hermana y la señorita Hooker; y si toma usted el vapor y va allí...

—¿Dónde? ¿Dónde están?

—En el barco naufragado.

—¿Qué barco naufragado?

—Que yo sepa, solo hay uno.

—¡Cómo! ¿Quieres decir el *Walter Scott*?

—Sí.

—¡Santo Dios! Pero ¿qué hacen ellos allí?

—Verá... no fueron allí a propósito.

—¡Apuesto a que no! Pero... ¡si no tienen la menor probabilidad de salvarse como no abandonen el barco aprisa y corriendo! ¿Cómo diablos se han metido en semejante atolladero?

—Muy sencillo. La señorita Hooker había ido de visita allí, en la población...

—Sí, en Booth's Landing... Continúa, muchacho, continúa.

—Estaba de visita en Booth's Landing y, al atardecer, salió con su negra en la barca de caballos para pasar la noche en casa de su amiga, la señorita... ¿cómo se llama? No me acuerdo de su nombre... y perdieron el remo de gobernar, y la barca dio la vuelta y empezó a derivar río abajo, de popa, como un par de millas, y montó encima del barco naufragado, y el barquero y la negra y los caballos se perdieron todos; pero la señorita Hooker pudo agarrarse y subir a bordo del vapor naufragado.

»Bueno, pues cuando hacía una hora que había oscurecido, llegamos nosotros en nuestro lanchón mercante y la noche era tan oscura que no vimos el vapor hasta que nos lo echamos encima, de modo que nos estrellamos; pero todos nos salvamos menos Bill Whipple... Y, ¡oh!, ¡tan buena persona como era!... Casi hubiera preferido haber sido yo.

—¡Qué barbaridad! ¡En mi vida he visto cosa igual! Y entonces, ¿qué hicisteis todos?

—Pues nos pusimos a gritar y todo eso, pero es tan ancho el río por allí que no nos pudimos hacer oír por nadie. Yo era el único que sabía nadar, de modo que lo intenté y la señorita Hooker me dijo que, si no encontraba ayuda antes, que viniera aquí y buscase a su tío, y que él lo arreglaría.

»Toqué tierra a una milla más abajo de aquí y he estado perdiendo el tiempo desde entonces, pues no he podido conseguir que la gente hiciera algo; me decían: "¡Cómo! ¿En una noche como esta y con semejante corriente? Sería estúpido. Ve al vapor de pasajeros". Ahora, si usted fuera y...

—¡Maldito si no me gustaría! ¿Y quién demonios va a pagar el gasto? ¿Crees tú que tu papá...?

—Oh, no ha de preocuparse por eso. La señorita Hooker insistió en que su tío Hornback...

—¡Santo Dios! ¿Es tío suyo él? Escucha, tú corre hacia esa luz de allá, tuerce al oeste cuando llegues y, al cabo de un cuarto de milla adelante, encontrarás una taberna. Diles que te acompañen a donde vive Jim Hornback y él pagará la cuenta. Y no te entretengas por el camino, porque él querrá saber la noticia. Dile que su sobrina estará fuera de peligro, y sana y salva, antes de que él tenga tiempo de llegar a la población. ¡A correr ahora! Voy aquí a la esquina a despertar a mi maquinista.

Eché a correr hacia la luz; pero, en cuanto él dobló la esquina, volví a mi bote, me metí en él, achiqué el agua y luego remé costa arriba, por agua mansa, como media milla, y me metí entre unos barcos, porque no podía estar tranquilo hasta que viera salir al vapor.

Pero, considerándolo todo, me sentía bastante bien por haberme molestado tanto para ayudar a la banda aquella. Poca gente hubiese hecho otro tanto. Me hubiera gustado que la viuda lo supiese. Seguramente se hubiera sentido orgullosa de mí, por ayudar a aquellos pícaros, porque los pícaros y los que se encuentran en la miseria son la clase de gente que más parecen interesar a la viuda y a las personas buenas.

Bueno, pues al poco rato, bajó a la deriva el vapor naufragado, sin luz alguna a bordo. Tuve un escalofrío y remé hacia él. Iba muy hundido y enseguida vi que existían muy pocas probabilidades de que en él se encontrase ninguna persona viva. Remé en torno a él y di unos cuantos gritos, pero no obtuve respuesta.

Reinaba un silencio de muerte. Sentí cierta pena por la pandilla, pero no mucha, porque pensé que, si ellos podían soportarlo, mejor podría soportarlo yo.

De pronto apareció el vapor de pasajeros, de modo que me dirigí al centro del río en línea oblicua, siguiendo la corriente, y cuando juzgué que no me podían ver, descansé sobre los remos y vi cómo husmeaban entre los restos del naufragio buscando el cadáver de la señorita Hooker, porque el capitán comprendería que su tío Hornback desearía que fuera recogido. Al poco rato el vapor se dio por vencido y viró en dirección de la costa. Yo empecé a manejar los remos y salí disparado río abajo.

Me pareció que tardaba una infinidad en aparecer la luz de Jim y, cuando pude divisarla, me pareció que estaba a mil millas de distancia. Cuando logré darle alcance, el cielo comenzaba a volverse gris por oriente, de modo que nos dirigimos a una isla, escondimos la balsa, hundimos el bote, nos acostamos y dormimos como los muertos.

XIV

ERA SABIO SALOMÓN

Cuando nos levantamos, pasamos revista a las cosas que la cuadrilla había robado del naufragio y encontramos botas, mantas, ropa y un montón de otras cosas, y una barbaridad de libros, un catalejo y tres cajas de cigarros puros. En nuestra vida habíamos sido tan ricos ninguno de los dos.

Pasamos toda la tarde en el bosque, hablando, y yo leyendo los libros, y disfrutando de un buen rato en general. Le conté a Jim todo lo que había pasado a bordo del vapor naufragado, y en el vapor que hacía el servicio de pasajeros. Y le dije que a esa clase de cosas se las llama aventuras, pero él dijo que no quería más aventuras.

Dijo que, cuando yo me metí por el camarote y él se hizo atrás para volver a la balsa y encontró que había desaparecido, por poco se muere del susto; porque se vio completamente perdido, tanto si se arreglaba la cosa como si no tenía remedio. Porque si no le salvaban, se ahogaría, y, si le salvaban, el que le salvara le mandaría otra vez al pueblo para obtener la recompensa y entonces era seguro que la señorita Watson le vendería a alguien del Sur. Pues tenía razón. Casi siempre tenía razón. Era sumamente sensato, para ser negro.

Le dije muchas cosas acerca de reyes, duques, condes y todo eso, y lo estupendamente que vestían, y el pisto que se daban, y que se llamaban unos a otros «vuestra majestad», «vuestra alteza», «vuestra señoría» y así sucesivamente, en lugar de señor a secas. Y Jim daba tantas muestras de interés que parecía que iban a salírsele los ojos. Dijo:

—No sabía yo que hubiera tantos. No he oído hablar de ninguno de ellos, apenas, como no sea del rey Salomón, a no ser que se cuenten como reyes los de una baraja. ¿Cuánto cobra un rey?

—¿Cobrar? —exclamé yo—. Pues miles de dólares al mes, si quieren. Pueden cobrar todo lo que quieran. Todo les pertenece.

—¡Esto sí que es bueno! ¿Y qué tienen que hacer, Huck?

—¡Ellos no hacen nada! ¡Qué cosas tienes! No hacen más que sentarse por ahí.

—¡Qué me dices! ¿Es verdad eso?

—Pues claro. No hacen más que sentarse por ahí. Menos cuando hay guerra, acaso. Entonces van a la guerra. Pero el resto del tiempo, hacen el vago. O van de caza con el halcón…, van de caza con el halcón… y… ¡chitón!… ¿No has oído un ruido?

Nos asomamos a mirar. Pero no se trataba más que del sonido de las paletas de un vapor que doblaba el cabo allá abajo. De modo que volvimos a nuestro sitio.

—Sí —dije yo—. Y otras veces, cuando andan las cosas aburridas, arman bulla con el parlamento; y si no marcha todo el mundo como ellos quieren, pues les cortan la cabeza. Pero, principalmente, rondan por el harén.

—¿Por dónde?

—Por el harén.

—¿Qué es el harén?

—El sitio donde tienen a sus mujeres. ¿No sabes qué es un harén? Salomón tenía uno. Tenía un millón de mujeres, poco más o menos.

—¡Ah, sí! ¡Es verdad! Se… se me había olvidado. Un harén debe de ser una casa de huéspedes. Seguramente que tendrá la gran zarabanda en el cuarto de los niños. Y a buen seguro que las mujeres disputan una barbaridad, y eso aumenta el jaleo. Sin embargo, dicen que Salomón fue el hombre más sabio que ha vivido jamás. Y eso yo no lo creo. ¿Y por qué no lo creo? ¿Querría un sabio pasarse todo el tiempo en medio de una algarabía semejante? ¡Pues claro que no! Un hombre sabio iría y se haría una fábrica de calderas, así podría cerrar la fábrica cuando quisiera descansar.

—Bueno, pues a pesar de todo era el hombre más sabio, porque me lo dijo la viuda, ella misma.

—Me importa un bledo lo que haya dicho la viuda. No era un hombre sabio ni mucho menos. Tenía algunas costumbres de las más terribles que he conocido. ¿Has oído hablar de ese crío al que iba a partir en dos pedazos?

—Sí, la viuda me lo contó.

—¡Pues entonces! ¿No era esa la idea más estúpida del mundo? Párate un poco a mirarlo. Ahí tienes ese tocón… es una de las mujeres; ahí estás tú… eres la otra. Yo soy Salomón. Y este billete de un dólar es el crío. Las dos aseguráis que es vuestro. ¿Qué hago yo? ¿Me pongo a indagar por entre los vecinos para asegurarme a quién de vosotros le pertenece el billete de verdad, y se lo entrego a su dueña sano y salvo, como haría cualquier persona que tuviese sentido común? No, señor; voy y lo parto en dos y te doy a ti la mitad y la otra mitad a la otra mujer. Eso es lo que quería hacer Salomón con el crío. Y ahora, dime: ¿de qué sirve la mitad de un billete? No se puede comprar nada con él. ¿Y de qué sirve medio crío? Yo no daría una higa por un millón de medios críos.

—¡Qué rayos, Jim! ¡No has visto el quid de la cosa! Se te ha escapado por un millar de millas.

—¿A quién? ¿A mí? ¡Vamos, anda! A mí no me hables de quids. Creo ver el sentido común donde lo hay, y el obrar así no tiene ni pizca de sentido común. No se pleiteaba por medio crío, se pleiteaba por un crío entero. Y el hombre que, cuando se discute la propiedad de un crío entero, ve la solución satisfactoria con medio crío, no sabe lo bastante para meterse bajo techado cuando está lloviendo. No me hables a mí de Salomón, Huck, le conozco de sobra.

—Te digo que no has visto el quid de la cosa.

—¡Vete al cuerno con el quid! Yo sé lo que sé. Y entiéndelo bien: el quid, el verdadero fundamento del asunto, viene de algo más hondo. Viene de la manera como fue criado Salomón. Toma un hombre que solo tiene uno o dos críos, ¿va ese hombre a derrochar críos? No, señor; no puede permitirse ese lujo. Él sabe darles todo su valor. Pero toma un hombre que tiene unos cinco millones de críos por casa y ya cambia la cosa. A él le cuesta poco trabajo cortar a un crío en dos, como hacerlo con un gato. Le quedan para dar y regalar. Un crío o dos de más o de menos no tenían importancia para Salomón, ¡maldito sea!

En mi vida vi un negro igual. Como se le metiera una idea en la cabeza, no había quien se la sacara ya. Le tenía más inquina a Salomón que ningún otro negro que yo haya conocido. De modo que me puse a hablar de otros reyes y dejé a un lado a Salomón.

Le hablé de Luis XVI, al que le cortaron la cabeza en Francia hace mucho tiempo; y de su hijo el Delfín, que hubiera sido rey, pero se lo llevaron y le encerraron en una cárcel y dicen que murió allí.

—¡Pobre chico!

—Pero otros dicen que salió y que se escapó, y que vino a América.

—¡Me alegro! Pero se sentiría bastante solo… No hay reyes aquí, ¿verdad, Huck?

—No.

—Entonces, no puede conseguir empleo. ¿Qué va a hacer?

—Pues no lo sé. Algunos de ellos se hacen policías y otros enseñan a la gente a hablar francés.

—Pero, Huck, ¿no hablan los franceses de la misma manera que nosotros?

—No, Jim; no entenderías ni una palabra de lo que dicen… ni una sola palabra.

—¡Hombre! ¡Ahora sí que me has matado! ¿Cómo es eso?

—Yo no lo sé, pero es así. Saqué de un libro algo de su jerigonza. Suponte que se te acerca un hombre y te dice «Palebufransé»... ¿qué pensarías tú?

—No pensaría nada. Le daría de lleno en la coronilla. Es decir, si no fuera un blanco. A ningún negro le consentiría que me llamara eso.

—Pero ¡si eso no es llamarte nada! Solo es preguntarte.

—Pues entonces, ¿por qué no podía decirlo?

—Pero ¡si lo dice! Esa es la manera francesa de decirlo.

—Pues me parece una manera absurda y no quiero oír hablar más de ella. No tiene sentido común.

—Escucha, Jim: ¿habla un gato como nosotros?

—No; un gato, no.

—Bueno, ¿y una vaca?

—No; una vaca, tampoco.

—¿Habla un gato como una vaca o una vaca como un gato?

—No, señor.

—Es natural y está bien que hablen diferente uno de otro, ¿verdad?

—Claro.

—¿Y no es natural y no está bien que un gato y una vaca hablen de distinta manera a la nuestra?

—Pues claro que sí, naturalmente.

—Pues entonces, ¿por qué no es natural y no está bien que un francés hable de diferente manera que nosotros? Contéstame a eso.

—¿Es un gato un hombre, Huck?

—No.

—Pues entonces, no es de sentido común que un gato hable como un hombre. ¿Es una vaca un hombre?... ¿O es una vaca un gato?

—No; ninguna de las dos cosas.

—Pues entonces, tampoco tiene derecho a hablar como ninguno de los dos. ¿Es un francés un hombre?

—Sí.

—¡Pues entonces! ¡Qué rayos! ¿Por qué no habla como un hombre? ¡Contéstame tú a eso!

Comprendí que gastaría la saliva en vano. Es inútil querer enseñar a un negro a discutir. De modo que me di por vencido.

XV

BURLÁNDOME DEL POBRE JIM

Pensábamos que, pasadas otras tres noches, llegaríamos a Cairo, que está situado en el extremo de Illinois, donde desemboca el río Ohio, y eso era, precisamente, lo que ambicionábamos. Teníamos el propósito de vender la balsa, embarcarnos en un vapor y navegar Ohio arriba, por entre los estados libres, donde nuestras preocupaciones tendrían fin.

Bueno, pues, a la segunda noche empezó a presentarse la niebla y nos dirigimos a una punta de estopa para amarrar, pues era una imprudencia navegar en medio de la niebla; pero, cuando yo me adelanté en la canoa con la cuerda, solo había arbolitos pequeños donde poder atarla. Amarré el cabo a uno que creía en la misma orilla de la ribera cortada, pero era tan fuerte la corriente y la balsa bajó tan aprisa que arrancó el arbolito de raíz y siguió río abajo.

Vi que la niebla se hacía más densa, y me asusté tanto que no pude moverme durante cerca de medio minuto, al menos eso me pareció a mí, y la balsa había desaparecido; no se podía ver nada a muchos pies de distancia. Me metí en la canoa, corrí a popa, tomé el canalete y me puse a remar. Pero la embarcación no se movió. Con las prisas me había olvidado de soltar la amarra. Me levanté e intenté desatarla, pero estaba tan excitado que las manos me temblaban de tal modo que apenas podía hacer nada con ellas.

Tan pronto pude soltarme, seguí tras la balsa, muy preocupado, punta de estopa abajo. Todo fue muy bien hasta donde se pudo, pero la punta de estopa no tenía ni sesenta yardas de largo y, en cuanto pasé la extremidad, me metí de lleno en la niebla blanca y sólida y ya no tuve la menor idea de la dirección que seguía.

Yo pensé: «Mejor me irá si no remo; antes de que pueda darme cuenta chocaré contra la ribera, o una punta de estopa, o algo. Tengo que estarme sentado, quieto y dejarme llevar, y, sin embargo, casi se me hace insoportable tener que estar con las manos quietas en semejante momento». Solté un grito y me puse a escuchar. Allá abajo, no sé dónde, oí un grito apagado y me animé.

Fui a toda prisa a donde él, con el oído atento por si volvía a oírlo. Cuando lo oí de nuevo, me di cuenta de que no iba derecho hacia él, sino apartándome a la derecha. Y la vez siguiente me estaba desviando hacia la izquierda, sin ganarle mucho trecho, por añadidura, porque yo no hacía más que correr de un lado para otro, mientras que el alarido seguía viajando en línea recta.

Lástima que el muy tonto no atinara en golpear un cacharro de hojalata y golpearlo sin parar; pero no lo hizo, y eran los silencios entre alarido y alarido los que fastidiaban. Bueno, pues seguí luchando y, al poco rato, oí el grito detrás de mí. Ahora sí que me hacía un lío. O era el grito de otra persona, o yo había virado en redondo sin saberlo.

Solté el canalete. Oí el grito otra vez. Seguía sonando detrás de mí, pero en distinto sitio. Continuó sonando, y siempre cambiaba de sitio, y yo seguí contestando hasta que, pasado algún tiempo, volví a oírle delante de mí y comprendí que la corriente había hecho girar el bote otra vez, de forma que la proa volvía a mirar río abajo. Eso significaba que iba bien si el que chillaba era Jim y no algún otro balsista. No me era posible reconocer la voz en la niebla, porque en la niebla nada parece ni suena natural.

Continuaron oyéndose los gritos, y, al cabo de un minuto, vi que me echaba encima de una ribera sobre la que se veían grandes árboles, que en la niebla parecían fantasmas humeantes. La corriente me echó hacia la izquierda y pasé por el lado, por entre una infinidad de escollos rugientes, de tan aprisa que pasaba la corriente entre ellos.

Al cabo de un segundo o dos, todo volvía a parecer sólido y blanco. Entonces me estuve sentado quieto, escuchando los martillazos de mi corazón y no creo que llegase a respirar una vez por cada cien martillazos.

Entonces me di por vencido. Comprendí lo que pasaba. Aquella ribera cortada era una isla y Jim había bajado por el otro lado de ella.

No se trataba de una punta de estopa que pudiera dejarse atrás en diez minutos. Tenía los grandes árboles de una isla normal; podría ser de cinco o seis millas de largo y de más de media milla de anchura.

Me estuve callado, con el oído atento, alrededor de quince minutos, según calculé. Seguía la corriente, claro está, a cuatro o cinco millas por hora; pero uno nunca piensa en eso. No, se siente como si uno estuviese completamente parado en el agua; y si ve pasar, durante un segundo, un escollo, no piensa lo aprisa que uno va, sino que contiene el aliento y se dice: «¡Diablos! ¡Cómo corre ese escollo!». Si os parece que no resulta triste y solitario encontrarse así en una niebla, solo y de noche, probadlo una vez, ya lo veréis.

Después, durante cosa de media hora, grité de vez en cuando. Por fin, oí una contestación muy lejana e intenté seguirla, pero no pude hacerlo y muy pronto comprendí que me había metido en un laberinto de puntas de estopa, porque veía pasar rápidamente algunas de ellas a ambos lados de mí, a veces con un cauce muy estrecho entre ellas. Y sabía que había otras, aunque no me era posible distinguirlas, porque llegaba a mis oídos el roce de la corriente contra los matorrales y la porquería que colgaba de la ribera.

Bueno, pues no tardé mucho en perder los alaridos por entre aquellas puntas. De todas formas, solo intenté seguirlos un rato, porque era más difícil que seguir un fuego fatuo. En la vida habréis visto escabullirse un sonido de aquella manera, ni cambiar de sitio tan rápidamente y tantas veces.

Tuve que apartarme de la ribera a manotazos bien aprisa cuatro o cinco veces para no cargarme alguna isla; de modo que juzgué que la balsa debía de estar chocando con la ribera de vez en cuando o, si no, que se adelantaría más y se alejaría demasiado para que pudiera oírla, porque estaba derivando más aprisa que yo.

Bueno, pues algún tiempo después pareció que me encontraba en río abierto, pero no pude oír ningún grito por parte alguna. Pensé que a lo mejor Jim se habría estrellado contra algún escollo y que eso habría sido su fin. Estaba muy cansado, de modo que me tumbé en la canoa y me dije que no me preocuparía más. No quería dormirme, claro está, pero tenía tanto sueño que no pude remediarlo. Me dije que solo descabezaría un sueño.

Sin embargo, es probable que hiciera algo más que descabezar un sueño, porque cuando me desperté brillaban las estrellas, la niebla se había desvanecido casi por completo y me encontraba flotando por un gran recodo, con la popa hacia delante. Al principio, no supe dónde estaba. Creí que continuaba soñando. Y cuando empecé a recordar, las cosas parecían surgir débilmente en mi memoria, como si hubieran ocurrido la semana anterior.

El río era enormemente grande por allí, con unos árboles muy gruesos y altos en las dos riberas que formaban una muralla sólida, por lo que podía ver a la luz de las estrellas. Miré río abajo y vi un punto negro en el agua. Me dirigí a él, pero cuando llegué vi que solo era un par de troncos aserrados, atados juntos. Luego distinguí otro punto y le di alcance; luego otro, y esta vez no me equivoqué. Era la balsa.

Cuando llegué a ella, Jim estaba sentado, con la cabeza entre las rodillas, dormido y el brazo derecho colgando sobre el remo de gobernar. El remo estaba destrozado y la balsa cubierta de hojas, ramas y porquería. De modo que estaba claro que había pasado momentos difíciles.

Amarré el bote, me tumbé en la balsa bajo las mismísimas narices de Jim y empecé a bostezar y a estirar los brazos, apretando los puños contra Jim y dije:

—¡Hola, Jim! ¿He estado dormido? ¿Por qué no me despertaste?

—¡Santo Dios! ¿Eres tú, Huck? ¿Y no estás muerto?… ¿No estás ahogado?… ¿Estás de vuelta? Es demasiado estupendo eso para ser verdad, querido. ¡Es demasiado bueno para ser verdad! Déjame mirarte, muchacho, deja que te toque. Y… ¡no estás muerto! Has vuelto sano y salvo, el mismo Huck de siempre… ¡El mismo Huck, gracias a Dios!

—¿Qué te pasa, Jim? ¿Has estado bebiendo?

—¿Bebiendo? ¿Que si he estado bebiendo? ¿He tenido ocasión de beber?

—Pues entonces, ¿por qué hablas sin ton ni son?

—Huck… Huck Finn, mírame cara a cara, mírame cara a cara. ¿No has estado ausente?

—¿Ausente? Pero ¿qué diablos quieres decir? No me he ido a ninguna parte. ¿Adónde tenía que irme?

—Escucha, chico, aquí pasa algo, vaya si pasa. ¿Yo soy yo o quién soy yo? ¿Estoy aquí o dónde estoy? ¡Eso es lo que quisiera saber!

—Me parece que no hay duda de que estás aquí, pero creo que no estás del todo bien de la cabeza, Jim.

—Conque no, ¿eh? Bueno, pues contéstame a esto. ¿no te llevaste la cuerda en la canoa para amarrar la balsa a la punta de estopa?

—No, señor. ¿A qué punta de estopa? No he visto ninguna punta de estopa.

—¿Que no has visto ninguna punta de estopa? Escucha: ¿no se desató la cuerda y salió la balsa arrastrada por la corriente río abajo, dejándote a ti y a la canoa atrás, en la niebla?

—¿Qué niebla?

—Pues la niebla. La niebla que ha habido toda la noche. ¿Y no diste tú gritos, y no grité yo hasta que nos metimos por entre las islas y uno de nosotros se perdió y el otro era como si se hubiera perdido, porque no sabía dónde estaba? ¿Y no me estrellé yo contra todas esas islas y las pasé canutas y por poco me ahogo? ¿No es así, muchacho?… ¿No es así? Contéstame a eso.

—Eso es demasiado para mí, Jim. Yo no he visto niebla, ni islas, ni peripecias, ni nada. He estado sentado aquí, hablando contigo toda la noche, hasta que te quedaste dormido hace unos diez minutos y a mí me ocurrió lo mismo. No es posible que te hayas emborrachado en ese tiempo, de modo que, claro está, has debido de estar soñando.

—¡Maldito sea…! ¿Cómo iba a soñar todo eso en diez minutos?

—¡Qué diablos! Tienes que haberlo soñado, porque nada de ello ha sucedido.

—Pero, Huck, si todo eso ha sido para mí tan claro como…

—Poco importa lo claro que esté, nada hay de cierto en ello. Lo sé, porque no me he movido de aquí en todo el rato.

Jim nada dijo durante cinco minutos. Estuvo pensándolo. Luego contestó:

—Bueno, pues creo que sí que lo he soñado, Huck, pero que me ahorquen si no ha sido el sueño más real que he tenido en mi vida. Y nunca tuve un sueño que me cansara como este.

—Bah, eso no quiere decir nada, porque un sueño cansa a veces una barbaridad. Pero este ha sido un sueño de órdago. Cuéntamelo, Jim.

Y Jim puso manos a la obra y me lo contó todo, tal como había ocurrido, solo que lo aliñó demasiado. Después dijo que tendría que ponerse a interpretarlo, porque sin duda aquel sueño debía de ser un aviso.

Dijo que la primera punta de estopa representaba un hombre que intentaría beneficiarnos; pero que la corriente representaba otro hombre que nos apartaría de él. Los gritos eran avisos que nos llegarían de vez en cuando y, si no hacíamos un esfuerzo para intentar comprenderlos, nos conducirían a la mala suerte, en vez de alejarnos de ella.

El grupo de puntas de estopa eran dificultades en que nos veríamos metidos con gente pendenciera y toda clase de gente ruin; pero, si nos cuidábamos de nuestros asuntos y no contestábamos a esa gente y la provocábamos, saldríamos bien parados, surgiríamos de la niebla y entraríamos en el ancho y claro río que representaba a los estados libres y ya no tendríamos más dificultades.

Se había nublado bastante, poco después de subir yo a la balsa; pero el cielo volvía a despejarse.

—Todo eso está muy bien interpretado hasta el final, Jim —dije—; pero ¿qué representan estas cosas?

Señalé las hojas y la porquería que había en la balsa, y el remo destrozado. Se veían muy bien ya.

Jim contempló la porquería acumulada; luego me miró a mí y, después, volvió a mirar la porquería. Se le había metido el sueño de tal modo en la cabeza que parecía no poder sacudírselo de encima y conseguir que la realidad fuera ocupando, nuevamente, su lugar. Pero, cuando consiguió ordenarlo todo mentalmente, se revolvió y me miró fijamente, sin sonreír, y dijo:

—¿Que qué representan? Ahora te lo diré. Cuando me quedé agotado de tanto trabajar, y de llamarte, y me quedé dormido, tenía casi partido el corazón porque estabas perdido y me tenía sin cuidado ya lo que pudiera ocurrirle a la balsa. Y, cuando me desperté y te encontré de nuevo a mi lado, sano y salvo, se me saltaron las lágrimas y me entraron ganas de dejarme caer de rodillas y besarte los pies, tan inmensa era mi alegría. Y tú, en lo único que estabas pensando era en la manera de tomarle el pelo al viejo Jim con una mentira. Eso que hay encima de la balsa es porquería y porquería es la gente que tira tierra encima de la cabeza de un amigo y le avergüenza.

Después se levantó muy despacio, y se dirigió al cobertizo y entró en él, sin decir una palabra más. Pero había dicho bastante. Me hizo sentir tan miserable que casi le hubiese besado yo el pie para que retirara aquellas palabras.

Pasaron quince minutos antes de que me pudiera armar de valor para irme a humillar ante un negro, pero lo hice, y nunca me arrepentí de ello, por añadidura. No volví a gastarle una broma de este género y no le hubiese gastado aquella si hubiera sabido que tenía que afectarle tanto.

XVI

EL HECHIZO DE LA PIEL DE CULEBRA

La mayor parte del día la pasamos durmiendo y por la noche nos pusimos en marcha, un poco a la zaga de una balsa enormemente larga que tardó en pasar tanto como una procesión. En cada extremo llevaba cuatro largos y pesados remos, de modo que calculamos que llevaría a bordo a treinta hombres probablemente. Había en ella cinco grandes cobertizos muy separados, y un fuego encendido en el centro, al descubierto, y un asta de bandera, alta, en cada punta. Era una balsa de mucho tono. Representaba algo ser balsero a bordo de una almadía como aquella.

Flotamos hacia un gran recodo y la noche se cerró de nubes y se tornó cálida. El río era muy ancho y por ambos lados estaba amurallado con una sólida pared de árboles; casi nunca se veía en ella ningún claro, ni una luz. Hablamos de Cairo y nos preguntamos si lo conoceríamos cuando llegáramos a dicha población.

Yo dije que era muy probable que no, porque había oído decir que allí solo había una docena de casas, y si por casualidad no tenían las luces encendidas, ¿cómo íbamos a saber nosotros que pasábamos junto a una población? Jim dijo que si los dos grandes ríos se juntaban allí eso nos demostraría que habíamos llegado.

Pero yo dije que, a lo mejor, nos creeríamos que pasábamos junto al pie de una isla y volvíamos a salir al mismo río. Esto inquietó a Jim, y a mí también. De modo que la cuestión era: ¿qué haríamos? Yo propuse remar hacia tierra en cuanto apareciera la primera luz, decir que papá venía detrás con una barcaza y que era novato en la profesión y quería saber a qué distancia estábamos de Cairo. A Jim le pareció buena la idea, de modo que la celebramos fumando una pipa y esperamos.

Ahora no teníamos nada que hacer, como no fuera poner ojo de lince por si aparecía una población. Jim dijo que estaba seguro de que él la vería, porque así que la viese sería hombre libre; pero, si no la veía, continuaría en país de esclavos y no volvería a tener ocasión de escaparse. De vez en cuando se ponía en pie de un salto y gritaba:

—¡Ahí está!

Pero se equivocaba. Eran fuegos fatuos o luciérnagas, de modo que volvía a sentarse y a seguir vigilando como antes. Decía que tener la libertad tan cerca le hacía temblar de pies a cabeza y tener fiebre. Bueno, pues puedo aseguraros que yo también temblaba de pies a cabeza y estaba febril al escucharle, porque había empezado a darme cuenta de que sí que estaba casi libre. ¿Quién tenía la culpa de ello? Pues yo. No podía quitarme eso de la conciencia de ninguna manera y en forma alguna. Empezó a preocuparme hasta el punto de no permitirme descansar; no podía estarme quieto en un sitio.

Hasta entonces no había tenido una clara idea de lo que estaba haciendo. Pero ahora sí, y no podía desterrar la idea y cada vez me quemaba más. Traté de convencerme de que no era mía la culpa, porque no fui yo quien obligó a Jim a huir de su legítima dueña, pero era inútil; mi conciencia se alzaba y decía siempre: «Pero tú sabías que huía para recobrar la libertad y podías haber ido a tierra y avisar a alguien». Eso era cierto, no podía zafarme de la idea de ninguna manera. Ahí era donde me apretaba. Mi conciencia me decía: «¿Qué te había hecho la pobre señora Watson para que pudieras dejar que su negro se escapara en sus mismísimas narices sin decir una palabra? ¿Qué te hizo esa pobre vieja para que la trataras tan ruinmente? ¡Si intentó enseñarte el libro! ¡Si intentó enseñarte modales! ¡Si intentó ser buena contigo de todas las maneras que supo! Eso fue lo que hizo».

Empecé a sentirme tan vil y tan desgraciado que casi quería morirme. Me paseaba impaciente de un lado a otro de la balsa insultándome para mi coleto, y Jim se movía de un lado para otro, con no menos impaciencia, cruzándose conmigo. Ninguno de los dos podíamos estarnos quietos. Cada vez que se volvía y gritaba «¡Ahí está Cairo!», era como si me diesen un tiro y pensaba que, si era Cairo, me iba a morir de angustia.

Jim hablaba en voz alta todo el tiempo, mientras yo lo hacía para mi capote. Estaba diciendo que lo primero que haría cuando llegase a un estado libre sería ahorrar dinero y no gastar nunca un centavo y que, cuando hubiera reunido lo suficiente, compraría a su mujer, que era propiedad de una estancia cercana a donde vivía la señorita Watson. Y después trabajarían los dos para comprar a los dos hijos y, si su amo no quería venderlos, buscarían a un abolicionista que los quisiera ir a robar.

El oír semejantes palabras casi me dejaba helado. Nunca se hubiera atrevido a hablar de aquel modo en su vida de antes. Ya veis cómo cambió tan pronto se consideró poco menos que libre. Era tal como decía el antiguo refrán: «Dadle la mano a un negro y se tomará el codo». Pensé: «Aquí tengo el resultado de no haber obrado con reflexión. He aquí a este negro, del que puede decirse que yo ayudé a escapar, que ahora se me destapa, sin pelos en la lengua, diciendo que robará a sus hijos, hijos que pertenecen a un hombre al que ni siquiera conozco; un hombre que jamás me ha hecho daño alguno».

Sentí mucho oírle decir eso a Jim, tanto le degradaba. La conciencia volvió a atormentarme como nunca, hasta que por fin le dije a esta: «Déjame en paz. Aún no es demasiado tarde… En cuanto vea la primera luz remaré a tierra y lo diré». Inmediatamente me sentí aliviado y feliz y más alegre que unas castañuelas. Se borraron todas mis preocupaciones. Me puse a escudriñar la ribera en busca de una luz, cantando para mis adentros. Al poco rato apareció una. Jim exclamó:

—¡Estamos salvados, Huck! ¡Estamos salvados! ¡Da un brinco y choca los talones! ¡Por fin tenemos ahí el bendito Cairo! ¡Lo sé!

Yo contesté:

—Tomaré la canoa e iré a ver, Jim. Tal vez no lo sea, ¿sabes?

Él se puso en pie y preparó la canoa, y colocó su chaqueta en el fondo para que me sentara en ella, y me dio el canalete, y, cuando me apartaba, dijo:

—Dentro de poco estaré dando gritos de alegría y diré: «¡Todo se lo debo a Huck! Soy hombre libre y no lo hubiera llegado a ser de no haber sido por Huck. Huck lo ha hecho». Jim no te olvidará nunca, Huck. Eres el mejor amigo que Jim ha tenido en su vida. Y eres el único amigo que tiene el viejo Jim ahora.

Yo remaba como si me fuese a faltar el tiempo para denunciarle; pero, cuando dijo eso, pareció como si me quitara todas las energías. Entonces fui más despacio y no estaba muy seguro de si me alegraba por haberme puesto en marcha o si me ocurría todo lo contrario. Cuando ya estaba a unos cincuenta metros de distancia, Jim dijo:

—¡Ahí va Huck el leal! ¡El único caballero blanco que cumplió firmemente la promesa que le hiciera al viejo Jim!

Bueno, entonces me puse malo. Pero me dije: «He de hacerlo. No puedo salirme de ellos». En aquel momento se acercó un bote tripulado por dos hombres con escopetas, y se detuvo y yo me detuve. Dijo uno de ellos:

—¿Qué es eso de allá?

—Los restos de una balsa —dije yo.

—¿Eres tú de ella?

—Sí, señor.

—¿Hay algún hombre a bordo?

—Uno, solamente.

—Bueno, pues esta noche se han escapado cinco negros allá arriba, por encima del recodo. ¿Es tu hombre blanco o negro?

No contesté enseguida. Lo intenté, pero no me salían las palabras. Traté, durante unos segundos, de revestirme de valor para soltarlo todo de una vez, pero no fui lo bastante hombre, pues tuve menos valor que un conejo.

Vi que me estaba achicando, de modo que dejé de probar y dije:

—Somos blancos.

—Me parece que iremos a comprobarlo por nuestra cuenta.

—Se lo agradecería mucho —dije—, porque es papá el que está allí, y quizá ustedes me ayudarían a remolcar la balsa a tierra, donde está la luz. Está enfermo… y mamá y Mary Ann también.

—¡Maldita sea! Tenemos prisa, muchacho. Pero supongo que no habrá otro remedio. Vamos… dadle al canalete y pongámonos en marcha.

Le di al canalete y ellos le dieron al remo. Cuando hubimos dado un par de golpes de remo, dije:

—Papá les quedará muy agradecido, se lo aseguro. Todos se alejan cuando les pido que me ayuden a remolcar la balsa a tierra y yo no puedo hacerlo solo.

—Pues sí que son ruines. Y también es extraño. Oye, muchacho: ¿qué tiene tu padre?

—Es la… una… la… Bueno, no es muy serio.

Dejaron de remar. Ya estábamos bastante cerca de la balsa. Uno dijo:

—Muchacho, eso es una mentira. ¿Qué le pasa a tu padre? Di la verdad y será mejor para ti.

—Lo haré, sí señor, de veras que sí… pero no nos abandonen, por favor. Es la… la… Señores, si quieren remar adelante y me dejan que les eche yo el cabo, no tendrán necesidad de acercarse a la balsa… ¡por favor!

—¡Marcha atrás, John, marcha atrás! —exclamó uno. Retrocedieron—. No te acerques, muchacho… mantente a babor. ¡Maldita sea!... ¡Sin duda el viento ya lo habrá soplado contra nosotros! Tu padre tiene la viruela y bien que lo sabes. ¿Por qué no lo dijiste claramente? ¿Quieres que se extienda por toda la comarca?

—Es que —contesté yo, llorando—, ya lo decía a todo el mundo antes, y, cuando se enteraban, todos se iban y nos dejaban abandonados.

—Pobre diablo, en cierto modo no le falta razón. Lo sentimos mucho por ti, pero... ¡qué rayos!, no queremos atrapar la viruela, ¿comprendes? Escucha, te diré lo que haré. No intentes atracar en tierra solo, como no quieras hacer añicos la balsa. Sigue río abajo unas veinte millas y encontrarás una población en la ribera izquierda. Para entonces, el sol ya estará bastante alto y, cuando pidas ayuda, diles que tu familia tiene enfriamiento y fiebre. No vuelvas a cometer la tontería de dejar que la gente adivine la situación.

»Probamos de hacerte un favor, conque sé buen chico y apártate veinte millas de aquí. No te serviría de nada atracar donde ves la luz, solo es un almacén de maderas. Oye... supongo que tu padre debe de ser pobre y he de reconocer que está de bastante mala suerte. Mira, voy a poner esta moneda de oro de veinte dólares encima de esta tabla y puedes recogerla cuando pase a tu lado flotando. Me siento bastante bellaco por dejarte, pero ¡qué rayos!, con la viruela no se pueden hacer bromas, ¿comprendes?

—Un momento, Parker —dijo el otro hombre—, aquí tienes otros veinte dólares de mi parte para poner sobre la tabla. Adiós, muchacho; obra de acuerdo con las instrucciones del señor Parker e irás bien.

—Así es, hijo mío... Adiós, adiós. Si ves a algún negro fugitivo, busca ayuda y atrápalo y te darán algún dinero por ello.

—Adiós, señor —contesté—. No dejaré que se me escape ningún negro fugitivo si puedo evitarlo.

Se marcharon y yo volví a bordo de la balsa, casi enfermo y desanimado, porque sabía perfectamente que no había obrado bien y me di cuenta de que era inútil que intentara aprender a conducirme como es debido. Al que no lo ponen sobre el buen camino cuando es pequeño, no tiene la menor probabilidad a su favor. Cuando se ve en un momento crítico, no tiene nada que le apoye y le haga concentrar en su trabajo, de modo que sale vencido.

Medité después un momento y me dije: «Espera un poco, suponte que hubieras obrado bien y hubieses entregado a Jim: ¿te habrías sentido mejor de lo que te sientes ahora?». «No —me dije—, me sentiría mal, me sentiría exactamente igual que me siento ahora.» «Pues entonces —me dije—, ¿para qué ha de servir aprender a obrar bien cuando el hacer bien es fastidioso y no cuesta ningún trabajo obrar mal y el premio es el mismo en los dos casos?». Encallé. No podía contestar a eso. De modo que decidí no preocuparme más de ello y en adelante hacer lo que fuera más sencillo cuando se presentara el caso.

Entré en el cobertizo. Jim no estaba allí. Miré a mi alrededor; tampoco estaba en ninguna parte. Llamé:

—¡Jim!

—Aquí estoy, Huck. ¿Han desaparecido de la vista? No hables alto.

Se había metido en el río, debajo del remo de popa, con la nariz fuera del agua. Le dije que ya estaban fuera de la vista y volvió a subir. Dijo:

—Estuve escuchando toda la conversación y me metí en el río y pensaba nadar a tierra si venían a bordo. Después me habría puesto a nadar hacia la balsa otra vez cuando se marchasen. Pero ¡caramba!, ¡cómo les engañaste, Huck! Fue una treta magnífica. Te digo, chico, que me parece que le salvaste la vida al viejo Jim… y Jim no lo olvidará, querido.

Después hablamos del dinero. Era una buena suma, veinte dólares por cabeza. Jim dijo que ahora podríamos sacar pasaje de cubierta en un vapor, y que el dinero nos alcanzaría hasta donde quisiéramos ir en los estados libres. Dijo que veinte millas más no eran muchas para la balsa, pero que ya quisiera haberlas recorrido.

Atracamos cuando iba a amanecer y Jim tuvo buen cuidado de que la balsa quedara bien escondida. Después trabajó todo el día empaquetando las cosas y preparándolo todo para acabar nuestro viaje en balsa.

Aquella noche, cuando serían las diez, vimos las luces de una población allá abajo, en un recodo de la izquierda.

Me fui en la canoa a explorar. No tardé en encontrar a un hombre en un bote, con un aparejo de pescar. Me acerqué a él y dije:

—Oiga, ¿es Cairo ese pueblo?

—¿Cairo? No. Debes de ser tonto.

—¿Qué pueblo es, señor?

—Si quieres saberlo, ve a averiguarlo. Como prosigas aquí molestándome medio minuto más, te vas a encontrar con algo que no buscabas.

Regresé a la balsa. Jim sufrió un desengaño, pero yo dije que no se preocupara, que seguramente la población siguiente sería Cairo.

Antes del amanecer, pasamos otra población y pensé salir de nuevo, pero vi que era terreno alto y no fui. Jim dijo que por los alrededores de Cairo no había terreno alto. Yo lo había olvidado. Atracamos en una punta de estopa bastante próxima a la ribera izquierda para pasar el día. Empecé a sospechar algo. Y Jim también. Dije:

—Tal vez pasáramos por delante de Cairo durante aquella noche de niebla.

—No hablemos de eso, Huck. Los pobres negros no pueden tener suerte. Siempre sospeché que aquella piel de serpiente de cascabel aún no había acabado de hacer su maleficio —contestó él.

—¡Ojalá no hubiese visto nunca esa piel de serpiente, Jim! ¡Ojalá no le hubiese echado nunca la vista encima!

—No es tuya la culpa, Huck. Tú no lo sabías. No has de culparte por ello.

En efecto, cuando se hizo de día, vimos cerca de la ribera el agua clara del Ohio, y, fuera, el agua fangosa del Mississippi… De modo que no había ni que pensar en Cairo.

Discutimos el asunto. No era conveniente seguir la orilla; y, claro, no podíamos llevar la balsa río arriba. No había otra solución que esperar la noche y retroceder en la canoa, corriendo riesgos. De modo que dormimos todo el día en un macizo de álamos para estar descansados para el trabajo que nos aguardaba y, cuando volvimos a la balsa... ¡había desaparecido la canoa!

Nos quedamos callados un buen rato. No teníamos nada que decir. Demasiado sabíamos los dos que era obra de la piel de serpiente, de modo que, ¿para qué hablar sobre eso? Más bien parecería que criticábamos, lo que por fuerza había de traernos más mala suerte, y nos la seguiría trayendo hasta que tuviésemos el buen sentido de poner punto en boca.

Pasado bastante tiempo, hablamos acerca de lo que convenía hacer y descubrimos que no teníamos otro remedio que continuar con la balsa hasta que se nos presentara ocasión de comprar una canoa para volver atrás. No pensábamos tomarla a préstamo cuando no hubiese nadie por los alrededores, como habría hecho papá, porque eso podía hacer que se nos persiguiera.

De modo que emprendimos la marcha, después de anochecer, en la balsa.

El que aún no se convenza de que es una imprudencia tocar una piel de serpiente con la mano después de todo lo que nos hizo pasar la dichosa piel, se convencerá de ello en adelante si sigue leyendo y se entera de las demás cosas que nos hizo.

Los sitios donde pueden comprarse canoas son las balsas que están atracadas a tierra. Pero no vimos ninguna balsa atracada, de modo que seguimos adelante durante tres horas más. Bueno, pues la noche se volvió gris y espesa, que es la peor cosa después de una niebla. No se puede distinguir la forma del río ni se puede ver muy lejos. Se hizo muy tarde. Luego salió un vapor que viajaba río arriba.

Encendimos la linterna y pensamos que la advertiría. Cuando iban río arriba, los vapores no acostumbraban a acercarse a nosotros; marchan por el centro, siguen las barras y buscan agua fácil al pie de los arrecifes; pero, en noches como aquella, avanzan por la corriente contra todo el río.

Lo oímos avanzar, pero no lo vimos hasta que estuvo muy cerca. Nos enfilaba de lleno. Eso lo hacen a menudo para ver cuánto pueden arrimarse sin tocar la balsa. A veces, la rueda de paletas muerde un remo y se lo lleva y el piloto saca la cabeza para reírse y se cree la mar de listo.

Bueno, pues avanzó, y nos dijimos que probaría de pasar rozándonos, pero no llevaba traza de desviarse. Era grande y viajaba aprisa; además parecía una nube negra con hileras de luciérnagas en torno a él; pero, de pronto, se cernió, enorme y espantoso, con una larga hilera de hogares abiertos, que brillaban como dientes al rojo vivo, y con la monstruosa proa y las defensas amenazando por encima de nosotros.

Se oyó un grito, que nos iba dirigido, y el son de campanas mandando parar las máquinas, una serie de juramentos y el silbido de vapor, y cuando Jim saltó al agua por un lado y yo por el otro, el barco pasó derecho a través de la balsa.

Me sumergí, y con intención de tocar fondo, por añadidura, porque había de pasar una rueda de paletas de treinta pies por encima de mí y quería que tuviese sitio de sobra. Me había podido mantener un minuto bajo el agua; aquella vez creo que estuve minuto y medio. Luego subí para arriba más que aprisa.

Saqué los hombros del agua, y expulsé con un resoplido el líquido de la nariz y resollé un poco. Había una corriente muy fuerte, claro está, y, por tal motivo, el vapor volvió a poner en marcha las máquinas diez segundos después de haberlas parado, porque nunca gastaron mucha simpatía con los almadieros. De modo que avanzaba río arriba y no podía verle con aquel tiempo que hacía, pero me era posible oírle.

Llamé a Jim una docena de veces, pero no obtuve contestación. De modo que agarré un tablón que me tocó mientras pisaba agua y nadé hacia la ribera empujando el madero delante de mí. Me di cuenta de que la corriente tiraba hacia la ribera izquierda, lo que significaba que me encontraba en un cruce, por lo que cambié y seguí en esa dirección.

Era uno de esos cruces largos, oblicuos, de dos millas, de modo que tardé mucho en llegar al otro lado. Toqué tierra sano y salvo y escalé la ribera. No podía ver muy lejos, pero caminé casi a tientas, por terreno quebrado, cosa de un cuarto de milla o más y luego tropecé con una cabaña vieja, de troncos, antes de verla. Iba a pasar de largo y escapar, pero me salieron los perros y empezaron a aullar y ladrarme y tuve demasiado sentido común para dar siquiera un paso.

XVII

ME ADOPTAN LOS GRANGERFORD

Había transcurrido como medio minuto cuando alguien habló por una ventana, sin sacar la cabeza, y dijo:

—¡Basta, muchachos! ¿Quién anda ahí?

—Yo —dije.

—¿Quién es «yo»?

—George Jackson, señor.

—¿Qué desea usted?

—No deseo nada. Solo quiero seguir mi camino, pero los perros no me dejan.

—¿Por qué va merodeando por aquí a estas horas de la noche, eh?

—No iba merodeando, me caí del vapor al agua.

—Ah, ¿sí? A ver si encendéis la luz. ¿Cómo ha dicho que se llama?

—George Jackson. No soy más que un niño.

—Escucha, si dices la verdad, no has de temer nada… Nadie te hará daño. Pero ¡no intentes moverte! Continúa donde estás. Despertad a Bob y a Tom y traed las escopetas. George Jackson, ¿hay alguien contigo?

—No, señor; nadie.

Entonces oí movimiento de gente dentro de la casa, y vi luz. El hombre gritó:

—Betsy, quita esa luz de ahí, majadera… ¿Es que no tienes sentido común? Ponla en el suelo, detrás de la puerta. Bob, si tú y Tom estáis preparados, ocupad vuestros sitios.

—Estamos preparados.

—George Jackson, ¿conoces a los Shepherdson?

—No, señor; nunca oí hablar de ellos.

—Bueno, tal vez sea así y tal vez no lo sea. Ahora, todos preparados. Echa a andar hacia delante, George Jackson. Y cuidadito no corras… ve muy despacio. Si alguien está contigo, que no se acerque… Si saca la cabeza recibirá un tiro. Vamos. Anda despacio. Empuja la puerta tú mismo… ábrela lo suficiente para entrar de lado, ¿has entendido?

No me di prisa. Tampoco hubiera podido, aunque lo quisiera. Anduve paso a paso, y no hubo el menor ruido, solo que me pareció oír los latidos de mi corazón. Los perros guardaban el mismo silencio que las personas, pero me seguían un poco rezagados. Cuando llegué a los tres escalones de troncos, oí girar la llave en la cerradura, descorrerse cerrojos, alzarse trancas.

Apoyé la mano en la puerta y la empujé un poco, y un poco más, hasta que alguien dijo:

—Bueno, ya basta… Saca la cabeza.

Lo hice, pero creí que me la iban a cortar.

La vela estaba en el suelo y allí estaban todos, mirándome a mí, y yo mirándoles a ellos, durante un cuarto de minuto poco más o menos. Tres hombrones, apuntándome con las escopetas, lo que me dio el gran susto, puedo asegurarlo. El más viejo, entrecano y de unos sesenta años de edad; los otros dos, de treinta años o más —todos ellos recios y bien parecidos— y una dulcísima anciana de cabello gris y, detrás de ella, dos muchachas jóvenes a las que no podía ver bien. El viejo dijo:

—Vaya… Me parece que no hay peligro. Entra.

Así que hube entrado, el anciano echó la llave a la puerta, corrió los cerrojos y puso las trancas y dijo a los jóvenes que le siguieran con las escopetas y todos entraron en una sala grande que tenía una alfombra nueva de trapo y se reunieron en un rincón fuera de tiro de las ventanas delanteras; a los lados no había ninguna ventana. Levantaron la vela y me dieron una buena ojeada y todos dijeron:

—Pues este no es un Shepherdson… No, no tiene nada de Shepherdson.

Después dijo el viejo que esperaba que no me importaría que me registrasen para ver si llevaba armas, porque no lo hacía con mala intención, solo era para estar seguro. De modo que no me registró los bolsillos. Solo me palpó someramente con las manos y dijo que estaba bien. Me dijo que hiciera como si estuviese en mi casa y les contara algo acerca de mí, pero la anciana dijo:

—¡Por Dios, Saul! ¡Esa pobre criatura está calada hasta el tuétano! ¿Y no se te ocurre que puede tener hambre?

—Tienes razón, Rachel… Me olvidé.

De modo que la anciana dijo:

—Betsy —esta era una negra—, ve a buscarle algo de comer tan aprisa como puedas, pobre criatura, y una de vosotras, muchachas, puede despertar a Buck y decirle… Oh, aquí está Buck, llévate a este forasterito, quítale la ropa mojada y ponle ropa seca de la tuya.

Buck parecía ser de la misma edad que yo: trece o catorce años, o algo así, aunque era un poco más grande. Llevaba solamente puesta una camisa y traía la cabeza desgreñada. Entró bostezando y frotándose los ojos con un puño, y con la otra mano arrastraba la escopeta. Dijo:

—¿No hay ningún Shepherdson por ahí?

Dijeron que no, que había sido una falsa alarma.

—Bueno —dijo él—, pues si hubiera habido alguno, me parece que me habría cargado a uno de ellos.

Todos se echaron a reír y Bob dijo:

—Con las prisas que te has dado en venir, hubieran podido quitarnos el cuero cabelludo a todos.

—Nadie vino a buscarme y no hay derecho. Siempre se me posterga. Nunca se me da una oportunidad.

—No te preocupes, Buck, muchacho —dijo el viejo—, no te faltará una oportunidad a su debido tiempo, no te impacientes por eso. Ahora, a hacer lo que te ha dicho tu madre.

Cuando subimos a su cuarto, me dio una camisa basta y una chaqueta y unos pantalones suyos y yo me los puse. Mientras lo hacía, me preguntó cuál era mi nombre, pero sin darme tiempo a contestarle empezó a hablarme de un grajo azul y de una cría de conejo que había atrapado en el bosque el día anterior y me preguntó dónde estaba Moisés cuando se apagó la vela. Le dije que no lo sabía, que nunca había oído hablar de eso.

—Bueno, pues adivina —dijo.

—¿Cómo quieres que lo adivine —contesté yo—, si no he oído contar eso antes?

—Pero puedes adivinarlo, ¿no? Es muy fácil.

—¿Qué vela? —pregunté.

—Pues cualquier vela.

—No sé dónde estaba. ¿Dónde estaba?

—Pues… ¡en la oscuridad! ¡En eso estaba!

—Bueno, pues si sabías dónde estaba, ¿para qué me lo preguntas?

—Pero ¡hombre! ¡Si es una adivinanza! ¿No comprendes? Oye, ¿cuánto tiempo vas a quedarte aquí? Tienes que quedarte siempre. Podemos pasarlo estupendamente… Ahora no hay colegio. ¿Tienes perro? Yo tengo uno… y se mete en el río y saca las maderas que uno tira dentro. ¿Te gusta peinarte los domingos y todas esas zarandajas? A mí no, pero mamá me obliga. ¡Malditos sean estos pantalones! Supongo que será mejor que me los ponga, pero preferiría no hacerlo. ¡Hace tanto calor…! ¿Estás listo? Bueno… vamos, chico.

Pan de maíz frío, carne fría, de lata, manteca y suero de manteca, eso es lo que tenían preparado abajo, y hasta el presente no he conocido cosa mejor. Buck y su mamá y todos ellos fumaban en pipa de mazorca, menos la negra, que se había ido, y las dos jóvenes. Todos fumaban y hablaban y yo comí y hablé.

Las jóvenes se envolvían en colchas y tenían el pelo suelto. Todos me hacían preguntas y yo les conté que mi papá y yo, y toda la familia, vivíamos en una estancia pequeña en el extremo de Arkansas, y que mi hermana Mary Ann se había fugado y se había casado y no tuvimos más noticias de ella, y que Bill salió a buscarla y no se volvió a saber más de él, y que Tom y Mort se murieron, y que ya no quedábamos más que papá y yo, él quedó reducido a nada por las muchas preocupaciones. Y cuando se murió, cogí lo poco que quedaba, porque la estancia no era nuestra, saqué pasaje de cubierta río arriba y me caí al agua, y que así era como había ido a parar allí.

Y ellos dijeron que podía vivir allí todo el tiempo que quisiera. Para entonces ya casi era de día y todo el mundo se fue a la cama, y yo me acosté con Buck y, cuando me desperté por la mañana, se me había olvidado cuál era mi nombre, maldita sea. Y de esta manera me pasé una hora tumbado, haciendo esfuerzos por recordarlo, y, cuando despertó Buck, le dije:

—Buck, ¿sabes deletrear?

—Sí.

—Apuesto a que no sabes deletrear mi nombre.

—Apuesto lo que quieras a que sí.

—Bueno —dije—, vamos a ver.

—G-e-o-r-g-e J-a-x-o-n —dijo él.

—Pues sí que lo has deletreado —dije—. No creí que supieras hacerlo. No es un nombre fácil de deletrear, que digamos… así, de sopetón, sin estudiarlo.

Cuando estuve solo, lo anoté, no fuese que me pidiera a mí que lo deletreara después, y así quería ensayar para poder hacerlo como si estuviera acostumbrado a él.

Era una familia agradabilísima y una casa también muy agradable. Antes, nunca había visto en el campo una casa que fuera tan agradable y de tanto postín. En la puerta principal no tenía picaporte de hierro ni de madera, sino un tirador de latón que giraba, lo mismo que en las casas de una ciudad.

En la sala no había ninguna cama ni nada que se le pareciera, pero hay muchas salas en la ciudad que tienen camas. En el hogar había una gran chimenea con ladrillos que conservaban siempre limpios y encarnados, echándoles agua por encima y frotándolos con ladrillo. A veces los lavaban con pintura encarnada hecha con agua, que llaman castaño de España, lo mismo que en la ciudad. Tenían grandes morillos de bronce, capaces de sustentar un tronco entero.

En el centro de la repisa había un reloj con la vista de una ciudad pintada en la mitad inferior y un sitio redondo en el centro para el sol, y detrás se veía oscilar el péndulo. Era hermoso oír el tictac de aquel reloj. Y a veces, cuando se acercaba uno de esos buhoneros y lo limpiaba y lo ponía en condiciones, empezaba a funcionar y daba ciento cincuenta campanadas antes de quedarse agotado. No lo hubieran dado por todo el dinero del mundo.

Bueno, pues también había un loro grande, raro, a cada lado del reloj, hecho de algo que parecía yeso y pintado con vivos colores. Al lado de uno de los loros había un gato de porcelana y un perro también de porcelana al otro lado. Y cuando se les apretaba, chirriaban; pero no abrían la boca, ni cambiaban de expresión, ni parecían sentir el menor interés.

Chirriaban por debajo. Detrás de estas cosas había un par de abanicos grandes, de palo silvestre, abiertos. Sobre una mesa, en el centro del cuarto, había una especie de cesta muy bonita de porcelana, donde se apilaban manzanas y naranjas, y melocotones, y uvas, que eran más encarnados, y más amarillos, y más bonitos que los de verdad; pero no eran de verdad porque había sitios en que estaban descascarillados y se veía yeso, o lo que fuera, debajo.

Aquella mesa tenía un tapete hecho de hule muy bonito, con un águila encarnada y azul, con las alas desplegadas, pintada encima y una orla pintada alrededor. Dijeron que había venido de Filadelfia. También había algunos libros, amontonados con perfecta exactitud, en cada ángulo de la mesa. Uno de ellos era *Progreso del peregrino*,[1] que hablaba de un hombre que dejó su familia, aunque no decía por qué. Leía un buen trozo de vez en cuando. Decía cosas muy interesantes, pero duras. Otro era *Ofrenda de amistad*, lleno de cosas bonitas y poesía; pero no leí la poesía.

Otro era *Los discursos de Henry Clay*[2] y otro *Medicina de las familias*, del doctor Gunn, en el que se decía todo lo que se tenía que hacer si uno estaba enfermo o muerto. Había un libro de himnos y muchos otros libros. Y había sillas de rejilla muy bonitas y en perfecto estado, es decir, no hundidas por el medio ni reventadas como una cesta vieja.

En la pared había muchos cuadros colgados, principalmente de Washington, de La Fayette, de batallas, de María la Escocesa, y uno que ponía «Firmando la Declaración».[3] Había otros que ellos llamaban «dibujos al creyón», que una de las hijas, que estaba muerta, había hecho solita cuando tenía quince años nada más. Eran diferentes a todos los cuadros que yo había visto antes; más negros, generalmente, de lo corriente.

Uno representaba a una mujer con un vestido negro y una cintura por debajo de los sobacos, con bultos como berzas en medio de las mangas y un gran sombrero negro, en forma de cogedor, con un velo negro, y tobillos blancos, esbeltos, con cinta negra entrecruzada, y unas pequeñísimas zapatillas negras. Y estaba muy pensativa, con el codo derecho apoyado en una lápida, debajo de un

---

1. Obra maestra de John Bunyan, gran escritor puritano inglés del reinado de Carlos II. Alegoría religiosa, maravillosamente escrita, es, aún hoy, una de las obras más leídas en Inglaterra. *(N. del T.)*

2. Henry Clay, político norteamericano (1777-1852), fue jefe del partido liberal. *(N. del T.)*

3. Se refiere a la declaración de Independencia de Estados Unidos, naturalmente. *(N. del T.)*

sauce llorón. Y la otra mano le colgaba junto al costado, con un pañuelo blanco y un monedero, y debajo de la estampa decía: «¿No os volveré a ver jamás, ay de mí?».

Otro representaba una joven, con el pelo peinado para arriba, hasta la coronilla, y allí se hacía un nudo, delante de una peineta que parecía el respaldo de una silla. Y estaba llorando con el pañuelo junto a los ojos, y tenía en la otra mano un pájaro muerto, panza arriba, con las patas en alto. Y debajo del cuadro decía: «¡No volveré a escuchar tus dulces trinos, ay de mí!».

Había otro en que una joven estaba asomada a la ventana, mirando a la luna, y le caían las lágrimas por las mejillas. Y tenía una carta abierta en la mano, viéndose un poco de lacre negro en un borde. Y se estaba frotando un dije con cadena contra la boca. Y debajo decía: «¿Y te has ido? ¡Sí, te has ido! ¿Qué va a ser de mí?».

Todas estas estampas serían muy bonitas, pero no sé por qué no se me hacían simpáticas, porque, como estuviera un poco decaído, siempre me aplanaban más. Todos sentían mucho su muerte, porque se había estado preparando para hacer muchas más estampas de aquellas y, por lo que había hecho, podía darse uno cuenta de lo que se había perdido. Pero yo creo que, con su temperamento, estaría pasándolo mucho mejor en el cementerio.

Estaba trabajando en lo que decían que era su cuadro más bueno cuando se puso enferma y todas las noches rogaba a Dios que la dejase vivir hasta que lo hubiese terminado; pero jamás pudo hacerlo. Era el cuadro de una joven, con un vestido blanco, largo, de pie sobre el pretil de un puente, a punto de tirarse, con el pelo suelto por la espalda, lágrimas en la cara, dos brazos cruzados sobre el pecho, dos extendidos hacia delante y dos levantados hacia la luna. La idea era ver cuál de los tres pares hacía mejor efecto y después borrar los otros dos; pero, como decía, se murió antes de tomar una decisión y ahora conservaban el cuadro sobre la cabecera de la cama de su cuarto y, cuando llegaba el día de su cumpleaños, lo adornaban con flores. El resto del tiempo estaba escondido tras una cortinita. La joven de la estampa tenía una cara muy dulce; pero tenía tantos brazos que se parecía demasiado a una araña, en mi opinión.

Esta niña tenía un libro de recortes, cuando vivía, y pegaba en él esquelas, y accidentes, y casos de conformación con el sufrimiento, recortados de *El Observador Presbiteriano*, que le servían de motivo para escribir versos que se sacaba de la cabeza. Era poesía muy buena. Esto es lo que escribió de un chico que se llamaba Stephen Dowling Bots y que se cayó a un pozo y se ahogó:

ODA A STEPHEN DOWLING BOTS, DIFUNTO

¿Se puso Bots enfermo?
¿Y la atrapó muy fuerte?
¿Quedose el hogar yermo
cuando ocurrió su muerte?

No, no era ese el arcano
de Stephen Dowling Bots,
que siendo fuerte y sano
de enfermo no murió.

No fueron males rojos
ni fue mortal veneno
lo que cerró los ojos
de aquel que fue tan bueno.

No fue mal de pasión
que al joven humilló
ni fue un retortijón
el mal que le mató.

El sino se cebó en él,
vedlo sin alborozo.
Dejó su alma el mundo cruel,
cuando cayó a un pozo.

En vano le frotaron,
esfuerzo sin ventura,
y do los santos volaron
está en alma pura.

Si Emmeline Grangerford era capaz de escribir poesía como esa antes de los catorce años, cualquiera sabe lo que hubiese llegado a hacer con el tiempo. Buck me dijo que era capaz de soltar poesía de carrerilla como si tal cosa. Nunca tenía que pararse a pensar. Me dijo que escribía una línea y, si no encontraba nada que cayera en verso con ella, la tachaba, escribía otra y tiraba adelante. No tenía preferencias; sabía escribir de cualquier cosa que le dijeran, siempre que fuese algo triste.

Cada vez que se moría un hombre, o se moría una mujer, o se moría un niño, se presentaba ella con su «tributo» cuando aún no se había enfriado el cadáver. Ella los llamaba «tributos». Los vecinos decían que primero era el médico, luego Emmeline y después el de las pompas fúnebres. El de las pompas fúnebres solo se adelantó a Emmeline una vez, y fue porque la muchacha se quedó atascada buscándole consonante al nombre del difunto, que era Whistler. Ya no volvió a ser la misma. Jamás se quejó, pero empezó a languidecer y no vivió mucho tiempo.

¡Pobre chica! Más de una vez me obligué a mí mismo a subir al cuartito que había sido suyo, y sacar su libro de recortes y leerlo cuando sus cuadros me habían irritado más que de costumbre y se me había agriado un poco su recuerdo. Me era simpática aquella familia incluyendo los muertos, y no pensaba consentir que se interpusiera nada entre nosotros.

La pobre Emmeline había escrito versos de todos los muertos y se me antojaba que no había derecho a que nadie los escribiera de ella ahora que había desaparecido del mundo de los vivos. Y por este motivo traté de escribir un verso o dos yo, pero no logré que me salieran.

Conservaban el cuarto de Emmeline arreglado y bonito, con todas las cosas colocadas exactamente como a ella le había gustado que estuvieran cuando vivía, y nadie dormía nunca en aquella habitación. La anciana se cuidaba ella misma del cuarto aunque tenían negros de sobra, y allí cosía mucho y también leía la Biblia generalmente.

Bueno, pues, como decía de la sala, había en las ventanas unas cortinas preciosas, blancas, con estampas pintadas de castillos, con las paredes cubiertas de plantas trepadoras, y con ganado que iba a abrevar.

Había un piano pequeño y viejo a la vez, que debía de tener cacerolas dentro, y no había nada tan delicioso como oír a las jovencitas cantar «El último eslabón se ha roto» y tocar en él «La batalla de Praga». Las paredes de todas las habitaciones estaban enyesadas y la mayoría tenían alfombras en el suelo y toda la casa estaba encalada por fuera.

Era una casa doble, y el espacio grande, abierto, que había entre las dos tenía techo y piso y allí ponían la mesa a veces al mediodía, y era un sitio fresco y cómodo. Nada podía ser mejor. ¡Y cuidado que eran buenos los guisos! ¡Y además abundantes!

XVIII

EL SOMBRERO DE HARNEY

Porque el coronel Grangerford era un caballero, ¿sabéis? Era un caballero de arriba abajo, y su familia también. Era bien nacido, como se dice, y eso es tan bueno en un hombre como en un caballo, según decía la viuda Douglas, y nadie puso nunca en duda que fuera ella de la más alta aristocracia de nuestra población. Y papá también lo decía siempre, aunque él de aristocracia tenía tan poca como un gato de suburbio.

El coronel Grangerford era muy alto y muy esbelto y tenía una cara entre pálida y bronceada, sin la menor señal colorada por ninguna parte. Todas las mañanas venía con la delgada cara afeitada completamente, y unos labios delgadísimos, y unas fosas nasales muy delgadas, y una nariz alta, y espesas cejas, y ojos muy negros, tan hundidos que parecía que a uno le miraban desde el fondo de cavernas, como quien dice.

Tenía la frente alta y el pelo negro y liso, y le colgaba hasta los hombros. Las manos eran largas y delgadas y todos los días de su vida se ponía una camisa limpia y un traje completo, de hilo tan blanco, que la vista se ponía enferma de mirarlo. Y los domingos se ponía una chaqueta azul con faldones y con botones dorados. Llevaba un bastón de caoba con puño de plata. No se le notaba nada de frívolo, en absoluto, y nunca era chillón. Era tan bondadoso como le era posible serlo, uno lo sentía, ¿comprendéis?, de modo que se le tenía confianza.

Alguna vez sonreía, y daba gusto verle; pero cuando se ponía tieso como un palo y comenzaban a salirle relámpagos por debajo de las pobladas cejas, le venían ganas a uno de subirse a un árbol primero y ver lo que sucedía después. Nunca tenía necesidad de decirle a nadie que tuviera buenos modales; todo el mundo los tenía siempre donde él estaba.

Además, todo el mundo estaba encantado de tenerle cerca. Casi siempre se le podía comparar al sol, quiero decir que él hacía que el tiempo pareciese bueno.

Cuando se convertía en nubarrón, la oscuridad era terrible durante medio minuto y ya era bastante, no volvía a ir nada mal en una semana.

Cuando bajaban él y la señora por la mañana, toda la familia se ponía en pie para darles los buenos días y nadie volvía a sentarse hasta que lo hubieran hecho ellos.

Después, Tom y Bob se acercaban al aparador, preparaban un vaso de licor de raíces amargas y se lo ofrecían. Él esperaba con el vaso en la mano a que los dos hombres se preparasen el suyo y, después de hacer una reverencia, brindaban diciendo: «Nuestro deber para con ustedes, señor y señora». Y entonces ellos hacían una leve inclinación de cabeza y decían gracias y los tres hombres bebían.

Entonces Bob y Tom añadían una cucharada de agua al azúcar, y la gota de whisky o de coñac de manzana que quedara en el fondo de su vaso nos la pasaban a Buck y a mí, que también bebíamos a la salud de los ancianos.

Bob era el más viejo y Tom iba después. Eran hombres altos, hermosos, robustos de espaldas y cara morena, y pelo negro largo, y ojos negros. Vestían de hilo blanco como el viejo y llevaban anchos jipijapas.

Venía después la señorita Charlotte. Tenía veinticinco años y era alta, orgullosa y magnífica; pero buena como el pan, cuando no estaba excitada. Sin embargo, cuando lo estaba, tenía una mirada capaz de pararle a uno en seco y dejarle patitieso, como su padre. Era hermosa.

Y su hermana, la señorita Sophia, también; pero diferente. Esta era bondadosa y dulce como una tórtola y no tenía más de veinte años.

Cada uno de ellos tenía un negro a sus órdenes, hasta Buck. Mi negro se daba la gran vida, porque yo no estaba acostumbrado a tener a nadie que me hiciera las cosas; pero el de Buck no paraba ni un instante.

Esta era toda la familia ahora, pero había habido más: tres hijos. Los mataron. Y Emmeline, que había muerto.

El viejo era el amo de muchas haciendas y de más de cien negros. A veces venía un montón de gente, a caballo, de diez o quince millas a la redonda, y se quedaban cinco o seis días, y hacían excursiones por los alrededores del río, y celebraban bailes y meriendas en el bosque durante el día, y saraos en la casa por la noche. Casi todas estas personas eran parientes de la familia. Los hombres venían armados. Era un magnífico grupo de gente de postín, os lo aseguro.

Por allí había otro grupo de aristocracia, cinco o seis familias, casi todas del nombre de Shepherdson. Eran de tanto tono, tan bien nacidas, tan ricas y tan magníficas como los Grangerford. Los Shepherdson y los Grangerford usaban el mismo embarcadero, que estaba a unas dos millas por encima de nuestra casa, de modo que a veces, cuando yo iba allí con gente de familia, veía a Shepherdson con sus hermosos caballos.

Un día Buck y yo estábamos cazando en el bosque y oímos unos caballos que galopaban. Nosotros cruzábamos la carretera. Buck dijo:

—¡Pronto! ¡Corre al bosque!

Lo hicimos y luego acechamos por entre las hojas. Bien pronto vimos bajar al galope por la carretera a un joven espléndido, cabalgando como hábil jinete. Parecía un soldado. Llevaba la escopeta cruzada delante de él, sobre la silla. Ya le había visto en otras ocasiones. Era el joven Harney Shepherdson.

Oí disparar la escopeta de Buck junto a mi oído y a Harney le voló el sombrero de la cabeza. Tomó derechito hacia donde nos agazapábamos. Pero no esperamos. Empezamos a cruzar el bosque corriendo a toda prisa. El bosque no era espeso, de modo que miré por encima del hombro para esquivar la bala y vi a Harney apuntar dos veces contra Buck. Luego se marchó por donde había venido, supongo que a recuperar su sombrero, pero no pude verlo.

Nosotros no dejamos de correr hasta llegar a casa. Me pareció ver que los ojos del viejo centellearon de placer durante un breve instante; luego su expresión se suavizó y dijo, con cierta dulzura:

—No me gusta eso de tirar desde detrás de un matorral. ¿Por qué no saliste a la carretera, muchacho?

—Los Shepherdson no lo hacen, papá. Siempre buscan ventajas.

La señorita Charlotte mantuvo erguida la cabeza como una reina mientras Buck contaba lo ocurrido, y se le agitaban las alas de la nariz y centelleaban sus ojos. Los dos jóvenes pusieron cara hosca, pero nada dijeron. La señorita Sophia palideció, pero recuperó el color al saber que el hombre no había sido herido.

Cuando pude llevarme a Buck junto a los graneros, bajo los árboles, y estuvimos solos, le pregunté:

—Buck, ¿querías matarle?

—Pues claro que sí.

—¿Qué te ha hecho él?

—¿Él? Nunca me ha hecho nada.

—Pues entonces, ¿por qué querías matarle?

—Por nada... solo por nuestras diferencias.

—¿Qué quieres decir con eso de diferencias?

—Pero ¿de dónde sales? ¿No sabes lo que es tener diferencias?

—Es la primera vez que oigo hablar de semejante cosa. Cuéntame.

—Bueno —dijo Buck—, pues una diferencia se tiene así: un hombre riñe con otro hombre y le mata; después viene el hermano de ese otro hombre y le mata a él; después vienen los primos a meterse en el asunto… Y con el tiempo, se matan todos y ya no hay diferencias. Pero se va muy despacio y se necesita mucho tiempo.

—¿Dura esta desde hace mucho, Buck?

—¡Ya lo creo que sí! ¡Empezó hace treinta años poco más o menos! Se discutió por algo y luego hubo un pleito para resolverlo. Y uno de los hombres perdió el pleito, de modo que fue y mató al que lo había ganado… cosa muy natural, claro está. Cualquier otro, en su lugar, hubiese hecho lo mismo.

—¿De qué era la discusión, Buck?… ¿Tierras?

—Tal vez sí… No lo sé.

—Bueno, ¿y quién mató…? ¿Fue un Grangerford o un Shepherdson?

—¡Canastos! ¿Cómo quieres que lo sepa yo? ¡Hace tanto tiempo que pasó…!

—¿No lo sabe nadie?

—Oh, sí; creo que papá lo sabe, y algunos de los otros viejos; pero ya no saben cómo fue la primera discusión.

—¿Ha habido muchos muertos, Buck?

—Sí, una buena cantidad de entierros. Pero no siempre se muere. Papá lleva unos cuantos perdigones en el cuerpo; pero no se preocupa, porque no pesan mucho. A Bob le han trinchado un poco con un cuchillo de caza y Tom ha sido herido una o dos veces.

—¿Ha muerto alguien este año, Buck?

—Sí, nosotros cazamos uno y ellos cazaron otro. Hará como unos tres meses, mi primo Bud, de catorce años, cabalgaba por el bosque al otro lado del río. No llevaba armas, lo que no dejó de ser una tontería.

»En un lugar solitario oyó que se acercaba un caballo y vio al viejo Baldy Shepherdson que corría tras él, escopeta en mano y el pelo blanco ondeando al viento. En vez de saltar del caballo y echarse al bosque, Bud creyó poder correr más que el otro, de modo que corrieron cinco millas o más, y el viejo le iba ganando terreno siempre.

»Por fin comprendió Bud que era inútil, de modo que se paró y dio media vuelta, para que las balas le agujerearan por delante, ¿comprendes?, y el viejo se acercó y le derribó a balazos. Pero no tuvo mucho tiempo para cantar victoria, porque antes de una semana nuestra familia le liquidó a él.

—Opino que ese viejo era un cobarde, Buck.

—Y yo te digo que no era cobarde. ¡Ni mucho menos! No hay un cobarde entre todos los Shepherdson, ni uno. Y tampoco hay cobardes entre los Grangerford. ¡Si ese viejo se pasó una vez defendiéndose media hora contra tres Grangerford y salió vencedor! Todos iban a caballo. Él saltó del suyo y se metió detrás de una tinada y conservó el caballo delante para guarecerse de las balas.

»Pero los Grangerford siguieron montados y danzando alrededor del viejo, dispararon contra él, y él disparó contra ellos. Él y su caballo se volvieron a casa con unos cuantos agujeros y bastante estropeados; pero a los Grangerford tuvieron que llevarlos a casa…, y uno de ellos estaba muerto y otro murió al día siguiente. No, señor; si uno anda buscando cobardes entre los Shepherdson, pierde el tiempo, porque ellos no crían de esa clase.

Al domingo siguiente todos fuimos a la iglesia, cosa de tres millas más allá, y todos a caballo. Los hombres se llevaron las armas, y Buck también, y las conservaron entre las rodillas o apoyadas contra la pared, al alcance de la mano. Los Shepherdson hicieron lo mismo. El sermón fue bastante latoso; trató del amor fraternal, y cosas aburridas por el estilo; pero todo el mundo dijo que había sido un buen sermón y todos lo discutieron camino de casa y hubo tanto que decir sobre la fe, las buenas obras, la gracia libre, la «preanteordestinación» y no sé cuántas cosas más, que me pareció a mí uno de los peores domingos que había conocido en mi vida.

Una hora después de comer todo el mundo estaba echando un sueño por ahí, algunos en las sillas y otros en su cuarto, y se hizo bastante aburrido. Buck y un perro estaban tendidos en la hierba al sol, profundamente dormidos. Subí a nuestro cuarto y decidí echar un sueñecito yo también.

Me encontré a la dulce señorita Sophia de pie ante su puerta, que estaba al lado de la nuestra, y me metió en su cuarto y cerró la puerta con mucha suavidad y me preguntó si me era simpática, y yo le dije que sí. Y me preguntó si estaba dispuesto a hacer algo por ella sin que nadie se enterara, y yo le contesté que sí también.

De modo que salí y marché carretera arriba, y no había nadie en la iglesia, como no fuera un cerdo o dos, porque la puerta estaba sin cerradura y a los cerdos les gusta el piso de madera en verano, porque está fresco. Si os fijáis, la mayoría de la gente solo va a la iglesia cuando tiene la obligación de hacerlo, pero en el caso de los cerdos es distinto.

Me dije: «Aquí pasa algo, no es natural que una muchacha se preocupe tanto por un testamento». De modo que lo sacudí y de él cayó un papelito con «Las dos y media» escrito a lápiz. Lo registré, pero no pude encontrar ninguna cosa más. Poca cosa pude sacar de todo eso, de modo que volví a meter el papel en el libro, y cuando llegué a casa subí la escalera, y me encontré a la señorita Sophia a la puerta de su cuarto, que me estaba esperando.

Me arrastró adentro y cerró la puerta; después buscó en el testamento hasta encontrar el papel y, en cuanto lo leyó, se le alegró la cara. Y, cuando yo no había tenido aún tiempo de pensar, me cogió y me dio un apretón, y dijo que yo era el mejor muchacho del mundo y que no contara a nadie nada de lo que había pasado.

Por un momento se le enrojeció la cara y se iluminaron sus ojos, con lo que se puso bonita de verdad. Quedé muy asombrado; pero, cuando me recobré, le pregunté de qué trataba el papel, y ella me preguntó si lo había leído, y yo dije «No», y me preguntó si yo sabía leer escritura, y yo le contesté: «No, solo letra corriente», y entonces dijo ella que el papel era únicamente una señal para marcar su sitio en el libro y que podía irme a jugar.

Me encaminé al río estudiando el asunto y, al poco rato, me di cuenta de que me seguía mi negro. Cuando perdimos de vista la casa, miró atrás y hacia todas partes un instante y luego se acercó corriendo, y dijo:

—Amo George, si quiere acompañarme al pantano, le enseñaré una enormidad de mocasines acuáticos.

Yo pensé: «Eso es muy curioso. Ayer dijo lo mismo. Debiera saber que a uno no le gustan los mocasines de agua como para ir a buscarlos. ¿Qué pretenderá?». De modo que dije:

—Bueno, sigue adelante.

Le seguí cosa de media milla, después torció por el pantano y siguió andando cosa de otra media milla, con el barro hasta los tobillos. Llegamos a un trozo de terreno llano que estaba seco y lleno de árboles, matorrales y trepadoras, y me dijo:

—Entre usted ahí unos cuantos pasos, amo George. Ahí están. Yo ya los he visto antes, no tengo interés en volver a verlos.

Después dio media vuelta y se largó y desapareció entre los árboles. Me metí entre la maleza y a poco llegué a un trecho pequeño, despejado, del tamaño de una alcoba, rodeado de enredaderas, y encontré a un hombre dormido, y, ¡recanastos!, ¡era mi viejo Jim!

Le desperté y creí que iba a tener una sorpresa fantástica al verme de nuevo, pero no fue así. Casi lloró de alegría, pero no estaba sorprendido. Dijo que aquella noche había nadado detrás de mí y que me había oído gritar todas las veces, pero que no se atrevió a contestar porque él no quería que le recogiese nadie y le volviera otra vez a la esclavitud. Dijo:

—Me hice algún daño y no podía nadar aprisa, de modo que al final estaba muy retrasado. Cuando saliste del río creí que te alcanzaría en tierra sin necesidad de gritarte; pero cuando vi la casa, empecé a ir con pies de plomo. Estaba demasiado lejos para oír lo que te decían... Me daban miedo los perros... Pero, cuando se quedó todo en silencio otra vez, comprendí que estabas en la casa, de modo que me eché al bosque para esperar el día.

»A primera hora de la mañana se acercaron algunos negros que iban al campo y me llevaron consigo y me enseñaron este sitio, hasta el que los perros no pueden seguirme el rastro gracias al agua. Todas las noches me traen comida y me cuentan cómo te va.

—¿Por qué no le dijiste antes a mi Jack que me trajera aquí, Jim?

—No hacía falta molestarte, Huck, hasta que pudiéramos hacer algo. Pero ahora estamos bien. He ido comprando cacharros y provisiones cada vez que he tenido ocasión, y remendando la balsa por la noche, cuando...

—¿Qué balsa, Jim?

—La nuestra.

—Pero ¿quieres darme a entender que nuestra balsa no se hizo astillas?

—No, no se hizo astillas. Quedó bastante destrozada... al menos un extremo de ella... pero no tanto que no tuviera arreglo, solo que casi todas nuestras cosas se perdieron. Si no hubiésemos buceado tanto y nadado tan lejos debajo del agua, y la noche no hubiera sido tan oscura, y no hubiésemos estado tan asustados, ni hubiéramos sido tan cabezotas, como quien dice, habríamos visto la balsa. Pero es mejor que no la hayamos visto, porque ahora está ya arreglada y casi como nueva, y además tenemos un montón de cosas nuevas, en lugar de las que perdimos.

—¿Cómo conseguiste otra vez la balsa, Jim?... ¿La cogiste?

—¿Cómo quieres que la cogiera estando yo en el bosque? No, la encontraron unos negros encallada en el recodo y la escondieron en una caleta, entre los sauces. Y tanto discutieron sobre el que tenía más derecho a quedarse con ella que acabé por enterarme. De modo que terminé con la discusión diciéndoles que no correspondía a ninguno de ellos, sino que era tuya y mía. Y les pregunté si iban a apoderarse de lo que pertenecía a un señorito blanco y recibir una paliza por hacerlo.

»Después les di diez centavos por cabeza y se quedaron más que contentos y se dijeron que ojalá aparecieran más balsas y les volvieran a hacer ricos. Esos negros se portan conmigo bastante bien, querido, y lo que yo les pido que hagan no tengo que decírselo dos veces. Ese Jack es un buen negro y bastante listo.

—Sí que lo es. No me ha dicho nunca que estabas aquí. Me dijo que viniera, que me enseñaría una enormidad de mocasines de agua. Si ocurre algo, él no tiene nada que ver en el asunto. Puede decir que nunca nos ha visto juntos y no mentirá.

No quiero hablar mucho del día siguiente. Seré bastante breve. Me desperté con el alba, y ya iba a volverme para dormir otra vez cuando advertí lo callado que estaba todo; parecía que no se moviese nadie. Eso no era normal.

Después noté que Buck se había levantado y marchado. Bueno, pues me levanté, intrigado, y bajé. No había nadie. Todo estaba en silencio. Lo mismo sucedía fuera. Me pregunté: «¿Qué significa todo esto?». Cerca de la tinada encontré a mi Jack, y pregunté:

—¿Qué sucede?

Dijo él:

—¿No lo sabe, amo George?

—No, no lo sé.

—Pues… ¡se ha fugado!, ¡la señorita Sophia! Ya lo creo que sí. Se fue por la noche, no sé a qué hora… nadie lo sabe con seguridad… Se fugó para casarse con ese joven Harney Shepherdson, ¿sabe?… Eso piensan, al menos. Aún no hace media hora que se ha enterado la familia… tal vez un poco más… y le aseguro que no se perdió el tiempo. ¡Jamás se ha visto un movimiento de caballos y de armas parecido! Las mujeres han ido a buscar a los parientes, y amo Saul y los muchachos han cogido las escopetas y han galopado río arriba para intentar alcanzar a ese joven y matarle antes de que pueda cruzar el río con la señorita Sophia. Me parece que se nos presentan malos tiempos.

—Buck se fue sin despertarme.

—¡Claro que sí! No querían meterle a usted en esto. Amo Buck cargó la escopeta y dijo que o se traía a un Shepherdson a casa o reventaba. Bueno, pues hay una gran abundancia de Shepherdson, y seguro que se traerá uno como se le presente la ocasión.

Seguí carretera arriba tan aprisa como pude. Al cabo de un rato empecé a oír disparos bastante lejanos. Cuando llegué a la vista del almacén de troncos y de la tinada, donde atracan los vapores, avancé por entre los árboles y la maleza hasta llegar a un buen sitio. Después gateé hasta las bifurcaciones de las ramas de un álamo que estaba fuera de alcance y observé.

Había cuatro, y una tinada de unos cuatro pies de altura a corta distancia del árbol, y al principio había pensado esconderme detrás de ella; pero sin duda fue una suerte para mí que no llegase a hacerlo.

Cuatro o cinco hombres caracoleaban a caballo frente al almacén de troncos, jurando, gritando e intentando coger a un par de jóvenes que estaban detrás de la tinada, junto al embarcadero; pero no lo conseguían. Cada vez que uno de ellos se asomaba por el lado de la tinada que daba al río, los sitiados disparaban contra él. Los dos muchachos estaban agazapados espalda contra espalda detrás de la tinada, de manera que podían vigilar en ambas direcciones.

Por fin los hombres dejaron de bailar por allí y de gritar. Empezaron a cabalgar en dirección al almacén. Entonces uno de los muchachos se levantó, apuntó por encima de la tinada y derribó a uno de ellos del caballo. Todos los hombres se apearon, recogieron al caído y lo llevaron hacia el almacén. En aquel momento los dos muchachos echaron a correr.

Recorrieron la mitad del camino que les separaba del árbol donde yo me había subido antes de que los hombres se dieran cuenta. Cuando estos se fijaron, montaron a caballo y salieron en su persecución. Les iban ganando terreno, pero no les sirvió de nada, porque los muchachos llevaban demasiada ventaja. Llegaron a la tinada que había delante de mi árbol y se escondieron en ella, de manera que volvieron a ser los amos de la situación. Uno de los muchachos era Buck y el otro un joven esbelto, de unos diecinueve años de edad.

Los hombres danzaron por allí un rato y luego se largaron. Cuando dejaron de verse, llamé a Buck y se lo dije. Al principio, no sabía qué pensar de aquella voz que salía del árbol. Se quedó muy sorprendido. Me dijo que vigilara con atención y que avisara en cuanto viera aparecer a los hombres. Dijo que preparaban alguna diablura, que no se habían ido para mucho rato.

Me hubiese gustado estar fuera de aquel árbol, pero no me atrevía a bajar. Buck empezó a despotricar y a decir que él y su primo Joe (el joven que le acompañaba) aún tomarían un desquite por lo de aquel día. Dijo que su padre y sus dos hermanos habían muerto, y dos o tres del enemigo. Dijo que los Shepherdson les habían preparado una emboscada.

Buck dijo que su padre y sus hermanos debían haber esperado a que llegasen sus parientes; los Shepherdson eran demasiado fuertes para ellos solos. Le pregunté qué había sido de Harney y de la señorita Sofía. Contestó que habían cruzado el río y se hallaban sanos y salvos. Me alegré de saberlo; pero ¡hay que ver la de barbaridades que dijo Buck por no haber logrado matar a Harney el día en que disparara contra él!... En mi vida he oído cosa igual.

De pronto, ¡pum!, ¡pum!, ¡pum!, sonaron tres o cuatro escopetas. ¡Los hombres se habían deslizado por el bosque y entrado por el otro lado de los caballos! Los muchachos se tiraron al río, heridos los dos, y, mientras nadaban corriente abajo, los hombres corrieron por la ribera disparando contra ellos y gritando:

—¡Matadles! ¡Matadles!

Se me revolvieron las tripas de tal manera que por poco me caigo del árbol. No voy a decir todo lo que ocurrió, me pondría malo otra vez si lo hiciese. Ojalá aquella noche no hubiera tocado nunca tierra y me hubiese evitado ver semejantes cosas. Nunca podré olvidarlas; muchas veces sueño con ellas.

Me quedé en el árbol hasta que empezó a anochecer, pues me daba miedo bajar. A veces oía disparos en el bosque, y vi dos veces a pequeños grupos de hombres armados pasar galopando delante del almacén de troncos; de modo que deduje que aún seguía el zafarrancho.

Estaba bastante desanimado. Decidí no volver a poner los pies en aquella casa, porque me parecía que yo era el culpable. Pensé que aquel papelito quería decir que la señorita Sophia había de encontrarse con Harney en alguna parte a las dos y media para fugarse con él. Y me dije que debía haberle hablado al padre del papel y de la rara manera como ella se había conducido. Así tal vez la hubiera encerrado con llave y se hubiese evitado toda aquella terrible lucha.

Cuando bajé del árbol, me arrastré un rato por la orilla del río y encontré los dos cadáveres junto a la ribera. Tiré de ellos hasta sacarlos a tierra, después les tapé la cara y me alejé tan aprisa como pude. Cuando le tapé la cara a Buck lloré un poco porque había sido muy bueno conmigo.

Ya había anochecido. No me acerqué para nada a la casa, sino que crucé el bosque en dirección al pantano. Jim no estaba en su isla, de modo que me dirigí a toda prisa a la caleta, metiéndome por entre los sauces, ardiendo en deseos de saltar a bordo y salir de aquel terrible país. ¡La balsa había desaparecido! ¡Dios Santo! ¡Qué susto me llevé! Tardé casi todo un minuto en respirar de nuevo. Luego di un grito.

Una voz, a menos de veinticinco pies de mí, dijo:

—¡Dios bendito! ¿Eres tú, querido? No hagas ruido.

Era la voz de Jim. Nunca había oído nada que me gustase tanto. Corrí por la ribera y salté a bordo, y Jim me cogió y me abrazó de tanto como se alegraba de verme. Dijo:

—Bendito seas, muchacho; estaba seguro de que habías vuelto a morirte. Jack ha estado aquí. Dijo que suponía que te habían pegado un tiro, porque no habías vuelto a casa. Conque me disponía a poner en marcha la balsa hacia la desembocadura de la caleta para estar preparado para largarme tan pronto Jack volviese y me asegurara que habías muerto. No sabes cuánto me alegro de tenerte a mi lado otra vez, querido.

Yo dije:

—Bueno... Eso es estupendo. No me encontrarán y creerán que me han matado y que mi cadáver ha flotado río abajo... Allí verán algo que les ayudará a creerlo... De modo que no pierdas tiempo, Jim; tira hacia agua abierta tan aprisa como puedas.

Me sentí intranquilo hasta que la balsa estuvo dos millas más abajo, y en medio del Mississippi. Entonces colgamos nuestras linternas del palo y calculamos que volvíamos a estar libres y seguros otra vez. Yo no había comido nada desde el día anterior; de modo que Jim sacó unas tortas de maíz, suero de manteca, cerdo, berzas y otras verduras, no hay cosa tan buena en el mundo cuando está guisada bien, y mientras yo cenaba, charlamos y lo pasamos bien.

Yo estaba más que contento de escapar de las diferencias y Jim de escapar del pantano. Dijimos que no había hogar como una balsa, después de todo. Otros sitios parecen estrechos y asfixiantes; pero una balsa, no.

Uno se siente libre y tranquilo, y cómodo, a bordo de una balsa.

XIX

EL DUQUE Y EL DELFÍN SUBEN A BORDO

Pasaron dos o tres días y noches; podría decir que pasaron nadando, tan tranquilos, tan uniformes y tan deliciosos se deslizaron. He aquí la manera como pasábamos el tiempo. A aquella altura el río era monstruoso: a veces tenía milla y media de ancho. Navegábamos de noche y atracábamos y nos escondíamos durante el día. Cuando la noche estaba por acabar, dejábamos de navegar y amarrábamos la balsa, casi siempre en el agua mansa al pie de una punta de estopa, y luego cortábamos álamos jóvenes y sauces, que nos servían para ocultar la balsa.

Después tendíamos los aparejos de pescar. Y luego nos metíamos en el río a nadar un poco para refrescarnos. Después nos sentábamos en el fondo arenoso, donde el agua llega a las rodillas, y contemplábamos la llegada del día. Ni un sonido en ninguna parte, silencio absoluto, exactamente igual que si todo el mundo estuviera dormido, solo que a veces se oía el croar de las ranas.

La primera cosa que se veía, al mirar por encima del agua, era una especie de línea mate que eran los bosques del otro lado: no se podía distinguir nada más. Luego, palidez en el cielo. Después, más palidez que se extendía. A continuación el río se aclaraba a lo lejos, y ya no era negro, sino gris. Se veían pequeños puntos negros flotando a la deriva, muy lejanos; lanchones de mercancías y cosas así. Y listas negras, largas; almadías.

A veces se oía chirriar un remo grande, o voces confusas, tan silencioso estaba todo y tan lejos viajaban los sonidos. Y a medida que avanzaba el tiempo, se veía una raya en el agua, que uno sabía, por su aspecto, que era un escollo en el centro de una corriente rápida, que se rompía contra él y tomaba aquel aspecto.

Y se veía levantarse la bruma, ensortijada, del agua, y al este colorearse, y el río, y se distinguía una cabaña de rollizos en la linde del bosque, allá en la ribera, al otro lado del río, que por lo visto sería un depósito de maderas, apiladas de tal suerte por aquellos tramposos, que hubiera podido uno tirar un perro a través de ellas por cualquier parte.

Luego se levantaba una brisa agradable, que venía del otro lado, que le acariciaba a uno, fresca y refrescante, y traía un olor dulce por los bosques y las flores; pero a veces no era así porque habían dejado peces muertos por allí, sollos y otros por el estilo, que enseguida apestaban una barbaridad.

Y, por último, se encuentra uno en pleno día, en el sol, y las aves canoras cantan a toda voz.

Ya no se notaría un poco de humo, de modo que cogíamos unos pescados de los aparejos y nos hacíamos un desayuno caliente. Y después contemplábamos la soledad del río y hacíamos el vago, acabando por dormirnos. A lo mejor nos despertábamos y mirábamos a ver qué había interrumpido nuestro sueño. Y a veces veíamos un vapor que remontaba la corriente, tan lejos hacia el otro lado del río que no se distinguía nada de él más que si llevaba rueda de paletas lateral o de popa. Después, durante cosa de una hora, no había nada que oír ni nada que ver; todo era densa soledad.

Más tarde se veía una balsa deslizarse por el agua a lo lejos, y tal vez un hombre a bordo de ella, partiendo madera, porque casi siempre se hace eso a bordo de las balsas. Se veía brillar el hacha al alzarse y caer, y no se oía nada. Veía uno alzarse el hacha de nuevo y, cuando ya se encontraba por encima de la cabeza del hombre, llegaba a los oídos de uno el «¡chas!», tanto había tardado el sonido en cruzar el agua.

De modo que acostumbrábamos a pasar el día haciendo el vago, escuchando el silencio. Una vez hubo una niebla muy espesa y las balsas y embarcaciones que pasaban iban golpeando cacerolas para que los vapores no las embistieran. Un lanchón o una almadía pasó tan cerca que pudimos oír los juramentos y risas de los tripulantes; se les oía claramente. Pero no nos fue posible ver ni rastro de ellos. Se le ponía a uno carne de gallina. Era como si unos fantasmas estuviesen haciendo todo eso en el aire. Jim dijo que él creía que eran espíritus. Pero yo contesté:

—No, los espíritus no dirían «maldita sea la maldita niebla».

Al hacerse de noche salíamos al río; cuando llegaba la balsa al centro la dejábamos ir por donde la corriente quisiera llevarla. Encendíamos nuestras pipas, poníamos las piernas colgando en el agua, y hablábamos de todo. Acostumbrábamos a ir desnudos, de día y de noche, siempre que nos dejaban los mosquitos. La ropa nueva que me mandó hacer la familia de Buck era demasiado buena para ser cómoda y, además, yo no era un entusiasta de la ropa, de todas formas.

A veces nos quedaba el río para nosotros solos durante muchísimo rato. Se veían las orillas y las islas también, al otro lado del agua, y, alguna vez, una chispa, que era la vela encendida en la ventana de una cabaña, y a veces también se veían una o dos chispas en el agua, en alguna balsa o lanchón, ¿comprendéis? Y a lo mejor llegaba a nuestros oídos el sonido de un violín o de una canción, procedente de una de esas embarcaciones.

Vivir en una balsa es lo más estupendo del mundo. Teníamos el cielo encima, todo sembrado de estrellas, y solíamos tumbarnos boca arriba, y las mirábamos y discutíamos si habrían sido hechas o si habrían aparecido por sí solas. Me parecía que se habría necesitado demasiado tiempo para hacer tantas.

Jim dijo que las podía haber puesto la luna, del mismo modo que ponen huevos las gallinas. Bueno, eso parecía muy en razón de modo que no dije nada contra ello, porque he visto a una rana poner casi tantos huevos que, claro, no era imposible. También acostumbrábamos a mirar las estrellas que caían y verlas bajar como una centella. Jim decía que se habían averiado y que las tiraban fuera del nido.

Por una o dos veces veíamos durante la noche deslizarse un vapor en la oscuridad y, de vez en cuando, vomitaba un mundo de chispas por las chimeneas y las chispas llovían sobre el río y hacían la mar de bonito. Después doblaba un recodo y sus luces temblaban y desaparecían, y se apagaba el ruido de su máquina y el río volvía a quedar silencioso.

Y al cabo de un rato, las olas que había levantado llegaban hasta nosotros, mucho tiempo después de que desapareciera el vapor, y hacían bailar un poco nuestra balsa, y después de eso no se oía nada durante Dios sabe cuánto rato, salvo, tal vez, alguna rana o algún otro animal.

Cuando era más de medianoche, la gente de tierra se acostaba y entonces, durante dos o tres horas, las riberas parecían negras, sin chispas en las ventanas de las cabañas. Aquellas chispas eran nuestro reloj; la primera que volvía a aparecer nos indicaba que se acercaba la mañana, de modo que buscábamos un sitio donde escondernos y atracábamos inmediatamente.

Una mañana, al amanecer, me encontré una canoa y crucé un recial hacia la ribera. Solo estaba a doscientas yardas. Y remé cosa de una milla por una caleta por entre un bosque de cipreses para ver si encontraba alguna fruta.

Cuando pasaba por un sitio en que una especie de camino de ganado cruzaba la caleta, aparecieron dos hombres corriendo por el camino tan aprisa como podían. Me creí perdido, porque siempre que olía eso de las persecuciones me parecía que me perseguían a mí, o tal vez a Jim.

Estaba a punto de largarme de allí a toda prisa, pero ya tenía los hombres bastante cerca y me llamaron y me suplicaron que les salvase la vida. Dijeron que no habían hecho nada y que por ese motivo les perseguían. Dijeron también que hombres y perros corrían tras ellos. Querían colarse de rondón en la canoa, pero yo les dije:

—No hagan eso. No oigo aún a hombres ni perros. Tienen tiempo de entrar por la maleza y subir un poco por la caleta. Después métanse en el agua y vengan hasta aquí y embárquense. Con eso los perros perderán el rastro.

Lo hicieron y, en cuanto estuvieron en la canoa, remé en dirección a nuestra cabeza de estopa y, al cabo de cinco o diez minutos, oímos los gritos lejanos de hombres y perros. Les oímos acercarse a la caleta, pero no podíamos verlos. Parecieron pararse y rondar por allí un poco. Después, a medida que nos íbamos alejando más y más, apenas pudimos oírlos.

Cuando hubimos dejado a nuestra espalda una milla de bosque y salimos al río, todo era silencio. Llegamos a la punta de estopa y nos escondimos entre los álamos. Estábamos a salvo.

Uno de aquellos dos hombres tendría unos setenta años de edad o más. Era calvo y tenía unas barbas muy grises. Llevaba un sombrero gacho en bastante mal estado, una camisa azul, grasienta, de lana, y un pantalón viejo, raído, azul, de cutí, metido en las botas, y tirante de punto de confección casera. No digo mal: tirante, porque solo llevaba uno. Le colgaba del brazo. Una chaqueta vieja azul, de cutí también, y largos faldones con botones dorados. Los dos llevaban ventrudos maletines raídos.

El otro hombre representaba unos treinta años y vestía poco más o menos tan ordinario como él. Después de desayunar hablamos, y lo primero que resultó fue que aquellos dos hombres no se conocían.

—¿Cómo se vio usted en este trance? —le preguntó el calvo al otro.

—Pues verá… Había estado vendiendo un artículo para quitar el sarro de los dientes… y que lo quita de verdad, como que hasta se lleva el esmalte por regla general… pero me quedé una noche más de lo que me debía haber quedado, y estaba largándome cuando me encontré con usted por el camino de este lado de la población y usted me dijo que venían y me suplicó que le ayudara a poner tierra por medio. De modo que yo le dije que también me esperaba jaleo y que me largaría con usted. Esa es toda la historia. ¿Cuál es la suya?

—Pues yo me pasé una semana organizando unos mítines protemplanza, y me había convertido en el favorito del elemento femenino, pequeño y grande, porque les estaba haciendo la vida imposible a los borrachos, eso se lo aseguro, y recaudando hasta cinco o seis dólares por noche (a diez centavos por cabeza; niños y negros gratis), y el negocio prosperaba como una bendición. De pronto, anoche empezó a correr el rumor de que yo distraía mi aburrimiento empinando el codo a solas y a escondidas.

»Esta mañana me despertó un negro y me dijo que la gente se estaba reuniendo, a la chita callando, con perros y caballos, y que se presentarían muy pronto, me concederían media hora de delantera y luego procurarían darme caza. Y si me atrapaban era seguro que me darían un baño de alquitrán, me vaciarían por encima unos sacos de plumas para que se me pegaran bien y luego me sacarían de la población montado en un riel. No esperé a desayunar: no tenía hambre.

—Viejo —dijo el joven—, creo que podríamos asociarnos. ¿Qué le parece?

—No hay inconveniente. ¿Cuál es su especialidad… principal?

—Soy impresor de oficio; trabajo algo en específicos; actor de teatro… tragedia, ¿sabe?; a veces hago hipnotismo y frenología cuando se presenta la ocasión; también enseño canto y geografía en la escuela, para variar; endilgo conferencias a veces… Oh, hago un montón de cosas… casi cualquier cosa que se presente, mientras no sea trabajar. ¿Cuál es la especialidad de usted?

—He trabajado mucho de galeno en mis buenos tiempos. Mi mejor truco era la aplicación de las manos… para curar el cáncer, la

166

parálisis y otras cosillas por el estilo, y sé decir la buenaventura con bastante éxito cuando tengo quien se entere de las cosas de antemano. También estoy especializado en echar sermones, en trabajar las reuniones religiosas al aire libre y en hacer de misionero.

Ninguno dijo una palabra durante un rato. Después el joven exhaló un suspiro, y dijo:

—¡Ay de mí!

—¿De qué suspiras, suspiroso? —preguntó el calvo.

—De pensar que haya llegado a arrastrar semejante vida y a degradarme hasta el punto de verme en semejante compañía.

Y se limpió el lagrimal con un trapo.

—¡Maldita sea su estampa! ¿No es la compañía bastante buena para usted? —exclamó el calvo, con cierto orgullo.

—Sí, es lo bastante buena para mí; es tan buena como me merezco; porque, ¿quién me arrastró tan bajo estando yo tan alto? Yo, yo mismo. No les culpo a ustedes, caballeros… muy lejos de ello. No culpo a nadie. Me lo merezco todo. Que el mundo despiadado haga conmigo lo peor que sepa. Una cosa sé: en algún sitio hay una tumba para mí. El mundo podrá continuar como siempre, y quitármelo todo… seres queridos, bienes, todo… pero no puede quitarme eso. Algún día me tenderé en ella y lo olvidaré todo, y mi pobre corazón lacerado hallará un reposo.

Siguió limpiándose los ojos.

—¡Al diablo con su pobre corazón lacerado! —exclamó el calvo—. ¿Por qué nos da en la cabeza con un pobre corazón lacerado? Nosotros no hemos hecho nada.

—No, ya sé que no. No les culpo a ustedes, caballeros. Yo mismo me reduje a este estado…, sí, yo mismo lo hice. Es justo que sufra, completamente justo. No me quejo.

—Que se ha reducido, ¿de qué? ¿De dónde ha caído?

—¡Ah! No me creerían ustedes. El mundo siempre es incrédulo… dejémoslo… no importa. El secreto de mi nacimiento…

—¿El secreto de su nacimiento? ¿Acaso quiere usted decir…?

—Caballeros —dijo el joven con gran solemnidad—, a ustedes se lo revelaré, porque siento instintivamente que puedo depositar mi confianza en ustedes. ¡Por derecho debiera ser duque!

A Jim se le desorbitaron los ojos al oír eso, y creo que a mí también.

—¡No! No puede usted hablar en serio —dijo el calvo, repuesto ya de la sorpresa.

—Sí. Mi bisabuelo, el primogénito del duque de Bridgewater, huyó a este país a finales del siglo pasado, para respirar el aire puro de la libertad. Aquí se casó y murió, dejando un hijo, mientras su propio padre moría en la misma fecha, aproximadamente. El hijo segundo del difunto duque se apoderó del título y de los bienes... sin la menor consideración hacia el niño, que era el legítimo duque. Yo soy el descendiente directo de ese niño... Soy el legítimo duque de Bridgewater. Y aquí estoy, desamparado, privado de mi alcurnia, perseguido por los hombres, despreciado por el mundo indiferente, harapiento, gastado, con el corazón lacerado y degradado hasta el punto de ser compañero de criminales a bordo de una balsa.

Jim le compadeció una barbaridad y yo también. Probamos de consolarle, pero él dijo que era inútil, no podía consolársele gran cosa. Dijo que si nos sentíamos dispuestos a reconocer su alcurnia, eso le haría más bien que cualquier otra cosa. De modo que dijimos que lo haríamos si él nos decía cómo.

Dijo que al hablarle debíamos hacer una reverencia y darle el tratamiento de «alteza», o «excelencia», o «Vuecencia», pero que no se molestaría si le llamábamos «Bridgewater» a secas, pues, según él, era un título después de todo y no un nombre. Y uno de nosotros tenía que servirle durante la comida y hacer cualquier cosa que él mandara hacer.

Bueno, eso era fácil, de modo que lo hicimos. Durante toda la comida Jim revoloteó alrededor de él, sirviéndole y diciendo: «¿Quiere Vuecencia algo de esto, o algo de aquello?» y cosas así, y se veía que esto le complacía mucho.

Pero el viejo se fue volviendo bastante taciturno al cabo de un rato. No tenía mucho que decir y todos aquellos agasajos de que hacíamos objeto al duque no le tenían muy contento. Parecía estarle preocupando algo. Conque, allá por la tarde, dijo:

—Mire, Bilgewater,[1] le compadezco enormemente, pero no es usted la única persona que ha sufrido penalidades de esa índole.

—¿No?

—No, señor. No es usted la única persona a la que han derribado, rastrera e injustamente, de un puesto elevado.

—¡Ay de mí!

—No, usted no es la única persona que tiene un secreto de nacimiento.

Y que me ahorquen si no se puso a llorar.

—¡Un momento! ¿Qué quiere usted decir?

—Bilgewater —preguntó el viejo, sollozando aún—, ¿puedo confiar en usted?

—¡Hasta la última gota de sangre! —Tomó la mano del viejo y se la estrechó—. ¡El secreto de vuestro ser: hablad!

—Bilgewater, ¡soy el difunto delfín!

Imaginaos lo boquiabiertos que esta vez nos quedamos Jim y yo. Después dijo el duque:

—¿Que es usted qué?

—Sí, amigo mío; nada es tan cierto… En este instante contemplan sus ojos al pobre delfín desaparecido, a Luis XVIII, hijo de Luis XVI y de María Antonieta.

—¡Usted! ¡A su edad! ¡No! Querrá decir que es el difunto Carlomagno. Debe de tener seiscientos o setecientos años de edad por lo menos.

—Eso es obra de las penas, Bilgewater; las penas tienen la culpa. Las penas pusieron estas canas y esta prematura calvicie. Sí, caballe-

1. Juego de palabras: *Bridgewater* significa 'agua del puente' y *Bilgewater*, 'agua de sentina'. *(N. del T.)*

ros, aquí ven ante ustedes, vestido de cutí azul y en plena desventura, al errante exiliado, pisoteado y doliente rey legítimo de Francia.

Bueno, pues empezó a llorar y a desesperarse de tal manera que Jim y yo apenas sabíamos qué hacer de tanta pena que nos daba y de lo contentos y orgullosos que estábamos de tenerlo con nosotros también. De modo que tratamos, como habíamos hecho con el duque, de consolarle a él.

Pero dijo que era inútil. Solo la muerte y acabar con todo de una vez podía hacerle bien alguno; aunque dijo que a menudo experimentaba algún alivio y se sentía mejor por un momento, si la gente le trataba como correspondía a su derecho, hincando una rodilla en tierra para hablarle y llamándole siempre «Vuestra Majestad» y sirviéndole a la hora de las comidas y no sentándose hasta que él diera su permiso.

De modo que Jim y yo nos pusimos a majestearle y a hacer esto, lo otro y lo de más allá por él y a quedarnos de pie hasta que él nos daba permiso para sentarnos. Esto le alivió muchísimo y se puso alegre y se sintió la mar de cómodo. Pero entonces pareció que se agriaba el duque y que no estaba ni pizca de satisfecho con el cariz que tomaban las cosas.

Sin embargo, el rey le trató muy amistosamente y le dijo que el bisabuelo del duque y todos los demás duques de Bilgewater habían merecido muy buen concepto de su padre y que se les permitía ir a palacio con frecuencia. Pero el duque continuó poniendo mala cara un buen rato hasta que, por fin, el rey dijo:

—Seguramente tendremos que vivir juntos mucho tiempo en esta balsa, Bilgewater, conque, ¿qué se saca con agriarse? Solo servirá para hacer difícil la situación. No es culpa mía si no he nacido duque, ni es culpa suya si no ha nacido rey, de modo que, ¿a qué preocuparse? Sáquese el mayor provecho a las cosas tal como le vienen a uno, digo yo… ese es mi lema. No está mal que nos hayamos encontrado aquí. Abundante comida y una vida fácil. Vamos, venga esa mano, duque, y seamos todos amigos.

El duque tendió su mano y Jim y yo nos alegramos mucho de verlo. Toda la tensión se desvaneció y nos sentimos encantados, porque habría sido una lástima que hubiese enemistad a bordo de la almadía. Lo que uno necesita, por encima de todo, en una almadía, es que todo el mundo esté satisfecho y se sienta bien y bondadoso hacia los otros.

No me costó mucho tiempo saber que aquellos embusteros no eran reyes ni duques, sino vulgares farsantes y embaucadores. Pero no dije una palabra, no descubrí lo que pensaba, me lo guardé para mí. Es lo mejor. Así uno no riñe con nadie y no se mete en fregados. Si querían que les llamásemos reyes y duques, yo no tenía inconveniente mientras con ellos hubiera paz en la familia. Y era inútil decírselo a Jim, de modo que no se lo dije.

Si en la vida aprendí muy poco de papá, al menos sí aprendí que la mejor manera de llevarse bien con gente de su ralea es dejarla que se salga con la suya.

XX

PARKVILLE Y LA REALEZA

Nos bombardearon a preguntas. Querían saber por qué tapábamos la balsa de aquel modo y descansábamos durante el día en lugar de navegar. ¿Era Jim un negro fugitivo? Contesté yo:

—¡Santo Dios! ¿Acaso correría hacia el sur un negro que huyese?

»Mi familia vivía en el condado de Pike, en Missouri, donde nací, y todos se murieron menos yo, papá y mi hermano Ike. Papá decidió levantar la casa e irse a vivir con tío Ben, que tiene un rancho de mala muerte a orillas del río, cuarenta y cuatro millas por debajo de Orleans.

»Papá era bastante pobre y estaba algo endeudado; de modo que cuando lo hubo liquidado y pagado todo, solo quedaban dieciséis dólares y nuestro negro Jim. Eso no bastaba para llevarnos mil cuatrocientas millas ni con pasaje de cubierta ni de ninguna otra manera.

»Bueno, pues, cuando se hinchó el río, papá tuvo una racha de suerte un día... Cogió este trozo de balsa. De modo que decidimos irnos a Orleans en ella. No duró la suerte de papá. Una noche pasó un vapor por encima de la proa de la balsa y todos caímos al agua y buceamos por debajo de la rueda de paletas. Jim y yo salimos a flote fácilmente, pero papá estaba borracho e Ike solo tenía cuatro años, de modo que ninguno de los dos volvió a salir.

»Bueno, pues, durante los días siguientes siempre íbamos con líos, porque no hacían más que acercarse gentes en botes y querer llevarse a Jim, diciendo que le creían un negro fugado. Ahora ya no viajamos de día. Por la noche no nos molestan.

El duque dijo:

—Dejadme solo para pensar un medio que nos permita navegar durante el día, si queremos. Reflexionaré… Inventaré un plan que lo haga posible. Por hoy lo dejaremos, porque, claro está, no nos interesa pasar por delante de esa población de ahí durante el día… Podría ser perjudicial para la salud.

Al anochecer empezó a nublarse el cielo y pareció que quería llover. Los relámpagos de calor iban muy bajos en el cielo y las hojas empezaban a moverse. Se presentaba una tormenta bastante fea; eso era fácil de ver. De modo que el duque y el rey hicieron un examen de nuestro cobertizo para ver cómo eran las camas.

Mi cama era un jergón de paja, mejor que la de Jim, que era un jergón de perfolla. Un jergón de perfolla siempre tiene mazorcas que se le clavan a uno y hacen daño. Y cuando uno da la vuelta, la perfolla seca suena como si se estuviera uno revolcando en un montón de hojarasca; hace tanto ruido que uno se despierta. Bueno, pues el duque dijo que se quedaría con mi cama, pero el rey dijo que no. Dijo:

—Hubiera creído que la diferencia de alcurnia le habría hecho advertir que una cama de perfolla no es lo más apropiado para que yo duerma. Vuestra alteza tendrá que hacer uso de la cama de perfolla.

Jim y yo empezamos a sudar tinta otra vez, durante un momento, temiendo que volvieran a sus disputas. De modo que nos alegramos bastante cuando el duque dijo:

—Es mi sino verme siempre pisoteado en el barro bajo el férreo talón del opresor. La desgracia ha quebrantado mi espíritu, antaño tan altivo. Cedo, me someto; es mi sino. Solo estoy en el mundo para sufrir. Puedo soportarlo.

Nos pusimos en marcha tan pronto oscureció del todo. El rey nos dijo que nos dirigiéramos al mismísimo centro del río y que no colgáramos la luz hasta encontrarnos mucho más abajo de la población. Por fin llegamos a la vista del haz de luces. Era la población, ¿comprendéis? Y pasamos a cosa de media milla de distancia, sin novedad.

Una vez estuvimos tres cuartos de milla más abajo, colgamos nuestra linterna y, hacia las diez, empezó a llover y a soplar y a tronar y a relampaguear como un demonio. Así que el rey nos dijo que nos quedáramos los dos de guardia hasta que mejorara el tiempo. Después el duque y él entraron en el cobertizo y se acostaron.

Me tocaba estar de guardia hasta las doce, pero no me hubiese acostado de todas formas aunque hubiera tenido cama, porque no se puede ver una tormenta como aquella todos los días de la semana ni mucho menos. ¡Recanastos! ¡Cómo bramaba el viento! Y cada segundo o dos había un resplandor que iluminaba las espumeantes crestas de las olas en media milla a la redonda, y se veían las islas, que parecían polvorientas a través de la lluvia y los árboles agitándose al viento.

Luego sonaba un ¡u-uac!, ¡bum!, ¡bum!, ¡bumba-umba umba umba-bum-bum-bum-bum! Y el trueno se alejaba retumbando y gruñendo, y paraba. Y después, ¡zas!, otro relámpago y otro estruendo igual. Las olas casi me arrastraban de la balsa, a veces; pero como no llevaba la ropa puesta, no me importaba. Los escollos no nos dieron trabajo, ya que los relámpagos resplandecían y titilaban y revoloteaban tan seguidos que podíamos verlos lo bastante a tiempo para echar la proa a un lado o a otro y esquivarlos.

También me tocaba la guardia de madrugada, ¿sabéis?, pero para entonces tenía bastante sueño, de modo que Jim dijo que haría la primera mitad por mí; en eso siempre era muy bueno Jim. Me metí en el cobertizo, pero el rey y el duque estaban tan a sus anchas que no había sitio para mí. De modo que salí fuera. No me importaba la lluvia porque era cálida y las olas ya no eran altas.

Sin embargo, volvieron a crecer a eso de las dos, y Jim iba a llamarme; pero mudó de idea porque calculó que aún no eran lo bastante altas para hacer daño. Se equivocó en eso, a pesar de todo, porque al poco rato se estrelló contra la balsa una ola gigantesca y me tiró al agua. Jim por poco se muere de risa. En mi vida he visto a un negro reírse con tanta facilidad.

Me encargué de la guardia y Jim se acostó y se puso a roncar, y, al cabo de un rato, la tempestad amainó definitivamente. Tan pronto se vio la primera luz de una cabaña, le desperté y metimos la balsa en un escondite para el día.

Después del desayuno el rey sacó una baraja averiada y el duque y él jugaron un rato, a cinco centavos la partida. Después se cansaron y decidieron «preparar una campaña», como ellos decían.

El duque se puso a buscar en su maletín y sacó un montón de hojas impresas y las leyó en alta voz.

Una de ellas decía que «El célebre Dr. Armand de Montalban, de París, dará una conferencia sobre la Ciencia de la Frenología» en tal y tal sitio en el día, en blanco, del mes, en blanco, a diez centavos la entrada, y «dará lecturas de carácter a veinticinco centavos cada una».

El duque dijo que ese era él. En otro anuncio, era el «mundialmente conocido trágico shakespeariano, Garrick el Joven, de Drury Lane, Londres». Tenía otros muchos nombres en otros anuncios y hacía las cosas más maravillosas, como encontrar agua y oro con una «varilla de adivinar», «deshacer embrujos» y muchas cosas más. Por último dijo:

—Pero la favorita es la musa histriónica. ¿Habéis pisado las tablas alguna vez, majestad?

—No —dijo el rey.

—Pues las pisaréis antes de que pasen tres días, Grandeza Caída —dijo el duque—. En la primera población decente que encontremos, alquilaremos un local y representaremos la lucha a espada de Ricardo III y la escena del balcón de Romeo y Julieta. ¿Qué tal os parece eso?

—Cuente conmigo en cuerpo y alma para cualquier cosa que dé dinero, Bilgewater; pero yo no sé un pito de hacer comedia ni he visto hacerla muchas veces. Era demasiado pequeño cuando papá las hacía representar en palacio. ¿Cree usted que podrá enseñarme?

—¡Fácilmente!

—Bien. Ardo en deseos de probar algo nuevo, de todas formas. Empecemos enseguida.

De modo que el duque le contó quién era Romeo y quién era Julieta, y dijo que él tenía la costumbre de ser Romeo, de modo que el rey podría hacer de Julieta.

—Pero, duque, si Julieta es una muchacha tan joven, mi cabeza pelada y mis barbas blancas no van a sentarle bien a ella, quizá.

—No, no se preocupe… A estos palurdos ni siquiera se les ocurrirá pensar en eso. Además, ya sabe que irá con traje de época, y eso da una gran diferencia. Julieta está en un balcón, gozando de la luz de la luna antes de acostarse, y lleva puesto el camisón y un gorro de dormir. Aquí están los vestidos para representar esos papeles.

Sacó dos o tres trajes de indiana de la que se usa para hacer cortinas y dijo que eran una armadura medieval para Ricardo III y para el otro personaje. Y un largo camisón, de algodón blanco, y un gorro de dormir fruncido que hacía juego con él.

El rey quedó satisfecho; de modo que el duque sacó su libro y leyó el papel de los personajes de una manera espléndida, moviendo mucho los brazos, saltando de un lado para otro y haciendo comedia a un tiempo, para enseñar cómo tenía que hacerse. Luego le dio el libro al rey y le dijo que se aprendiera su papel de memoria.

Había una población muy pequeña unas tres millas más allá del recodo y, después de comer, el duque dijo que había pensado la manera de poder navegar durante el día sin que ello representara un peligro para Jim. De modo que dijo que iría a la población y lo arreglaría. El rey dijo que también iría él por si daba con algo. Nos habíamos quedado sin café, de modo que Jim dijo que sería mejor que fuera yo con ellos y lo comprara.

Cuando llegamos allí, no se veía un alma. Las calles estaban desiertas y silenciosas como una tumba, como si fuera domingo. Encontramos a un negro enfermo que tomaba el sol en un patio y nos dijo que todo el que no era demasiado joven, ni demasiado viejo, ni estaba demasiado enfermo se había ido a una reunión religiosa al aire libre que se celebraba a unas dos millas de allí, en el bosque. El rey tomó nota del lugar y dijo que iría a trabajar la reunión y sacar lo que pudiera y que yo podía acompañarle también.

El duque dijo que lo que él andaba buscando era una imprenta. La encontramos —una imprenta pobretona, instalada sobre una carpintería—, y carpinteros e impresores se habían marchado a la reunión y no había ninguna puerta cerrada.

Era un sitio sucio, lleno de porquería, y tenía manchas de tinta y las paredes llenas de estampas con caballos y negros fugados. El duque se quitó la chaqueta y dijo que ya tenía lo que necesitaba. De modo que el rey y yo nos largamos hacia la reunión religiosa.

Tardamos media hora en llegar allí, sudando la gota gorda, porque hacía un calor espantoso. Había mil personas allí que habían venido de veinte millas a la redonda. El bosque estaba lleno de caballos y carretas, atados a todas partes, comiendo en los pesebres y abrevaderos de las carretas y piafando para alejar a las moscas.

Vimos cobertizos hechos con postes y cubiertos con ramas, donde vendían limonada, galletas de jengibre, melones, maíz verde y cosas así.

Estaban echando los sermones debajo de cobertizos parecidos, solo que más grandes, y que estaban llenos de gente. Los bancos eran medios troncos aserrados a lo largo, con agujeros en la parte redonda en los que habían metido palos para que sirvieran de patas. No tenían respaldo.

Estaban los predicadores en plataformas muy altas, a un extremo de los cobertizos. Las mujeres llevaban sombreros para que no les diera el sol; algunas, vestidas de hilo y lana mezclados; otras, de carranclán, y algunas de las jóvenes, de indiana. Algunos muchachos iban descalzos y algunos de los niños llevaban por todo vestido una camisa de hilo de estopa. Había viejas que estaban haciendo calceta y algunos de los jóvenes cortejaban a escondidas.

En el primer cobertizo adonde fuimos, el predicador estaba dando un himno por líneas. Decía dos líneas y todo el mundo las cantaba, y resultaba grandioso oírlo porque eran tantos y lo hacían con tantos bríos; después decía dos líneas más para que las cantaran, y así sucesivamente.

La gente se animaba más y más y cantaba más y más alto y, hacia el fin, algunos empezaron a gemir y otros a gritar. Entonces el pastor se puso a predicar, y empezó en serio además. Fue haciendo eses por un lado de la plataforma y luego por el otro, y después se inclinó hacia delante moviendo brazos y cuerpo sin parar, y hablando a voz en grito con toda su alma.

De vez en cuando levantaba una Biblia y la abría de par en par, y la pasaba de un lado para otro, gritando:

—¡Es la serpiente de bronce en el desierto! ¡Miradla y vivid!

Y la gente gritaba:

—¡Gloria!... ¡A-a-mén!

Y mientras la gente continuaba gimiendo y diciendo amén, prosiguió:

—¡Oh, acercaos al banco de los dolientes! ¡Acercaos, negros de pecado! (¡Amén!) ¡Enfermos y doloridos, acercaos! (¡Amén!) ¡Venid, cojos, baldados y ciegos! (¡Amén!) ¡Acercaos, pobres y necesitados, hundidos en la vergüenza! (¡Amén!) ¡Venid todos los gastados, los manchados, los sufrientes!... ¡Aproximaos con el espíritu quebrantado! ¡Venid con el corazón contrito! ¡Venid con vuestros harapos, vuestros pecados, vuestras inmundicias! ¡Las aguas que limpian son gratuitas, la puerta del cielo se halla abierta… oh, entrad y descansad! (¡A-a-mén! ¡Gloria, gloria, aleluya!)

Y así sucesivamente. Ya no se entendía lo que decía el predicador por los gritos y los lloros. Por todas partes se levantaba la gente y se abría paso, a codazos y empujones, hasta el banco de los dolientes, llorando a lágrima viva. Y cuando todos los dolientes hubieron llegado a los bancos delanteros en un grupo, cantaron, gritaron y se tiraron sobre la paja, como si estuvieran locos.

Bueno, pues, antes de que pudiera darme cuenta, el rey había entrado en funciones y se le oía por encima de todos. Después, avanzó en dirección a la plataforma y el predicador le pidió que dirigiera la palabra al público y él lo hizo.

Les dijo que era pirata, que había sido pirata durante treinta años en el océano Índico, y que su tripulación se había quedado en cuadro, durante la primavera anterior, en una lucha. Que ahora se hallaba de vuelta a su país para buscar nuevos tripulantes y que, gracias a Dios, le habían robado la noche anterior y le habían desembarcado de un vapor sin un centavo y se alegraba de ello. Era la cosa más bendita que le había ocurrido en la vida, porque ahora era otro hombre y se sentía feliz por primera vez en su existencia.

Y, a pesar de lo pobre que era, iba a ponerse inmediatamente a trabajar para poder sacar su pasaje hasta el océano Índico y pasarse lo que le quedase de vida intentando convertir a los piratas e instarles a seguir el camino del bien. Porque él podía hacerlo mejor que nadie, ya que conocía a todas las tripulaciones pirata de aquellos mares. Y aunque necesitaría mucho tiempo para llegar allí como quien dice sin dinero, había de llegar de todos modos.

Y cada vez que convirtiera a un pirata, le diría:

—No me des las gracias a mí; no soy yo quien merece alabanza, sino esa gente querida de la reunión religiosa de Pokeville, hermanos naturales y bienhechores de la raza… Y aquel querido pastor, ¡el mejor amigo que nunca ha tenido un pirata!

Después se echó a llorar, y todos los demás también. De pronto alguien gritó:

—¡Haced una colecta para él! ¡Haced una colecta!

Bueno, pues ya había media docena dispuestos a hacerlo; pero alguien gritó:

—¡Que sea él quien pase el sombrero!

Entonces todo el mundo dijo lo mismo y el pastor también.

De modo que el rey pasó por entre la muchedumbre con el sombrero, restregándose los ojos y bendiciendo a la gente y alabándola y dándole las gracias por ser tan buena para con los piratas de allende los mares. Y, de vez en cuando, algunas de las jóvenes más bonitas, con las lágrimas que les caían por las mejillas, iban y le preguntaban si les permitiría que le dieran un beso para recordarle. Y él siempre les daba permiso. A algunas de ellas las abrazó y las besó hasta cinco o seis veces.

Y le invitaron a que se quedara una semana. Y todo el mundo quería que fuese a vivir a su casa, diciendo que lo considerarían un honor; pero él dijo que, como que aquel era el último día de la reunión, ningún bien podía hacer y, además, ardía en deseos de marcharse inmediatamente al océano Índico para ponerse a trabajar en la conversión de los piratas.

Cuando volvimos a la balsa y se puso a contar, vio que había recogido ochenta y siete dólares y setenta y cinco centavos. También se había llevado una garrafa de whisky, de doce litros, que había encontrado debajo de una carreta cuando volvíamos por el bosque. El rey dijo que bien considerado aquel día daba ciento y raya a cuantos había dedicado a las misiones en su vida. Dijo que, por mucho que se dijera, un pirata valía cien mil veces más que un idólatra para trabajar reuniones religiosas al aire libre.

El duque tenía la pretensión que a él le había ido bastante bien hasta que apareció el rey; pero después de eso ya no lo creyó tanto. En aquella imprenta se había puesto a imprimir dos encargos de unos rancheros —anuncios de caballos— y cobrado su importe: cuatro dólares. Y había conseguido diez dólares de anuncios para el periódico, que prometió publicar por cuatro dólares si pagaban por adelantado, de modo que lo hicieron.

El precio del periódico era de dos dólares al año; pero admitió tres suscripciones a medio dólar con la condición de que se las pagaran por anticipado. Iban a darle el importe en leña y cebollas, como de costumbre; pero él dijo que acababa de comprar el negocio, que había hecho la gran rebaja de precios y que en adelante iba a trabajar cobrando en efectivo y al contado.

Con los tipos de la imprenta compuso un trocito de poesía que hizo él mismo, sacándoselo de la cabeza: tres versos, dulces y melancólicos. Se titulaba: «Sí, aplasta, mundo frío, este corazón que se rompe», y la dejó compuesta y preparada para que la imprimieran en el periódico, y no cobró nada por ello. Bueno, pues en total se hizo con nueve dólares y medio y dijo que había tenido un buen día de trabajo ganándolos.

Después nos enseñó otro trabajito que había impreso y por el que no había cobrado nada porque era para nosotros. Tenía una estampa de un negro fugitivo con un hatillo colgado de un palo que llevaba al hombro. Debajo ponía: «200 dólares de recompensa». Lo escrito hablaba de Jim y le describía con exactitud.

Decía que había huido de la plantación de Saint Jacques, cuarenta millas más abajo de Nueva Orleans, el invierno anterior, y que quien le cogiera y le devolviera, cobraría la recompensa y los gastos.

—Ahora —dijo el duque—, desde esta noche en adelante podremos navegar de día si nos conviene. Cuando veamos acercarse a alguien, atamos a Jim de pies y manos con una cuerda, le metemos en el cobertizo, enseñamos este anuncio y decimos que le hemos cogido río arriba, que somos demasiado pobres para viajar en vapor y hemos conseguido que unos amigos nos dejen esta balsa a fiado y que vamos a cobrar la recompensa. Jim estaría mejor aún con esposas y cadenas, pero eso no iría bien con el cuento de nuestra pobreza. Resultaría como si le pusiésemos joyas. Cuerdas es lo conveniente. Hay que conservar la armonía, como decimos en las tablas.

Todos dijimos que el duque era muy listo y que ya no tendríamos disgustos para navegar de día. Calculamos que aquella noche podríamos recorrer suficientes millas para ponernos fuera del alcance del polvo que suponíamos había de levantar la faena del duque en la imprenta de aquella pequeña población. Después podríamos seguir adelante de día si queríamos.

Permanecimos escondidos sin hacer ruido y no desatracamos hasta cerca de las diez. Después pasamos flotando, bastante apartados de la población, y no izamos la linterna hasta haberla perdido de vista por completo.

Cuando Jim me despertó a las cuatro de la mañana para hacer el relevo, dijo:

—Huck, ¿crees tú que vamos a encontrarnos con más reyes en este viaje?

—No —contesté—, me parece que no.

—Bueno, entonces menos mal. No me importa un rey o dos, pero eso basta. Este está borracho perdido y el duque no está mucho mejor.

Me enteré de que Jim había tratado de hacerle hablar en francés para ver cómo sonaba, pero él dijo que llevaba demasiado tiempo en este país y que había sufrido tantas penas que lo había olvidado.

XXI

PROBLEMAS EN ARKANSAS

Ya había salido el sol, pero continuamos adelante sin atracar. Por fin el rey y el duque abandonaron el cobertizo bastante alicaídos; pero, después de haber saltado al agua y nadado un rato, cambiaron de humor.

Después de desayunar, el rey se sentó en un lado de la balsa, se quitó las botas, se remangó los pantalones, dejó colgar las piernas en el agua para estar cómodo, encendió la pipa y empezó a aprenderse de memoria su Romeo y Julieta. Cuando ya se lo sabía bastante bien, el duque y él se pusieron a ensayarlo juntos.

El duque tuvo que enseñarle una y otra vez la manera de decir su papel. Y le hacía suspirar y llevarse la mano al pecho y al cabo de un rato dijo que lo había hecho bastante bien. «Solo que —dijo—, usted no ha de bramar "¡Romeo!" de esa manera, como si fuera un toro… Debe pronunciarlo con dulzura, desfallecimiento, languidez… Así: "¡R-o-o-meo!". Así se dice. Porque Julieta es una perita en dulce y acaba de dejar las mantillas, ¿sabe?, y no rebuzna como un garañón.»

Bueno, pues después cogieron un par de espadas largas que el duque había hecho con dos listones de roble y empezaron a ensayar el duelo. El duque se llamaba a sí mismo Ricardo III, y la manera de luchar y de saltar por toda la balsa fue algo inmenso. Pero, al cabo de un rato, el rey dio un tropezón y se cayó al agua, y, des-

183

pués de eso, descansaron y se contaron las aventuras que habían corrido en otros tiempos a lo largo del río.

Después de comer el duque dijo:

—Oiga, Capeto, nos interesa que esta función sea de primera, ¿comprende?, de modo que hemos de añadirle algo más. Necesitamos alguna otra cosa para representarla después de los bises.

—¿Qué son bises, Bilgewater?

El duque se lo explicó y dijo luego:

—Yo contestaré a ellos con un baile escocés o una danza marinera. Y usted… déjeme pensarlo… ¡Ah! ¡Ya sé!… Usted puede recitar el soliloquio de Hamlet.

—¿El cuál de Hamlet?

—El soliloquio, lo más célebre de Shakespeare. ¡Ah! ¡Es sublime! ¡Sublime! Siempre se lleva al público de calle. No lo tengo en el libro… solo tengo un volumen… pero me parece que podré reconstruirlo de memoria. Pasearé unos momentos para ver si puedo evocarlo de las catacumbas del recuerdo.

De modo que se puso a pasear de un lado para otro, pensando y poniendo un ceño horrible de vez en cuando. Después enarcaba las cejas; luego se apretaba la frente con la mano, retrocedía, se tambaleaba y gemía; después suspiraba y, más tarde, fingía derramar una lágrima.

Era estupendo mirarle. Al fin logró lo que pretendía. Nos dijo que le prestáramos atención. Después adoptó una actitud muy noble, con una pierna hacia delante, el brazo en alto, la cabeza inclinada hacia atrás, con la mirada clavada en el cielo. Luego se puso a delirar y a rechinar los dientes y, a continuación de eso, durante todo su discurso, aulló, se revolvió, hinchó el pecho y dejó chiquito el trabajo del mejor actor que yo hubiera visto en mi vida. Este es el discurso, pude aprenderlo fácilmente mientras se lo enseñaba al rey:

Ser o no ser; esa es la desnuda punta
que de tan larga vida calamidad hace.
Porque, ¿quién fardillos llevara hasta que

el Bosque de Birnam a Dusinane llegara?

Sino que el miedo a algo tras la muerte

al sueño inocente asesina,

segundo curso de la Gran Naturaleza,

y más bien nos hace lanzar las flechas de la ultrajante fortuna

que correr a otros de los que no sabemos.

He ahí el respeto que ha de darnos tregua:

¡Despierta a Duncan con tus golpes! ¡Ojalá pudieras!;

porque quién soportaría los látigos y desprecios del tiempo,

el mal del opresor, la contumelia del hombre orgulloso,

las demoras de la ley y el descanso de sus

⠀⠀⠀punzadas pudieran tomar,

en el desierto y en mitad de la noche cuando los

⠀⠀⠀cementerios bostezan,

en trajes acostumbrados de solemne negro,

solo que el país sin descubrir de cuyo límite ningún

⠀⠀⠀viajero vuelve,

respira contagio sobre el mundo,

y así el matiz nativo de la resolución, como el pobre

⠀⠀⠀gato del adagio,

está enfermo de preocupación,

y todas las nubes que se cernían sobre los tejados

⠀⠀⠀de nuestras casas,

con esta consideración sus corrientes tuercen,

y pierden el nombre de acción.

Es una consumación que devotamente ha de desearse;

⠀⠀⠀mas, dulcemente tú, oh linda Ofelia;

no abras tus pesadas y marmóreas mandíbulas,

sino vete a un convento. ¡Vete![1]

---

1. Este, innecesario es decirlo, no es el soliloquio de Hamlet, sino una mezcolanza de versos y fragmentos de versos de diversas obras de Shakespeare con las que se ha formado un conjunto sin ilación. *(N. del T.)*

Bueno, pues ese discurso le gustó al viejo y no tardó en aprendérselo de manera que pudo recitarlo bonitamente. Parecía como si hubiera nacido para ello. Y cuando lo tuvo ensayado y se exaltaba, era preciosa la manera de rugir, saltar y crecerse cuando lo declamaba.

A la primera ocasión que se nos presentó, el duque mandó imprimir unos anuncios. Y después de eso, durante dos o tres días, mientras seguíamos río abajo, la balsa fue un lugar muy animado, porque todo era hacer esgrima y ensayo, como decía el duque.

Una mañana, cuando estábamos bastante metidos en el estado de Arkansas, vimos una modesta población en un recodo grande. Y atracamos como unos tres cuartos de milla más arriba, en la embocadura de una caleta que estaba cerrada como un túnel por cipreses, y todos nosotros, menos Jim, subimos a la canoa y fuimos allí para ver si había alguna probabilidad de hacer nuestra función.

Tuvimos mucha suerte. Aquella tarde iban a hacer circo y ya empezaba a llegar gente del campo en toda clase de desvencijadas carretas y a caballo. El circo se iría antes de anochecer, de manera que nuestra función tenía buenas probabilidades de éxito. El duque alquiló el edificio que a veces sirve de Palacio de Justicia y dimos una vuelta pegando anuncios. Decían lo siguiente:

¡RENACIMIENTO SHAKESPEARIANO!

¡ATRACCIÓN DESPAMPANANTE! ¡SOLO POR UNA NOCHE!

Los trágicos de fama mundial

DAVID GARRICK EL JOVEN

del Teatro de Drury Lane, de Londres, y

EDMUND KEAN EL VIEJO

del Teatro Real de Haymarket, Whitechapel,

Pudding Lane, Piccadilly, Londres

y los Reales Teatros del Continente,

en su sublime espectáculo shakespeariano titulado:

Después nos pusimos a recorrer la población. Casi todas las tiendas y casas eran cabañas de madera seca que nunca había sido pintada. Estaban a tres o cuatro pies del suelo, montadas sobre estacas, para que no se las llevara el río cuando este se salía de madre.

Las casas estaban rodeadas de jardincitos; pero en ellos no parecía crecer gran cosa, como no fuera estramonio, girasoles, montones de ceniza, botas y zapatos viejos y retorcidos, pedazos de botella, trapos y latas gastadas. Las vallas estaban hechas con distintas clases de maderas, clavadas en distintas épocas, y se inclinaban en todas direcciones, y sus puertas generalmente solo tenían un gozne, y aun de cuero.

Algunas de las vallas habían sido blanqueadas alguna vez, pero el duque dijo que seguramente lo habrían hecho en tiempos de Colón. Por regla general se veían cerdos en los jardines y gente que se esforzaba en sacarlos.

Todas las tiendas estaban en una misma calle. Tenían toldos blancos, caseros, por delante, y la gente del campo ataba los caballos a los postes que sostenían los toldos. Debajo de aquellas marquesinas, había cajas vacías que servían de asiento a los vagos del lugar. Estos se reunían allí con la única ocupación de sacar virutas de un palo, lo que parecían hacer con la intención de matar el aburrimiento. Y bostezaban y se desperezaban; eran una cuadrilla bastante ordinaria.

Por lo general llevaban un sombrero de paja amarilla, casi tan ancho como un paraguas; pero no tenían chaqueta ni chaleco. Se llamaban unos a otros Bill, y Buck, y Hank, y Joe, y Andy, y al hablar arrastraban las sílabas e intercalaban una retahíla de palabrotas. En cada poste se apoyaba un vago y casi siempre tenía las manos metidas en los bolsillos, pero a veces las sacaba para prestar un poco de tabaco para mascar. Uno no hacía más que oírles decir, continuamente:

—Dame un cacho de tabaco, Hank.

—No puedo… no me queda más que un bocado. Pídele a Bill.

A veces Bill le daba un bocado; a lo mejor mentía diciendo que no le quedaba. Algunos vagos de esa clase nunca tienen un centavo ni un cacho de tabaco suyo. Mascan de prestado. Le dicen a uno: «Te agradecería que me prestases un bocado, Jack. Acabo de darle a Ben Thompson el último que me quedaba», lo que casi siempre es mentira y no engaña a nadie como no sea un forastero. Pero Jack no es forastero, de modo que dice:

—¿Tú dar un bocado? ¡Y un jamón con chorreras! Devuélveme los bocados que me has sacado prestados ya, Lafe Buckner, y te prestaré una o dos toneladas y sin pedirte intereses, por añadidura.

—Hombre, sí que te devolví algo una vez.

—Es verdad: unos seis bocados. Yo te presté tabaco de tienda y tú, en cambio, me devolviste tabaco de cosecha propia.

El tabaco de tienda es una pastilla negra, aplastada; pero generalmente estos hombres mascan la hoja al natural, retorcida. Cuando piden prestado un mordisco, no se molestan en cortarlo con un cuchillo. Se meten la pastilla entre los dientes y roen y tiran de la pastilla con las manos hasta partirla.

A veces, el amo del tabaco contempla con melancolía el trozo que le devuelven y dice con sarcasmo:

—Oye, dame el bocado y quédate tú con la pastilla.

Todas las calles y todos los caminos eran un lodazal. No eran nada más que barro; barro tan negro como el betún y que llegaba a formar una capa de un pie de grueso en algunos sitios, y dos o tres pulgadas de hondo en todas partes. Los cerdos moraban y gruñían por doquier.

Una cerda llena de barro aparecía de pronto por la calle con su camada de cerditos y se espatarraba en medio del paso, de manera que la gente tenía que dar un rodeo. Se estiraba, cerraba los ojos y meneaba las orejas mientras los lechones se hartaban y parecía tan feliz como si estuviera a sueldo.

Y al poco rato, gritaba uno de los vagos:

—¡Hi! ¡Así, muchacho! ¡Duro con ella, Tige!

Y la cerda salía disparada, chillando de una manera horrible, con un perro o dos colgando de cada oreja y tres o cuatro docenas más detrás. Y entonces los vagos se ponían en pie y la miraban hasta perderla de vista, y reían la gracia, y estaban contentos por el ruido y la distracción.

Después volvían a sentarse en sus sitios de antes hasta que había una pelea de perros. Nada era capaz de despertarles ni de hacerles tan completamente felices como una pelea de perros, como no fuera rociar de trementina a un perro vagabundo y pegarle fuego, o atarle una lata al rabo y verle matarse de tanto correr.

Junto al río, algunas de las casas salían más que la orilla, y estaban inclinadas y encorvadas y a punto de hundirse. Estaban abandonadas por la gente. En otras, la ribera se había hundido por debajo y quedaba la esquina colgando en el aire. En ellas aún vivía la gente; pero era peligroso, porque a veces se hunde un trozo de tierra tan ancho como una casa, de golpe.

A veces, una franja de terreno de un cuarto de milla de profundidad empieza a hundirse y hundirse hasta que se hunde entera en el río en un solo verano. Una población así tiene que estar siempre retirándose y retirándose porque el río siempre la está royendo.

A medida que se acercaba el mediodía, más grande era el número de carretas y caballos en las calles, y a cada momento estaban viniendo más. Las familias se traían la comida con ellas y se la comían en las carretas. Se estaba bebiendo un mar de whisky y yo vi tres peleas. De pronto gritó alguien:

—¡Ahí viene el viejo Boggs…! Llega del campo para su curda mensual… ¡Ahí viene, muchachos!

Parecía que todos los vagos se alegraban de verle; supongo que estaban acostumbrados a divertirse a costa de Boggs. Uno de ellos dijo:

—¿Con quién buscará bronca esta vez? Si se hubiera peleado con todos los hombres a quienes se lo dijo de veinte años a esta parte, tendría ya una buena reputación.

Otro dijo:

—Ojalá me amenazase Boggs a mí, porque entonces sabría que no iba a morirme en mil años.

Boggs se acercó a todo galope, en su caballo, lanzando gritos y alaridos como un piel roja y diciendo:

—¡Dejad vía libre! ¡Vengo en son de guerra y va a subir el precio de los ataúdes!

Estaba borracho y se tambaleaba en la silla; tenía más de cincuenta años y una cara muy colorada. Todo el mundo le gritaba, y se burlaba de él, y le soltaba impertinencias a las que él correspondía. Dijo que se cuidaría de ellos y les iría liquidando por riguroso turno, pero que en aquel momento no podía entretenerse porque había ido a la población a matar al viejo coronel Sherburn y su lema era: «Carne primero y, para rematar, comida de cuchara».

Me vio a mí y se acercó, y dijo:

—¿De dónde has venido tú, muchacho? ¿Estás listo para morir?

Después siguió adelante. Yo tenía miedo, pero un hombre dijo:

—No habla en serio. Siempre las gasta así cuando está borracho. Es el loco de mejor talante de todo Arkansas. Nunca ha hecho daño a nadie, ni borracho ni sereno.

Boggs se acercó montado en su caballo al establecimiento más grande de la población y agachó la cabeza para poder asomarse por debajo del toldo. Bramó:

—¡Sal a la calle, Sherburn! ¡Sal de ahí y ven a hacer frente al hombre que has estafado! ¡Tú eres el perro a quien vengo a buscar, y voy a encontrarte además!

Siguió diciéndole a Sherburn todo lo que se le ocurrió y toda la calle se llenó de gente que escuchaba, reía y hacía comentarios. Por último, un hombre de altivo aspecto, de unos cincuenta y cinco años, y, con mucho, el hombre mejor vestido de la población, por añadidura, salió del establecimiento, y la multitud se apartó a los dos lados para dejarle pasar.

Se dirigió a Boggs, muy sereno y muy despacio, y dijo:

—Estoy harto de esto, pero lo toleraré hasta la una en punto. Hasta la una en punto, óyeme bien: ni un minuto más. Como abras la boca contra mí, aunque no sea más que una vez, después de esa hora, no podrás viajar tan lejos que yo no te encuentre.

Después dio media vuelta y volvió a entrar. La gente se puso muy seria, nadie se movió y no hubo más risas. Boggs se fue insultando a Sherburn a pleno pulmón por toda la calle abajo. Al poco rato regresó y se paró delante del establecimiento sin cesar en sus insultos.

Algunos de los hombres se agruparon a su alrededor para intentar hacer que se callara, pero él se negó. Le dijeron que faltaban quince minutos aproximadamente para la una, y que por lo tanto tenía que irse a casa; debía marcharse. Pero de nada sirvió.

Juró con toda el alma y tiró su sombrero en el barro, lo hizo pisotear por su caballo y, poco después, volvió a bajar la calle como un rayo, con los cabellos grises ondeando al viento. Todos los que podían hacerlo intentaban convencerle de que se apeara del caballo, con la intención de encerrarle bajo llave hasta que se le pasara la borrachera. Pero todo era inútil; volvía a echar otra carrera calle arriba y se detenía para soltarle otra andanada de insultos a Sherburn. Por último alguien gritó:

—¡Buscad a su hija!… ¡Pronto! ¡Id a buscar a su hija! A veces le hace caso. Si hay alguien que pueda convencerle, es ella.

Y alguien se fue corriendo a buscarla. Yo anduve un poco por la calle y luego me detuve. Al cabo de cinco o diez minutos apareció Boggs otra vez, pero no a caballo. Iba tambaleándose por la calle en dirección a mí, con la cabeza descubierta, un amigo a cada lado cogiéndole del brazo y empujándole adelante.

Boggs callaba y parecía inquieto. No se hacía el remolón, sino que él mismo se apresuraba bastante. Alguien llamó:

—¡Boggs!

Pude ver que quien había hablado era el coronel Sherburn. Estaba completamente quieto en la calle, y tenía una pistola en la mano derecha; no apuntaba con ella, sino que la sostenía con el cañón hacia arriba. Al mismo tiempo vi a una muchacha joven que se acercaba corriendo, con dos hombres.

Los hombres y Boggs se volvieron a ver quién llamaba y, a la vista de la pistola, los hombres saltaron a un lado y el cañón del arma empezó a bajar lenta y firmemente hasta ponerse horizontal, con los dos gatillos amartillados. Boggs alzó los dos brazos y exclamó:

—¡Oh, Dios! ¡No dispares!

¡Pum!, sonó el primer disparo, y retrocedió, tambaleándose y dando zarpazos al aire. ¡Pum!, sonó el segundo, y cayó al suelo de espaldas, como un peso muerto, con los brazos abiertos. La muchacha soltó un grito, corrió y se dejó caer junto a su padre, llorando y diciendo:

—¡Oh! ¡Le ha matado! ¡Le ha matado!

El coronel Sherburn tiró la pistola al suelo, giró sobre los talones y se fue.

Llevaron a Boggs a la farmacia, con toda la muchedumbre apiñada a su alrededor. Toda la población les siguió. Yo corrí y logré un buen sitio junto al escaparate, donde estaba cerca de él y podía mirar dentro. Le pusieron en el suelo y le colocaron una Biblia grande bajo la cabeza, y otra abierta sobre el pecho; pero antes le desabrocharon la camisa y vi por dónde había entrado una de las balas.

Respiró profundamente una docena de veces, y su pecho levantaba la Biblia cada vez que lo hacía, y la volvía a bajar cuando exhalaba el aliento; después de eso se quedó inmóvil. Estaba muerto. Arrancaron a la hija de allí, que gritaba y lloraba, y se la llevaron. Tendría unos dieciséis años, de aspecto muy dulce y bondadoso; pero estaba muy pálida y asustada.

Bueno, pues al poco rato estaba allí toda la población, arremolinada, empujando, dando codazos, probando de abrirse paso hasta el escaparate para echar una mirada. Pero los que habían cogido sitio no querían dejarlo, y la gente que había detrás no hacía más que decir:

—Vamos, muchachos, ya habéis mirado bastante. No es justo y no hay derecho a que os estéis ahí todo el rato y no dejéis asomar a nadie. Los demás tienen el mismo derecho que vosotros.

Hubo muchas disputas, y yo me escabullí, pensando que a lo mejor habría jarana. Las calles estaban llenas de gente y todo el mundo estaba nervioso. Todos los que habían visto el suceso contaban cómo había ocurrido, y alrededor de cada uno de ellos había un nutrido grupo que alargaba el cuello y escuchaba atentamente.

Un hombre patilargo, de largo pelo y sombrero de copa de piel blanca echado hacia atrás, y un bastón con empuñadura en forma de cayado, señalaba en el suelo los sitios en que habían estado Boggs y el coronel Sherburn. La gente le seguía de un sitio para otro observando todo lo que hacía, y movía afirmativamente la cabeza dando muestras de asentimiento, y se agachaba un poco, y apoyaba las manos en los muslos para ver cómo marcaba los sitios en el suelo con su bastón.

Después, el hombre se irguió, muy estirado, en el sitio en que había estado Sherburn, frunciendo el entrecejo y echándose el sombrero sobre los ojos. Gritó:

—¡Boggs!

Y bajó el bastón hasta ponerlo horizontal, y dijo:

—¡Pum!

Retrocedió tambaleándose. Volvió a decir:

—¡Pum!

Y se dejó caer de espaldas.

La gente que había presenciado la tragedia aseguró que era perfecta la reconstrucción. Dijo que había ocurrido exactamente así. Entonces, algunos sacaron sus botellas de whisky y le invitaron a beber.

Bueno, pues, más tarde, alguien dijo que había que linchar a Sherburn. Al cabo de un minuto, todo el mundo estaba diciendo lo mismo. Y así marcharon, como locos y gritando, arrancando todas las cuerdas de tender la ropa que encontraron al paso para ahorcar al coronel.

XXII

CÓMO FRACASA UN LINCHAMIENTO

Subieron la calle como un enjambre en dirección a la casa de Sherburn, dando alaridos, aullando y rugiendo igual que pieles rojas, y todos debían apartarse del paso o ser atropellados y hechos picadillo a pisotones, y era terrible de ver. Los niños corrían delante de la turba, gritando e intentando quitarse del paso.

Y a lo largo de la calle, todas las ventanas estaban llenas de mujeres que se asomaban, y en todos los árboles había negritos, y jóvenes y chicas asomados a todas las vallas. Y a medida que la turba se acercaba a ellos, se dispersaban y alejaban, fuera de su alcance. Había muchas mujeres y chicas que lloraban y gemían medio muertas de miedo.

Se pararon ante la valla de Sherburn tan apretados como humanamente pudieron, y hacían tanto ruido que uno no oía ni su propio pensamiento. Era un patio pequeño, de unos veinte pies. Alguien gritó:

—¡Derribad la valla! ¡Derribad la valla!

Después se oyó ruido de golpes y de madera astillada y la valla se fue abajo y la delantera de la muralla humana avanzó como una ola.

En aquel momento apareció Sherburn en el tejado del pequeño porche de su casa, con una escopeta de dos cañones en la mano, y se plantó allí completamente sereno y decidido, sin decir una palabra. Se acabó el ruido y la ola humana se hizo atrás.

Sherburn no dijo nada, se limitó a quedarse donde estaba, mirando hacia abajo. El silencio ponía carne de gallina y era muy desagradable. Sherburn paseó despacio su mirada por la muchedumbre y, allí donde la posaba, la gente intentaba hacerle bajar la vista, pero no podía. Fue la gente la que bajó la mirada, llena de inquietud.

Por último, Sherburn soltó una especie de risa, no muy agradable, sino de esa clase que le hace a uno sentirse como si estuviera comiendo pan que tuviese arena dentro.

Después dijo, muy despacio y con desprecio:

—¡La mera idea de que vosotros queráis linchar a alguien es divertida! ¡La idea de que pensáis que tenéis coraje suficiente para linchar a un hombre…! Porque os sentís valentones para alquitranar y cubrir de plumas a las pobres mujeres arrojadas de su casa y sin amigos, que pasan por aquí, ¿os creíais con arrestos suficientes para ponerle la mano encima a un hombre? ¡Sí, un hombre no corre peligro en manos de diez mil de vuestra ralea, mientras sea de día y no estéis a sus espaldas!

»¿Que si os conozco? Os conozco como si os hubiese parido. Nací y me crié en el Sur y he vivido en el Norte; ya veis, pues, si conozco al hombre corriente en general. El hombre corriente es un cobarde. En el Norte se deja pisotear por cualquiera y luego va a su casa a pedirle a Dios un espíritu humilde para soportarlo. En el Sur un hombre, completamente solo, ha dado el alto a una diligencia llena de hombres en pleno día y les ha robado a todos.

»Porque vuestros periódicos os llaman tantas veces un pueblo valeroso creéis que sois más valientes que ningún otro pueblo… mientras que en realidad sois tan valerosos como cualquier otro pueblo, pero ni un tanto así más. ¿Por qué no ahorcan vuestros jurados a los asesinos? Porque temen que los amigos del condenado se los carguen dc un tiro a la cspalda cn la oscuridad… que es precisamente lo que harían.

»Por tanto, siempre absuelven. Y después va un hombre por la noche con un centenar de cobardes enmascarados tras él, y linchan al canalla. Os habéis equivocado al no traeros un hombre con vosotros. Esa es una de las equivocaciones. La otra es no haber venido de noche y no haberos traído los antifaces. Os trajisteis parte de un hombre… Buck Harkness… y si él no os hubiese arrancado, os habríais desahogado hablando.

»No queríais venir. El hombre vulgar no desea las trifulcas ni el peligro. A vosotros no os gustan las trifulcas, ni el peligro. Pero basta que medio hombre, como ese Buck Harkness, grite: "¡A lincharle! ¡A lincharle!", para que no oséis retroceder, para que no os tomen por lo que sois… por unos cobardes… De modo que soltáis un alarido, y os colgáis de los faldones de la chaqueta de ese medio hombre, y venís rabiando aquí jurando que vais a hacer cosas grandes.

»Lo más lastimero del mundo es una chusma; eso es lo que es un ejército: chusma. No luchan por valor innato en ellos, sino con el valor que proviene de su masa, y de sus oficiales. Pero una chusma que no lleva un hombre al frente de ella no es digna de lástima. Ahora, lo que haréis es meter el rabo entre las piernas, iros a casa y esconderos en un agujero.

»Si ha de realizarse algún linchamiento, se hará en la oscuridad, al estilo del Sur. Y cuando vengáis a hacerlo, vendréis enmascarados y con un hombre. Ahora, fuera de aquí… y llevaos a vuestro medio hombre.

Y al decir estas últimas palabras, se echó la escopeta sobre el brazo izquierdo y la amartilló.

La muchedumbre retrocedió de golpe, y después se deshizo, y cada uno se fue corriendo por su lado, y Buck Harkness huyó tras los demás, bastante avergonzado. Yo habría podido quedarme si hubiese querido, pero no quería.

Fui al circo y estuve rondando por la parte de atrás hasta que pasó el vigilante y entonces me metí por debajo de la lona de la tienda de campaña. Tenía mi moneda de oro de veinte dólares y algún dinero, pero pensé que sería mejor ahorrarlo, porque nunca sabe uno cuándo va a necesitarlo, lejos de casa y entre extraños.

Todas las precauciones son pocas. No soy enemigo de gastar el dinero en circos cuando no hay otra manera de entrar, pero no veo la necesidad de desperdiciarlo.

Era un circo verdaderamente maravilloso. Producía el más magnífico efecto del mundo ver entrar a todos a caballo, por parejas, una señora y un caballero, lado a lado, los hombres en calzoncillos y camiseta, nada más, y sin zapatos ni estribos, con las manos en los muslos; habría unos veinte de ellos, y todas las señoras con un cutis precioso, y muy hermosas, y parecían una banda de reinas, vestidas con trajes que valían millones de dólares, y llenas de diamantes.

Era algo hermoso, nunca he visto nada tan precioso. Y después, uno a uno, se fueron levantando y poniéndose en pie y fueron dando la vuelta a la pista suaves, ondulantes y ligeros; los hombres parecían altísimos y airosos, y derechos, con la cabeza saltando y deslizándose, allá arriba, por debajo del techo de la tienda, y todas las señoras con el vestido que parecía un temblor de hojas de rosa, suave y sedoso, alrededor de sus caderas, con el aspecto de la más preciosa sombrilla.

Y después fueron cada vez más aprisa, todos ellos bailando, con un pie en el aire primero, después el otro, inclinándose los caballos cada vez más. El jefe de la pista daba vueltas alrededor del poste central, restallando el látigo y gritando «¡Hi! ¡Hi!», mientras el payaso hacía chistes a su espalda.

Y al cabo de un rato, todas las manos soltaron las riendas, y todas las señoras se pusieron las manos en las caderas, y todos los caballeros se cruzaron de brazos, y entonces, ¡cómo se inclinaban y corrían los caballos! Y después saltaron uno tras otro a la pista, e hicieron la reverencia más bonita que he visto en mi vida, y luego se fueron corriendo, y todo el mundo aplaudió a rabiar, como si se hubiese vuelto loco.

Bueno, pues, durante toda la función hicieron las cosas más maravillosas, y mientras tanto, aquel payaso seguía diciendo unos chistes que hacían desternillar de risa al público. Aún no le decía una palabra el jefe de la pista que ya le contestaba como un rayo, diciendo las cosas más graciosas que haya dicho nadie. Lo que yo no podía comprender era cómo podía pensar en tantas cosas y soltarlas tan de sopetón y tan a punto. ¡A mí no se me hubieran ocurrido en todo un año!

Y, más tarde, un borracho intentó saltar a la pista; dijo que quería montar, dijo que sabía montar tan bien como el más pintado. Discutieron con él y trataron de impedir que entrara en la pista, pero maldito el caso que les hizo, y toda la función se interrumpió.

Después la gente se puso a gritarle y a tomarle el pelo y eso le puso furioso y empezó a rabiar y a despotricar. La gente se excitó y había muchos hombres que se levantaban de los bancos y empezaban a bajar a la pista, gritando: «¡Tumbadle! ¡Echadle fuera!».Y una o dos mujeres empezaron a dar chillidos.

Entonces el jefe de la pista soltó un discurso y dijo que esperaba que no habría disturbios y que si el hombre prometía no armar más bronca le dejaría montar, si creía poder mantenerse a caballo.Todo el mundo se echó a reír y dijo que bueno, y el hombre se subió al caballo.

En cuanto estuvo montado, el animal empezó a brincar, a dar saltos de carnero y hacer corvetas mientras dos del circo le tenían de las bridas intentando sujetarle, y el borracho se le agarraba al cuello y a cada salto ponía las piernas al aire, y todo el público de pie gritando y riendo hasta caérseles las lágrimas.

Y por fin, a pesar de todo cuanto los hombres del circo pudieron hacer, el caballo se soltó y salió disparado como un cohete, dando vueltas a la pista, con el borracho tumbado encima de él, agarrado a su cuello, con una pierna que casi tocaba el suelo por un lado primero, y después la otra por el otro lado, y la gente loca de risa. Sin embargo, yo no veía nada de risa; estaba temblando al ver el peligro que corría aquel hombre.

Pero, por fin, logró montarse con penas y trabajos y tomó las riendas, tambaleándose de un lado para otro.Y un instante después… ¡soltó las riendas y se puso en pie encima del animal!Y eso que corría como el mismísimo diablo.

Permaneció allí de pie, dando vueltas tan tranquilo y cómodo como si no hubiese estado borracho en toda su vida, y después empezó a quitarse la ropa y tirarla. Se la quitó tan aprisa que parecía que el aire se llenaba con ella. Y se quitó diecisiete trajes en total. Entonces apareció esbelto y guapo, vestido de la manera más chillona y bonita que imaginarse pueda. Y arremetió contra el caballo con un látigo y le hizo correr como el rayo. Por fin saltó al suelo, hizo una reverencia y bailó en dirección a los camarines mientras todo el mundo se desgañitaba de contento y de asombro.

Después el jefe de la pista se dio cuenta de que le habían estado tomando el pelo y no creo que se haya visto nunca un jefe de pista más corrido. ¡Si era uno de sus propios artistas! Había inventado aquella broma por su cuenta y se la había callado como un muerto. Bueno, pues yo sentí bastante vergüenza por haberme dejado engañar de aquella manera; pero no hubiera querido estar en el lugar del jefe de pista; no, señor; ni por mil dólares.

No sé, a lo mejor hay circos mejores que aquel, pero yo nunca los he visto. De todas maneras, era lo bastante bueno y de sobra para mí. Y dondequiera que se encuentre puede contar con que yo le seré siempre buen parroquiano.

Bueno, pues aquella noche representamos la función nuestra; pero no fueron más que una docena de personas; lo justo para pagar gastos. Y no dejaron de reír un momento y el duque se puso furioso. Y, sea como fuere, todo el mundo se marchó antes de que hubiese terminado la función, menos un niño que se había quedado dormido. Y por aquel motivo el duque dijo que los cabezotas de Arkansas eran incapaces de apreciar a Shakespeare. Lo que querían eran bufonadas, o tal vez algo peor que bufonadas, dijo.

Dijo que comprendía perfectamente su mentalidad. De modo que, a la mañana siguiente, cogió unas hojas grandes de papel de envolver y un poco de pintura negra y preparó unos carteles y los pegó por todo el pueblo. Decían:

Después, abajo, iba la línea más larga de todas, que decía:

—Vaya —dijo el duque—, si con esta línea no pican, ¡no conozco Arkansas!

XXIII

GRANDEZA Y SERVIDUMBRE DE LOS REYES

Bueno, pues el duque y el rey se pasaron todo el día trabajando como negros para levantar un escenario, poner un telón e instalar una hilera de velas que hicieran las veces de candilejas. Y aquella noche el local se llenó de hombres en un momento.

Cuando estuvo bien lleno, el duque dejó la puerta y entró por la parte de atrás. Salió al escenario, se plantó delante del telón y les espetó un discursillo, alabando la tragedia, y dijo que era la más emocionante que se había conocido jamás. Siguió dando bombo a la tragedia y a Edmund Kean el Viejo, que había de desempeñar el papel principal.

Y por fin, cuando hubo conseguido interesar lo bastante al público, alzó el telón.

Poco después salió el rey a escena, dando saltitos, a gatas y desnudo. Estaba pintado de pies a cabeza con círculos, rayas y franjas de todos los colores, tan resplandeciente como un arco iris. Y… bueno. Dejemos el resto del disfraz; era una locura, pero tenía muchísima sal.

La gente parecía que se iba a morir de risa, y cuando el rey acabó de hacer piruetas y se retiró, haciendo unos cuantos saltitos, por entre bastidores, rugió, aplaudió, alborotó y las carcajadas no cesaron hasta que salió otra vez y repitió el número. Y después de eso se lo hicieron repetir otra vez. Hasta una vaca se hubiera reído al ver las piruetas que hacía aquel tonto de viejo.

Después, el duque dejó caer el telón, saludó al público y dijo que la gran tragedia solo se representaría otras dos noches porque apremiaban contratos de Londres, donde ya estaban vendidas todas las butacas para la función que se daría en Drury Lane.

Después les hizo otra reverencia y dijo que si habían logrado complacerles e instruirles les estarían muy agradecidos si recomendaban la función a sus amistades.

Una veintena de personas gritó:

—¡Cómo! ¿Ya se ha acabado? ¿Eso es todo?

El duque dijo que sí. ¡La que se armó entonces! Todo el mundo gritaba: «¡Nos han timado!», y se ponían de pie enfurecidos con la intención de arremeter contra el escenario y los trágicos. Pero un hombre alto, de magnífico aspecto, se puso de pie encima de un banco y gritó:

—¡Un momento! ¡Permitidme unas palabras, señores!

Se hizo silencio para escucharle.

—Nos han tomado el pelo… Nos lo han tomado de mala manera. Pero no nos interesa ser el hazmerreír de todo el pueblo y que no nos dejen olvidar este asunto hasta que nos muramos. No. Lo que nos interesa es salir de aquí tranquilamente, alabar la función y ¡hacer que le tomen el pelo al resto del pueblo! Así estaremos todos en el mismo caso. ¿No es eso lo más sensato?

—¡Sí que lo es!… ¡El juez tiene razón! —contestaron todos.

—Bien, pues entonces ni una palabra de la tomadura de pelo. Id para casa y aconsejad a todo el mundo que venga a ver la tragedia.

Al día siguiente en todo el pueblo no se hacía más que hablar de lo magnífica que era la función. El local se llenó por completo y volvimos a tomarles el pelo del mismo modo a los espectadores. Cuando el rey, el duque y yo regresamos a la balsa, cenamos todos, y después, a eso de medianoche, hicieron que Jim y yo sacáramos la balsa y la hiciéramos descender por el centro del río y la atracáramos y escondiéramos cosa de dos millas más abajo de la población.

A la tercera noche, el local volvió a llenarse y no por gente nueva, sino por la misma que había asistido a las funciones de los días anteriores. Me quedé con el duque junto a la puerta y noté que todos los que entraban traían muy abultados los bolsillos o algo escondido debajo de la chaqueta, y comprendí que no se trataba de artículos de perfumería, ni mucho menos.

Olí un montón de huevos podridos, y de berzas putrefactas y cosas así. Y si yo conozco las señales de cuando hay un gato muerto por los alrededores, apuesto a que entraron sesenta y cuatro de ellos aquella noche. Entré un momento en el local, pero resultó demasiado aromático para mí; no pude soportarlo.

Bueno, pues, cuando ya no cabía más gente, el duque dio veinticinco centavos a un chico y le encargó que cuidara la puerta un momento, y después echó a andar hacia la entrada de los artistas, y yo tras él. Pero tan pronto doblamos la esquina y nos encontramos en la oscuridad, dijo:

—Ahora anda aprisa, hasta que te hayas pasado todas las casas y luego corre hacia la balsa como si te persiguiera el mismísimo demonio.

Lo hice así y él me imitó. Alcanzamos la balsa al mismo tiempo y en menos de dos segundos nos deslizábamos por el río, oscuro y silencioso, acercándonos al centro, sin que nadie pronunciase ni una sola palabra. Me dijo que el pobre rey iba a pasarlas negras con el público, pero no fue así; al poco rato salió del cobertizo, preguntando:

—Bueno, ¿y cómo ha ido la cosa esta vez, duque?

Ni siquiera había estado en el pueblo.

Hasta que estuvimos unas diez millas más abajo del pueblo no encendimos ninguna luz. Entonces hicimos fuego y cenamos, y el rey y el duque casi se descoyuntaron de risa pensando en la jugarreta que habían gastado a aquella gente. El duque dijo:

—¡Estúpidos novatos! Yo sabía que los primeros espectadores se callarían y dejarían que picase el resto de la población. Ya sabía que nos la guardarían para la tercera noche, considerando que entonces les tocaba a ellos. Pues sí que les toca, y daría algo por saber lo que sacan de ello. Me gustaría saber cómo están aprovechando la oportunidad. Si quieren lo pueden convertir en una merendona... Llevaban provisiones de sobra.

En las tres noches recaudaron aquellos bergantes cuatrocientos sesenta y cinco dólares. Nunca había visto yo recoger dinero así, a carretadas, hasta entonces.

Más tarde, cuando estaban dormidos y roncando, Jim dijo:

—¿No te extraña la manera de obrar de esos reyes, Huck?

—No —le contesté—, no me extraña.

—¿Por qué no, Huck?

—Pues no me extraña porque lo llevan en la sangre. Creo que todos son iguales.

—Pero, Huck, estos reyes nuestros son unos pillos de siete suelas, eso es lo que son: pillos de siete suelas.

—Pues eso es lo que estaba diciendo. Todos los reyes son unos pillos, al parecer.

—¿Sí?

—Lee tú algo de ellos alguna vez, ya lo verás. Fíjate en Enrique VIII; a su lado, el nuestro parece el superintendente de una escuela dominical. Y fíjate en Carlos II, y en Luis XIV, y en Jacobo II, y en Eduardo II, y en Ricardo III, y en cuarenta más, aparte de todas estas heptarquías sajonas que tanto corrían por ahí en tiempos antiguos armando la de San Quintín.

»¡Canastos! ¡Había de verse a Enrique VIII cuando estaba de vena! Valientes venas que tenía. Tenía la costumbre de casarse cada día con una nueva mujer para cortarle la cabeza a la mañana siguiente. Y lo hacía con la misma tranquilidad que si pidiera un par de huevos. "Que me traigan a Nell Gwynn", decía. Se la llevaban. Y a la mañana siguiente: "¡Cortadle la cabeza!". Y se la cortaban.

"Traedme a Jane Shore", decía. Y esta se presentaba. A la mañana siguiente: "¡Cortadle la cabeza!", y se la cortaban. "Tocad la campanilla para que venga Linda Rosamond". Linda Rosamond acudía a la campanilla. A la mañana siguiente: "¡Cortadle la cabeza!". Y obligaba a cada una de ellas a contarle un cuento todas las noches, y así continuó hasta que tuvo reunidos un millar y después los puso en un libro y lo llamó *Libro del Día del Juicio*: un buen título y muy apropiado al caso, en mi opinión.

»Tú sabes poco de reyes, Jim; pero yo los conozco bien. Y este vejete que llevamos a bordo es uno de los reyes más decentes con que me he tropezado en la historia. Bueno, pues a Enrique se le ocurre la idea de que quiere buscarle camorra a este país. ¿Cómo lo hace? ¿Avisa?... ¿Obra lealmente?... ¡Quiá! Cuando menos se espera, va y tira al agua todo el té que hay en la bahía de Boston, nos larga una declaración de independencia y nos desafía a que nos metamos con él. Así era él... incapaz de darle a nadie una ocasión para defenderse.

»Desconfiaba de su padre el duque de Wellington. Bueno, ¿y qué hizo?... ¿Pedirle que se presentara? No, señor: le ahogó en un barril de malvasía, como a un gato. Y si la gente se dejaba el dinero tirado por ahí, a su alrededor... ¿qué hacía? Ponérselo en el bolsillo. Supongo que se comprometía a hacer una cosa, y tú le pagabas y no te sentabas cerca de él para asegurarte que la hiciera... ¿Qué hacía? Pues todo lo contrario.

»Suponte que abría la boca... ¿Qué pasaba entonces? Pues que si no la cerraba deprisa decía siempre una mentira. Así era el chinche Enrique. Y si ahora le tuviéramos con nosotros en lugar de nuestros reyes, pues hubiese engañado a ese pueblo mucho más que ellos.

»No diré que los nuestros sean unos corderillos, porque no lo son, si profundizamos un poco; pero no son nada en comparación con ese carnero. Lo único que yo digo es que un rey es un rey y hay que ser compasivo. En general, son una cuadrilla de cuidado. Es la forma en que les crían.

—Pero es que este huele como el mismísimo demonio, Huck.

—Con todos pasa lo mismo, Jim. Nosotros no podemos remediar que un rey huela así. La historia no nos dice ninguna manera de hacerlo.

—El duque, por ejemplo, es un hombre bastante simpático en algunas cosas.

—Sí, un duque es diferente. Pero no muy diferente. Este es de bastante cuidado para ser duque. Cuando está borracho, no hay miope capaz de distinguirle de un rey.

—Sea como fuere, malditas las ganas que tengo de tener más, Huck. Estos son todo lo que puedo soportar.

—Lo mismo me pasa a mí, Jim. Pero los tenemos aquí y hemos de recordar lo que son y ser comprensivos. A veces me gustaría saber de un país donde hubiesen agotado las existencias de reyes.

¿Para qué decirle a Jim que aquellos no eran reyes ni duques de verdad? Nada bueno hubiera ganado con ello. Y, además, era tal como yo había dicho: no había manera de distinguirlos de los verdaderos.

Me acosté y Jim no me despertó cuando era mi turno. A menudo hacía eso. Cuando me desperté, al rayar el día, él estaba sentado con la cabeza apoyada entre las piernas, gimiendo y lamentándose. No le hice caso ni le dejé ver que le veía. Ya sabía yo por qué era.

Estaba pensando en su mujer y en sus hijos, allá arriba, y se sentía decaído y añorado. Porque nunca había estado lejos de su casa en su vida. Y hasta me parece que quería tanto a su familia como los blancos quieren a la suya. No parece natural, pero creo que es así. Durante la noche, cuando me creía dormido, gemía y se lamentaba con frecuencia, diciendo: «¡Pobrecita Elizabeth! ¡Pobrecito Johnny! Es muy duro. Supongo que no volveré a veros más… ¡nunca más!». Jim era un negro muy bueno, vaya si lo era.

No sé cómo me las arreglé para hablar con él de su mujer y sus hijos, y, al poco rato, dijo él:

—Lo que ha hecho que me entristeciese tanto esta vez es que oí algo allá en la orilla, algo así como un golpe o un portazo hace un rato, y me acordaba de una vez que traté tan mal a mi pequeña Elizabeth. No tenía más que unos cuatro años y cogió la escarlatina y pasó una temporada bastante mala, pero se curó, y un día andaba por casa y le dije:

»—Cierra esa puerta.

»Ella no lo hizo. Se quedó parada, sonriéndome. Me puse furioso y le dije otra vez, muy alto, dije:

»—¿No me has oído? ¡Cierra esa puerta!

»Siguió igual, sonriéndome. Yo estaba furioso. Dije:

»—¡Apuesto a que te hago hacer caso!

»Y le solté un cachete en la cabeza que la hizo rodar por el suelo. Después me fui al otro cuarto y estuve fuera cosa de diez minutos. Cuando volví, la puerta aún estaba abierta, y la criatura estaba de pie, con la mirada baja, lloriqueando y corriéndole las lágrimas por las mejillas.

»¡Lo furioso que me puse! Iba a darle de nuevo, pero en aquel momento (era una de esas puertas que se abren para adentro) vino una ráfaga de aire y la cerró de golpe tras la niña. ¡Ca-ta-pán!... Y, Dios Santo, ¡la niña no se movió! Casi se me escapó el aliento de un salto, y me sentí tan... tan... no sé cómo me sentí.

»Salí temblando de pies a cabeza, y di la vuelta y abrí la puerta con mucho cuidado, y asomé la cabeza por detrás de la cría y, de pronto, dije ¡uh! con toda la fuerza de mis pulmones. ¡Ni siquiera se movió!

»¡Oh, Huck! Rompí a llorar y la cogí en mis brazos, y dije: "¡Pobrecita mía! ¡Que Dios Todopoderoso perdone al pobre Jim, porque él no va a perdonarse a sí mismo mientras viva!". ¡Estaba completamente sorda y muda, Huck! ¡Completamente sorda y muda! Y... ¡yo la había estado tratando así!

XXIV

EL REY DEVIENE PASTOR

Al anochecer del día siguiente, atracamos junto a una pequeña punta de estopa, poblada de sauces, en el centro, y a cada lado del río había un pueblo, y el rey y el duque empezaron a preparar un plan para trabajarlos a la vez. Jim habló con el duque y dijo que esperaba que no estuvieran más de unas horas, porque resultaba un poco pesado y aburrido para él tener que estar todo el día tirado en el cobertizo, atado con una cuerda. Porque teníamos que atarle cada vez que lo dejábamos solo. De otro modo, si alguien le encontraba solo y sin atar, no parecería que fuese un negro fugitivo. Y el duque dijo que sí, que era un poco pesado tener que estar todo el día atado y que pensaría la manera de evitarlo.

El duque era muy listo y no tardó en encontrarla. Le puso a Jim el traje del rey Lear; era una especie de vestido largo, de percal de cortina, y le puso una peluca y unas barbas de crin blanca de caballo. Después sacó pinturas y le pintó la cara, las manos, las orejas y el cuello de un color azul sólido, como el de un hombre que lleva nueve días ahogado. Que me zurzan si no era la visión más horrible que he visto en mi vida. Después, el duque pintó sobre una tabla lo siguiente: «Árabe enfermo, pero inofensivo, cuando no está trastornado». Y clavó la tabla a un listón y lo puso derecho a corta distancia del cobertizo. Jim estuvo contento. Dijo que era mucho mejor que estarse tendido, atado durante tanto tiempo y temblar de pies a cabeza cada vez que se oía un ruido. El duque le dijo que se pusiera tan a sus anchas como quisiera, y que, si se acercaba alguien a husmear por allí, saliera del cobertizo dando brincos y soltara un aullido o dos como una fiera y que seguramente se largarían y le dejarían tranquilo. Lo que no dejaba de ser prudente. Pero el hombre corriente no esperaría a que aullase. Porque, no solo parecía muerto, sino algo muchísimo más feo.

Los pillos aquellos querían probar el Nohaytal otra vez, porque daba tanto dinero; pero pensaron que sería arriesgado, porque quizá ya hubiese corrido la noticia por los alrededores. No conseguían dar con un proyecto que fuese debidamente apropiado. De modo que, por último, el duque dijo que dejaría el asunto y haría trabajar el cerebro una o dos horas para ver si discurría algo con que embaucar al pueblo.

El rey dijo que se iba a dar una vuelta por el otro pueblo sin plan preconcebido, confiando en que la providencia le guiara por el camino que diese más provecho, aunque me parecía que querría decir el diablo y no la providencia. Todos nos habíamos comprado ropa hecha la última vez que desembarcamos, y esta vez el rey se puso la suya y me dijo que me pusiera yo la mía. Así lo hice, claro está. La ropa del rey era toda negra. Estaba verdaderamente elegante. Hasta entonces no me había dado cuenta de que la ropa pudiese hacer cambiar tanto el aspecto de una persona.

Antes, parecía el vejete más ordinario que se haya visto nunca; pero ahora, cuando se quitaba el sombrero de copa blanco, nuevo, y hacía una reverencia, y sonreía, parecía tan magnífico, y bueno, y religioso que uno le hubiese creído recién salido del Arca y que era el viejo Levítico en persona.

Jim limpió la canoa y yo preparé el canalete. Junto a la orilla había un gran vapor parado a unas tres millas más arriba de la población; hacía un par de horas que estaba tomando carga. El rey dijo:

—En consideración a mi vestido, quizá será mejor que llegue de San Luis o Cincinnati, o de algún otro sitio grande. Dirígete al vapor, Huckleberry, bajaremos al pueblo en él.

No necesité que me mandaran dos veces irme a dar un paseo en vapor. Llegué a la ribera media milla más arriba del pueblo y después me deslicé por agua muerta a lo largo de la orilla llena de bajíos. No tardamos en llegar junto a un joven palurdo, de aspecto ingenuo y agradable, sentado en un tronco y enjugándose el sudor, porque hacía un calor imponente. A su lado tenía un par de maletas grandes.

—Pon proa a tierra —dijo el rey.

Así lo hice.

—¿Adónde va usted, joven?

—Al vapor, marcho a Orleans.

—Suba a bordo —dijo el rey—. Espere, mi criado le ayudará con las maletas. Salta a tierra y ayuda al caballero, Adolphus.

Adiviné que aquello era para mí. De modo que lo hice y después seguimos adelante los tres juntos. El joven no cabía de agradecido; dijo que se sudaba tinta cargando con equipaje en aquel tiempo. Preguntó al rey adónde iba y este le dijo que había bajado por el río y desembarcado en el otro pueblo aquella mañana y ahora subía unas cuantas millas para ver a un viejo amigo que tenía una estancia por allí. El joven dijo:

—Cuando le vi, al principio me dije: «Es el señor Wilks, y bien poco le ha faltado para que no llegara a tiempo». Pero después me dije: «No, no puede ser él, porque si lo fuera no andaría remando río arriba». Usted no es él, ¿verdad?

—No, me llamo Blodgett... Alexander Blodgett... Supongo que he de decir el reverendo Alexander Blodgett, puesto que soy uno de los humildes servidores del Señor. De todos modos, igualmente puedo compadecerme del señor Wilks por no haber llegado a tiempo, si es que ello le reporta algún perjuicio... cosa que espero no haya sucedido.

—Hombre, no va a perder ninguna finca por eso, porque ha de conseguirlas igualmente; pero sí que se ha perdido ver morir a su hermano Peter… cosa que tal vez no le importe, eso no lo puede saber nadie… pero su hermano sí que hubiera dado cualquier cosa de este mundo por verle a él antes de morir.

»No hablaba de otra cosa durante las tres últimas semanas. No le había visto desde chiquillo… y no había visto a su hermano William. (Ése es el sordomudo.) William no pasará de los treinta o treinta y cinco años. Peter y George eran los dos únicos que habían venido aquí. George era el hermano casado. El año pasado murieron él y su mujer. Harvey y William son los únicos que quedan, y, como decía, no han llegado aquí a tiempo.

—¿Les avisó alguien?

—Sí, hará cosa de un mes, cuando Peter cayó enfermo. Porque Peter aseguraba que tenía el presentimiento de que esta vez no se pondría bueno. Era ya muy viejo, ¿sabe?, y las hijas de George eran demasiado jóvenes para serle de gran compañía… salvo Mary Jane, la pelirroja. Pues desde la muerte de George y su mujer se sentía bastante solo y parecía que la vida no le importaba mucho.

»Tenía grandes deseos de ver a Harvey… y a William también, si se terciaba… porque era uno de esos que no se hacen a la idea de hacer testamento. Dejó una carta para Harvey, y dijo que en ella ponía dónde tenía escondido el dinero, y la manera como quería que se repartieran sus demás bienes para que nada les faltara a las chicas de George… porque George no dejó nada. Y la carta fue lo único que le pudieron hacer firmar.

—¿Por qué cree usted que no viene Harvey? ¿Dónde vive?

—Oh, en Inglaterra… en Sheffield… Predica allí… Nunca ha venido a este país. No ha tenido demasiado tiempo… y, además, a lo mejor ni siquiera ha recibido la carta, ¿sabe?

—¡Qué pena, qué pena que ese pobre hombre no haya vivido bastante para poder ver a sus hermanos! ¿Y dice usted que se va a Orleans?

—Sí, pero eso no es más que una parte. El próximo miércoles saldré a bordo de un barco para Río de Janeiro, donde vive mi tío.

—Es un viaje bastante largo. Pero ha de ser delicioso. ¡Ojalá fuese yo! ¿Es Mary Jane la mayor? ¿Qué edad tienen las otras?

—Mary Jane tiene diecinueve años; Susan, quince; y Joanna unos catorce… Esa, que tiene el labio partido, es la que se dedica a hacer buenas obras.

—¡Pobres criaturas! ¡Verse solas en el despiadado mundo de esa manera!

—Aún hubieran podido estar peor. El viejo Peter tenía amigos y estos no permitirán que les pase nada. Está Hobson, el pastor bautista; el diácono Lot Hovey, y Ben Rucker, y Abner Shackleford, y el abogado Levi Bell; y el doctor Robinson, y las mujeres de todos ellos, y la viuda Bartley y… bueno, hay mucha más gente; pero estos son los que eran más amigos de Peter y de los que a veces hablaba cuando escribía a sus hermanos. Ni que decir tiene que Harvey sabrá dónde encontrar amigos cuando llegue aquí.

Bueno, pues el viejo siguió haciendo preguntas hasta que el joven desembuchó por completo. Que me zurzan si no preguntó por todo el mundo y por todas las cosas de aquel bendito pueblo y por todo lo que se relacionaba con la familia Wilks también. Y sobre el negocio de Peter, que era una tenería. Y del de George, que era carpintero, y acerca de Harvey, que era un pastor protestante disidente, y así sucesivamente. Después dijo:

—¿Por qué quería usted ir a pie hasta el vapor?

—Porque es un vapor grande de Orleans y tenía miedo de que no parase aquí. Cuando vienen de lejos y van cargados, no se paran aunque se les grite. Los de Cincinnati sí, pero este es de San Luis.

—¿Dejó bienes de fortuna Peter Wilks?

—Oh, sí, bastantes. Tenía casas y tierras y, según se dice, dejó tres o cuatro mil dólares en metálico escondidos en algún sitio.

—¿Cuándo dice usted que murió?

—No lo dije, pero fue anoche.

—¿Será mañana el entierro?

—Sí, a eso del mediodía.

—Pues sí que es triste todo eso, pero todos emprenderemos el gran viaje tarde o temprano. De modo que lo que hay que hacer es estar preparados.

—Sí, señor; eso es lo mejor. Mamá siempre decía eso.

Cuando llegamos al barco, habían acabado de cargar y no tardó en marcharse. El rey no dijo una palabra sobre lo de ir a bordo, de modo que perdí mi paseo después de todo. Cuando el vapor estuvo lejos, el rey me obligó a remar una milla más arriba, hasta un lugar solitario. Después desembarcó y dijo:

—Te vas volando a traer al duque aquí, con las maletas nuevas. Y si se ha ido al otro pueblo, cruza a buscarle. Y dile que se ponga de punta en blanco. ¡Conque ya estás volando!

Adiviné sus intenciones, pero no dije una palabra, naturalmente. Cuando volví con el duque, escondimos la canoa y después se sentaron sobre un tronco y el rey informó al duque de todo lo que había contado el joven, hasta la última palabra. Y mientras lo hacía, procuraba hablar como inglés; y lo hizo bastante bien, por añadidura, para ser quien era. No puedo imitarle, y por eso no voy a intentarlo; pero lo hizo bastante bien, de verdad. Después dijo:

—¿Qué tal hace usted de sordomudo, Bilgewater?

El duque dijo que corría de su cuenta, dijo que había hecho el papel de sordomudo en las tablas. Así pues, esperaron un vapor.

A media tarde, pasaron dos barcos pequeños, pero no venían de bastante lejos. Por fin apareció uno grande y le dieron una voz. El vapor botó un bote y en él fuimos a bordo. Venía de Cincinnati. Cuando se enteraron de que solo queríamos ir a cuatro o cinco millas se pusieron furiosos y nos llenaron de injurias, diciendo que no nos desembarcarían. Pero el rey no perdió la serenidad. Dijo:

—Si unos caballeros pueden permitirse el lujo de pagar un dólar por cabeza y milla para que los embarquen y desembarquen en un bote, bien puede un vapor permitirse el lujo de llevarles, ¿no?

Y al oír esto se calmaron y dijeron que no había inconveniente. Y, cuando llegamos al pueblo, nos mandaron a tierra en el bote. Cuando vieron que se acercaba el bote, el desembarcadero se llenó con un par de docenas de hombres. Y el rey preguntó:

—¿Alguno de ustedes puede decirme dónde vive el señor Peter Wilks?

Los hombres se miraron unos a otros, moviendo la cabeza afirmativamente, como queriendo decir: «¿No os lo decía?». Después contestó uno, con dulzura:

—Lo siento, caballero, pero lo único que podemos hacer es decirle dónde vivía anoche.

Rápido como el pensamiento, el muy sinvergüenza fingió desplomarse y cayó contra el hombre, y apoyó la barbilla en su hombro, y le lloró por la espalda, y dijo:

—¡Ay de mí! ¡Ay de nosotros! ¡Pobre hermano nuestro... ha muerto y no hemos llegado a tiempo para verle! ¡Oh! ¡Es demasiado duro!

Después se volvió, haciendo pucheros, y con los dedos se puso a hacerle una serie de señas estúpidas al duque, y maldito si este no dejó caer la maleta y también cogió una perra. En mi vida he visto timadores más desvergonzados que ellos.

Bueno, pues enseguida se vieron rodeados de hombres que simpatizaban y les prodigaban toda clase de palabras bondadosas, y les llevaron las maletas cuesta arriba, y les dejaron que se apoyaran en ellos y lloraran, y le hablaron al rey de los últimos momentos de su hermano, y el rey se lo contó todo otra vez al duque por señas, y los dos se pusieron a lamentar la muerte del curtidor, como si hubieran perdido a los doce apóstoles. Bueno, pues si alguna vez he visto cosa igual, que me llamen negro. Era suficiente para que cualquiera se avergonzara del género humano.

XXV

LÁGRIMAS Y LAMENTOS

En dos minutos corrió la noticia por toda la ciudad y de todas partes se veía acudir a la gente aprisa y corriendo, poniéndose algunos la chaqueta por el camino. Al poco rato éramos el centro de una muchedumbre y todas las pisadas hacían un ruido como el de un paso militar. Las ventanas y los patios delanteros estaban llenos, y, a cada paso, alguien decía, por encima de una valla:

—¿Son ellos?

Y cualquiera de los que iba con el grupo, respondía diciendo:

—Pues claro que sí.

Cuando llegamos a la casa, la calle estaba llena a rebosar delante de ella, y las tres muchachas se hallaban en la puerta. Mary Jane, sí que era pelirroja, pero no importaba; era más que bonita y su cara y sus ojos estaban iluminados como la Gloria, de tan contenta como se sentía por la llegada de sus tíos.

El rey abrió los brazos y Mary Jane se echó en ellos y Joanna, la del labio partido, dio un brinco hacia el duque y ¡la que se armó! Casi todo el mundo, las mujeres cuando menos, se echó a llorar de alegría al verles finalmente reunidos y con tanto alborozo.

Después el rey dio a escondidas un codazo al duque. Yo vi cómo lo hacía, y miró a su alrededor y en un rincón vio el ataúd, sobre dos sillas. Entonces fue cuando el duque y él se rodearon mutuamente el hombro con un brazo y, mientras se llevaban la otra mano a los ojos, echaron a andar despacio y solemnemente hacia allá. Todo el mundo se apartó para hacerles paso y se pararon los ruidos y conversaciones, diciendo la gente: «¡Chitón!», y los hombres se quitaron el sombrero, inclinaron la cabeza y se hubiera oído caer un alfiler.

Y cuando llegaron, se agacharon y dieron un vistazo al ataúd y soltaron el moco de una forma que por poco se les hubiera oído en Orleans. Después se arrojaron uno en brazos del otro y cada uno apoyaba la barbilla en el hombro del otro, y durante tres minutos, o tal vez cuatro, jamás he visto a dos hombres llorar tanto como ellos. Y por cierto que todo el mundo estaba haciendo lo mismo y el cuarto estaba tan húmedo que en mi vida he visto cosa igual.

Después, se pusieron cada uno a un lado del ataúd, y se arrodillaron, apoyando la frente en la caja del muerto, y haciendo como que rezaban para sus adentros. Bueno, pues al llegar a ese extremo la gente se emocionó de verdad, y todos empezaron a soltar lagrimones y a sollozar bien alto, y también las pobres chicas.

Y casi todas las mujeres se fueron acercando a las muchachas sin decir palabra y les daban un beso en la frente. Y cada una les ponía su mano en la cabeza, mientras levantaban los ojos al cielo y las lágrimas se escurrían por las mejillas, hasta que cogían la perra y se iban llorando y enjugándose las lágrimas, dejando campo libre para la siguiente. En mi vida he visto cosa que más me asqueara.

Finalmente se levantó el rey y se adelantó unos pasos y se excitó, y farfulló un discurso cargado de lágrimas y de vaciedades, diciendo que tanto él como su pobre hermano estaban pasando por una prueba muy dura al perder al difunto y no haber podido llegar a tiempo para verle vivo después del largo viaje de cuatro mil millas; pero para nosotros, dijo, es una prueba dulcificada y santificada por esta querida simpatía y estas santas lágrimas.

Y desde lo más hondo de su corazón les dio las gracias, y también desde lo más hondo del corazón de su hermano, porque no podían por la boca, ya que las palabras eran demasiado débiles y frías, y toda clase de sandeces y sentimentalismos que me hacían revolver el estómago. Después lloriqueó un beatísimo «amén» y abrió el grifo y se puso a berrear como si le estuvieran matando.

Y en cuanto hubo soltado estas palabras, alguien de los que había entre los allí reunidos entonó el «Gloria Patri» y todo el mundo le coreó con toda su alma, lo que a uno pareció calentarle y darle una sensación de bienestar como si estuviera en la iglesia. La música es una buena cosa y, después de tanta coba y tanta agua de borrajas, nunca la he visto refrescar las cosas tanto ni sonar tan sincera y buena.

Después el rey volvió otra vez a sus llantos y dijo que él y sus sobrinas agradecerían que algunos de los más íntimos amigos de la familia cenaran con ellos aquella noche y se quedaran a velar al difunto.

Y dijo que si hubiera podido hablar su pobre hermano, allí de cuerpo presente, hubiese nombrado a los que él ya conocía, porque sus nombres le eran muy queridos y frecuentemente solía nombrarlos en sus cartas, y ahora los iba a nombrar él a continuación, a saber: el reverendo Hobson, el diácono Lot Hovey, míster Ben Rucker, y Abner Shackleford, y Levi Bell, y el doctor Robinson, y sus esposas, y la viuda Bartley.

El reverendo Hobson y el doctor Robinson estaban al otro lado del pueblo, cazando juntos. Es decir, el médico estaba embarcando a un enfermo para el otro mundo, y el pastor le estaba dando las instrucciones necesarias para el camino.

Tampoco se encontraba el abogado Bell, que estaba en Louisville atendiendo unos asuntos. Pero los demás estaban por allí, de modo que salieron todos y fueron a estrechar la mano del rey y a darle las gracias, y hablaron con él. Después fueron a estrechar la mano del duque y no dijeron nada, limitándose a sonreír y a menear la cabeza como un manojo de idiotas, mientras él hacía toda clase de señas con las manos y decía «Gu-gu… gu-gu-gu» continuamente, como un peque que no sabe hablar.

Y el rey continuó su cháchara y pudo preguntar por casi todas las personas y perros de la población, llamándolos por su nombre, y citando toda clase de incidentes ocurridos en la población, hablando también de cosas que le habían sucedido a Peter o a la familia de George. Y siempre daba a entender que Peter le había contado todo aquello en sus cartas, pero eso era mentira; se las hizo desembuchar al majadero aquel que llevamos al vapor en la canoa.

Después Mary Jane fue a buscar la carta que Peter había dejado, y el rey la leyó en alta voz y lloró como una Magdalena. La casa y tres mil dólares en oro quedaban para las muchachas; y a Harvey y William les dejaba la tenería, que estaba haciendo un buen negocio, junto con otras casas y tierras, que valían unos siete mil dólares, y tres mil dólares en oro. Y decía el sitio del sótano donde estaban escondidos los seis mil dólares en metálico.

Los dos timadores dijeron que los irían a buscar y los subirían, y harían las cosas bien y a la vista de todos. Y me dijeron que yo les acompañara con una vela. Cerramos la puerta del sótano detrás de nosotros y, cuando encontraron la bolsa, la vaciaron en el suelo y resultó un bonito espectáculo el de todas aquellas monedas de oro. ¡Canastos! ¡Cómo brillaban los ojos del rey! Le dio una palmada en el hombro al duque y dijo:

—¡A ver si no es estupendo todo esto! ¡Qué va a ser! Pero Bilgewater, ¡si esto deja tamañito al Nohaytal! ¿No te parece?

En efecto, el duque hubo de reconocerlo así. Manosearon las monedas, las dejaron escurrir entre sus dedos y que cayeran tintineando al suelo. Y el rey dijo:

—No hay que discutirlo. El ser hermanos de un hombre rico, muerto, y representantes de herederos extranjeros que han quedado atrás, es la especialidad que nos conviene, Bilge. Este es el resultado de confiar en la providencia. Siempre va bien a la larga. Lo he probado todo y no hay mejor manera.

La mayoría de la gente se hubiera contentado con el montón y hubiese confiado en la palabra del difunto, pero ellos no: tenían que contarlo. De modo que lo contaron y resultó que faltaban cuatrocientos quince dólares.

Dijo el rey:

—¡Maldita sea su estampa! ¿Qué habrá hecho de esos cuatrocientos quince dólares?

Lo registraron todo, preocupados durante un rato por la falta de aquel dinero. Después dijo el duque:

—Bueno, estaba bastante enfermo y es probable que se equivocara... Seguramente será eso. Lo mejor es dejarlo y callarnos. Podemos permitirnos el lujo de perderlos.

—¡Y un cuerno! ¡Claro que podemos permitirnos el lujo de perderlos! Eso es lo que menos me preocupa: lo que hace pensar es la cuenta. Aquí nos interesa ser muy justos y nobles y hacer las cosas a manos limpias. Nos interesa llevarnos este dinero arriba y contarlo ante todo el mundo...; así no habrá nada sospechoso. Pero, ya que el muerto dice que hay seis mil dólares, no nos interesa...

—Un momento —dijo el duque—, pongamos nosotros lo que falta.

Y empezó a sacar monedas de oro del bolsillo.

—Ésta es una idea magnífica duque... Hay que reconocer que usted tiene ingenio —dijo el rey—. Maldito si el Nohaytal no vuelve a sacarnos de apuros otra vez.

Y empezó a sacar monedas de oro y amontonarlas.

Por poco se arruinan, pero completaron los seis mil dólares.

—Oiga —dijo el duque—, tengo una idea. Subamos y contemos el dinero y después lo regalamos a las muchachas.

—¡Vive Dios, duque! ¡Deje que le dé un abrazo! Es la idea más despampanante que se le ha ocurrido jamás a hombre alguno. No cabe duda de que tiene usted la cabeza más maravillosa que he conocido en mi vida. Oh, este es un truco maestro de verdad. Que nos vengan con sospechas ahora... Esto les aplastará.

Cuando volvimos arriba, todo el mundo se reunió alrededor de la mesa y el rey contó el dinero y lo puso en pilas, trescientos dólares en cada pila; veinte pilas preciosas. Todo el mundo las miró con hambre y se relamía de gusto. Después volvieron a meter el dinero en la bolsa y vi que el rey hinchaba el pecho para soltar otro discurso. Dijo:

—Amigos todos: mi pobre hermano, aquí de cuerpo presente, se ha mostrado generoso para con aquellos a quienes ha dejado atrás en este valle de lágrimas. Se ha mostrado generoso para con estas pobres corderillas a las que amó y dio asilo y que se han quedado sin padre y sin madre.

»Sí, y los que le conocimos sabemos que aún se habría portado más generosamente con ellas si no hubiese temido herir las susceptibilidades de su querido William y mías. ¿No es cierto? Yo no tengo la menor duda de ello. Pues bien… ¿qué clase de hermanos serían los que impidieran sus designios en semejante momento? ¿Y qué clase de tíos serían los que robaran… sí, robaran… a tan pobres y dulces corderillas a las que él amó tanto? O no conozco a William… y creo conocerle… a él… bueno, se lo preguntaré.

Se volvió y se puso a hablar por signos al duque. El duque le miró con cara de palo, estúpidamente, un rato. Después, pareció comprender de pronto lo que el otro quería decir y corrió hacia el rey con grandes «gu-gu-gus» de alegría y le abrazó unas quince veces antes de soltarle.

Entonces dijo el rey:

—Lo sabía. Me parece que eso convencerá a cualquiera de sus sentimientos. Mary Jane, Susan, Joanna, tomad el dinero… Todo es para vosotras. Es el don de ese que yace ahí frío pero gozoso.

Mary Jane le saltó encima; Susan y la del labio partido saltaron sobre el duque, y hubo una orgía de abrazos y besos como nunca he visto otra. Y todo el mundo se echó encima, con los ojos llenos de lágrimas, y la mayoría estrechó la mano de aquellos dos embaucadores hasta que por poco les arrancan el brazo sin dejar de decir:

—Pero ¡qué buenos son ustedes!… ¡Qué hermoso!… ¡Cómo han podido!

Bueno, pues entonces, al poco rato, todos se pusieron a hablar del difunto otra vez y de lo bueno que era, y de cuán sensible era la pérdida, y todo eso. Y después un hombre corpulento, de mandíbula de hierro, se abrió paso desde fuera y se quedó mirando y escuchando, sin decir una palabra a nadie y sin que nadie se la dijera tampoco, porque el rey estaba hablando por los codos y todos estaban muy ocupados escuchándole. El rey estaba a la mitad de su discurso, y entonces estaba diciendo:

—Siendo ellos amigos especiales del difunto, por eso los hemos invitado aquí esta noche; pero mañana queremos que vengan todos... todos, porque él respetaba a todo el mundo, quería a todo el mundo, de modo que es justo que sus orgías fúnebres sean públicas.

Y así continuó hablando y hablando, recreándose en oír su voz, y, de vez en cuando, volvía a soltar lo de las orgías fúnebres, hasta que el duque no pudo aguantarlo más. De modo que escribió en un trozo de papel «exequias, cabezota», y lo dobló y se puso a gu-gu-guear y a estirar el brazo por encima de la cabeza de la gente hacia él. El rey lo leyó, se lo metió en el bolsillo, y dijo:

—El pobre Williams, a pesar de su defecto, tiene un corazón perfecto. Me dice que invite a todo el mundo al entierro; quiere que les dé la bienvenida a todos. Pero no tenía necesidad de preocuparse: precisamente era eso lo que yo estaba haciendo.

Después continuó hablando, completamente sereno, soltando lo de las orgías fúnebres, de vez en cuando, igual que antes. Y cuando lo hizo por tercera vez, dijo:

—Digo «orgías», no porque sea un término corriente, que no lo es, puesto que «exequias» es la palabra vulgar que suele emplearse, sino porque «orgías» es la verdadera forma de decirlo. En Inglaterra ya no se usa «exequias»; ha caído en desuso. Ahora decimos «orgías» en Inglaterra.

»"Orgías" es mejor, porque significa más exactamente lo que uno quiere decir. Es una palabra que se compone de la griega *orgo*, fuera, abierto, por el mundo; y el hebreo *visum*, plantar, cubrir; de ahí viene "enterrar". De modo que, como verán ustedes, "orgías funerarias" o "fúnebres" significa un entierro abierto o público.

Era lo más malo que en mi vida he conocido. Bueno, pues el hombre de la mandíbula de hierro se le rió en las narices. Todo el mundo quedó escandalizado.

—¡Pero doctor!

Y Abner Shackleford dijo:

—Pero, Robinson, ¿no te has enterado? Este es Harvey Wilks.

El rey sonrió, simpatiquísimo, alargó la mano y dijo:

—¿Es el querido buen amigo y médico de mi pobre hermano? Yo...

—¡No me dé la mano! —contestó el doctor—. Usted habla como un inglés, ¿eh? En mi vida vi peor imitación. ¡Usted, el hermano de Peter Wilks! ¡Es usted un embaucador, eso es lo que es!

¡Canastos y cómo se pusieron todos! Rodearon al médico y trataron de apaciguarle y explicarle, y decirle cómo Harvey había demostrado de cuarenta mil maneras que era Harvey y que conocía a todo el mundo por su nombre, y hasta los nombres de los perros, y le suplicaron que no hiriera las susceptibilidades de Harvey y las de las pobres chicas, y cosas por el estilo.

Pero fue inútil: siguió despotricando y diciendo que el hombre que afirmara ser inglés y no supiera imitar el acento mejor que él era un usurpador y un embustero. Las pobres muchachas se habían colgado del rey y lloraban, y de pronto, el doctor fue y se volvió hacia ellas. Dijo:

—Fui amigo de vuestro padre y soy amigo vuestro; y como amigo os aviso, como amigo verdadero que quiere protegeros y libraros de todo mal y todo apuro, os aconsejo que le deis la espalda a este canalla y no queráis tratos con él, el muy ignorante, el muy vagabundo, con su estúpido griego y su idiotez de hebreo como él lo llama.

»Se ve a la legua que es un impostor... Ha venido aquí con un sinfín de nombres huecos y hechos que se ha aprendido en alguna parte y que vosotras los tomáis como pruebas, y estos necios de nuestros amigos, que debieran tener más sentido común, os hacen coro para que os engañéis vosotras mismas. Mary Jane Wilks, tú sabes que soy tu amigo desinteresado por añadidura. Atiéndeme, echa a este despreciable canalla… Te suplico que lo hagas. ¿Lo harás?

Mary Jane se irguió y, ¡caramba, qué bonita era!, dijo:

—Aquí está mi respuesta.

Levantó la bolsa de dinero y la puso en manos del rey, diciendo:

—Toma esos seis mil dólares y ponlos en el negocio o asunto que quieras para mí y para mis hermanas, y… no queremos que nos des recibo.

Después con el brazo rodeó al rey por un lado, mientras Susan y la del labio partido lo hacían por el otro. Todo el mundo aplaudió y pataleó, armando una gresca imponente, y el rey irguió la cabeza y sonrió con orgullo. El médico dijo:

—Bien, yo me lavo las manos. Pero os advierto a todos que vendrá un día en que tendréis retortijones cada vez que recordéis esta ocasión.

Y se fue.

—Perfectamente, doctor… —dijo el rey, burlón—; cuando llegue ese momento, procuraremos que le manden llamar a usted.

Cosa que hizo reír a todo el mundo y que todos consideraron un golpe magnífico.

XXVI

ROBO A UN REY

Bueno, pues, cuando todos se hubieron despedido, el rey preguntó a Mary Jane cómo estaban las habitaciones desocupadas, y ella dijo que tenía una habitación sobrante, que serviría para tío William y que cedería su propia habitación, que era un poco más grande, a tío Harvey, y que ella dormiría en un camastro en el cuarto de sus hermanas. En el desván había una alcoba con un jergón. El rey dijo que el jergón serviría para su ayuda de cámara, refiriéndose a mí.

De modo que Mary Jane nos acompañó arriba y les mostró sus cuartos, que eran sencillos pero agradables. Dijo que mandaría sacar sus vestidos y otras cosas del cuarto si le estorbaban a tío Harvey, pero él dijo que no. Los vestidos estaban colgados a lo largo de la pared y delante de ellos había una cortina de indiana que llegaba hasta el suelo.

Había un viejo baúl de piel con pelo en un rincón y el estuche de una guitarra en otro, y toda clase de chucherías y cacharros por todas partes, de esos con que a las muchachas les gusta adornar un cuarto. El rey dijo que todas aquellas cosas daban más ambiente de hogar y hacían más agradable el cuarto, de modo que no las tocaran. El cuarto del duque era bastante pequeño, pero era bastante bueno y lo mismo sucedía con mi alcoba.

Por la noche dieron una gran cena a la que asistieron todos aquellos hombres y mujeres, y yo estuve de pie detrás de los asientos del rey y del duque y los serví, y los negros sirvieron a los demás. Mary Jane se sentó a la cabeza de la mesa, con Susan a su lado, y dijo lo malas que eran las galletas, lo pobres que eran las conservas, lo duros y malos que estaban los pollos fritos, y toda esa clase de tonterías que siempre dicen las mujeres para que los convidados se deshagan en alabanzas. Y toda la gente sabía que todo estaba de primera y lo decía. Preguntaba: «¿Cómo consigues que las galletas te queden tan doradas?» y «Por lo que más quieras, ¿de dónde sacaste estos maravillosos embutidos?», y toda esa clase de palabrería y lisonjas que siempre gasta la gente en una cena.

Y cuando todo estuvo terminado, la del labio partido y yo cenamos en la cocina con las sobras, mientras los demás ayudaban a los negros a limpiar. Labio Partido se puso a preguntarme cosas de Inglaterra, y que me zurzan si no me pareció a veces que patinaba sobre hielo muy delgado. Dijo:

—¿Has visto al rey alguna vez?

—¿A quién? ¿A Guillermo IV? Pues no faltaba más… Va a nuestra iglesia.

Yo sabía que había muerto años antes, pero disimulé. De modo que cuando dije que iba a nuestra iglesia, ella dijo:

—¡Cómo! ¿Siempre?

—Sí, siempre. Su banco está delante del nuestro, al otro lado del púlpito.

—Creí que vivía en Londres.

—Así es. ¿Dónde iba a vivir?

—Es que creí que vosotros vivíais en Sheffield.

Comprendí que había metido la pata. Tuve que hacer como que me había atragantado con un hueso de pollo para pensar en el mejor modo de sacar la pata. Después dije:

—Quiero decir que siempre va a nuestra iglesia cuando está en Sheffield. Es solo en verano, cuando va allá a tomar baños de mar.

—¡Qué cosas dices! Sheffield no es puerto de mar.

—¿Y quién ha dicho que lo era?

—Pues tú.

—No es verdad.

—¡Sí que lo has dicho!

—No lo he dicho.

—Que sí.

—Jamás he dicho semejante cosa.

—Pues, ¿qué es lo que has dicho entonces?

—He dicho que iba a tomar baños de mar, eso es lo que he dicho.

—¡Pues entonces! ¿Cómo puede tomar baños de mar allí si no hay mar?

—Escuche —contesté—. ¿Usted no ha visto nunca agua mineral?

—Sí.

—Bueno, ¿y tuvo que ir a la mina a buscarla?

—No.

—Bueno, pues Guillermo IV tampoco tiene que ir al mar para tomar baños de mar.

—¿Cómo lo hace, entonces?

—De la misma manera que la gente de aquí se hace con el agua mineral: en barriles. Allí, en el palacio de Sheffield, tienen hornos, y él quiere el agua caliente. No pueden hervir tanta agua junto al mar. Les falta lo necesario para ello.

—¡Ah! Ahora comprendo. Podías haberlo dicho desde un principio y ahorrado tiempo.

Cuando dijo eso vi que yo ya estaba fuera de apuros, de modo que me sentí tranquilo y contento. A continuación dijo:

—¿Vas tú a la iglesia también?

—Sí, siempre.

—¿Dónde te sientas?

—Pues en nuestro banco.

—¿En el banco de quién?

—Pues en el nuestro… En el de su tío Harvey.

—¿De él? ¿Para qué quiere él un banco?

—Para sentarse. ¿Para qué creía usted que iba a quererlo?

—¡Yo creía que estaría en el púlpito!

¡Maldita sea, se me había olvidado que era pastor! Vi que había vuelto a meter la pata. De modo que recurrí a otro hueso de pollo y eché otro trago. Despúes dije:

—Maldita sea… ¿Es que usted cree que solo hay un predicador en cada iglesia?

—Pues, ¿para qué quieren más?

—¡Cómo!… ¡Para predicar ante un rey! En mi vida he visto una chica como usted. No tienen menos de diecisiete.

—¡Diecisiete! ¡Cielos! En la vida soportaría yo a tantos, aunque me costara la Gloria. Deben de estar hablando una semana seguida.

—¡Canastos! No predican todos el mismo día… Solo uno de ellos.

—Pues, entonces, ¿qué hacen los demás?

—Oh, poca cosa. Se recuestan por ahí, pasan la bandeja… y alguna otra cosa más. Pero, principalmente, no hacen nada.

—Pues, entonces, ¿para qué son?

—Pues para dar tono. ¿No sabe usted nada?

—Ni quiero saber estas tonterías. ¿Cómo tratan a los criados en Inglaterra? ¿Los tratan mejor de lo que nosotros tratamos a nuestros negros?

—¡No! Un criado no es nadie allí. Los tratan peor que si fueran perros.

—¿No les dan fiesta, como hacemos nosotros por Nochebuena, la semana de Año Nuevo y el Cuatro de Julio?

—¡Hay que ver! ¡Cómo se ve por eso que usted nunca ha estado en Inglaterra! Pero, Labiopar… pero, Joanna, ¡si no ven una fiesta de año a año! Nunca van al circo, ni al teatro, ni a funciones de negros, ni a ninguna parte.

—¿Ni a la iglesia?

—Ni a la iglesia.

—Pero tú siempre ibas a la iglesia.

La había vuelto a meter. Se me había olvidado que era criado del viejo. Pero enseguida me puse a explicar que un ayuda de cámara no es un criado como cualquier otro y que tenía que ir a la iglesia tanto si quería como si no, y sentarse con la familia, porque lo exigía la ley. Pero no lo hice muy bien, y cuando acabé, vi que no estaba convencida. Dijo:

—Con franqueza, ¿no me estás diciendo una sarta de embustes?

—De veras que no.

—¿Nada de ello es mentira?

—Nada. No hay ni una mentira en ello.

—Pon la mano sobre este libro y dilo.

Vi que solo se trataba de un diccionario, de modo que puse la mano encima y lo dije. Entonces pareció un poco más convencida, y dijo:

—Bueno, pues entonces creeré una parte, pero líbreme Dios de creer lo demás.

—¿Qué es lo que no quieres creer, Joanna? —preguntó Mary Jane, seguida de Susan—. No está bien ni es bondadoso hablarle así, cuando él es extranjero y se halla tan lejos de su familia. ¿Te gustaría a ti verte tratada de este modo?

—Siempre haces igual, Mary… Siempre corres a salvar a los demás antes de que sufran daño. No le he hecho nada… Ha contado unas cosas con cierta exageración, y yo dije que no me lo tragaba todo: eso es todo lo que he dicho. Me parece que bien puede aguantar una pequeñez así, ¿no?

—No importa si fue una cosa pequeña o una cosa grande; le tenemos aquí, en nuestra casa, y es forastero, e hiciste mal al decirlo. Ponte en su lugar y verás lo avergonzada que te sentirías; de modo que no debieras decirle a otra persona una cosa que pudiera avergonzarla.

—Pero, Mary, si dijo…

—Lo que él dijo no viene a cuento… No es esa la cuestión. La cuestión es que has de tratarle bondadosamente y no hablar de forma que se acuerde que no se encuentra en su país y entre su gente.

Me dije, para mis adentros: ¡y esta es una de las muchachas a quienes voy a permitir que les robe el dinero ese viejo reptil…!

Después entró Susan a la carga, y, creedme, ¡vaya filípica que le soltó a Labio Partido!

Me dije: «¡Y esta es otra de las muchachas a quienes voy a permitir que roben!».

Después, Mary Jane volvió a la carga, y lo hizo con dulzura y de una forma encantadora, porque ella era así, pero, cuando acabó, la pobre Labio Partido estaba poco menos que deshecha. De modo que se puso a llorar.

—Bueno —dijeron las otras muchachas—, pues pídele perdón.

Y me lo pidió. Y lo hizo maravillosamente. Lo hizo de un modo tan hermoso que resultaba gloria pura escucharla, y me hubiese gustado poderle decir mil mentiras más para que pudiese hacerlo otra vez.

Me dije: «Esta es otra de las muchachas a las que voy a permitir que ese robe». Y cuando terminó, todas se desvivieron para que me sintiera como en mi propia casa y supiera que me encontraba entre amigos. Me sentí tan canalla y tan bajo, y tan ruin, que me dije: «Estoy decidido, les salvaré el dinero o reventaré en la empresa».

De modo que entonces me largué; dije que a la cama, queriendo significar que tarde o temprano me acostaría. Cuando estuve a solas, me puse a reflexionar. Me dije: «¿Me largo a escondidas a buscar a ese médico y le denuncio a esos timadores? No, no me conviene esa solución. Podría decir quién le había dado el soplo, y entonces el rey y el duque me las harían pasar negras. ¿Me voy a escondidas a decírselo a Mary Jane? No, no me atrevo a hacerlo. Seguramente la delataría su cara; tienen el dinero y se largarían inmediatamente con él. Si ella pedía ayuda, me parece que me vería complicado en el asunto antes de que se acabara. No, solo hay un camino. He de apañármelas para robar ese dinero, y he de hacerlo de manera que no sospechen de mí. Tienen un buen asunto y no lo dejarán hasta que hayan exprimido a la familia y al pueblo todo lo que sea posible; de modo que tengo tiempo de sobra. Lo robaré y lo esconderé. Y, más adelante, cuando ya esté lejos, río abajo, escribiré una carta a Mary Jane, diciéndole dónde está escondido. Pero mejor será que lo robe esta misma noche, si puedo, porque quién sabe si el médico no ha aflojado tanto como ha fingido que aflojaba. Aún puede ser que los eche de aquí de un susto».

De modo que pensé: «Iré a registrar sus cuartos». Arriba, el descansillo y el corredor estaban a oscuras, pero encontré la habitación del duque y me puse a buscar a tientas. Sin embargo, pensé que el rey no era persona capaz de permitir que nadie guardase el dinero más que él, así que fui a su habitación y me puse a registrarla.

Enseguida comprendí que no podía hacer nada sin una vela, y no me atrevía a encender una, claro está. De modo que pensé que tendría que hacer lo otro, esperarles escondido y escuchar su conversación. Por entonces oí sus pisadas que se acercaban e iba a meterme debajo de la cama. Alargué la mano hacia ella, pero no estaba donde yo me figuraba; pero toqué la cortina que ocultaba los vestidos de Mary Jane, de modo que me metí detrás de ella, me acurruqué entre los vestidos y me quedé quieto a más no poder.

Entraron y cerraron la puerta, y lo primero que hizo el duque fue agacharse debajo de la cama. Entonces me alegré de no haber encontrado la cama cuando la buscaba. Y, sin embargo, es natural ocultarse bajo la cama cuando se hace algo a escondidas.

Entonces se sentaron y el rey dijo:

—Bueno, ¿qué ocurre? Y procure decirlo pronto, porque es preferible que estemos abajo fomentando el duelo que aquí arriba dándoles ocasión a que nos critiquen.

—Pues se trata de lo siguiente, Capeto: no estoy tranquilo. No puedo quitarme a ese médico de la cabeza. Quería conocer los planes de usted. Tengo una idea y me parece inmejorable.

—¿Qué idea es esa, duque?

—Que será mejor largarnos de aquí antes de las tres de la madrugada y marcharnos río abajo con lo que tenemos. Sobre todo teniendo en cuenta que lo hemos conseguido con tanta facilidad… Nos lo han devuelto, nos lo han tirado a la cabeza, como quien dice, cuando, naturalmente, pensábamos que tendríamos que robarlo. Soy partidario de que nos demos por satisfechos y pongamos pies en polvorosa.

Eso me hizo sentir bastante mal. Cosa de una hora o dos antes hubiera sido un poco distinto, pero ahora me dejaba disgustado y con un palmo de narices.

El rey habló, y dijo:

—¡Cómo! ¿Y sin vender el resto de los bienes? ¿Irnos como unos idiotas dejando bienes por valor de ocho o nueve mil dólares que piden a gritos que nos los llevemos? Y además, todo ello es de fácil venta.

El duque protestó. Dijo que ya bastaba con la bolsa de oro y que no quería llevar las cosas más lejos. No quería robar a unas huérfanas todo lo que tenían.

—¡Qué cosas dice! Solo les robaremos el dinero. Los que compren las cosas serán los que pagarán el pato, porque tan pronto se sepa que nosotros no somos los dueños (cosa que no tardarán en saberlo cuando nos larguemos), la venta no será válida y todo volverá a sus dueños. A las huérfanas les restituirán la casa y con eso ellas ya tienen bastante. Son jóvenes y ágiles y pueden ganarse la vida sin dificultad. Ellas no han de sufrir las consecuencias. Usted medítelo un poco… Hay miles y miles que no se encuentran, ni con mucho, en tan buenas condiciones. ¡Mil rayos! Ellas no tienen por qué quejarse.

Bueno, pues el rey le apabulló a fuerza de palabras. De modo que, al fin, se dio por vencido; pero dijo que le parecía una locura quedarse, sobre todo mientras pesara sobre ellos la amenaza del doctor.

—¡Al diablo con el médico! ¿Qué nos importa él a nosotros? ¿No están todos los imbéciles del pueblo de nuestra parte? ¿Y no es esta una mayoría aplastante en cualquier población?

De modo que se dispusieron a volver a la planta baja. El duque dijo:

—Me parece que no hemos guardado ese dinero en buen sitio.

Eso me animó. Había empezado a creer que no encontraría indicio alguno que me ayudara. El rey dijo:

—¿Por qué?

—Porque Mary Jane vestirá de luto en adelante y, cuando menos lo pensemos, el negro encargado de arreglar el cuarto recibirá la orden de liar esta ropa y quitarla del paso. ¿Y cree usted que un negro es capaz de encontrarse con dinero sin arramblar con parte de él o con todo?

—Por fin vuelve a tener la cabeza bien sentada, duque —dijo el rey.

Y empezó a tantear con la mano por debajo de la cortina, a dos o tres pies de donde yo estaba. Me pegué a la pared y me estuve bien quieto, aunque temblaba. Me pregunté qué dirían aquellos hombres si me pescaban, y procuré pensar algo por si llegaban a descubrirme.

Pero el rey encontró la bolsa antes de que yo pudiera pensar más de medio pensamiento y ni por un instante sospechó que yo rondara tan cerca. Metieron la bolsa por un roto del jergón de paja que había debajo del colchón de plumas y lo empujaron un pie o dos entre la paja y dijeron que allí estaba seguro, porque un negro solo hace la cama del colchón de plumas para arriba y no da la vuelta al jergón de paja más que un par de veces al año; de modo que no había peligro de que el dinero fuera robado.

Pero yo era de otra opinión. Lo saqué a tientas cuando aún no estarían a la mitad de la escalera. Subí a tientas a mi alcoba y lo escondí allí hasta que tuviera ocasión de hallar mejor escondrijo. Pensé que sería mejor esconderlo en alguna parte fuera de la casa, porque, si se daban cuenta de su desaparición, registrarían el edificio desde el sótano hasta el desván. Eso lo sabía yo muy bien.

Después me acosté vestido, pero ni aunque hubiese querido hubiera podido dormirme, tantas ganas tenía de acabar el asunto. Al cabo de un rato oí al duque y al rey que subían la escalera; de modo que me deslicé del jergón y apoyé la barbilla en la escalera que conducía al desván y esperé a ver si pasaba algo. Pero no pasó nada.

Así pues, esperé a que todos los ruidos de la noche se callaran y no hubiesen empezado aún los de la mañana. Después me deslicé por la escalera.

XXVII

PETER, MUERTO, OBTIENE SU DINERO

Me deslicé hasta la puerta de sus cuartos para escuchar, estaban roncando. De modo que me alejé de puntillas y llegué a la planta baja sin novedad. No se oía el menor ruido en ninguna parte. Miré por una rendija de la puerta del comedor y vi que los hombres que había para velar el cadáver estaban profundamente dormidos en sus asientos.

La puerta que daba a la sala donde estaba el difunto estaba abierta y ardía una vela en cada habitación. Pasé de largo y miré por la puerta abierta, pero vi que estaban allí solo los restos de Peter; no estaba la llave en la cerradura.

De pronto oí que alguien bajaba la escalera detrás de mí. Entré corriendo en la sala y eché una rápida mirada a mi alrededor, y el único sitio que vi donde se podía esconder la bolsa fue el ataúd. La tapa estaba un poco separada, permitiendo ver la cara del muerto con un paño mojado encima y la mortaja puesta. Metí la bolsa del dinero por debajo de la tapa, un poco más abajo de donde tenía las manos cruzadas, y se me puso carne de gallina, porque las tenía heladas. Después crucé corriendo el cuarto y me escondí detrás de la puerta.

La persona que entraba era Mary Jane. Sin hacer ruido, se acercó al ataúd, se arrodilló y miró dentro. Después sacó su pañuelo y vi que empezaba a llorar, aunque no la pude oír y estaba de espaldas a mí. Salí de allí y, al pasar junto al comedor, pensé que sería bueno asegurarme de que no me habían visto los que velaban. De modo que volví a mirar por la rendija y vi que todo seguía igual. Ninguno de ellos se había movido.

Me volví a la cama bastante descorazonado por la manera como me habían salido las cosas después de lo mucho que había trabajado y de los riesgos que había corrido. Me dije: si se pudiera quedar donde está, no importaría, porque, cuando estemos a cien o doscientas millas de aquí, río abajo, puedo escribirle a Mary Jane y ella puede hacerle desenterrar para sacar el dinero; pero no es eso lo que ocurrirá. Lo que ocurrirá será que encontrarán el dinero en cuanto vayan a cerrar el ataúd.

Entonces volverá a parar a manos del rey y ya tendrá este buen cuidado de que nadie vuelva a tener ocasión de quitárselo.

Tenía ganas de bajar a sacar el dinero de allí, claro está, pero no me atrevía. Cada minuto que pasaba me sentía más intranquilo y pensaba que si bajaba nuevamente tal vez se hubieran despertado algunos de los que velaban y podrían pillarme; pillarme con seis mil dólares en las manos, para cuya custodia nadie me había contratado. «No quiero verme complicado en semejante asunto», me dije.

A la mañana siguiente, cuando bajé, la sala estaba cerrada y los que velaban el cadáver se habían ido. Por allí solo rondaba la familia, la viuda Bartley y nuestra pandilla. Miré todas las caras, para ver si había ocurrido algo; pero no pude sacar nada en limpio.

Hacia el mediodía llegó el empresario de pompas fúnebres con su dependiente y pusieron el ataúd en el centro de la sala, sobre un par de sillas. Después alinearon todas nuestras sillas y pidieron a los vecinos que les prestaran más hasta que el vestíbulo, la sala y el comedor quedaron llenos. Vi que la tapa del ataúd estaba igual que antes, pero no me atrevía a mirar debajo delante de tanta gente.

Después empezaron a entrar, y los granujas y las muchachas ocuparon los asientos de primera fila, a la cabeza del ataúd. Y durante media hora la gente desfiló despacio, en fila india, y echaba una mirada a la cara del muerto por un momento y algunos derramaban una lágrima, y todo estaba en silencio y muy solemne; solo las chicas y aquellos bergantes tenían el pañuelo pegado a los ojos, la cabeza inclinada, sollozando un poco.

No se oía más ruido que el arrastrar de los pies por el suelo y el de la nariz, porque la gente siempre se suena la nariz en un entierro mucho más que en ninguna otra parte, como no sea en la iglesia.

Cuando quedó todo más que lleno, el empresario de pompas fúnebres se deslizó de un lado para otro con sus guantes negros y suaves y apaciguadores modales, dando los últimos toques, poniendo las cosas y las personas en su sitio, instalándolas cómodamente, y para todo hacía tan poco ruido como un gato.

No decía palabra; movía a la gente de un lado a otro, hacía sitio para los rezagados, se abría paso entre la concurrencia, todo ello con gestos, movimientos de cabeza, señas hechas con las manos. Después ocupó su sitio junto a la pared. Era el hombre más silencioso, resbaladizo y sigiloso que he visto en mi vida. Y tenía tanto de sonriente como un jamón.

Habían pedido prestado una especie de armonio —un muérgano— dado de baja por enfermo. Y cuando todo estuvo preparado, una joven se sentó en él y lo hizo funcionar. Parecía tener cólico por los chirridos que soltaba, y todo el mundo se puso a cantar a voz en grito, y Peter fue el único que lo pasó bien, en mi concepto.

Después el reverendo Hobson abrió el grifo, lento y solemne, y empezó a hablar. E inmediatamente estalló en el sótano la barahúnda más imponente que se haya oído jamás. No era más que un perro, pero armaba una algarabía fenomenal y no paraba un momento. El pastor tuvo que callarse y esperar; uno no podía oír ni sus propios pensamientos.

La situación se hacía embarazosa y nadie parecía saber qué hacer. Pero, al poco rato, vieron al patilargo empresario de pompas fúnebres que hacía una seña al predicador, como diciendo: «No se preocupe, confíe en mí». Después se agachó y empezó a deslizarse pegado a la pared, y solo se veían sus hombros por encima de la cabeza de los concurrentes.

Siguió deslizándose así, mientras el tumulto se hacía más imponente cada vez. Y por fin, cuando hubo dado la vuelta a dos lados del cuarto, desapareció por la escalera del sótano. Después, al cabo de un par de segundos, oímos un batacazo y el perro soltó un aullido o dos, verdaderamente asombrosos, y después reinó el silencio y el pastor reanudó su solemne perorata partiendo del punto en que la había interrumpido.

Al cabo de uno o dos minutos volvieron a aparecer la espalda y los hombros del empresario de pompas fúnebres, deslizándose a lo largo de la pared. Y siguió deslizándose, deslizándose, por tres lados del cuarto, y después se levantó, hizo bocina con las manos, alargó el cuello hacia el predicador por encima de la cabeza de la gente, y dijo en una especie de susurro ronco:

—¡Había cazado una rata!

Después volvió a agacharse y regresó a su sitio, deslizándose a lo largo de la pared. Se veía que aquello había satisfecho plenamente a la gente, porque, claro, querían saber. Una pequeñez así no cuesta nada y son las pequeñeces las que consiguen que un hombre sea respetado y querido. No había en la población hombre más popular que aquel empresario de pompas fúnebres.

Bueno, pues el sermón fúnebre fue muy bueno, pero venenosamente largo y aburrido. Y después el rey metió baza y desembuchó una serie de sus acostumbradas estupideces. Por fin quedó terminada la ceremonia y el empresario de pompas fúnebres empezó a deslizarse hacia el ataúd con su atornillador.

Entonces me puse a sudar y le observé muy atentamente. Pero no sospechó nada; se limitó a correr la tapa, con suavidad, y la atornilló bien fuerte. De modo que ¡vaya apuros! No sabía si el dinero estaba dentro o no.

Me dije: «¿Y si alguno se ha llevado esa bolsa a escondidas?... Ahora ¿cómo sé yo si escribir a Mary Jane o no? Si le desentierra y no encuentra nada, ¿qué pensará de mí? ¡Recanastos! —me dije—, podrían darme caza y meterme en chirona. Más me vale aguantar el tipo, guardar el secreto y que no escriba. La cosa está la mar de complicada. Tratando de mejorarla, la he puesto cien veces peor y siento en el alma no haberlo dejado en paz, ¡maldito sea el asunto!».

Le enterraron y volvimos a casa y yo me puse a mirar otra vez las caras; no podía remediarlo y no podía sentirme tranquilo. Pero poco logré, las caras no me dijeron nada.

El rey dedicó la tarde a hacer visitas, haciendo la pelota a todo el mundo y haciéndose muy amigo de todos. Hizo correr la idea de que sus feligreses, allá en Inglaterra, estarían aguardando su regreso con ansiedad, de modo que tenía que apresurarse en liquidar el asunto de la herencia y volver a casa.

Sentía mucho verse con tantas prisas, y lo mismo le pasaba a todo el mundo. Hubieran querido que se quedara más tiempo con ellos, pero dijeron que se hacían cargo de que eso no podía ser. Y dijo que, naturalmente, William y él se llevarían a las muchachas. Eso encantó a todo el mundo también, porque así las muchachas estarían bien y entre gente de la familia.

Y también encantó a las muchachas. Les gustó tanto que no recordaron haber tenido nunca una preocupación en este mundo. Y le dijeron que vendiera todo aquello tan aprisa como quisiera, que ellas estarían preparadas. Aquellas pobres chicas estaban tan contentas y se sentían tan felices que me dolía el corazón de ver cómo las estaban engañando y contándoles mentiras; pero no vi manera de intervenir sin riesgo y hacer cambiar el sentir general.

¡Que me zurzan si el rey no anunció la subasta de la casa, de los negros y de todas las propiedades inmediatamente! La venta debía efectuarse dos días después del entierro, pero cualquiera podía comprar particularmente antes de eso, si quería.

De modo que el día siguiente al del entierro, a eso del mediodía, se aguó por primera vez la alegría de las muchachas. Se presentaron dos traficantes de negros y el rey les vendió los negros a un precio razonable, por giros a tres días como los llamaban, y allí se fueron; los dos hijos río arriba, a Memphis; y la madre río abajo, a Orleans.

Creí que las pobres chicas y los negros se morirían de dolor. Lloraron abrazados unos a otros y se lamentaron de una forma que me ponía malo de verlo. Las muchachas dijeron que jamás habían pensado en que se separase la familia o se la vendiera fuera de la población.

Todavía no se ha borrado de mi mente el recuerdo del cuadro que presentaban aquellas desdichadas muchachas y los negros, colgados unos al cuello de los otros y llorando a lágrima viva. Me parece que no lo hubiese podido soportar y que hubiese reventado delatando a nuestra cuadrilla de no saber que la venta era nula y que los negros habían de volver al cabo de una semana o dos.

La cosa causó gran revuelo en el pueblo también, y muchos dijeron a las claras que era una vergüenza separar a una madre de sus hijos de aquella manera. A los mismos embaucadores les perjudicó, pero el viejo estúpido siguió adelante a pesar de todo cuanto pudo decir o hacer el duque, y os aseguro que el duque no las tenía todas consigo.

Al día siguiente se celebraba la subasta. Ya entrado el día, el rey y el duque subieron al desván y me despertaron y por sus caras comprendí que pasaba algo. El rey dijo:

—¿Estuviste en mi cuarto anteanoche?

—No, majestad.

Era como siempre le llamaba cuando estábamos solos los de la pandilla.

—¿Estuviste allí ayer o anoche?

—No, majestad.

—Palabra de honor… Nada de mentiras.

—Palabra de honor, majestad. Le digo la verdad. No me he acercado a su cuarto desde que la señorita Mary Jane les llevó a usted y al duque para enseñárselo.

El duque dijo:

—¿Has visto entrar aquí a alguna otra persona?

—No, excelencia; que yo recuerde, no.

—Piénsalo un poco.

Pensé unos instantes, vi una oportunidad y dije:

—Pues… vi a los negros que entraban varias veces.

Los dos dieron un salto y pusieron una cara que indicaba claramente que no se esperaban eso, y luego de que sí que se lo esperaban. Dijo el duque:

—¡Cómo! ¿Todos ellos?

—No… Por lo menos no todos a la vez. Es decir, no creo haberlos visto salir a todos al mismo tiempo más que una vez.

—¡Vaya! ¿Cuándo fue eso?

—El día del entierro. Por la mañana. Ya era tarde, porque se me pegaron las sábanas. Bajaba yo por la escalera cuando los vi.

—Bueno, sigue, sigue… ¿Qué hicieron? ¿Cómo obraron?

—No hicieron nada. Y no obraron de ninguna manera, que yo viese. Se alejaron de puntillas. De modo que comprendí que habían ido allí a hacerle la cama a su majestad o algo así, creyendo que usted estaría levantado y que, al ver que no estaba levantado, se quitaban del paso tratando de no despertarle, si es que no le habían despertado ya.

—¡Santo Dios! ¡Vaya situación! —exclamó el rey.

Y los dos se quedaron compungidos y con cara de pena. Se pusieron a pensar y a rascarse el cogote unos instantes y después soltó el duque una risita áspera, y dijo:

—Tiene gracia lo bien que han sabido desempeñar los negros su papel. ¡Fingieron que sentían irse de esta comarca! Y yo creí que lo sentían. Y usted también lo creyó, y lo mismo le pasó a todo el mundo. No vuelva usted a decirme a mí que los negros no tienen talento de actor. ¡Si de la manera como se han conducido hubieran engañado a cualquiera! Hay una fortuna en ellos, según creo. Si yo tuviera capital y un teatro, no pediría mejor cosa en que invertirlo… Y mira por dónde los hemos vendido por una canción… Y canción que aún no tenemos la suerte de poder entonar. Oiga, ¿dónde está esa canción?… Ese giro, quiero decir.

—En el banco, para que lo cobre. ¿Dónde había de estar?

—Bueno, eso está seguro entonces, gracias a Dios.

Yo dije con cierta timidez:

—¿Pasa algo?

El rey se revolvió contra mí hecho una furia y rugió:

—¡Métete donde te llamen! Cierra el pico y cuídate de tus cosas… si es que tienes algo de que cuidar. Mientras estés en este pueblo no olvides eso, ¿has oído?

Después dijo al duque:

—No tenemos más remedio que apechugar con ello y no decir una palabra. Silencio y barajar.

Cuando empezaron a bajar la escalera, el duque volvió a reír, y dijo:

—¡Venta rápida y beneficios pequeños! Es un bonito negocio… ¡Vaya si lo es!

El rey se volvió a él con un rugido:

—Obraba con la mejor intención al vender tan aprisa. Si el beneficio ha resultado nulo, con déficit y sin saldo que arrastrar, ¿tengo yo más culpa que usted?

—Si yo hubiese logrado que se escucharan mis consejos, ellos estarían aún en la casa y nosotros no.

El rey contestó con un desplante sin rebasar los límites de la prudencia y después arremetió contra mí. Me cantó las cuarenta por no haber ido a contarle que había visto salir a los negros de su cuarto obrando de esa manera, dijo, que cualquier imbécil hubiese comprendido que sucedía algo.

Después fue y se maldijo a sí mismo un rato y dijo que todo esto le pasaba por no haber velado y descansado por la mañana y que maldito si volvería a hacer semejante cosa. De modo que se fueron despotricando y yo me quedé muy contento de haberles podido cargar el mochuelo a los negros sin haberles perjudicado en absoluto con ello.

XXVIII

QUIEN MUCHO ABARCA, POCO APRIETA

Al cabo de poco fue hora de levantarse, de modo que bajé la escalera y me encaminé a la planta baja. Pero, al llegar al cuarto de las muchachas, vi a Mary Jane sentada junto a su baúl, que estaba abierto y en el que había estado poniendo cosas, preparándose para su viaje a Inglaterra.

Sin embargo, había interrumpido su trabajo y estaba con un vestido doblado sobre su falda, y con la cara hundida entre las manos, llorando. Me puse malo al verlo, como le hubiera ocurrido a cualquiera, claro está. Entré y dije:

—Señorita Mary Jane, usted no puede soportar que sufra nadie, y yo tampoco puedo... las más de las veces. Cuénteme.

De modo que lo hizo. Y era por los negros (ya me lo había figurado). Dijo que el maravilloso viaje a Inglaterra casi se le había estropeado. No sabía cómo podía ser feliz allí sabiendo que la madre y los hijos no volverían a verse... Y entonces rompió a llorar más amargamente que nunca, y alzó las manos y dijo:

—¡Qué horror! ¡Pensar que no volverán a verse jamás!

—Sí que se verán... y aún no pasarán dos semanas... y yo lo sé —contesté yo.

¡Recanastos! ¡Se me había escapado sin pensarlo! Y antes de que pudiese recobrarme, ella me había echado los brazos al cuello y me pedía que lo dijera otra vez, otra vez, otra vez...

Comprendí que había hablado con precipitación, que había dicho demasiado y que me encontraba en un mal paso. Le pedí que me dejara reflexionar un poco, y ella esperó muy impaciente, muy excitada, muy hermosa, pero con cara de felicidad y alivio, como la persona a la que acaban de arrancarle una muela.

De modo que me puse a estudiar el caso. Me dije que quien suelta la verdad, cuando se encuentra en un mal paso, corre una infinidad de riesgos, aunque no lo sé por experiencia y, por lo tanto, no estoy seguro. Pero así me lo parece a mí, al menos. Y, sin embargo, he aquí un caso en que maldito si la verdad no me parecía mejor y hasta menos peligrosa que una mentira.

He de archivarlo en mi memoria y reflexionar acerca de ello más adelante. ¡Es tan raro y tan anormal! En mi vida vi un caso semejante. Bueno, me dije por fin, voy a arriesgarme. Esta vez diré la verdad, aunque casi es igual que sentarse encima de un barril de pólvora y hacerlo explotar para ver hasta dónde salta uno. Entonces dije:

—Señorita Mary Jane, ¿hay algún sitio fuera de la población, no muy apartado, donde pudiera ir a pasar usted tres o cuatro días?

—Sí… en casa del señor Lothrop. ¿Por qué?

—No se preocupe por eso. Si yo le digo cómo sé que los negros volverán a verse, antes de dos semanas, aquí mismo, y le doy pruebas de ello, ¿irá usted a pasar cuatro días a casa del señor Lothrop?

—¡Cuatro días! —exclamó ella—. ¡Un año me estaría!

—Bien, no quiero nada de usted más que su palabra: la prefiero al juramento de otra persona sobre los Evangelios.

Ella sonrió, se ruborizó encantadoramente, y yo dije:

—Si no tiene usted reparos, cerraré la puerta… y echaré el cerrojo.

Después volví y me senté, y dije:

—No llore. Estese sentada, y quietecita, y sopórtelo como un hombre. He de decir la verdad y es necesario que usted se arme de valor, señorita Mary, porque es una verdad muy amarga, y va a ser difícil de soportar, pero no hay más remedio. Estos tíos suyos… no son tíos ni mucho menos: son un par de timadores… de desharrapados. Vaya, ya hemos pasado lo peor… Lo demás podrá aguantarlo más fácilmente.

Fue un golpe tremendo para ella, claro está; pero ya había salvado los escollos, de modo que seguí adelante. Cada vez le brillaban más los ojos a medida que yo hablaba. Se lo conté todo, desde el momento en que dimos con aquel imbécil que iba al vapor hasta cuando ella se colgó al cuello del rey a la puerta de su casa y él la besó dieciséis o diecisiete veces. Entonces se puso ella en pie de un brinco, encendido su rostro como una puesta de sol, y dijo:

—¡El muy criminal! Ven… no pierdas un minuto… ni un segundo… Haremos que les den un baño de alquitrán y plumas y que después los echen al río.

Dije yo:

—Sí, señorita, pero ¿quiere usted decir antes de ir a casa del señor Lothrop o…?

—¡Oh! —exclamó—. ¿En qué estoy pensando?… —Y volvió a sentarse—. No hagas caso de lo que he dicho…, por favor… No lo harás…, ¿verdad que no?

Posó su sedosa mano sobre la mía y me la acarició con suavidad.

—No creí que me excitara tanto —dijo—. Ahora, continúa. No volveré a hablar así. Dime qué hay que hacer, y lo que tú me digas se hará.

—Pues mire —contesté—, es una compañía un poco bruta la de esos dos impostores, y me encuentro en una situación en que me veo precisado a viajar con ellos una temporada más, quiera o no… Prefiero no decirle el motivo… y si usted les delatara, este pueblo me libraría de sus garras y yo estaría bien; pero otra persona de la que usted no sabe nada se encontraría en un gran apuro. Bueno, pues tenemos que salvar a esa persona, ¿no? Naturalmente. Bueno, pues entonces no los delataremos.

Mientras decía esto, se me ocurrió una buena idea. Vi la manera de que Jim y yo pudiéramos librarnos, tal vez, de los embaucadores: hacerlos encarcelar allí y después marcharnos. Pero no quería navegar en la balsa durante el día sin que hubiera nadie a bordo capaz de contestar preguntas más que yo, de modo que no deseaba que el plan empezase a funcionar hasta que estuviese bastante avanzada la noche. Dije:

—Señorita Mary Jane, le diré lo que haremos... y tampoco tendrá necesidad de estarse en casa del señor Lothrop tanto tiempo. ¿A qué distancia se halla de aquí?

—Escasamente a cuatro millas... tierra adentro, aquí detrás.

—Bueno, pues ya sirve. Usted se irá allí y se estará escondida hasta las nueve o nueve y media de esta noche. A esa hora, mande que la vuelvan a traer a casa... dígales que se ha acordado de algo. Si llega aquí antes de las once, ponga una vela en esta ventana y, si yo no me presento, aguarde hasta las once y, entonces, si yo no comparezco, querrá decir que me he ido, que estoy fuera del paso y en seguridad. En tal caso, salga usted y haga correr la noticia y meta a los dos tunantes en la cárcel.

—Bien —dijo ella—, lo haré.

—Y si resultase que yo no pudiese huir y me detuviesen con ellos, usted tendrá que decir que se lo conté todo de antemano y me ha de apoyar todo lo que pueda.

—Ya lo creo que te apoyaré. ¡No tocarán un pelo de tu cabeza! —dijo.

Y vi que se le dilataban las fosas nasales y que le centelleaban los ojos al decirlo.

—Si me escapo —dije—, no estaré aquí para demostrar que esos pícaros no son sus tíos... y tampoco podría hacerlo aunque estuviese aquí. Podría jurar que son unos desharrapados y unos vagabundos, eso es todo, aunque ya serviría de algo. Pero hay otros que pueden hacerlo mejor que yo... y son gente de la que no se dudará tan fácilmente como de mí. Yo le diré cómo encontrarla. Deme un lápiz y un trozo de papel. Ahí tiene… «Real Nohaytal, Bricksville». Guárdeselo y no lo pierda. Cuando el tribunal quiera saber algo de esos tunos, que vaya alguien a Bricksville a decir que tienen detenidos a los hombres que representaron el Real Nohaytal y que pidan testigos… ¡La población entera se presentará aquí en menos de lo que canta un gallo, señorita Mary! Y además vendrán furiosos.

Me pareció que todo estaba perfectamente arreglado, de modo que dije:

—Deje que se lleve adelante la subasta y no se preocupe. Como la subasta se ha avisado con tan poco tiempo, nadie tiene que pagar las cosas que compra hasta un día después, y ellos no se largarán de aquí si no cargan con el dinero… y, en la forma en que lo hemos arreglado, la subasta no va a servir para nada, y ellos no lograrán ni un centavo. Es lo mismo que pasó con los negros: no fue una venta y los negros estarán de vuelta. ¡Si aún no pueden cobrar el dinero de los negros! En buen fregado están metidos, señorita Mary.

—Bueno —dijo ella—, ahora bajaré a desayunar y después me iré derecha a casa del señor Lothrop.

—No, eso no es lo convenido, señorita Mary Jane —dije—; de ningún modo. Vaya antes de desayunar.

—¿Por qué?

—¿Por qué cree que quiero que se marche, señorita Mary?

—Pues no lo he pensado… y, ahora que lo pienso, no lo sé. ¿Por qué es?

—Pues porque no es usted una de esas personas que tiene cara de palo. Yo no necesito mejor libro que la cara de usted. Uno puede leerla como si fuera letra de molde. ¿Cree usted que podrá afrontar a sus tíos cuando vayan a saludarla con un beso y no…?

—Bueno, bueno, calla. Sí, me iré antes de desayunar… lo haré encantada. ¿Y he de dejar a mis hermanas con ellos?

—Sí, no se preocupe por ellas. Tienen que resistir un poco todavía. Si se fueran todas ustedes, podrían desconfiar. No quiero que usted los vea a ellos, ni a sus hermanas, ni a nadie de la población. Si un vecino viene y le pregunta cómo estaban sus tíos esta mañana, su cara la descubriría. Márchese usted, señorita Mary Jane, que yo lo arreglaré con todos. Le diré a la señorita Susan que salude cariñosamente a sus tíos de su parte y que les diga que usted se ha marchado por unas horas para descansar un poco y cambiar de aires, o para ver a unos amigos, y que volverá usted esta noche o mañana a primera hora.

—Me parece bien eso de que me he ido a ver a unos amigos, pero no quiero que les salude cariñosamente de mi parte.

—Bueno, pues entonces no lo hará.

No había inconveniente en decirle eso a ella. Era una pequeñez y no costaba ningún trabajo. Y son las pequeñeces las que más allanan el camino de la gente en este mundo. Tranquilizaría a Mary Jane y no costaría nada. Después dije:

—Hay otra cosa: la bolsa de oro.

—Esa ya la tienen, y me siento bastante tonta al pensar cómo la consiguieron.

—No; en eso se equivoca usted rotundamente. No la tienen.

—Pues ¿quién la tiene?

—Ojalá lo supiera yo, pero no lo sé. La tenía yo, porque se la robé. Y la robé para devolvérsela a usted. Y sé dónde la escondí, pero me temo que no esté allí ya. Lo siento mucho, señorita Mary Jane, no sabe usted cuánto lo siento; pero hice lo que pude, de veras que sí. Estuve a punto de ser sorprendido y tuve que meterla en el primer sitio que encontré y echar a correr… y no era un sitio muy adecuado.

—Oh, deja de echarte la culpa… está mal que lo hagas y no te lo consiento. Tú no pudiste remediarlo. No fue culpa tuya. ¿Dónde la escondiste?

Yo no quería que volviese otra vez a pensar en sus penas, y no conseguía que mi boca le dijera algo que le haría recordar el cadáver tendido en el ataúd con la bolsa de dinero en la boca del estómago. De modo que, durante un minuto, no dije nada. Después:

—Prefiero no decirle dónde lo puse, señorita Mary Jane, si usted no tiene inconveniente en perdonármelo; pero se lo anotaré en un pedazo de papel y usted podrá leerlo mientras va a casa del señor Lothrop, si quiere. ¿Cree usted que será igual eso?

—Sí.

De modo que escribí: «La puse en el ataúd. Y estaba allí cuando usted lloraba a su lado durante la noche. Yo estaba detrás de la puerta y la compadecí mucho, señorita Mary Jane».

Se me humedecieron un poco los ojos al recordarla llorando sola en la noche, mientras aquellos demonios, cobijados bajo su propio techo, la cubrían de vergüenza y le robaban. Y cuando lo doblé y se lo entregué a ella, vi que también se le habían humedecido los ojos, y me dio un fuerte apretón de manos y dijo:

—Adiós… Voy a hacerlo todo tal como tú me has dicho; y, si no vuelvo a verte, jamás te olvidaré y pensaré en ti muchas veces, ¡y también rezaré por ti!

¡Rezar por mí! Me parece que, si me hubiese conocido mejor, hubiera escogido un trabajo más al alcance de sus fuerzas. Pero apuesto a que lo hizo, a pesar de todo; ella era así. No le faltaba valor ni para rezar por Judas si se le metía en la cabeza; no era de las que se echan atrás ante algún revés, en mi opinión.

Podréis decir lo que queráis, pero, en mi opinión, era la muchacha de más arrestos que yo haya conocido. Estoy convencido de que era muy entera. Esto suena a lisonja, pero no es lisonja. Y por lo que se refiere a belleza y a bondad, también dejaba tamañitas a todas las demás. No la he vuelto a ver desde aquel momento en que la vi salir por la puerta; no, no la he visto desde entonces, pero habré pensado en ella millones de veces y recordado su promesa de rezar por mí. Y si yo hubiera creído que el rezar yo por ella hubiese servido de algo, maldito si no lo hubiera hecho o reventado en el intento.

Bueno, pues Mary salió seguramente por la puerta falsa, porque nadie la vio marchar. Cuando me encontré con Susan y Labio Partido, dije:

—¿Cómo se llama esa gente del otro lado del río a la que ustedes van a ver alguna vez?

Contestaron:

—Hay varias personas, pero principalmente vamos a ver a los Proctor.

—Ese es el nombre —dije—, por poco se me olvida. Bueno, pues la señorita Mary Jane me encargó que les dijera a ustedes que se ha marchado allí aprisa y corriendo… Uno de ellos está enfermo.

—¿Cuál?

—No sé… Mejor dicho, se me ha olvidado; pero me parece que es…

—¡Cielos! Espero que no será Hannah.

—Siento mucho decirlo —contesté—, pero se trata de Hannah precisamente.

—¡Jesús! ¡Pero si estaba tan bien hace una semana! ¿Es grave?

—Grave es poco. Han tenido que velarla toda la noche, según dice la señorita Mary Jane, y no creen que dure muchas horas.

—¡Qué horrible! ¿Y qué tiene?

No se me ocurría nada razonable, así, de improviso, de modo que dije:

—Paperas.

—¡Buenas paperas tienes tú! No velan a la gente que tiene paperas.

—Que no, ¿eh? Ya puede usted apostar lo que quiera a que sí con estas paperas. Estas paperas son diferentes. Son de un nuevo estilo, dice la señorita Mary Jane.

—¿En qué son de un nuevo estilo?

—Pues porque está mezclado con otras cosas.

—¿Qué otras cosas?

—Pues sarampión, y tos ferina, y erisipela, y tisis, e ictericia, y fiebre cerebral, y no sé cuántas cosas más.

—¡Dios Santo! ¿Y lo llaman paperas?

Así lo dijo la señorita Mary Jane.

—Pero ¿por qué cielos le llaman paperas?

—Pues porque son paperas. Empieza por eso.

—Eso no tiene sentido común. Uno puede dar un traspiés, hacerse daño en un dedo del pie, caer a un pozo, romperse el cuello, reventarse la cabeza y vaciarse los sesos, y si alguien pasara y preguntase de qué había muerto, y un idiota fuera y dijese: «Pues nada, que dio un traspiés y se hizo daño en un dedo del pie», ¿tendría eso sentido común? No. Y esto tampoco lo tiene. ¿Es contagioso?

—¿Que si es contagioso? ¡Qué cosas tiene! ¿Se engancha un trillo… en la oscuridad? Si uno no se engancha en una cuchilla forzosamente se enganchará en otra, ¿no? Y no puede uno irse con esa cuchilla sin arrastrar todo el trillo, ¿no? Bueno, pues este estilo de paperas es una especie de trillo como quien dice… y un trillo de cuidado, por añadidura… se le engancha a uno en serio.

—Pues, en mi opinión, es terrible —dijo Labio Partido—. Iré a ver a tío Harvey y…

—Oh, sí —la interrumpí yo—, yo lo haría. Claro que lo haría. Y sin perder un momento… ¡y un jamón!

—¿Y por qué no?

—Piénselo antes un poco y tal vez lo comprenda. ¿No tienen sus tíos la obligación de volver a Inglaterra tan aprisa como puedan? ¿Y cree usted que cometerían la ruindad de marcharse y dejarlas que hagan ustedes solas todo ese viaje? Usted sabe que las esperarán. Hasta ahí, bien. Su tío Harvey es pastor, ¿no? Bueno, pues entonces, ¿es capaz de engañar a un consignatario de buques para que dejen subir a bordo a la señorita Mary Jane? No, usted sabe que no. ¿Qué hará entonces? Pues dirá: «Es una pena muy grande, pero los asuntos de mi iglesia tendrán que ir tirando como puedan. Porque mi sobrina ha estado expuesta a contagio de las terribles paperas *pluribus-unum*, de modo que tengo el ineludible deber de quedarme aquí y esperar los tres meses que hacen falta para que se sepa si ha contraído la enfermedad». Pero, no se preocupe por eso, si le parece mejor decírselo a su tío Harvey…

—¿Y quedarnos por aquí mientras esperamos a que se sepa si Mary Jane ha cogido o no la enfermedad, cuando podríamos estar todos pasándolo estupendamente en Inglaterra? ¡Quita! No digas tonterías.

—Bueno, de todos modos, tal vez sería mejor que se lo dijeran a algunos de los vecinos.

—¡Qué cosas tienes! Jamás conocí a un ignorante como tú. ¿No comprendes que irían ellos y lo dirían? No hay otra solución que no decirlo a nadie en absoluto.

—Tal vez tenga usted razón… Sí, me parece que tiene usted razón.

—Pero supongo que tendremos que decirle a tío Harvey que ha salido un rato, para que no esté intranquilo por ella.

—Sí, la señorita Mary Jane quería que ustedes hicieran eso. Dijo: diles que saluden cariñosamente a tío Harvey y a tío William, que les den un beso de mi parte, y que les digan que he ido al otro lado del río a ver al señor… al señor… ¿Cómo se llama esa familia tan rica que tanto apreciaba su tío Peter?… Quiero decir la que…

—Debes de querer decir los Apthorp, ¿no?

—Naturalmente, ¡caramba con esos nombrecitos! Siempre parece que se le van a olvidar a uno. Sí, dijo que digan que ha cruzado el río para decirles a los Apthorp que no dejen de venir a la subasta y que compren esta casa, porque tío Peter preferiría que la tuviesen ellos a que la tuviese nadie más. Y que no piensa dejarles hasta que le prometan venir y que después, si no está demasiado cansada, volverá a casa, y si está cansada, volverá por la mañana de todos modos. Dijo: «Que no digan una palabra de los Proctor; solo de los Apthorp… Lo que será verdad, porque sí que piensa ir allí a hablarles de que compren la casa. Lo sé, porque me lo dijo ella misma.

—Bueno —dijeron.

Y fueron a esperar a sus tíos para darles los cariñosos saludos, los besos y el mensaje.

Todo estaba arreglado. Las muchachas se callarían porque estaban deseando ir a Inglaterra, y el rey y el duque preferirían que Mary Jane se hubiese marchado a trabajar en favor de la subasta a que se estuviera por allí y pudiera acercársele el doctor Robinson. Me sentí a mis anchas. En mi opinión, lo había hecho todo con mucho ingenio; me parecía que Tom Sawyer no lo hubiera podido hacer mejor. Naturalmente, él hubiera podido añadirle filigranas y adornos, pero yo no sé hacer eso fácilmente, porque no me he criado en ello.

Bueno, pues se celebró la subasta en la plaza pública, cuando la tarde iba a caer, y la cosa se fue alargando, alargando, y el viejo estaba a mano, con expresión verdaderamente venenosa, al lado del subastador, intercalando alguna cita de la Biblia de vez en cuando, o alguna frase piadosa, y el duque merodeaba por allí gu-gu-gueando con toda su alma para conquistar las simpatías y tratando de hacerse tan agradable como le era posible.

Pero, al fin, se acabó la subasta y todo quedó vendido. Todo menos una pequeña parcela del cementerio. De modo que se emperraron en querer liquidar eso… en mi vida he visto avestruz como el rey para querérselo tragar todo. Bueno, pues mientras remataban el asunto, atracó el bote de un vapor y, a eso de los dos minutos, se acercó la muchedumbre chillando, aullando y riendo y armando la gran escandalera en general, y gritando:

—¡Aquí está la oposición! ¡Aquí están los dos juegos de herederos de Peter Wilks!… ¡Pasen, señores, pasen y escojan el que gusten!

XXIX

UNA LUZ EN LA TORMENTA

Acompañaban a un anciano de aspecto sumamente agradable y a otro más joven, de aspecto agradable también, que llevaba el brazo derecho en cabestrillo. ¡Y Dios Santo!, ¡cómo gritaba la gente, y reía, y armaba bulla…! Pero yo no le veía la gracia y me parecía que el rey y el duque tendrían que hacer un gran esfuerzo para encontrarle alguna. Esperaba que se pondrían pálidos. Pero no, ellos no palidecieron nada.

El duque hizo como que no sospechaba lo que sucedía. Siguió gu-gu-gueando, feliz y satisfecho, como jarra en la que gorgotea suero de manteca. Y por lo que hace al rey, se limitó a contemplar con pena a los dos recién llegados, como si en el fondo del corazón se le revolvieran las tripas al pensar que pudiera haber semejantes impostores y granujas en el mundo.

¡Oh, lo hizo estupendamente! Muchas de las personas más principales se agruparon alrededor del rey para que comprendiera que las tenía de su parte. El anciano que acababa de llegar parecía completamente desconcertado. Enseguida se puso a hablar, e inmediatamente comprendí que hablaba como un inglés, y no a la manera del rey, aunque la pronunciación del rey era bastante buena para ser de imitación. No puedo poner las palabras exactas del anciano, ni imitar sus maneras, pero se volvió hacia la muchedumbre y dijo algo así:

—Ha sido esta una sorpresa que no me esperaba, y reconozco franca y sinceramente que no estoy muy bien situado para afrontarla y replicar a ella. Mi hermano y yo no hemos tenido demasiada suerte. Él se ha roto el brazo, y anoche desembarcaron nuestro equipaje en la población vecina, por equivocación.

»Yo soy Harvey, hermano de Peter Wilks, y este es su hermano William, que ni oye ni habla… y que tampoco puede hacer señas que representen gran cosa, ahora que solo tiene una mano disponible. Somos los que digo que somos y podré demostrarlo dentro de un día o dos, cuando reciba mi equipaje. Pero, hasta entonces, no diré nada; iré al hotel y esperaré.

De modo que el nuevo sordomudo y él echaron a andar y el rey rió y dijo:

—¡Se ha roto el brazo!… Es muy verosímil, ¿verdad?… y también muy cómodo para un impostor que tiene que hablar por señas y aún no ha aprendido a hacerlo. ¡Que han perdido su equipaje! ¡Esta sí que es buena!… Y sumamente ingeniosa… ¡en las actuales circunstancias!

De modo que volvió a reír, y lo mismo hicieron todos los demás, menos tres o cuatro, o acaso eran media docena. Uno de los que no reían era el doctor; otro, un caballero de penetrante mirada, que llevaba una maleta anticuada, de esas hechas de alfombra, y que también había desembarcado del vapor y estaba hablando con él en voz baja, mirando al rey de vez en cuando y moviendo afirmativamente la cabeza.

Era Levi Bell, el abogado que había marchado a Louisville. Otro de ellos era un tosco hombretón, que se acercó y escuchó todo lo que dijo el anciano y que ahora estaba escuchando al rey. Y cuando el rey hubo terminado, el hombre fue y dijo:

—Oiga, escuche: si es usted Harvey Wilks, ¿cuándo llegó al pueblo?

—El día antes del entierro, amigo —dijo el rey.

—Pero ¿a qué hora?

—Al atardecer, una hora o dos antes de la puesta del sol.

—¿Cómo llegó?

—A bordo del *Susan Powell*, desde Cincinnati.

—Pues entonces, ¿cómo es que estaba usted en la Punta por la mañana, en una canoa?

—No estuve en la Punta por la mañana.

—Eso es mentira.

Varios hombres corrieron a rogarle que no hablase con ese tono a un viejo, y pastor por añadidura.

—¡Qué pastor ni qué niño muerto! ¡Es un impostor y un embustero! Aquella mañana estuvo en la Punta. Yo vivo allí, ¿no? Bueno, pues yo estaba allí y él estaba allí. Le vi allí. Llegó en una canoa con Tim Collins y un rapaz.

El médico fue y dijo:

—¿Reconocería usted al rapaz si lo viera, Hines?

—Creo que sí, aunque no estoy seguro… Pero… ¡si está allí! Le reconozco perfectísimamente.

Me señalaba a mí. El médico dijo:

—Vecinos, ignoro si la nueva pareja se compone de dos impostores o no, pero si estos dos no son impostores, es que yo soy un idiota. Me parece que tenemos el deber de impedir que se vayan de aquí hasta que se haya aclarado el asunto. Vamos, Hines, venid todos aquí. Conduciremos a esta pareja a la taberna y la carearemos con la otra, y yo creo que sabremos algo antes de que hayamos terminado.

Esto encantó a la multitud, aunque sin duda no les encantaría a los amigos del rey; de modo que fuimos todos. Sería ya la hora de la puesta del sol. El médico me llevó de la mano y se mostró bastante bondadoso, pero no me soltó ni un momento.

Entramos todos en un cuarto grande del hotel, y encendieron unas velas y fueron a buscar a la otra pareja. El médico dijo:

—No quiero ser demasiado duro con estos hombres, pero yo creo que son impostores y puede que tengan cómplices a los que no conozcamos. Si es así, ¿no escaparán los cómplices con la bolsa de oro que dejó Peter Wilks? No deja de ser posible. Si estos hombres no son impostores, no tendrán inconveniente en mandar a buscar ese dinero y dejar que lo guardemos nosotros hasta que demuestren tener razón. ¿No es así?

Todos estuvieron de acuerdo con eso. De manera que pensé que tenían a nuestra pandilla metida en un puño desde el primer momento. Pero el rey solo puso una cara triste y dijo:

—Señores, ojalá estuviera allí el dinero, porque de ningún modo quiero impedir que este desdichado asunto se investigue a fondo, públicamente y con justicia; pero, por desgracia, el dinero no está en casa. Pueden ir a verlo si quieren.

—¿Dónde está entonces?

—Cuando me lo entregó mi sobrina para que se lo guardase, lo tomé y lo escondí dentro del jergón de paja de mi cama, pues no me pareció necesario ingresarlo en el banco para los pocos días que íbamos a estar aquí. Consideraba que el jergón era sitio seguro, porque no estábamos acostumbrados a tratar con negros y les suponíamos tan honrados como los criados ingleses. Los negros lo robaron a la mañana siguiente en cuanto bajé del cuarto. Y cuando los vendí, aún no había echado en falta el dinero, de manera que escaparon con él. Mi criado, aquí presente, puede darles detalles, señores.

El doctor y varios otros dijeron: «¡Cuentos!», y vi que nadie le creía demasiado. Un hombre me preguntó si yo había visto a los negros robar el dinero. Yo dije que no, pero que les había visto salir sigilosamente del cuarto y marcharse aprisa, y que no se me ocurrió pensar mal, pues creí tan solo que tenían miedo de haber despertado a su amo y que intentaban marcharse antes de que les castigara. Eso fue cuanto me preguntaron. Entonces el médico se volvió bruscamente hacia mí y me preguntó:

—¿Eres tú también inglés?

Yo dije «sí» y él y algunos otros se echaron a reír y dijeron: «¡Y un cuerno!».

Bueno, pues luego empezaron la investigación general y allí la tuvimos, arriba y abajo, hora tras hora, y nadie decía una palabra de cenar ni parecía acordarse de eso; y continuaron y continuaron y era la cosa más complicada que se ha visto.

Le hicieron contar su versión al rey, y obligaron al anciano a contar la suya. Y cualquiera menos aquel atajo de imbéciles llenos de prejuicios hubiera visto que el anciano decía la verdad, mientras el otro ensartaba embustes. Por fin me llamaron para que contara todo lo que supiera. El rey me echó una mala mirada y yo tuve suficiente sentido común para hablar de modo que él no se enfadase.

Empecé a hablar de Sheffield y de cómo vivíamos allí, y de los Wilks ingleses, y todo eso; pero no había llegado muy lejos cuando el médico se echó a reír, y el abogado Levi Bell dijo:

—Siéntate, muchacho; yo, en tu lugar, no me esforzaría. Me parece que no estás acostumbrado a mentir, al menos no te sale con facilidad. Te falta práctica. Lo haces bastante mal.

Maldita la gracia que me hacía el requiebro, pero de todas formas me alegré de que me dejaran en paz.

El médico empezó a decir algo y se volvió y dijo:

—Si hubieras estado en la población desde un principio, Levi Bell…

El rey le interrumpió, alargó la mano y dijo:

—¡Hombre! ¿Es usted el viejo amigo del que tantas veces me ha escrito mi pobre difunto hermano?

El abogado y él se estrecharon la mano, y el abogado sonrió, y parecía contento, y charlaron un rato juntos, y después se hicieron a un lado y hablaron en voz baja. Y, por fin, el abogado habló y dijo:

—Así se arreglará todo. Tomaré yo la orden y la mandaré, junto con la de su hermano, y entonces sabrán que todo es como debe ser.

De modo que cogieron papel y pluma y el rey se sentó y ladeó la cabeza, y se mordió la lengua, y escribió algo. Y después le pasaron la pluma al duque; y entonces, por primera vez, el duque pareció no encontrarse bien. Pero tomó la pluma y escribió.

Después, el abogado se dirigió al anciano y dijo:

—Tengan la bondad de escribir unas líneas usted y su hermano y firmarlas.

El anciano escribió, pero nadie fue capaz de leer lo que había escrito. El abogado puso una cara de asombro y dijo:

—¡Córcholis! ¡Ahora sí que no lo entiendo!

Y se sacó un montón de cartas del bolsillo y las examinó, y después examinó la escritura del anciano, y aún volvió a mirar las cartas. Por último dijo:

—Estas cartas son de Harvey Wilks, y aquí están los papeles escritos de puño y letra por estos dos hombres y cualquiera puede ver que ellos no las escribieron. —El rey y el duque se quedaron con un palmo de narices, os lo puedo asegurar, al ver cómo los había engañado el abogado—. Y aquí tenemos la escritura de este anciano, y cualquiera puede ver sin dificultad que él no las escribió… Es más, los garabatos que él hace no son escritura propiamente dicha en realidad. Bueno, pues aquí hay unas cartas de…

El anciano dijo:

—Si usted hace el favor, permita que me explique. Nadie es capaz de entender mi letra como no sea mi hermano… de modo que él la copia. La que tienen ustedes ahí es la escritura de él, no la mía.

—¡Vaya! —exclamó el abogado—. ¡Esta sí que es buena! También tengo algunas cartas de William; de modo que, si le hace usted escribir un par de líneas para que podamos com…

—No puede escribir con la mano izquierda —dijo el anciano—. Si pudiera servirse de la mano derecha, usted comprobaría que escribe sus cartas y las mías también. Compárelas usted, haga el favor… son del mismo puño y letra.

El abogado lo hizo y dijo:

—Creo que es así… y, si no lo es, se parecen mucho más de lo que yo había notado antes. ¡Vaya, vaya, vaya! Creí que nos hallábamos sobre una buena pista que nos llevaría a una solución, pero nos ha salido el tiro por la culata, en parte. De todos modos, una cosa queda demostrada... Ninguno de estos dos es un Wilks.

Y señaló, con un movimiento de cabeza, al rey y al duque.

Bueno, ¿y qué os parece? ¡Ni aun entonces el testarudo del viejo quiso darse por vencido! Os aseguro que no. Dijo que no era una prueba justa y equitativa. Dijo que su hermano William era de lo más bromista del mundo y que no había intentado escribir. Él había visto enseguida que William iba a gastar una de sus bromas de costumbre en cuanto puso la pluma sobre el papel.

Y se calentó y siguió hablando y hablando hasta que él mismo empezó a creerse lo que estaba diciendo. Pero no tardó el anciano en interrumpirle y decir:

—Se me ha ocurrido una cosa: ¿hay alguien aquí que haya ayudado a preparar a mi her... haya ayudado a preparar al difunto Peter Wilks para el entierro?

—Sí —contestó alguien—, lo hicimos Ab Turner y yo. Los dos estamos aquí.

Entonces el anciano se volvió hacia el rey:

—¿Quizá podrá decirme este caballero lo que tenía tatuado en el pecho? —preguntó.

Maldito si no tenía que recobrarse el rey bien aprisa. De lo contrario se hubiese hundido como un farallón socavado por el río, tan de imprevisto le pilló. Y, la verdad, era como para hundir a cualquiera el recibir una impresión tan fuerte, así, sin previo aviso; porque, ¿cómo tenía que saber él lo que llevaba tatuado el hombre? Palideció un poco, no pudo remediarlo, y se hizo un silencio bastante grande, y todo el mundo se inclinaba hacia delante, mirándole.

Me dije: «Ahora se dará por vencido; es inútil ya». Bueno, ¿y lo hizo? Ha de costar creerlo, pero no lo hizo. Supongo que pensaría seguir adelante hasta cansar a esa gente para que fueran marchándose y el duque y él pudieran escabullirse y escapar. Sea lo que sea, continuó sentado y, al poco rato, empezó a sonreír y dijo:

—¡Hum! Sí que es fuerte la pregunta, ¿eh? Sí, señor; puedo decirle lo que llevaba tatuado en el pecho: solo era una flechita pequeña, delgada, azul… eso era. Y si no se miraba con atención, no se veía. Ahora, qué dice usted… ¿eh?

En mi vida he visto a nadie tan caradura como ese viejo.

El anciano se volvió bruscamente hacia Ab Turner y su compañero, con la cara radiante, como si esta vez creyese haber atrapado al rey. Dijo:

—Vaya, ya han oído ustedes lo que ha dicho. ¿Había esta señal en el pecho de Peter Wilks?

Los dos hablaron, diciendo:

—No vimos semejante señal.

—¡Muy bien! —dijo el anciano—. Lo que en su pecho vieron ustedes fue una P pequeña, débil, y una B (que es una inicial que dejó de usar cuando era joven), y una W, con guiones entre ellas, de esta manera: P-B-W. —Las marcó en un trozo de papel—. Vamos… ¿no fue eso lo que vieron?

Los dos hablaron otra vez, diciendo:

—No, señor. No vimos ninguna señal en absoluto.

Bueno, pues, ¡vaya estado de ánimo en que estaba todo el mundo ya! Y empezaron a decir:

—¡Todos son unos impostores! ¡Vamos a darles un baño! ¡Vamos a ahogarles! ¡Vamos a alquitranarles y sacarles montados en un raíl!

Y todo el mundo chillaba al mismo tiempo, y hubo una bronca imponente. Pero el abogado se subió de un salto a la mesa y gritó:

—¡Señores!… ¡Señores! ¡Escuchen una palabra!… ¡Una sola palabra… si hacen el favor! ¡Aún tenemos un medio!… ¡Vamos a desenterrar el cadáver y comprobémoslo!

Aquello les convenció.

—¡Hurra! —gritaron todos.

Y ya echaban a andar, pero el médico y el abogado dijeron:

—¡Un momento! ¡Un momento! ¡Agarrad a los cuatro hombres y al muchacho y que vengan ellos también!

—¡Lo haremos! —contestaron todos—. Y si no encontramos estos tatuajes, ¡lincharemos a toda la cuadrilla!

Ahora yo estaba asustado, creedme. Pero no había manera de escaparse. Nos agarraron a todos y nos obligaron a ponernos en marcha en derechura al camposanto, que estaba a milla y media río abajo. Y la población entera nos seguía, porque hacíamos bastante ruido y solo eran las nueve de la noche.

Cuando pasé por delante de nuestra casa, sentí haber mandado a Mary Jane fuera del pueblo, porque ahora si la hubiera podido avisar, habría salido a salvarme y delatado a nuestros desharrapados.

Bueno, pues seguimos por la carretera del río como un enjambre y armando el mismo ruido que si fuéramos gatos monteses. Y para que resultara más terrorífico, el cielo se estaba nublando y los relámpagos empezaban a titilar y revolotear, y el viento soplaba con bastante fuerza.

En mi vida me había encontrado en una situación tan terrible y peliaguda como aquella, y estaba aturdido. Todo estaba saliendo al revés de lo que yo había calculado. En lugar de tener las cosas arregladas de manera que pudiera tomarme el tiempo que quisiese, y ver toda la función, y tener a Mary Jane guardándome las espaldas para salvarme y ponerme en libertad cuando llegase el momento crítico, mira por dónde, no podían salvarme de una muerte violenta nada más que aquellos tatuajes. Si no los encontraban…

Se me hacía insoportable pensar en ello y, sin embargo, no podía pensar en otra cosa. Cada vez se fue haciendo más oscuro, y era un momento magnífico para dar esquinazo a la muchedumbre; pero aquel hombretón —Hines— me tenía agarrado por la muñeca y lo mismo hubiera sido querer escabullirse de Goliat. Me llevaba a rastras, de tan excitado como estaba, y no tenía más remedio que correr para seguirle.

Cuando llegaron, entraron en el cementerio como una turba, inundándolo como una oleada. Y cuando pararon ante la tumba, descubrieron que llevaban muchas más palas de las que necesitaban, pero que a nadie se le había ocurrido llevar una linterna.

A pesar de todo, se pusieron a cavar a la luz de los relámpagos y mandaron a un hombre a la casa más cercana —cosa de media milla para allá— a que pidiese una prestada.

De modo que cavaron y cavaron como demonios. Y cada vez estaba más oscuro, y empezó a llover, y el viento sopló con fuerza, y menudearon los relámpagos, y retumbó el trueno. Pero aquella gente ni siquiera se fijó en ello, tan enfrascados estaban en lo que hacían. Y tan pronto uno lo veía todo, y todas las caras, y las paladas de tierra que salían de la fosa, como quedaba todo borrado por la oscuridad y no se podía ver nada en absoluto.

Al fin sacaron el ataúd y empezaron a desatornillar la tapa y, después, ¡cómo se apiñaban, se abrían paso a codazos, se empujaban para situarse y echar una mirada! Y en la oscuridad, así, resultaba horrible. Hines me hizo mucho daño en la muñeca de tanto como tiró, de modo que supongo habría olvidado por completo que yo estaba en el mundo, tan excitado y jadeante estaba.

De pronto, los relámpagos descargaron una verdadera sábana de luz deslumbradora, y alguien gritó:

—¡Por los clavos de Cristo, si la bolsa de oro está encima de su pecho!

Hines lanzó un alarido, como todos los demás, y me soltó la muñeca, dio un empujón para abrirse paso y ver, ¡y hay que ver cómo salí yo de estampía por la carretera en la oscuridad!

Tenía la carretera para mí solo y más que correr volé, es decir, la tenía para mí solo, si no se cuenta la sólida oscuridad y los resplandores ocasionales, el zumbido de la lluvia, el ruido del viento, los chasquidos del trueno, ¡y como hay Dios que corrí!

Cuando llegué a la población, vi que debido a la tempestad no había nadie en las calles y no me entretuve en buscar callejuelas por donde meterme, sino que tiré adelante por la calle principal. Y cuando empecé a acercarme a casa, apunté la vista y la fijé. No había luz;

la casa estaba a oscuras, lo que me apenó y me dejó decepcionado, sin saber por qué. Pero por fin, en el preciso momento en que pasaba por delante de ella, ¡apareció la luz en la ventana de Mary Jane!, y el corazón se me hinchó de repente.

Un segundo después, la casa quedaba a mis espaldas, en la oscuridad, y Mary Jane no volvería a estar jamás delante de mí en este mundo. Era la mejor chica que he conocido y la que tenía más arrestos.

En cuanto estuve lo bastante por encima del pueblo para comprender que llegaría a la punta de estopa, empecé a mirar con atención buscando un bote para llevármelo prestado. Y tan pronto como los relámpagos me dejaron ver uno que no estaba sujeto con cadena, lo cogí y empujé. Era una canoa, y solo estaba amarrada con una cuerda.

La punta de estopa estaba la mar de lejos, allá en el centro del río; pero no perdí tiempo y, cuando por fin llegué a la balsa, estaba tan cansado que me habría dejado caer jadeando si hubiera podido permitirme semejante lujo. Pero no podía. Al saltar a bordo, grité:

—¡Sal de ahí, Jim, y suéltala! ¡Nos los hemos quitado de encima, gracias a Dios!

Jim salió corriendo hacia mí, con los brazos abiertos, de tanta alegría que tenía; pero cuando le vi al resplandor de los relámpagos, me dio un vuelco el corazón y me caí al agua de espaldas, porque me olvidé que era el rey Lear y un árabe ahogado todo en una pieza, y por poco se me salta el hígado y la hiel del cuerpo de tan despampanante como fue el susto que me llevé. Pero Jim me sacó del agua e iba a abrazarme y bendecirme y todo eso, de tan gozoso como estaba al verme de vuelta y saber que nos habíamos quitado de encima al rey y al duque, pero yo le dije:

—¡Ahora no! ¡Déjalo para el desayuno! ¡Déjalo para el desayuno! ¡Suelta amarras y a correr!

Y a los dos segundos empezamos a deslizarnos río abajo, ¡y lo bueno que era sentirse libres otra vez, y estar solos en el gran río sin

264

que nadie nos molestara! Tuve que saltar un poco, y brincar y chocar los talones unas cuantas veces: no pude remediarlo; pero, al tercer chasquido de talón contra talón, noté un ruido que conocía demasiado bien. Y contuve el aliento, y escuché, y esperé. Y, en efecto, cuando volvió a relampaguear sobre el agua, ¡ahí venían!, ¡dándole al remo y haciendo zumbar el esquife! Eran el rey y el duque.

Entonces me encogí, me dejé caer sobre la balsa y me di por vencido. Y trabajo me costó no romper a llorar.

XXX

EL ORO SALVA A LOS LADRONES

Tan pronto estuvieron a bordo, el rey la emprendió conmigo y me sacudió por el cuello y dijo:

—De modo que intentabas darnos esquinazo, ¿eh, perro? Estabas cansado de nuestra compañía, ¿eh?

Yo dije:

—No, majestad, no es verdad... por favor... majestad.

—Aprisa, pues, y dinos qué pretendías o te sacudo hasta vaciarte el cuerpo.

—Se lo contaré todo tal como ocurrió, majestad, palabra. El hombre que me tenía cogido de la mano fue muy bueno conmigo y no hacía más que decir que había tenido un hijo de mi edad y que se le había muerto el año pasado, y que sentía mucho ver a un muchacho en una situación tan apurada.

»Y cuando todos quedaron patitiesos al encontrar el oro, y se abalanzaron sobre el ataúd, me soltó, susurrando: "¡Sal pitando o te ahorcarán de seguro!". Y por eso salí de estampía. De nada parecía servir que me quedara yo... Yo no podía hacer nada y no quería que me ahorcasen si podía escaparme. De modo que no dejé de correr hasta encontrar la canoa.

»Cuando llegué aquí, le dije a Jim que se diera prisa, o me atraparían y me ahorcarían, y le dije que me temía que usted y el duque no estarían vivos ya, y lo sentía mucho. Y Jim también, y me alegré mucho cuando les vi venir; pueden preguntárselo a Jim si no me creen.

Jim dijo que así era en efecto, y el rey le mandó cerrar el pico.

—Sí, sí, ¡también lo creo! —dijo.

Y volvió a sacudirme, y dijo que le parecía que me ahogaría. Pero el duque dijo:

—¡Suelte al chico, so idiota! ¿Hubiera usted obrado de otro modo? ¿Preguntó usted por él cuando se escapó? Yo no recuerdo que lo haya hecho.

Y el rey me soltó, y empezó a maldecir al pueblo aquel y a todos sus habitantes. El duque dijo:

—Sería mil veces mejor que se maldijera a sí mismo, porque usted es el que más se lo merece. Desde el primer momento no ha hecho usted nada que tenga un adarme de sentido común, como no sea hablar, con tanta frescura y tranquilidad, de esa flecha azul imaginaria. Esa fue una idea luminosa... fue magnífica, y precisamente la que nos salvó. Porque, de no haber sido por eso, nos hubiesen metido en la cárcel hasta que llegara el equipaje de esos ingleses y, entonces... ¡a presidio sin remisión! Pero la treta les arrastró al cementerio y entonces el oro nos hizo un favor más grande aún; porque si aquellos badulaques no se hubieran excitado, no nos hubiesen soltado y no hubieran corrido a curiosear, esta noche habríamos dormido con corbata... corbatas de duración garantizada... corbatas que durarían más tiempo del que nosotros necesitáramos.

Callaron un rato, pensando. Después el rey dijo, como distraído:

—¡Hum! ¡Y creímos que los negros lo habían robado!

Eso sí que me hizo cosquillas.

—Sí —asintió el duque, muy despacio, muy deliberadamente y con sarcasmo—; esto es lo que nosotros creímos.

Al cabo de medio minuto, dijo el rey, arrastrando las sílabas:

—Yo sí, por lo menos.

El duque dijo, con el mismo tono:

—Al contrario… lo creí yo.

El rey pareció picarse y dijo:

—Oiga, Bilgewater, ¿a qué se refiere?

El duque dijo, bastante movido:

—Si a eso viene, tal vez me permitirá que le pregunte: ¿a qué se refería usted?

—¡Qué rayos! —dijo el rey, con mucho sarcasmo—. Pero… no sé… a lo mejor estaba usted dormido y no sabía lo que se hacía.

Ahora le tocó enfadarse al duque, de modo que dijo:

—Oh, basta ya de sandeces… ¿Me ha tomado usted por un tonto de remate? ¿Cree usted que yo ignoro quién escondió el dinero en el ataúd?

—¡No señor! Sé que usted no lo ignora… ¡porque lo hizo usted mismo!

—¡Eso es mentira! —gritó el duque.

Y se le echó encima.

El rey gritó:

—¡Suelte las manos!… ¡Déjeme la garganta!… ¡Retiro todo lo dicho!

El duque dijo:

—Antes ha de reconocer usted que sí que escondió el dinero allí, con la intención de dejarme plantado un buen día, volver, desenterrarlo y quedárselo todo.

—¡Espere! ¡Un momento, duque!… Contésteme a esta pregunta con entera franqueza. Si no escondió el dinero allí, dígalo y lo creeré, y retiraré todo lo dicho.

—¡So canalla! ¡No lo hice y bien sabe usted que no lo hice! ¡Vaya!

—Bueno, pues le creo. Pero contésteme a esta otra nada más… y no se ponga furioso. ¿No tenía usted la intención de birlar el dinero y esconderlo?

El duque se calló durante un rato, después dijo:

—Mire… me tiene sin cuidado si pensé hacer eso. Después de todo, no lo hice. Pero usted, no solo pensó hacerlo, sino que lo hizo.

—¡Así me muera si lo he hecho, duque, y esa es la pura verdad! No diré que no iba a hacerlo, porque tenía esa intención. Pero usted… quiero decir alguien me tomó la delantera.

—¡Eso es mentira! Lo hizo usted y tiene que decir que lo hizo o le…

El rey empezó a gorgotear y luego boqueó:

—¡Basta!… ¡Lo confieso!

¡Lo que me alegré al oírle decir eso! Me hizo sentir mucho más tranquilo de lo que había estado antes. Y el duque le soltó y dijo:

—Como usted vuelva a negarlo, le ahogo. Está muy bien que esté ahí sentado llorando como un crío… le cuadra muy bien después de su conducta. ¡En mi vida he visto avestruz semejante para querérselo tragar todo! ¡Y yo que confiaba en usted como si fuera mi propio padre! Vergüenza tendría que darle estar oyendo cómo les cargaban el mochuelo a unos pobres negros y no haber dicho ni una sola palabra en su defensa. Me siento más que ridículo al pensar que fui lo bastante estúpido para creerme esas majaderías. ¡Maldita sea su estampa! ¡Ahora comprendo por qué tenía tantas ganas de completar lo que faltaba! ¡Quería recoger el dinero que había sacado yo del Nohaytal y de una y otra cosa y largarse con todo!

El rey dijo con timidez, y con voz lacrimosa aún:

—Pero duque, ¡si fue usted el que propuso completar la cantidad y no yo!

—¡Cierre esa boca! ¡No quiero volver a oírle chistar! Y ahora, ya ve lo que ha sacado en limpio. Han recobrado todo su dinero y todo el nuestro, quitando un centavo o dos, además. ¡Largo a la cama! ¡Y a mí, no me deficita usted más déficit mientras viva!

Y entonces el rey se coló en el cobertizo y le dio un tiento a la botella para consolarse. Y, antes de mucho, el duque le metió mano a su frasco. De modo que, al cabo de media hora, volvían a ser los más amigos del mundo y, cada vez que estaban más borrachos, se volvían más cariñosos, y se echaron a roncar el uno en los brazos del otro.

Los dos se pusieron la mar de melosos y borrachos como no se puede decir, pero observé que el rey nunca se emborrachó lo bastante para olvidarse de recordar que no debía volver a negar haber escondido la bolsa de oro. Eso me tranquilizó y satisfizo. Cuando se echaron a roncar, claro está, Jim y yo sostuvimos una larga conversación y se lo conté todo.

XXXI

UNO NO PUEDE REZAR UNA MENTIRA

Durante días y más días no nos atrevimos a detenernos en una población. Seguimos navegando río abajo. Ahora estábamos en pleno Sur, el tiempo era cálido y estábamos muy lejos de casa. Empezaron a aparecer árboles cubiertos de musgo de Florida, que colgaba de las ramas como unas barbas grises. Era la primera vez que lo veía crecer y daba a los bosques un aspecto solemne y lúgubre. Y ahora los embaucadores se creyeron fuera de peligro y otra vez se pusieron a trabajar los pueblos.

Empezaron con una conferencia sobre la templanza, pero no sacaron lo bastante para emborracharse los dos. Después, en otro pueblo, inauguraron una academia de baile, pero sabían tanto de baile como un canguro; de modo que, a la primera danza, el público se les echó encima y los sacó bailando de la población.

Otra vez probaron suerte con la declamación, pero no llevaban mucho rato declamando cuando la gente se levantó, les colmó de denuestos y les obligó a salir corriendo del pueblo. Probaron de «misionear», y mesmerizar, y hacer de médicos, y a decir la buenaventura, y un poco de todo; pero parecía que tenían la suerte de espaldas.

De modo que, por fin, se quedaron poco menos que arruinados y permanecieron tumbados en la almadía, mientras esta navegaba, pensando y pensando, sin decir una palabra, la mar de desanimados y desesperados.

Por último, cambiaron de táctica. Empezaron a reunirse en el cobertizo, y a charlar confidencialmente dos o tres horas seguidas. Jim y yo nos intranquilizamos. No nos gustaba nada el cariz que tomaban las cosas. Pensábamos que estaban ideando alguna diablura peor que todas las anteriores.

Nos calentamos los cascos y, por fin, decidimos que se trataría de asaltar alguna casa o tienda, o que se iban a dedicar a la fabricación de moneda falsa o algo así. Entonces nos asustamos bastante y acordamos que nosotros no tendríamos nada que ver con tales actos y que, a la primera ocasión que se nos presentase, nos los sacudiríamos de encima y nos largaríamos, dejándolos atrás.

Bueno, pues una mañana temprano escondimos la balsa en sitio seguro cosa de dos millas más abajo de un pueblo de mala muerte llamado Pikesville, y el rey desembarcó y nos dijo a todos que nos quedáramos escondidos mientras él se acercaba a echar un vistazo al pueblo y ver de enterarse si por allí aún había alguien que supiera algo del Real Nohaytal. («Lo que tú vas a ver es si hay alguna cosa para robar —me dije para mis adentros—, y cuando la hayas saqueado, volverás aquí y te preguntarás qué ha sido de mí, y de Jim y de la balsa… y tendrás que consolarte haciéndote preguntas.») Y dijo que, si no estaba de vuelta al mediodía, el duque y yo sabríamos que no había moros en la costa y que desembarcáramos y fuéramos a la población.

De modo que nos quedamos donde estábamos. El duque se puso a pasear de un lado a otro de la balsa, sudando y consumiéndose de impaciencia. Nos regañaba por todo y parecía que no había manera de que hiciéramos nada bien para él. Le sacaba defectos a la cosa más pequeña. Sin duda, se estaba tramando algo. Me alegré mucho cuando llegó el mediodía sin que se hubiera presentado el rey.

Por lo menos, cambiaríamos de ambiente, y tal vez se nos presentara una ocasión de hacer definitivo el cambio, por añadidura. Así el duque y yo nos fuimos al pueblo y empezamos a buscar al rey. Y acabamos por encontrarle en la trastienda de una tabernucha, muy borracho. Una serie de vagos se distraían gastándole bromas y él juraba y amenazaba con toda su alma, pero estaba tan bebido que no podía andar y no les podía hacer nada.

El duque empezó a insultarle por estúpido y el rey se puso a contestarle. En cuanto vi que se enzarzaban de lleno, sacudí las piernas y salí corriendo por el camino del río, como un gamo, porque comprendí que se nos había presentado la ocasión que habíamos estado esperando tanto. Decidí que pasaría mucho tiempo antes de que volvieran a vernos a mí y a Jim. Llegué allá sin aliento, pero lleno de alegría y grité:

—¡Suelta las amarras, Jim! ¡Ahora estamos bien!

Pero no hubo respuesta y nadie salió del cobertizo. ¡Jim había desaparecido! Di un grito, y después otro. Y corrí de un lado para otro del bosque, dando alaridos y aullando, pero fue inútil: Jim había desaparecido. Entonces me senté y me eché a llorar. No pude remediarlo. Sin embargo, no pude estarme quieto mucho rato. No tardé en echarme a andar por la carretera, intentando pensar qué era lo mejor que podía hacer, y me encontré con un muchacho y le pregunté si había visto a un negro extraño, vestido de tal y tal manera. Él dijo:

—Sí.

—¿Dónde?

—En casa de Silas Phelps, dos millas más abajo de aquí. Es un negro fugitivo y le han pescado. ¿Le estabas buscando?

—¡Quiá! Me tropecé con él en el bosque hace una hora o dos, y me dijo que si gritaba me arrancaría el hígado… Y me dijo que me echara y no me moviese de donde estaba, y yo lo hice. He estado allí desde entonces. Tenía miedo de salir.

—Bueno, pues ya no tienes por qué tener miedo, porque le han cogido. Se escapó del Sur, de no sé dónde.

—Menos mal que le han cogido.

—Ya lo creo. Dan doscientos dólares de recompensa por él. Es como recoger dinero del suelo.

—Sí que lo es… y yo me lo hubiera podido ganar si hubiese sido lo bastante grande. Yo le vi primero. ¿Quién le cogió?

—Fue un viejo… un forastero… y vendió sus derechos por cuarenta dólares, porque tiene que marchar río arriba y no puede esperar. ¡Imagínate! Te aseguro que yo hubiese esperado, aunque fueran siete años.

—Igual que yo —dije—. Pero quizá sus derechos no valgan más cuando los ha cedido tan baratos. A lo mejor no es eso lo que parece.

—Sí que lo es… Es pura verdad. He visto el anuncio con mis propios ojos. Habla de él; es él, clavado. Le pinta como un cuadro y dice la plantación de la que se ha escapado, más abajo de Nueva Orleans. No, amigo, ese negocio no tiene quiebras, ya puedes apostar lo que quieras. Oye, dame un cacho de tabaco, ¿quieres?

Yo no tenía tabaco, de modo que se fue. Me volví a la balsa y me senté en el cobertizo a pensar. Pero no llegué a ninguna parte. Pensé hasta tener dolor de cabeza, pero no vi manera de salir del atolladero. Después de un viaje tan largo, después de todo lo que habíamos hecho por aquellos canallas, todo quedaba reducido a la nada, todo se había hecho polvo, todo se había echado a perder porque habían tenido el coraje de hacerle a Jim una jugarreta semejante y convertirle otra vez en esclavo para toda su vida, y entre extraños, además, por cuarenta cochinos dólares.

Una vez me dije que sería mil veces mejor que Jim fuera esclavo en casa, donde estaba su familia, si es que tenía que ser esclavo. Pues me pareció que sería lo mejor escribirle una carta a Tom Sawyer y pedirle que le dijese a la señorita Watson dónde estaba. Pero no tardé en abandonar la idea por dos razones: estaría furiosa y disgustada por su granujería y por su desagradecimiento al dejarla. De modo que volvería a venderle río abajo otra vez. Y si no lo hacía, todo el mundo desprecia a un negro desagradecido y no se lo dejarían olvidar ni un momento y Jim se sentiría despreciable y deshonrado.

Y después, ¡fijaos en mí! Correría la noticia de que Huck Finn había ayudado a escapar a un negro y, si volviera a ver a alguien de la población otra vez, estaría dispuesto a arrodillarme y lamerle las botas de tan avergonzado. Siempre ocurre lo mismo: una persona obra mal y después no quiere pagar las consecuencias de sus actos. Cree que, mientras pueda ocultarlo, no es deshonra. Eso me ocurría a mí, exactamente.

Cuanto más reflexionaba, más me remordía la conciencia y más malo, más despreciable y más ruin me sentía. Y, por fin, cuando se me ocurrió, de repente, que la mano de la providencia me estaba abofeteando la cara, haciéndome comprender que mi maldad había sido observada desde allí arriba, desde el cielo, mientras le robaba el negro a una pobre vieja que jamás había hecho daño alguno, y me estaba enseñando ahora que hay Uno que siempre vigila y no permite que semejantes actos de maldad pasen más allá de cierto punto, casi me caí al suelo, de lo mucho que me asusté.

Bueno, pues intenté atenuar la cosa lo mejor que pude, para satisfacción mía, diciéndome que me había criado malo y que, por consiguiente, no era tan grande mi culpa. Pero algo, dentro de mí, no hacía más que decir: «Había Escuela Dominical; pudiste asistir a ella. Y si lo hubieses hecho, te habrían enseñado allí que la gente que obra como tú has obrado por lo que toca al negro, se condena eternamente».

Me hizo temblar. Y decidí rezar y ver si podía dejar de ser la clase de chico que era y hacerme mejor. De modo que me arrodillé. Pero no me salían las palabras. ¿Por qué? Era inútil intentar escondérselo a Él, ni escondérmelo a mí mismo tampoco. Demasiado sabía yo por qué no me salían las palabras. Era porque mi corazón tenía sentimientos malos, era porque no obraba con lealtad, era porque obraba con doblez.

Yo estaba fingiendo que renunciaba al pecado; pero, allá, en el fondo, tenía aferrado el más grande de todos. Intentaba hacerle decir a mi boca que haría lo que era debido, que haría lo justo, que escribiría a la dueña del negro y le diría dónde estaba; pero, para mis adentros, yo sabía que eso era mentira, y también lo sabía Él. Uno no puede rezar una mentira, eso lo descubrí yo.

Estaba, pues, en un apuro, apurado a más no poder; y no sabía qué hacer. Por fin se me ocurrió una idea. Y dije: escribiré la carta, y entonces veré si puedo rezar. Fue asombroso; inmediatamente me sentí ligero como una pluma y todos mis apuros desaparecieron. Así es que cogí un lápiz y un trozo de papel, contento y excitado, y me senté y escribí:

> Señorita Watson: Jim, su negro fugitivo, está aquí, dos millas más abajo de Pikesville, y lo tiene el señor Phelps, y se lo entregará a cambio de la recompensa si la manda usted aquí.
>
> *Huck Finn*

Me sentí bueno y limpio de pecado por primera vez en mi vida y comprendí que ahora podía rezar. Pero no lo hice enseguida, sino que solté el papel y me quedé sentado, pensando en lo afortunado que era que todo hubiese sucedido así, y cuán cerca había estado de perderme e ir al infierno. Y seguí pensando. Y me puse a pensar en nuestro viaje por el río. Y vi a Jim delante de mí, continuamente, de día y de noche, a veces a la luz de la luna, a veces en plena tempestad, flotando delante, hablando y cantando, y riendo.

Pero no sé por qué no pude encontrar nada que me endureciera el corazón contra él, sino todo lo contrario. Le había visto hacer mi guardia después de la suya, en vez de despertarme, para que yo pudiera seguir durmiendo. Vi lo contento que se puso cuando regresé saliendo de la niebla; y cuando fui hasta él otra vez en el pantano, allá donde hacían la *vendetta*, y en otras ocasiones parecidas.

Y siempre me llamaba «querido», y me mimaba, y hacía todo lo que se le ocurría por mí, y pensé en lo bueno que siempre era. Y por último, pasando revista, llegué al momento en que le había salvado cuando les dije a los hombres aquellos que teníamos la viruela a bordo, y él dio tantas muestras de agradecimiento, y dijo que yo era el mejor amigo que Jim había tenido jamás, y el único que tenía ahora. Y entonces levanté la cabeza y vi la carta.

Estaba cerca. La cogí y la levanté en la mano. Yo temblaba porque tenía que decidirme, de una vez para siempre, entre dos cosas, y lo sabía. Pensé unos instantes, conteniendo el aliento, y después me dije:

—Bueno, pues iré al infierno entonces.

Y rompí la carta.

Eran pensamientos terribles y palabras terribles, pero estaban dichas. Y dejé que quedasen dichas. Y no pensé más en reformarme. Desterré todo el asunto de mi cabeza, y dije que me dedicaría otra vez a la maldad, que era lo que me correspondía, puesto que en ella me había criado, mientras que lo otro no era mi camino. Y para empezar, robaría a Jim y le sacaría de la esclavitud otra vez. Y si se me ocurría algo peor, lo haría también; porque ya que no iba a pararme en barras para siempre, preso por uno, preso por mil.

Después me puse a pensar cómo me las arreglaría, y examiné, mentalmente, un sinfín de medios. Y por último di con un plan que me iba bien. Entonces calculé la situación de una isla cubierta de bosques que estaba un poco más abajo y, en cuanto se hizo bastante oscuro, salí con mi balsa, me dirigí a la isla, escondí la almadía y me acosté.

Pasé de un sueño toda la noche y me levanté cuando aún no había amanecido, desayuné, me puse la ropa nueva, hice un hatillo con ropa y alguna otra cosilla, tomé la canoa y me dirigí a la ribera. Desembarqué más abajo de donde yo calculaba que estaría la casa de Phelps y escondí el lío en el bosque. Después llené la canoa de agua, la cargué de piedras y la hundí donde pudiera encontrarla, por si volvía a necesitarla, como un cuarto de milla más abajo de un aserradero que había en la ribera junto a un arroyo.

Después seguí por la carretera y, al pasar delante del aserradero, vi un cartelón que decía: «Aserradero de Phelps». Cuando llegué a las granjas, dos o trescientos metros más allá, agucé la vista, pero no vi a nadie por los alrededores, aunque ya era de día. Pero no me importaba explorar el terreno.

Según mis planes, tenía que presentarme allí viniendo del pueblo, y no desde abajo. Me limité a echar una mirada y después me encaminé derecho a la población. Bueno, pues la primera persona que me encontré al llegar allí fue al duque. Estaba pegando un cartel anunciando el Real Nohaytal, para tres noches, como aquella otra vez. ¡Cuidado que tenían cara dura aquellos trapisondistas! Me encontré encima de él antes de que pudiera ocurrírseme esquivarle. Él pareció asombrado y dijo:

—¡Hola! ¿De dónde sales tú? —Y agregó, con cierta alegría y apresuramiento—: ¿Dónde está la balsa?… ¿La tienes en buen sitio?

Yo dije:

—Pero… ¡si eso era lo que yo quería preguntarle a Su Alteza!

Entonces se calmó un poco su alegría, y dijo:

—¿Por qué se te ha ocurrido preguntármelo a mí?

—Pues verá… Cuando ayer vi al rey en aquella tabernucha, me dije: hay para rato antes de que nos lo podamos llevar a bordo, cuando se le haya pasado un poco la borrachera. De modo que me puse a vagar por la población para matar el tiempo y esperar. Un hombre me ofreció diez centavos por ayudarle a remar en un bote hasta el otro lado del río y volver con una oveja, y fui. Pero, cuando la arrastrábamos hacia el bote, el hombre me dijo que tirara de la cuerda y, mientras, él empujaba al bicho por detrás, pero era demasiado fuerte para mí, de modo que se soltó, y echó a correr, y nosotros detrás de ella.

»Nos faltaba un perro y por eso tuvimos que perseguirla los dos hasta cansarla. No pudimos cogerla hasta el anochecer, y entonces cruzamos el río. Y yo me dirigí a la balsa. Cuando llegué allí y vi que no estaba, me dije: "Habrán sufrido un fiasco y habrán tenido que huir. Y se han llevado a mi negro, que es el único negro que tengo en el mundo. Y ahora me encuentro en un país extraño, y no tengo bienes ya, ni nada, ni manera de ganarme la vida".Y me senté y rompí a llorar. Dormí en el bosque toda la noche. Pero ¿qué fue de la balsa entonces?... Y Jim... ¡Pobre Jim!

—Maldito si lo sé yo... lo que ha sido de la balsa, quiero decir. Ese viejo carcamal había hecho un trato y conseguido cuarenta dólares y, cuando le encontramos en la tabernucha, los vagos habían estado jugándose el dinero con él, y se lo habían desplumado todo menos lo que había gastado en whisky. Y cuando anoche pude llevármelo y nos encontramos con que la balsa había desaparecido, dijimos: «Ese granuja se nos ha quedado con la almadía dejándonos plantados y se ha largado río abajo».

—¿Cree usted que iba yo a dejar plantado a mi negro... al único negro que tenía en el mundo y mi única posesión?

—No se nos ocurrió pensar en eso. La verdad es que me parece que habíamos llegado a considerarle negro nuestro. Sí, eso le considerábamos... Bien sabe Dios las fatigas que nos había hecho pasar. De modo que al ver que la balsa había desaparecido, y que estábamos completamente arruinados, no nos quedó más recurso que pensar en dar otro golpe de Real Nohaytal. Y he tirado desde entonces más seco que una esponja. ¿Dónde están esos diez centavos? Dámelos.

Me sobraba el dinero, de modo que le di los diez centavos, pero le rogué que los gastara en algo de comida y que me diese parte, porque ese era todo mi capital y no había comido nada desde el día anterior. No dijo una palabra. Un momento después, se volvió bruscamente hacia mí y dijo:

—¿Crees tú que ese negro sería capaz de delatarnos? ¡Como lo haga, le desollamos vivo!

—¿Cómo va a poder delatarles? ¿No se ha escapado?

—¡No! El viejo chocho lo vendió, y no me dio un centavo, y se ha gastado el dinero.

—¿Venderle? —exclamé yo. Y me puse a llorar—. Pero ¡si era mi negro y el dinero era mío! ¿Dónde está? ¡Quiero mi negro!

—Oye…

No acabó la frase, pero nunca vi al duque mirar de una manera tan siniestra. Seguí lloriqueando y dije:

—Yo no quiero delatar a nadie, y no tengo tiempo para andar con soplos, de todas formas. He de ponerme inmediatamente a buscar a mi negro.

Pareció algo preocupado y se quedó pensando, con los carteles que le revoloteaban sobre el brazo, frunciendo el entrecejo. Por fin dijo:

—Te diré una cosa: aquí tenemos que pasar tres días. Si me prometes no dar el soplo e impedir que el negro cante, te diré dónde encontrarle.

De modo que se lo prometí y él me dijo:

—Un granjero llamado Silas Ph…

Y calló. Había empezado diciendo la verdad, pero cuando se interrumpió así y empezó a pensar otra vez, comprendí que estaba cambiando de parecer. Y así era. No se fiaba de mí. Quería asegurarse de que me quitaba de delante durante tres días enteros. Y al poco rato dijo:

—El hombre que le compró se llama Abram Foster… Abram G. Foster… y vive cuarenta millas tierra adentro, en la carretera de Lafayette.

—Está bien —dije—. En tres días puedo recorrer esa distancia a pie. Y me pondré en marcha esta tarde.

—¡Quita!, te pondrás en marcha ahora mismo. Y sin perder tiempo ni irte de la lengua por el camino. Conserva cerrado el pico y sigue adelante y no te meterás en ningún lío con nosotros. ¿Has oído?

Era lo que precisamente quería yo que me dijese y era lo que había estado intentando hacerle decir. Quería estar libre para poner en práctica mi plan.

—De modo que ya te estás largando —dijo—, y puedes decirle al señor Foster lo que te dé la gana. A lo mejor puedes hacerle creer que Jim es tu negro… hay majaderos que no piden documentos… por lo menos he oído decir que en el Sur hay gente así. Y cuando le digas que el cartelillo y la recompensa son falsos, quizá te crea cuando le expliques el motivo de que lo imprimiéramos. Vete ya, y dile lo que te venga en gana; pero ten mucho cuidado en mantener la boca cerrada entre aquí y allí.

De modo que le dejé y empecé a andar tierra adentro. No volví la cabeza, pero adivinaba que me estaba observando. Sabía, sin embargo, que a eso le cansaba y le ganaba yo. Caminé tierra adentro tanto como una milla sin detenerme. Después retrocedí a través del bosque hacia casa de Phelps. Pensé que lo mejor sería poner en marcha mi plan inmediatamente, sin pérdida de tiempo, porque quería taparle la boca a Jim hasta que aquellos hombres pudieran escaparse. No quería líos con los de su calaña. Había visto cuanto había que ver de ellos y deseaba verme libre de ellos definitivamente.

XXXII

ME DAN UN NOMBRE NUEVO

Al llegar allí todo era silencio, como si estuviéramos en domingo, y cálido y soleado. Los trabajadores se habían marchado al campo. Y se oía una especie de débil bordoneo de insectos y moscas que produce tanta sensación de soledad y hace parecer que todo el mundo se hubiera muerto y desaparecido. Y si sopla una brisa y hace temblar las hojas le hace sentirse triste a uno, porque le parece que son espíritus que susurran, espíritus que llevan muertos desde muchos años, y uno siempre se figura que están hablando de él. Por regla general, uno siente ganas de estar muerto también y haber acabado con todo de una vez.

La plantación de Phelps era una de esas pequeñas plantaciones de algodón que tienen todas el mismo aspecto. Una valla de raíles que rodea un patio de menos de una hectárea; una serie de rollizos aserrados y puestos en pie, en escalones, como barriles de diferente tamaño, para poder escalar la valla y para que las mujeres puedan empinarse para poder saltar a lomos del caballo; unos cuantos pegotes de hierba enfermiza en el gran patio, que, en general, estaba desnudo y liso como un sombrero viejo al que se le ha desgastado la pelusa; una casa doble, grande, de rollizos para los blancos; rollizos hendidos, con las rendijas taponadas con barro o argamasa y los pegotes de barro con muestras de haber sido encaladas de vez en cuando. Cocina de rollizos redondos, con un gran pasillo ancho, abierto pero con techo, que la ponía en comunicación con la casa; ahumadero de rollizos detrás de la cocina; tres cabañitas de rollizos para los negros, en una hilera, al otro lado del ahumadero; una chocita, completamente aislada, allá contra la valla de atrás, y algunas dependencias a cierta distancia al otro lado; tolva para cenizas y un gran brasero para hacer jabón, junto a la choza pequeña.

Junto a la puerta de la cocina, un banco con un cubo de agua y una calabaza vinatera; allí, un perro dormido al sol; más perros dormidos por todas partes; unos cuantos árboles de mucha copa allá en un rincón; unos groselleros y arbustos de uva crespa en un sitio junto a la valla; fuera de la valla, un jardín y un melonar; después vienen los algodonales; y después de los campos, el bosque.

Di la vuelta y subí por los rollizos junto a la tolva, y tiré hacia la cocina. Casi enseguida oí el zumbido de un torno de hilar, como un gemido que iba creciendo para después volver a disminuir. Y entonces supe con toda seguridad que hubiera querido estar muerto, porque ese sí que es el sonido más triste del mundo y que da más fuerte la sensación de soledad.

Seguí adelante, sin tener ningún plan, confiado en que la providencia pondría en mi boca las palabras que fueran del caso cuando llegara el momento, porque había observado que la providencia siempre me inspiraba las palabras adecuadas si la dejaba obrar por su cuenta.

Cuando ya estaba a mitad del camino, se levantó un perro primero, y después otro, y arremetieron contra mí, y, claro está, yo me paré en seco, me volví de cara a ellos y me estuve quieto. ¡Y la bulla que armaron! Aún no hacía un cuarto de minuto que ya parecía yo el cubo de una rueda, como quien dice, con los radios hechos de perros, un círculo de quince de ellos, a mi alrededor, con el cuello alargado y el hocico dirigido hacia mí, ladrando y aullando. Y aún venían más. Se les veía saltar la valla por todas partes y aparecer por todos lados.

De la cocina salió corriendo una negra con un rodillo de pastelero en la mano, gritando:

—¡Fuera! ¡Tú, *Rige*! ¡Tú, *Spot*! ¡Fuera de aquí!

Y le largó un golpe de rodillo a uno, y después a otro, haciéndolos huir aullando lastimeramente, y los demás les siguieron. Y un segundo después la mitad de ellos volvían meneando la cola y haciéndose amigos míos. Un perro no tiene nada de malo.

Y detrás de la mujer vino una negrita, y después dos negritos, sin más que una camisa de estopa, y se colgaron del vestido de su madre, y me miraban por detrás de ella, con timidez, como hacen siempre. Y de pronto apareció la mujer blanca de la casa, corriendo, con la rueca en la mano. Tendría cuarenta y cinco o cincuenta años de edad y llevaba la cabeza descubierta. Y detrás de ella salieron unos niños blancos, haciendo exactamente lo mismo que los negritos. La mujer me miró, muy sonriente, y dijo:

—¡Al fin eres tú!… ¿Verdad?

Dije: «Sí, señora» antes de saber lo que me decía.

Me cogió y me abrazó con fuerza, y después me cogió las dos manos y me las estrechó y se le saltaron las lágrimas, y le resbalaron por las mejillas, y parecía que no iba a cansarse nunca de estrecharme la mano y abrazarme, y no hacía más que decir:

—No te pareces tanto a tu madre como yo esperaba; pero ¡qué cielos! Poco importa eso con lo que me alegro de verte. ¡Vaya, vaya! ¡Sería capaz de comerte a besos! ¡Niños! ¡Es Tom, vuestro primo! ¡Preguntadle cómo está!

Pero los niños agacharon la cabeza y, metiéndose los dedos en la boca, se escondieron detrás de ella. De modo que mi tía continuó diciendo:

—Elizabeth, date prisa y prepárale un desayuno caliente enseguida… ¿Has desayunado en el barco?

Le dije que había desayunado en el barco. De modo que entonces se puso a andar hacia la casa, llevándome de la mano, y seguida de los críos. Cuando llegamos allí, me hizo sentar en una silla y ella se dejó caer en un pequeño taburete delante de mí, tomándome las dos manos y diciendo:

—Ahora puedo darte una buena mirada. Bien sabe Dios que he sentido ganas de verte muchas veces durante estos largos años, y por fin se ha cumplido mi deseo. Te esperábamos hace un par de días o más. ¿Cómo te has retrasado?... ¿Encalló el barco?

—Sí señora; se...

—No digas sí, señora... Di tía Sally. ¿Dónde encalló?

Pues no sabía qué decir precisamente, porque ignoraba si el barco tenía que ir río arriba o río abajo. Pero yo me dejo guiar mucho por el instinto, y mi instinto me decía que el barco aquel había de subir por el río, de allá, de Orleans. Sin embargo, eso no me servía de gran cosa, porque no conocía los nombres de las barras de por allí. Comprendí que no tendría más remedio que inventar una u olvidar el nombre de la barra en que habíamos encallado, o... Se me ocurrió una idea y la pesqué al vuelo.

—No fue el encallar: eso solo nos retrasó un poco. Es que se reventó un cilindro.

—¡Dios Santo! ¿Se hizo daño alguien?

—No, señora. Solo mató a un negro.

—Pues tuvisteis suerte, porque a veces sale alguien herido. La Nochebuena pasada hizo dos años que tu tío Silas subía de Nueva Orleans en el *Lally Rook* y se reventó un cilindro y dejó a un hombre lisiado. Y me parece que murió. Era bautista. Tu tío Silas conocía a una familia de Baton Rouge que conocía muy bien a la familia de la víctima. Sí, ahora recuerdo que sí murió. Tuvo gangrena y le amputaron, pero eso no le salvó. Sí, fue una gangrena... eso es. Se puso azul de pies a cabeza, y murió con la esperanza de una resurrección gloriosa. Dicen que daba miedo verle. Tu tío ha ido al pueblo a buscarte todos los días. Y hoy ha vuelto a ir, no hace más de una hora. Ahora estará a punto de llegar. Tienes que haberte cruzado con él en el camino, ¿no?... Un hombre más bien viejo, con un...

—No, no me crucé con nadie, tía Sally. El barco atracó a punta de día y dejé mi equipaje en el bote del muelle y me fui a dar una vuelta por el pueblo, y hasta un poco por el campo para ganar tiempo y no llegar aquí demasiado temprano. De modo que he venido por la parte de atrás.

—¿A quién le diste tu equipaje?

—A nadie.

—¡Pero, criatura! ¡Te lo robarán!

—No donde yo lo he escondido.

—¿Cómo lograste que te dieran el desayuno tan temprano en el barco?

Empezaba a patinar sobre hielo un poco fino, pero dije:

—El capitán me vio rondando por allí y me dijo que mejor sería que comiese algo antes de desembarcar. De modo que me llevó a la cámara, a la mesa de oficiales, y me dio todo lo que quise.

Me estaba entrando tanta intranquilidad que no podía escuchar bien. Todo el rato pensaba en los críos aquellos. Quería cogerlos por mi cuenta y hacerles desembuchar y saber quién era yo. Pero no hubo manera. La señora Phelps siguió hablando a gran velocidad. Al poco rato me hizo sentir escalofríos porque dijo:

—Pero no hago más que hablar y aún no me has dicho nada de mi hermana ni de ninguno de ellos. Ahora dejaré descansar mi lengua un rato y ya puedes empezar tú a usar la tuya. Cuéntamelo todo… Háblame de todos ellos… de todos sin excepción. Dime cómo están, y qué hacen, y qué te dijeron que me dijeras, y todo, absolutamente todo lo que se te ocurra.

Bueno, comprendí que estaba metido en un atolladero, y metido hasta las orejas. Hasta ahí, la providencia me había ido de primera, pero ahora sí que había encallado. Me daba cuenta de que era del todo inútil intentar seguir adelante; tenía que darme por vencido. De modo que me dije: esta es otra ocasión en que debo arriesgarme a decir la verdad. Abrí la boca para empezar, pero ella me cogió y me metió detrás de la cama, y dijo:

—¡Ahí viene! Esconde más la cabeza… Así. Ahora ya no se te ve. Que no vea que estás aquí. Voy a gastarle una broma. Niños, cuidado con decir una palabra.

Vi que estaba en un mal paso. Pero era inútil preocuparse, no podía hacer más que estar quieto y procurar estar preparado para quitarme de en medio en cuanto descargase el rayo.

Solo vi al anciano un momento cuando entró, después le ocultó la cama. La señora Phelps corrió hacia él, y le dijo:

—¿Ha venido?

—No —contestó el marido.

—¡Cielo santo! ¿Qué puede haberle ocurrido?

—No tengo la menor idea y confieso que empiezo a sentirme muy preocupado.

—¡Preocupado! —exclamó ella—. ¡Si estoy a punto de volverme loca! Tiene que haber venido, y tú te habrás cruzado con él por el camino. Sé que es así… Algo me lo dice.

—Pero, Sally, ¡si es imposible que me cruzara con él por el camino y no lo viese! Eso lo sabes tú tan bien como yo.

—¡Ay, señor! ¡Ay, señor! ¿Qué dirá mi hermana? ¡Tiene que haber venido! Tienes que haberte cruzado con él por el camino. El…

—¡Oh! No me des más preocupaciones de las que tengo. No sé qué demonios creer. Estoy en las últimas y no tengo inconveniente en reconocerlo; de verdad que estoy asustado. ¡Pero no hay esperanza de que haya llegado! Porque no puede haber llegado sin que yo le haya visto. Sally, es terrible… terrible de verdad… ¡Sin duda que al barco le habrá ocurrido algo!

—¡Caramba, Silas! ¡Mira allá!… ¡Carretera arriba!… ¿No viene alguien por ahí?

El hombre corrió hacia la ventana que estaba a la cabecera de la cama y aquello concedió a la señora Phelps la oportunidad que buscaba. Se inclinó de repente hacia el pie de la cama y me sacó de un tirón. Y cuando él se apartó de la ventana, ahí estaba ella, sonriente, con la cara iluminada como una casa en llamas, y yo de pie a su lado, bastante sumiso y sudoroso. El anciano se quedó mirándome con un palmo de boca abierta, y dijo:

—Pero ¿quién es ese?

—¿Quién crees tú que es?

—No tengo ni idea. ¿Quién es?

—¡Tom Sawyer!

¡Recanastos! ¡Por poco me hundo en el suelo! Pero no tuve tiempo. El anciano me cogió la mano y me la estrechó. Y entretanto, ¡cómo danzaba la mujer alrededor de nosotros, y reía, y lloraba! Y después, ¡cómo me asaetearon los dos a preguntas acerca de Sid y de Mary y del resto de la familia!

Pero si ellos bailaban de alegría, no era nada comparada con la que me iba por dentro. Porque me sentía como si hubiese vuelto a nacer, tan grande fue mi alivio al saber quién era. Bueno, pues se me engancharon dos horas seguidas y, por último, cuando tenía tan cansada la mandíbula que apenas podía moverla ya, les había contado más cosas de mi familia —la de Sawyer, quiero decir— de las que habrían ocurrido jamás a seis familias Sawyer juntas.

Y les conté cómo se había reventado el cilindro en la desembocadura del río Blanco y que les llevó tres días el arreglarlo. Lo que estuvo bien y fue de primera, porque ellos no sabían si hacían falta o no tres días para hacerlo. Si les hubiese dicho que se trataba de la cabeza de un perno, habría dado el mismo resultado.

Ahora me sentía bastante cómodo por una parte y bastante incómodo por otra. Hacer de Tom Sawyer era algo cómodo y sencillo. Y siguió siendo cómodo y sencillo hasta que oí la máquina de un vapor que bajaba por el río. Entonces me dije: ¿y si viene Tom Sawyer en ese barco? ¿Y si se planta aquí, de un momento a otro, y me llama por mi nombre sin darme tiempo a hacerle una seña para que se calle?

Bueno, pues no podía consentir que fuera así, de ningún modo. Era preciso que saliera por el camino a interceptarle. De modo que dije a la familia que iría a la población a buscar el equipaje. El anciano quería acompañarme, pero rehusé; podía conducir yo solo el caballo y le rogué que no se molestase.

XXXIII

EL TRISTE FINAL DE LA REALEZA

De modo que salí con el carro para la población y, cuando había recorrido medio camino, vi que se acercaba otro carro y, en efecto, era Tom Sawyer. Me paré y le dejé llegar.

Dije: «¡Alto!», y se paró a mi lado y Tom abrió una boca de a palmo y se quedó así. Y tragó saliva dos o tres veces, como quien tiene muy seca la garganta, y después dijo:

—Nunca te hice ningún daño y bien lo sabes. De modo que ¿por qué vuelves a atormentarme?

Yo dije:

—No vuelvo… Nunca me he ido.

Cuando oyó mi voz se tranquilizó un poco, pero aún no las tenía todas consigo. Dijo:

—No me hagas ninguna jugarreta, porque yo no te la haría a ti. ¿Palabra que no eres un fantasma?

—Palabra que no lo soy.

—Pues yo… yo… bueno, eso debiera bastar, claro está, pero no sé por qué no acabo de entenderlo. Escucha: ¿es que no te asesinaron de ningún modo después de todo?

—No, no me asesinaron de ningún modo… Les hice una jugarreta. Ven aquí y tócame si no me crees.

De modo que lo hizo, y se convenció. Y tanto se alegró de verme que no sabía qué hacer. Y enseguida quería que se lo contara todo, porque era una gran aventura, y misteriosa, de las que a él le gustan. Pero yo le dije:

—Lo dejaremos para más adelante.

Y le dijimos al que guiaba el carro que esperara, y nos apartamos un poco, y le expliqué el lío en que estaba metido, y le pregunté qué era lo que él creía que debíamos hacer. Me dijo que le dejara un momento y que no le molestase. De modo que pensó y al poco rato dijo:

—Ya está, no te apures. Te llevas mi baúl y haces como que es tuyo. Das la vuelta y te entretienes por el camino para estar de regreso a casa a la hora que debieras. Yo retrocederé un poco hacia la población y después volveré otra vez y llegaré a casa un cuarto o media hora después que tú. Y al principio debes hacer como si no me conocieras.

Yo dije:

—Bueno, pero espera un poco. Aún hay más… Algo que solo sé yo. Y es que aquí hay un negro a quien quiero robar para librarle de la esclavitud… Y se llama Jim… el Jim de la señorita Watson.

Él dijo:

—¿Cómo? ¡Pero si Jim es…!

Calló y se puso a pensar. Yo dije:

—Yo sé lo que vas a decir. Dirás que es una bajeza, pero ¿qué importa que lo sea? Yo soy bajo. Y voy a robarle, y te pido que te calles y no me descubras. ¿Lo harás?

Brillaron sus ojos y dijo:

—¡Yo te ayudaré a robarlo!

Bueno, pues entonces lo dejé caer todo, como si me hubieran pegado un tiro. Aquellas eran las palabras más asombrosas que había oído en mi vida, y me veo obligado a reconocer que Tom Sawyer perdió mucho ante mis ojos. Solo que no podía creerlo. ¡Tom Sawyer ladrón de negros!

—¡Bah! —dije—. ¡Tú bromeas!

—No bromeo.

—Bueno, pues bromees o no, si oyes decir algo de un negro fugitivo, no te olvides de que tú no sabes una palabra de él y que yo tampoco sé nada.

Después cogimos el baúl y lo cargamos en mi carreta y él se marchó por su camino y yo por el mío. Pero, claro está, me olvidé de ir despacio, de tan contento que estaba y de tanto que iba pensando. De modo que llegué a casa demasiado pronto, con mucho, teniendo en cuenta lo largo del recorrido. El anciano estaba a la puerta y dijo:

—¡Caramba! ¡Esto es maravilloso! ¿Quién hubiera creído capaz a esta yegua de eso? Lástima que no anotáramos la hora de salida. Y no trae sudado ni un pelo… ¡Ni un pelo! ¡Hay que pasmarse! No aceptaría cien dólares por ella ahora, no sería honrado. Y sin embargo, antes la hubiese vendido por quince, convencido de que no valía más.

Fue lo único que dijo. Era el hombre más inocente y bonachón que he visto en mi vida. Pero no era extraño. Porque no era solo un estanciero, sino que también era predicador, y tenía una iglesia pequeña, de troncos, detrás de la plantación, que había hecho construir él, de su bolsillo, para iglesia y escuela, y nunca cobraba nada por sus sermones y bien que valía la pena oírlos, además. En el Sur había muchos otros estancieros-predicadores así, que hacían lo mismo.

A poco más de media hora llegó la carreta de Tom y se detuvo junto a la valla y tía Sally la vio por la ventana, porque solo estaba a unos cincuenta metros, y dijo:

—¡Caramba! ¡Alguien viene! ¿Quién será? ¡Si me parece que es forastero! Jimmy —esto, a uno de los niños—, corre a decirle a Elizabeth que ponga otro plato en la mesa.

Todos corrieron hacia la puerta delantera, porque, claro, un forastero no llega todos los años, de modo que le gana en interés a la fiebre amarilla cuando llega. Tom ya había saltado la valla y se dirigía a la casa: la carreta se retiraba por la carretera hacia el pueblo y nosotros estábamos todos apiñados a la puerta.

Tom llevaba puesto su traje de tienda y tenía público, lo que siempre era media vida para Tom Sawyer. En esas circunstancias no le costaba ningún trabajo darse la cantidad de tono apropiada. No era muchacho para cruzar aquel patio de manera sumisa, como un cordero, no, señor. Lo cruzó con calma e importancia, como un morueco. Cuando llegó ante nosotros se quitó el sombrero, con gentileza y cuidado, como si fuera la tapa de una caja que contuviera mariposas dormidas y no quisiera turbar su sueño, y dijo:

—El señor Archibald Nichols, si no me equivoco.

—No, muchacho —dijo el anciano—. Siento decirte que te ha engañado el conductor. La casa de Nichols está unas tres millas más abajo… Pasa… pasa…

Tom echó una mirada por encima del hombro, y dijo:

—Demasiado tarde… Ha desaparecido de la vista.

—Sí, se ha ido, muchacho, y tendrás que entrar y comer con nosotros. Después engancharemos y te acompañaremos a casa de Nichols.

—Oh, no puedo causarles tanta molestia. De ningún modo. Iré a pie. No me importa la distancia.

—Pero nosotros no te dejaremos ir a pie… Sería contrario a las hospitalarias costumbres del Sur. Entra.

—Sí, por favor —dijo tía Sally—; no es molestia alguna para nosotros… en absoluto. Tienes que quedarte. Hay tres millas largas de mucho polvo y no podemos dejarte ir a pie. Y además, ya les dije que pusieran otro plato cuando te vi venir, de modo que no debes darnos chasco. Pasa y haz como si estuvieras en tu propia casa.

De modo que Tom les dio las gracias de una manera cordial y magnífica, se dejó convencer y entró. Y cuando estuvo dentro dijo que era un forastero de Hicksville, Ohio, y que se llamaba William Thompson… e hizo otra reverencia.

Bueno, pues siguió hablando y hablando, inventando cosas de Hicksville y de cuantas personas de Hicksville pudo imaginar. Yo empezaba a ponerme cada vez más nervioso, preguntándome cómo podía aquello sacarme de apuros. Por fin, sin dejar de hablar, alargó el cuello y besó a tía Sally de lleno en la boca y después se arrellanó cómodamente en su asiento, para seguir hablando. Pero ella se puso en pie de un brinco y se limpió los labios con el dorso de la mano y dijo:

—¡Vaya criatura impertinente!

Pareció que a él le herían estas palabras, y dijo:

—Me sorprende usted, señora.

—¿Que te sor...? Pero ¿por quién me has tomado tú? Ganas me dan de cogerte y... Oye: ¿qué significa eso de besarme?

Él la miró humildemente, y dijo:

—No significa nada, señora. No lo hice con mala intención. Yo... yo... creí que le gustaría.

—¡Mira el majadero!... —exclamó ella, cogiendo la rueca y haciendo, al parecer, titánicos esfuerzos para no atizarle con ella—. ¿Qué te hizo suponer que me gustaría?

—Pues no lo sé. Solo que ellos... ellos... me dijeron que sí.

—Ellos te dijeron que sí. El que te lo dijo es otro que no está bien de la cabeza. En mi vida he visto cosa igual. ¿Quiénes son ellos?

—Pues... ellos... todo el mundo. Todos lo dijeron, señora.

Trabajo le costó contenerse. Y sus ojos echaron relumbres y se le crisparon los dedos como si quisiera arañarle. Y dijo:

—¿Quién es «todo el mundo»? Desembucha sus nombres... o habrá un idiota menos.

Tom se levantó, parecía angustiado; empezó a dar vueltas al sombrero, y dijo:

—Lo siento, y no me esperaba eso. Me dijeron que lo hiciera. Todos me lo dijeron. Todos decían que la besara, y aseguraban que le gustaría. Lo dijeron todos... desde el primero hasta el último. Pero lo siento, señora, y no volveré a hacerlo... De verdad que no.

—Que no, ¿eh? ¡Ya lo creo que no! ¡Pues no faltaría más!

—No señora; lo digo en serio. No volveré a hacerlo. Hasta que usted me lo pida.

—¡Hasta que yo te lo pida! ¡En mi vida he visto frescura igual! Apuesto a que serás el matusalén de los bodoques del mundo antes de que yo te lo pida… a ti, a los que sean como tú.

—La verdad —dijo él—, estoy muy sorprendido. No acabo de comprenderlo. Dijeron que le gustaría y yo creí que le gustaría. Pero…

Se interrumpió y miró lentamente a su alrededor, como si buscara por alguna parte una mirada amiga, y acabó fijando sus ojos en los del anciano, y dijo:

—¿No creía usted que le gustaría que la besase, caballero?

—Pues… no, yo… yo… Pues no, me parece que no.

Después volvió la cabeza y me miró de la misma manera a mí, y dijo:

—Tom, ¿no creías tú que tía Sally abriría los brazos y diría: «Sid Sawyer…»?

—¡Santo Dios! —exclamó ella, interrumpiéndole y brincando hacia él—. ¡Mira que engañarle a una de esa manera, so bribón!

E iba a darle un abrazo, pero él la rechazó, diciendo:

—No, hasta que me lo hayas pedido tú, no.

De modo que ella no perdió el tiempo y se lo pidió. Y le abrazó y lo besó, volvió a besarlo muchas veces, y después se lo pasó al viejo, que aprovechó lo que quedaba. Y cuando se hubieron serenado un poco otra vez, dijo ella:

—¡Señor, Señor! ¡En mi vida me he llevado una sorpresa igual! No te esperábamos a ti, sino solo a Tom. Mi hermana no me escribió que viniera nadie más que él.

—Fue porque no había la intención de que viniera ninguno más que Tom; pero yo supliqué y porfié y, a última hora, me dejó venir también a mí. De modo que, al bajar por el río, Tom y yo pensamos que sería una sorpresa de primera que él llegase aquí solo y

que más tarde yo me dejara caer por aquí fingiendo que era un forastero. Pero fue una equivocación, tía Sally. No es este un sitio sa-
ludable para forasteros.

—No…, no para críos impertinentes, Sid. Te merecías el gran
sopapo; no me había disgustado tanto desde Dios sabe cuándo…
Pero me es igual, no me importan las condiciones… Estaría dispues-
ta a soportar mil bromas como esa por tenerte aquí. ¡Hay que ver!
¡Cuando me acuerdo…! No lo niego, me he quedado petrificada
cuando me has dado ese beso.

Comimos en el ancho corredor, entre la casa y la cocina. Y en
la mesa había cosas suficientes para siete familias… y, además, todas
calientes, nada de carne fofa y dura que se ha pasado toda la noche
dentro de la alacena en un sótano húmedo y que a la mañana siguiente sabe a caníbal frío. Tío Silas bendijo la mesa con una oración
bastante larga, pero merecía la pena. Y no se enfrió nada la comida,
por añadidura, como he visto que hacen esa clase de interrupciones
muchas veces.

Estuvimos charlando durante toda la tarde, y Tom y yo no dejamos de aguzar el oído un instante, pero fue inútil: no se dijo una
palabra de ningún negro fugitivo y nosotros teníamos miedo de
intentar llevar la conversación en ese sentido. Sin embargo, aquella
noche, a la hora de cenar, uno de los niños dijo:

—Papá, ¿no podemos ir a la función Tom, Sid y yo?

—No —contestó el anciano—, me parece que no habrá función. Y si la hubiere, tampoco podríais ir vosotros. El negro fugitivo nos habló a Burton y a mí de ese escandaloso espectáculo, y
Burton dijo que se lo diría a la gente, de modo que supongo que a
estas horas esos desaprensivos vagabundos habrán sido expulsados de
la población.

¡De modo que ya estaba!… Pero yo no podía remediarlo. Tom
y yo habíamos de dormir en el mismo cuarto y cama; así pues,
como estábamos cansados, dimos las buenas noches y nos retira-
mos inmediatamente después de cenar. Salimos por la ventana, nos

deslizamos por el pararrayos y nos dirigimos al pueblo, porque no creía que nadie fuese a dar el menor aviso al rey y al duque, de modo que, si no me apresuraba y les ponía en guardia, las iban a pasar negras.

Por el camino, Tom explicó cómo se creía que había sido yo asesinado; que papá había desaparecido poco después y no se le había vuelto a ver, y que la huida de Jim había causado verdadera sensación.

Por mi parte, yo le conté todo lo de nuestros bribones del Real Nohaytal, y todo lo que tuve tiempo de contarle de nuestro viaje en balsa. Y cuando llegábamos al pueblo y nos metíamos por el centro —eran entonces las ocho y media—, apareció una turba de antorchas, dando terribles alaridos y gritos, golpeando cacharros de lata y tocando cuernos. Nos hicimos a un lado para dejarla pasar.

Cuando pasaron, vi que llevaban al rey y al duque a caballo sobre un barrote —es decir, yo sabía que eran el rey y el duque, aunque estaban cubiertos de alquitrán y plumas y no tenían nada de aspecto humano—; parecían un par de gigantescos plumeros de soldado. Bueno, pues me puse malo de mirarlos, y compadecí a aquellos pobres diablos. Parecía que no podría volver a sentir la menor animadversión contra ellos. Era algo terrible de mirar. ¡Hay que ver lo crueles que pueden ser los seres humanos unos para con los otros!

Estaba visto que no habíamos llegado a tiempo, que no podíamos hacer nada. Preguntamos a algunos rezagados y nos dijeron que todo el mundo había ido a la función con cara de inocencia, y que no habían dicho una palabra hasta que el pobre rey estuvo dando saltos sobre las tablas. Entonces uno dio la voz y los espectadores se alzaron y arremetieron contra ellos.

De modo que nos volvimos a casa, y yo no me sentía tan animado como antes, sino algo ruin, humillado y culpable, aunque yo no había hecho nada. Pero siempre sucede lo mismo. Es igual que uno obre bien o mal, la conciencia no tiene sentido común y la emprende con uno de todas formas.

Si yo tuviera un perro cobarde que solo supiera lo que sabe la conciencia de una persona, le envenenaría. Ocupa más sitio que todo lo demás que uno lleva dentro y, sin embargo, no sirve para nada. Tom Sawyer es de la misma opinión.

XXXIV

ANIMANDO A JIM

Nos callamos para ponernos a pensar. Al poco rato dijo Tom:

—Oye, Huck, ¡qué imbéciles hemos sido por no pensar antes en ello! Apuesto a que sé dónde está Jim.

—¡Qué me dices! ¿Dónde?

—En esa choza que está junto a la tolva para las cenizas. Pero oye… cuando estábamos comiendo, ¿no viste a un negro que entraba allí con comida?

—Sí.

—¿Para quién creíste que era la comida?

—No sería para un perro, supongo.

—¿Por qué?

—Porque parte de la comida era melón.

—Sí, me fijé. ¡Mira que tiene gracia que no haya pensado que un perro no come melón! Eso demuestra que al mismo tiempo uno puede ver y no ver.

—Bueno, pues el negro abrió el candado para entrar y lo cerró con llave al salir. Y cuando nos levantábamos de la mesa le dio al tío una llave… Apuesto a que es la misma llave. El melón indica hombre; el candado, prisionero. Y no es probable que haya dos prisioneros en una plantación tan pequeña y donde toda la gente es tan bondadosa y buena. Jim es el prisionero. Bueno, me alegro que lo hayamos descubierto a estilo detective. No daría un centavo por ningún otro procedimiento. Ahora, caliéntate la cabeza ideando un plan para salvar a Jim y yo haré lo mismo. Después escogeremos el mejor de los dos.

¡Qué cabeza para un niño! Si yo tuviese la cabeza de Tom no la cambiaría para ser duque, ni piloto de vapor, ni payaso de circo, ni nada que se me ocurra. Me puse a meditar un plan, pero solo por hacer algo. Ya sabía demasiado bien de dónde había de salir el plan bueno. Al poco rato dijo Tom:

—¿Estás preparado?

—Sí —contesté.

—Bueno, pues suéltalo.

—Mi plan es el siguiente —dije—: primero podemos enterarnos fácilmente si es Jim el que está ahí dentro. Después podemos volver a poner a flote mi canoa mañana por la noche e ir a buscar la balsa a la isla. Después, en cuanto se presente la primera noche oscura, le robamos la llave al viejo cuando esté acostado y escapamos río abajo en la balsa, con Jim, escondiéndonos de día y navegando por la noche, como Jim y yo hacíamos antes. ¿No va bien ese plan?

—¿Ir bien? Claro que va bien, como ratas que se pelean. Pero es demasiado fácil, no cuesta ningún trabajo. ¿De qué sirve un plan que no dé más trabajo que este? Es tan flojo como la leche de oca. Pero, Huck, ¡si eso daría tan poco que hablar como el asalto a una fábrica de jabón!

No repliqué, porque no me esperaba otra cosa; pero demasiado bien sabía yo que cuando él tuviese preparado el plan suyo, este no tendría ninguno de esos inconvenientes.

Y no los tenía. Me lo explicó y al punto comprendí que valía por quince de los míos por lo que se refiere a calidad, y que haría de Jim un hombre tan libre como mi plan y, además, quizá nos causara la muerte a todos. De modo que quedé satisfecho y dije que pusiéramos manos a la obra.

No es ahora el momento de explicar en qué consistía, porque estaba convencido de que no se conservaría el mismo mucho rato. Sabía que le añadiría modificaciones a medida que lo fuéramos desarrollando y que cada vez que tuviera ocasión le pondría más emociones. Y, en efecto, lo hizo así.

Bueno, había una cosa completamente cierta: que Tom Sawyer hablaba en serio y que, realmente, estaba dispuesto a ayudar a librar de la esclavitud al negro. Eso era lo que yo no podía acabar de comprender. He aquí un muchacho decente y bien criado, que tenía nombre que perder y familia de nombre; y era listo y nada tenía de tonto; sabio y no ignorante; bondadoso y no ruin; y, sin embargo, hele aquí con tan poco orgullo, con tan poca rectitud, con tan poco sentimiento, que se rebajaba hasta el punto de tomar parte en aquel asunto, para vergüenza de toda su familia ante los ojos del mundo entero. Yo no podía comprenderlo en absoluto.

Era terrible y comprendí que así debía decírselo y portarme de ese modo como un amigo de verdad y conseguir que abandonara el asunto y se salvara. Y sí empecé a decírselo, pero me cerró la boca, y dijo:

—¿Crees tú que no sé lo que me hago? ¿No acostumbro a saber generalmente lo que me hago?

—Sí.

—¿No dije que iba a ayudar a robar a ese negro?

—Sí.

—Pues ya estamos al cabo de la calle.

Eso fue cuanto dijo, y eso fue cuanto dije yo. Era inútil decir nada más. Porque cuando él decía que iba a hacer una cosa, la hacía siempre. Pero yo no comprendía por qué estaba dispuesto a meterse en el asunto; de modo que acabé por dejarlo y no volví a preocuparme de ello. Si se empeñaba en que fuera así, yo no podía impedirlo.

Cuando llegamos a casa, todo el edificio estaba a oscuras y en silencio, de modo que nos encaminamos hacia la choza, junto a la tolva, para examinarla. Cruzamos el patio para ver qué harían los perros. Nos conocían y no hicieron más ruido del que siempre hacen los perros del campo cuando oyen que alguien pasa de noche.

Cuando llegamos a la choza echamos una ojeada a la parte delantera y a los lados. Y por el lado que yo no conocía, que era el lado norte, encontramos el hueco de una ventana cuadrada, bastante alta, que solo estaba cerrada con una gruesa tabla clavada. Dije:

—Esto es lo que necesitamos. El agujero ese es lo bastante grande para que pueda salir Jim por él si arrancamos la tabla.

Tom dijo:

—Es tan sencillo como faltar a la escuela o jugar al tres en raya. Poco valdremos si no sabemos dar con un medio algo más complicado que ese, Huck Finn.

—Bueno, pues entonces —dije—, ¿qué te parece si aserráramos la madera para sacarle, como hice yo antes de que me asesinaran?

—Eso está algo mejor —contestó—. Es misterioso y molesto, y bueno. Pero apuesto a que podremos encontrar un medio dos veces más largo. No hay prisa, sigamos mirando a nuestro alrededor.

Entre la cabaña y la valla, por la parte posterior, había una especie de cobertizo pegado a la cabaña por el alero. Estaba hecho de tablones. Tenía la misma longitud que la choza, pero era más estrecho, no más de seis pies de anchura. La puerta estaba por el lado sur y cerrada con candado. Tom se acercó al brasero que servía para alzar la tapadera. Con él arrancó una de las armellas.

Cayó la cadena y abrimos la puerta; entramos, la cerramos, encendimos una cerilla y vimos que el cobertizo estaba construido contra la choza, pero sin tener comunicación con ella. En el suelo no había nada más que unas azadas gastadas y oxidadas, y palas, y picos, y un arado estropeado. La cerilla se apagó y salimos, volvimos a clavar la armella y la puerta quedó tan cerrada como antes. Tom estaba contentísimo.

—Ahora va bien —dijo—. Le sacaremos cavando. ¡Necesitaremos alrededor de una semana!

Nos dirigimos a la casa y yo entré por la puerta de atrás —solo hay que tirar de un cordón de cuero que levanta el picaporte; nunca cierran las puertas con llave o cerrojos—, pero eso no le parecía lo bastante romántico a Tom Sawyer. Solo le parecía bien encaramarse por el pararrayos.

Sin embargo, después de haber llegado a mitad de camino tres veces, y fracasado, y caído todas ellas, estando a punto de descalabrarse la última, creyó que no tendría más remedio que darse por vencido. No obstante, después de descansar un rato, dijo que probaría suerte una vez más, y aquella vez logró llegar hasta el final.

Por la mañana nos levantamos a punta de día y nos dirigimos a las cabañas de los negros para acariciar a los perros y ganarnos la amistad del negro que se cuidaba de Jim, si es que era Jim el que estaba encerrado. En aquel momento los negros acababan su desayuno y empezaban a marcharse al campo. Y el negro de Jim estaba llenando un cacharro de pan, carne y cosas. Y mientras los otros se marchaban, llegó la llave de la casa.

Aquel negro tenía cara de buena persona y llevaba todo el pelo atado en manojitos con hilos. Eso era para ahuyentar a las brujas. Dijo que las brujas no le dejaban vivir aquellas noches, haciéndole ver toda clase de cosas raras y oír toda clase de ruidos y palabras extrañas, y que no creía haber estado nunca tan embrujado en su vida. Se puso tan excitado y a darnos la matraca de todos sus males, que se olvidó por completo de lo que se había estado preparando para hacer. De modo que Tom dijo:

—¿Para quién es esa comida? ¿Vas a dar de comer a los perros?

El negro empezó a sonreír y la sonrisa se fue extendiendo grandemente por toda su cara, como cuando uno tira una piedra en un charco de agua. Y dijo:

—Sí, amo Sid, a un perro. Un perro curioso, además. ¿Quiere usted ir a verle?

—Sí.

Le di un codazo a Tom y le susurré:

—¿Vas a ir ahora, de madrugada? Ése no era el plan.

—No, no era el plan. Pero lo es ahora.

De modo que, maldita sea su estampa, fuimos; pero a mí no me hacía ninguna gracia. Cuando entramos, apenas pudimos ver nada, tan oscuro estaba allí dentro; pero allí estaba Jim, en efecto, y podía vernos, y gritó:

—¡Pero, Huck! ¡Y Santo Dios! ¿No es ese el señorito Tom?

Ya sabía yo que iba a pasar eso, lo esperaba. Yo no sabía qué hacer. Y si lo hubiera sabido no habría podido hacerlo. Porque el otro negro saltó:

—Pero… ¿les conoce a ustedes?

Ya podíamos ver bastante bien. Tom miró fijamente al negro, con ademán de sorpresa, y dijo:

—¿Que nos conoce quién?

—Pues este negro fugitivo.

—No creo que nos conozca; pero ¿qué es lo que le ha hecho pensar eso?

—¿Que qué me ha hecho pensar eso? ¿No ha hablado ahora mismo como si los conociera?

Tom dijo, como intrigado y desconcertado:

—Eso sí que es curioso. ¿Quién ha hablado? ¿Cuándo ha hablado? ¿Qué ha dicho?

Y se volvió a mí, con toda la tranquilidad del mundo, y dijo:

—¿Has oído tú hablar a nadie?

Claro está que solo podía contestar una sola cosa. De modo que dije:

—¡No! Yo no he oído que nadie dijera nada.

Después se volvió a Jim, y le miró de pies a cabeza, como si le viese por primera vez en su vida, y dijo:

—¿Has hablado tú?

—No, señor —contestó Jim—. Yo no he dicho nada, señor.

—¿Ni una palabra?

—No, señor, no he dicho una palabra.

—¿Nos has visto alguna vez antes?

—No, señor, que yo sepa, no.

Y Tom se volvió hacia el negro, que parecía enajenado y lleno de angustia, y dijo, con cierta severidad:

—Pero ¿qué demonios te pasa? ¿Qué te ha hecho creer que había hablado alguien?

—Oh, son las malditas brujas, amito, y quisiera estar muerto, vaya si quisiera. Siempre andan así y casi me matan de tanto como me asustan. Tenga la bondad de no decirle una palabra a nadie, señorito, o me reñirá el amo Silas, porque él asegura que no hay brujas. ¡Ojalá estuviese él aquí ahora! ¿Qué diría, entonces? Apuesto a que no encontraría manera de salirse de ello esta vez. Pero siempre pasa igual. La gente que es cerril, sigue siendo cerril. No quieren investigar nada y descubrir las cosas por sí mismas, y cuando uno las descubre y se lo dice, no quieren creerle.

Tom le dio diez centavos y dijo que no se lo diría a nadie. Y le aconsejó que comprara más hilo para atarse el pelo. Después miró a Jim y dijo:

—¿Irá tío Silas a ahorcar a este negro? Si yo atrapara a un negro que hubiese sido lo bastante desagradecido para huir, yo no le entregaría: le ahorcaría.

Y mientras el negro se acercaba a la puerta a examinar la moneda de diez centavos y darle un mordisco para ver si era buena, le dijo a Jim en un susurro:

—No digas nunca que nos conoces. Y si oyes cavar por la noche, somos nosotros. Vamos a ponerte en libertad.

Jim solo tuvo tiempo para cogernos la mano y darnos un apretón. Después regresó el negro y le dijimos que volveríamos alguna otra vez si él quería que fuésemos. Y él dijo que sí, sobre todo si era de noche, porque las brujas le asaltaban principalmente en la oscuridad y era bueno tener gente alrededor.

XXXV

PLANES SECRETOS Y TENEBROSOS

Aún faltaba cerca de una hora para desayunar, de modo que nos fuimos y nos internamos en el bosque. Porque Tom decía que necesitábamos alguna luz para ver mientras cavábamos y que una linterna da demasiada y pudiera resultar demasiado comprometedora. Lo que necesitábamos era un montón de madera podrida que llaman fosforescente, y que da un resplandor suave cuando se la pone en un lugar oscuro. Recogimos un brazado y lo escondimos entre las matas, y nos sentamos a descansar, y Tom dijo, muy satisfecho:

—¡Recanastos! Todo esto es tan fácil y tonto como pueda serlo. De modo que resulta dificilísimo idear un plan difícil. No hay vigilante al que narcotizar... Tendría que haber un vigilante. Ni siquiera hay un perro al que dar algo para que se duerma. Y ahí está Jim, sujeto por una pierna, con una cadena de diez pies de largo, a la pata de la cama. ¡Si a uno le basta con levantar la cama y quitar la cadena! Y tío Silas tan confiado. Manda la llave al negro de la cabeza de calabaza y no manda a nadie para que vigile al negro. Jim habría podido escaparse por esa ventana hace tiempo, solo que hubiera sido inútil intentar viajar con una cadena de diez pies de largo sujeta a la pierna.

»Maldita sea, Huck, ¡si es la más tonta combinación que he visto en mi vida! Se tienen que inventar todas las dificultades. Bueno, qué le vamos a hacer; tendremos que apañarnos tan bien como podamos con los materiales que tenemos a nuestra disposición. Sea como fuera, una cosa hay: es mucho más meritorio sacarle a través de un sinfín de dificultades y peligros donde la gente que tenía la obligación de proporcionarlos no ha puesto ni uno y donde uno mismo se los ha tenido que inventar todos.

»Por ejemplo, fíjate en la linterna. Si examinamos los hechos concretos, no nos queda más remedio que fingir que una linterna es peligrosa. ¡Si podríamos trabajar hasta con una procesión de antorchas si quisiéramos, creo yo! Y ahora que me acuerdo, tenemos que buscar algo con que hacer una sierra en la primera ocasión que se nos presente.

—¿Para qué queremos una sierra?

—¿Que para qué la queremos? ¿Acaso no hay que serrar la pata de la cama de Jim para quitar luego la cadena?

—Pero ¡si acabas de decir que bastaría con levantar la cama y quitar la cadena!

—¡Cuidado que tienes talento, Huck Finn! Se te ocurren los medios más infantiles de hacer las cosas. Pero ¿es que nunca has leído ningún libro?… ¿Ni el barón Trenck, ni Casanova, ni Benvenuto Cellini, ni Enrique IV, ni ninguno de esos héroes? ¿Cuándo se ha visto librar a un prisionero de una manera tan ingenua? No, los expertos en la materia sierran la pata de la cama, y la dejan así, y para que no se les descubra se tragan el serrín, y disimulan la parte serrada poniendo porquería y grasa para que el senescal de más penetrante mirada no vea señal de que ha sido serrada y crea que la pata está completamente entera. Después, la noche en que está uno preparado, le pega un puntapié a la pata y abajo va; quita la cadena, y ya está.

»No queda más que hacer que enganchar la escalera de cuerda a las almenas, bajar por ella, y en el foso romperse una pierna, porque, ¿sabes?, una escalera de cuerda es siempre diecinueve pies demasiado corta, y allí están los caballos de uno, y sus leales vasallos, y a uno le cogen, y le montan sobre la silla de un caballo y parten al galope hacia su amado Languedoc, o Navarra, o donde sea. Es magnífico, Huck. ¡Lástima que esa choza no tenga foso! Si tenemos tiempo la noche de la huida, cavaremos uno.

Yo dije:

—¿Para qué queremos un foso si vamos a sacarle por debajo de la choza?

Pero no me oyó. Se había olvidado de mí y se había olvidado de todo lo demás. Tenía la barbilla apoyada en la mano, pensando. Al poco rato exhaló un suspiro y meneó la cabeza. Después volvió a suspirar y dijo:

—No, no resultaría… No es tanta la necesidad como para eso.

—¿Para qué? —pregunté.

—Pues para serrarle la pierna a Jim.

—¡Santo Dios! ¡Si no hay necesidad en absoluto de eso! Y de todos modos, ¿para qué querías serrarle la pierna?

—Mira, algunas de las mejores autoridades en la materia lo han hecho. No podían quitarse la cadena, de modo que se cortaban la mano y la tiraban. Y una pierna sería aún más bonito. Pero tendremos que renunciar a eso. No es tanta la necesidad en este caso. Además, Jim es un negro, y no sabría hacerse cargo de que en Europa tengan tan raras costumbres. De modo que lo dejaremos. Pero hay una cosa… puede tener una escala de cuerda. Podemos rasgar nuestras sábanas y hacerle una escala estupendamente. Y se la podemos mandar dentro de un pastel. Así se hace casi siempre. Y he comido pasteles peores.

—¡Qué cosas dices, Tom Sawyer! A Jim no le sirve de nada una escala de cuerda.

—Sí que le sirve. Qué cosas dices tú. Más te vale confesar que no sabes una palabra de eso. Tiene que tener una escalera de cuerda. Todos la tienen.

—¿Qué diablos puede hacer él con ella?

—¿Hacer? Puede escondérsela en la cama, ¿no? Eso es lo que hacen todos. Y también tiene que hacerlo él. Huck, tú siempre parece que no quieres hacer nada como procede. A cada momento quieres empezar algo nuevo. Supongamos que no hace nada con ella: ¿no queda ahí, en su cama, como indicio después de haberse ido él? ¿Y crees tú que no van a necesitar pistas? ¡Claro que sí! ¿Y tú no les dejarías ninguna? Eso sí que estaría bien, ¿no te parece? ¡En mi vida he oído cosa igual!

—Bueno —dije—, si está en el reglamento, y ha de tenerla, conforme, que la tenga. Porque yo no quiero infringir ningún reglamento; pero hay una cosa, Tom Sawyer: si nos ponemos a rasgar las sábanas para hacerle a Jim una escala de cuerda, nos las tendremos que ver con tía Sally, como dos y dos son cuatro. Bueno, pues, a mi manera de ver, una escala de corteza de nogal no cuesta nada, y no estropea nada, y vale tanto para cargar un pastel y para esconderla en un jergón de paja como cualquier escalera de trapos que puedas hacer tú. Y en cuanto a Jim, él no ha tenido experiencia, de modo que le tendrá sin cuidado la clase de…

—¡Bah, Huck Finn! Si yo fuese tan ignorante como tú, me callaría, eso es lo que haría. ¿Cuándo se ha visto que un prisionero de Estado huya por una escala de nogal? ¡Es absurdo a más no poder!

—Bueno, está bien, Tom, hazlo como quieras; pero, si me has de hacer caso, me dejarás llevarme una sábana del tendedero.

Dijo que bueno. Y eso le dio otra idea y dijo:

—Coge prestada una camisa también.

—¿Para qué queremos una camisa, Tom?

—Para que Jim escriba su diario en ella.

—¡Qué diario ni qué niño muerto! Jim no sabe escribir.

—Bueno, ¿y qué importa que no sepa escribir? Puede hacer señales en la camisa, ¿no?, si le hacemos una pluma de una cuchilla de peltre o de un trozo de aro de hierro de barril.

—Pero ¡Tom! ¡Si podemos arrancarle una pluma a un ganso y hacerle una mejor y más aprisa por añadidura!

—Los prisioneros no tienen gansos en las mazmorras para poderles arrancar plumas, so tonto. Siempre hacen sus planes del trozo más duro y más difícil de trabajar, de un candelabro de bronce o alguna otra cosa así a la que puedan echar mano. Y también tardan semanas y semanas, y meses y meses en limarla, porque han de hacerlo frotándola contra la pared. Ellos no usarían una pluma de ganso aunque la tuvieran. No es lo usual.

—Bueno, pues entonces, ¿de qué le haremos la tinta?

—Muchos la hacen de herrumbre y lágrimas, pero solo los presos vulgares y las mujeres. Las mejores autoridades usan su propia sangre. Jim puede hacer eso. Y cuando quiera enviar cualquier mensajillo de esos misteriosos al mundo para hacerle saber dónde está cautivo, puede escribirlo en el fondo de un plato de lata con un tenedor y tirarlo por la ventana. Máscara de Hierro siempre hacía eso y es un sistema estupendo además.

—Jim no tiene platos de lata. Le dan la comida dentro de una cazuela.

—Eso no tiene importancia. Nosotros se lo podemos proporcionar.

—Nadie podrá leer sus platos.

—Eso no tiene nada que ver con el asunto, Huck Finn. Él no tiene que hacer más que escribir en el plato y tirarlo fuera. No es necesario que se pueda leer. ¡Si la mitad de las veces no puede leerse lo que un prisionero escribe en un plato de hojalata ni en ninguna otra parte!

—Pues entonces, ¿qué se gana con desperdiciar platos?

—Pero ¡qué narices!, si los platos no son del prisionero.

—Pero son de alguien, ¿no?

—Bueno, y si lo son, ¿qué? ¿Qué le importa al prisionero de quién…?

Se interrumpió entonces, porque oímos sonar el cuerno que llamaba para el desayuno. De modo que nos fuimos a casa.

Cuando anochecía me llevé una sábana y una camisa blanca del tendedero. Y encontré un saco viejo y las metí dentro. Y fuimos a buscar la madera fosforescente y también la metimos dentro. Yo dije que la tomábamos a préstamo, como decía papá; pero Tom dijo que eso no era tomar a préstamo: era robar.

Dijo que representábamos prisioneros, y a los prisioneros no les importa la manera de conseguir las cosas, mientras las consigan, y por eso nadie piensa mal de ellos. En un prisionero no es un crimen robar las cosas que necesita para fugarse, dijo Tom: es un derecho. De modo que, mientras representáramos ser prisioneros, teníamos perfecto derecho a robar cualquier cosa de allí que pudiera servirnos para escaparnos de la prisión.

Dijo que, si no fuéramos prisioneros, sería otra cosa, y que nadie más que una persona muy baja y ruin robaría no siendo prisionera. De modo que dijimos que robaríamos todo lo que pudiera resultarnos de utilidad. Y, sin embargo, un día después de eso me armó la gran bronca porque robé una sandía del sandiar de los negros y me la comí. Y fue y me obligó a dar diez centavos a los negros sin decirles por qué razón se los daba.

Tom dijo que lo que él quería decir era que podíamos robar cualquier cosa que necesitáramos. Bueno, dije, pues yo necesitaba la sandía. Pero él dijo que no la necesitaba para fugarme de la prisión, que esa era la diferencia. Dijo que, si la hubiese necesitado para esconder un cuchillo dentro y pasárselo de matute a Jim para que pudiera matar al senescal, habría estado bien hecho.

Y así quedó la cosa, aunque yo no vi ninguna ventaja en representar a un prisionero si tenía que ponerme a estudiar una serie de diferencias poco menos que invisibles cada vez que se me presentara la ocasión de hacerme con una sandía.

Bueno, pues, como decía, aquella mañana esperamos a que todo el mundo se hubiera puesto a trabajar y no se viese un alma por el patio. Después Tom cargó con el saco hasta el cobertizo mientras yo me quedaba a poca distancia, vigilando. Por fin salió y nos sentamos en la tinada a charlar. Dijo:

—Todo está arreglado ahora, menos lo de las herramientas, y eso se resuelve enseguida.

—¿Herramientas?

—Sí.

—Herramientas… ¿para qué?

—Pues para cavar. Supongo que no nos pondremos a hacer el agujero con los dientes, ¿verdad?

—¿No son bastante buenos esos picos estropeados y todo eso de ahí dentro para sacar a un negro? —dije.

Se volvió a mirarme y lo hizo lo bastante compasivamente para hacer llorar a cualquiera, y dijo:

—Huck Finn, ¿has oído tú alguna vez que un prisionero tuviese picos, y palas, y toda clase de adelantos modernos en el ropero para poder cavar el camino de su libertad? Y ahora te pregunto, si es que tienes algo de sensatez en tu cuerpo, ¿qué clase de probabilidades le daría eso para que resultara un héroe? Tanto valdría que le dejaran la llave y acabaran de una vez. Picos y palas… pero ¡si ni a un rey se los darían!

—Pues entonces —dije—, si no queremos picos y palas, ¿qué es lo que queremos?

—Un par de cuchillos grandes.

—¿Para sacar los cimientos de la cabaña con ellos?

—Sí.

—Eso es absurdo, Tom.

—No importa lo absurdo que sea, es la manera de hacerlo, y es la manera acostumbrada. Y yo no he oído hablar nunca de que haya otra manera, y eso que he leído todos los libros que informan sobre esas cosas. Siempre cavan con un cuchillo grande… y no en tierra, fíjate bien; generalmente lo hacen a través de roca firme. Y tardan semanas, y semanas, y semanas, y para siempre jamás. Mira, si no, a uno de esos prisioneros de la mazmorra más profunda del castillo de If, en el puerto de Marsella, que pudo fugarse cavando así. ¿Cuánto tiempo crees tú que tardó?

—No lo sé.

—Adivina.

—No lo sé. ¿Mes y medio?

—Treinta y siete años… y salió en la China. Ésa es la clase de cimientos que conviene. Ojalá los cimientos de esta fortaleza fueran de roca maciza.

—Jim no conoce a nadie en China.

—¿Qué tiene que ver eso con el asunto? Tampoco el otro conocía a nadie. Siempre te sales por la tangente. ¿Por qué no procuras no desviarte de la cuestión principal?

—Está bien… A mí no me importa dónde salga, mientras salga, y a Jim tampoco ha de importarle, seguramente. Pero, de todos modos, hay una cosa: Jim es demasiado viejo para que le saquemos cavando con un cuchillo. No durará.

—Sí que durará. Supongo que no creerás que se necesitarán treinta y siete años para socavar unos cimientos de tierra, ¿verdad?

—¿Cuánto tiempo se necesitará, Tom?

—Verás… no podemos arriesgarnos a tardar tanto como debiéramos, porque a lo mejor tío Silas no tarda en recibir noticias de Nueva Orleans. Se enterará de que Jim no es de allí. Entonces, sin duda pondrá un anuncio o algo así. Así que no podemos correr el riesgo de cavar tanto tiempo como procedería. Si hiciéramos bien las cosas, deberíamos tardar un par de años, creo yo; pero no podemos. Habiendo tanta inseguridad, yo recomiendo lo siguiente: que hagamos todo el agujero tan aprisa como podamos. Y, después, podemos fingir que hemos tardado treinta y siete años. Después, en cuanto haya alarma, podemos sacarle y alejarle a todo correr.

—Eso ya tiene un poco más de sentido común —dije—. El fingir no cuesta nada, fingir no es difícil, y, si es preciso, no me importa fingir que hemos estado trabajando ciento cincuenta años. No me costaría el menor esfuerzo en cuanto me hubiese acostumbrado. De modo que me largaré ahora mismo, a ver si puedo arramblar con un par de cuchillos grandes.

—Arrambla con tres —dijo—; necesitaremos uno para hacer una sierra.

—Tom, si no es una sugerencia antirreglamentaria e irreligiosa —dije—, hay una hoja de sierra, vieja y oxidada, allá, asomando por debajo de las tablas solapadas de la parte de detrás del ahumadero.

Puso cara de cansancio y de desánimo, y dijo:

—Es inútil intentar enseñarte nada, Huck. Corre a arramblar con los cuchillos… tres de ellos.

De modo que lo hice.

XXXVI

AYUDANDO A JIM

Cuando aquella noche supusimos que ya estaba dormido todo el mundo, nos deslizamos por el pararrayos y nos encerramos en el cobertizo, sacamos el brazado de madera fosforescente y nos pusimos a trabajar. Desembarazamos de trastos toda una longitud de cuatro o cinco pies alrededor del rollizo de abajo. Tom dijo que ahora estaba inmediatamente detrás de la cama de Jim, y que cavaríamos por debajo de ella y que, cuando hubiéramos terminado, nadie se daría cuenta desde el interior de la choza de que hubiese allí un agujero, porque la colcha de Jim colgaba casi hasta el suelo y habría que levantarla y mirar debajo para ver el agujero.

De modo que cavamos y cavamos con los cuchillos hasta cerca de medianoche. Para entonces estábamos que no podíamos más, se nos habían llenado las manos de ampollas y parecía que no habíamos adelantado nada. Por fin dije:

—Aquí no hay trabajo para treinta y siete años; hay trabajo para treinta y ocho, Tom Sawyer.

No dijo una palabra. Pero suspiró, y poco después dejó de cavar y descansó un buen rato; comprendí que estaba pensando. Por fin dijo:

—Es inútil, Huck, no saldrá bien. Si fuéramos prisioneros, saldría porque entonces tendríamos todos los años que quisiéramos y no nos correría prisa. Y solo dispondríamos de unos cuantos minutos cada día para cavar, mientras cambiaran la guardia, de modo que no se nos llenarían las manos de ampollas y podríamos seguir trabajando, año tras año, y hacerlo como es debido, pero nosotros no podemos entretenernos, tenemos que apresurarnos, no tenemos tiempo que perder. Si trabajáramos siquiera otra noche así, tendríamos que descansar toda una semana para que se nos curaran las manos… No podríamos tocar un cuchillo con ellas antes de ese tiempo.

—Pues entonces, ¿qué vamos a hacer, Tom?

—Te lo diré. No está bien, y no es moral, y me disgustaría que se supiese, pero no hay más camino que ese. Tenemos que cavar con picos y fingir que son cuchillos.

—¡Eso es hablar! —dije yo—. Cada vez tienes más sentada la cabeza, Tom Sawyer. Lo que hace falta son picos, sea moral o no lo sea. Y por mi parte, me importa un bledo la moralidad del asunto, de todas formas. Cuando estoy por robar un negro, o una sandía, o un libro de la escuela dominical, me tienen completamente sin cuidado los medios mientras lo consiga. Lo que yo quiero es mi negro; o bien, quiero mi sandía; o quiero mi libro de la escuela dominical; y si un pico es lo más apropiado, con un pico robaré el negro, la sandía o el libro, sin que me importe un ardite lo que las autoridades en la materia piensen del asunto.

—Mira —dijo—, hay excusa para usar picos y fingir en un caso como este. Si no fuera así, yo no lo aprobaría, y no consentiría que se quebrantaran las reglas… porque lo que está bien, está bien y lo que está mal, está mal, y cuando uno no es un ignorante y sabe lo que se pesca, no tiene derecho a obrar mal. Se podría tolerar que tú sacaras a Jim con el pico, sin necesidad de fingir, porque tú no sabes lo que te haces; pero no estaría bien en mí, porque yo sí sé lo que me hago. Dame un cuchillo.

Tenía el suyo a su lado, pero le entregué el mío. Lo arrojó al suelo y dijo:

—Dame un cuchillo.

Yo no sabía qué hacer exactamente, pero de pronto vi claro. Me puse a buscar entre las herramientas viejas, saqué un pico y se lo di. Él lo tomó y se puso a trabajar, sin decir una palabra.

Siempre había sido muy meticuloso. Era un esclavo de sus principios.

Entonces yo cogí una pala, y usamos el pico y la pala por turnos, y trabajamos como demonios. Así continuamos durante media hora, que era todo lo que podíamos aguantar ya en pie; pero hicimos un buen hoyo.

Al volver a casa, subí a mi cuarto y me asomé a la ventana y vi a Tom esforzándose con toda el alma para encaramarse por el pararrayos; pero no lograba ningún progreso, de tanto que le dolían las manos. Por fin dijo:

—Es inútil, no hay modo de hacerlo. ¿Qué crees tú que debo hacer? ¿No se te ocurre ninguna manera de subir?

—Sí —dije—, pero me parece que no está en el reglamento. Sube por la escalera y finge que es el pararrayos.

Y así lo hizo.

Al día siguiente Tom robó en casa seis velas de sebo y, además, una cuchara de peltre y una palmatoria de latón para hacerle unas plumas a Jim. Y yo estuve fisgoneando por los alrededores de las cabañas de los negros esperando la ocasión y robé tres platos de lata. Tom dijo que eran pocos, pero yo dije que aún serían menos los que viesen los platos que Jim tirara por la ventana porque caerían entre los hinojos y estramonios que crecían por ellos, de modo que podríamos recogerlos y devolvérselos y él volver a tirarlos otra vez. Y Tom se conformó. Después dijo:

—Ahora, lo que hay que pensar es cómo hacer llegar las cosas a manos de Jim.

—Se las podemos dar por el agujero cuando hayamos terminado de hacerlo.

Me miró con desprecio y dijo algo de que jamás se le había ocurrido a nadie idea tan estúpida, y después se puso a pensar. Al cabo de un rato dijo que tenía pensados dos o tres procedimientos, pero que aún no había necesidad de decidirse por ninguno de ellos. Dijo que primero teníamos que avisar a Jim.

Aquella noche, un poco después de las diez, nos deslizamos por el pararrayos y nos llevamos una de las velas, y escuchamos al pie de la ventana, y oímos roncar a Jim. Le tiramos la vela dentro y no se despertó. Después, empuñamos pico y pala y nos pusimos a trabajar y, al cabo de dos horas y media, quedó terminado el agujero.

Nos colamos en la cabaña por debajo de la cama de Jim, buscamos a tientas hasta encontrar la vela que habíamos tirado dentro, la encendimos, nos paramos un rato contemplando a Jim y vimos que parecía estar fuerte y sano, y después le despertamos suavemente y poco a poco. Casi se puso a llorar de tanto como se alegró de vernos, y nos llamó queridos, y todos los nombres cariñosos que se le ocurrían; y enseguida quería que le buscásemos un cortafríos para cortarle la cadena de la pierna y poder largarnos inmediatamente. Pero Tom le hizo ver que eso sería muy antirreglamentario y se sentó y le explicó nuestros planes, y le dijo que podrían modificarse en un momento, en cuanto hubiera la menor alarma, y que no había de tener el menor cuidado, porque nosotros nos encargaríamos de que se escapara seguro.

Jim dijo que se encontraba bien, y estuvimos un rato sentados charlando del pasado, y después Tom le hizo muchas preguntas, y cuando Jim le dijo que cada uno o dos días iba tío Silas a rezar con él, y que tía Sally entraba a ver si estaba cómodo y si le daban suficiente de comer, y que los dos eran muy bondadosos, Tom dijo:

—Ahora ya sé cómo arreglarlo. Te mandaremos unas cosas por medio de ellos.

Yo dije:

—No hagas eso, es una de las ideas más estúpidas que he conocido en mi vida.

Pero maldito el caso que me hizo, y siguió hablando. Era su costumbre cuando tenía trazados sus planes.

De modo que le explicó a Jim cómo iba a pasarle de contrabando una escalera de cuerda con un pastel por mediación de Nat, el negro que le llevaba la comida, y que debía estar alerta, para no descubrirse y no dejar que Nat le sorprendiera. Y pondríamos pequeñas cosas en los bolsillos de la chaqueta del tío y él debía robárselas. Y colgaríamos algo de las cintas del delantal de la tía, o si se terciaba, se las pondríamos en el bolsillo, y le dijo qué cosas serían y para qué eran.

Y le dijo que escribiera un diario en la camisa con su sangre y todo eso. Se lo dijo todo. La mayor parte de las cosas le parecieron a Jim una tontería innecesaria, pero reconoció que éramos blancos y sabíamos más que él. Y se quedó muy contento y dijo que lo haría todo tal como le había dicho Tom.

Jim tenía pipas de mazorca y abundante tabaco, y así lo pasamos por el agujero y nos fuimos a casa a acostarnos, con las manos que parecía que nos las hubiesen roído. Tom estaba de un humor excelente. Dijo que en su vida se había divertido tanto y de una forma tan intelectual. Y dijo que, si viera la manera de hacerlo, lo haríamos durar para todo lo que nos quedase de vida y dejaríamos que nuestros hijos se encargaran de sacar a Jim, porque estaba seguro de que Jim tomaría cada vez más gusto a la cosa a medida que se fuera acostumbrando a ella. Dijo que, de esa manera, podría estirarse tanto como ochenta años y se pasarían los mejores ratos del mundo. Y dijo que nos haría célebres a todos los que tuviésemos algo que ver con el asunto.

A la mañana siguiente fuimos a la tinaja y con un hacha partimos la palmatoria en pedazos manejables y Tom se los echó al bolsillo, junto con la cuchara de peltre. Después nos fuimos a las cabañas de los negros y, mientras yo cuidaba de distraer a Nat, Tom escondió un pedazo de palmatoria dentro de un pan de maíz que había en la cazuela de Jim, y acompañamos a Nat para ver cómo iba la cosa, y la cosa fue magníficamente. Por poco Jim se salta toda la dentadura, y nada hubiera podido salir mejor.

El propio Tom lo dijo. Jim hizo como si se tratara de un pedazo de piedra o alguna de esas cosas que a veces se encuentran en el pan; pero, después de eso, ya no hubo nada a que le hincase el diente sin explorarlo antes con el tenedor, por tres o cuatro sitios diferentes.

Y de pronto, mientras estábamos allí, en la penumbra, de debajo de la cama de Jim salió una pareja de perros. Y siguieron saliendo hasta que hubo once de ellos y apenas quedaba sitio allí dentro para respirar. ¡Recanastos! ¡Habíamos olvidado cerrar la puerta del cobertizo!

El negro Nat solo gritó «¡Brujas!» una vez, y se arrodilló en el suelo entre los perros, y empezó a gemir como si fuera a morirse. Tom abrió la puerta y echó un pedazo de carne de la comida de Jim al exterior y los perros corrieron a cogerlo y, en dos segundos, salió él también, y volvió a entrar, y cerró la puerta y comprendí que también había cerrado la del cobertizo.

Después se puso a trabajar con el negro, engatusándole, haciéndole mimos y preguntándole si se había creído ver algo otra vez. El negro se alzó, miró a su alrededor parpadeando, y dijo:

—Amo Sid, usted me tendrá por idiota, pero si no creo haber visto cerca de un millón de perros, o demonios, o algo, que me muera aquí mismo. De veras que sí. Amo Sid, los sentí… los sentí, amito. Me corrieron por encima. ¡Maldito sea! ¡Ojalá pudiera meter mano de una vez a una de esas brujas! Nada más que una vez… eso es todo lo que pido. Pero aún me gustaría más que me dejaran en paz… Ya lo creo que sí.

Tom dijo:

—Mira, te diré lo que yo pienso. ¿Qué es lo que les hace acudir aquí, precisamente a la hora del desayuno de este negro fugitivo? Pues el hambre: ese es el motivo. Hazles tú un pastel de bruja, eso es lo que tú debes hacer.

—Pero, cielos, amo Sid, ¿cómo he de hacerles yo un pastel de la bruja? No sé cómo se hace. Nunca había oído que hubiese pasteles de esos hasta ahora.

—Pues entonces te lo tendré que hacer yo.

—¿Lo hará usted, querido?... ¿De veras? ¡Adoraré el suelo que pise, vaya si lo haré!

—Bueno, lo haré por tratarse de ti, y por haberte portado bien con nosotros y enseñarnos al negro fugitivo. Pero tienes que andar con mucho cuidado. Cuando nos acerquemos nosotros danos la espalda, y después, pongamos lo que pongamos en la cazuela, no dejes ver que lo has visto siquiera. Y no mires cuando Jim vacíe la cazuela: pudiera ocurrir algo, aunque no sé qué. Y, sobre todo, no toques las cosas de las brujas.

—¿Tocarlas, amo Sid? Pero ¿qué está usted diciendo? No pondría un dedo sobre ellas ni por diez centenares de millares de billones de dólares.

XXXVII

JIM Y SU PASTEL DE LA BRUJA

Estaba salvado el apuro. De modo que entonces nos marchamos y fuimos al montón de basura que había en el patio posterior, donde se arrojaban botas viejas, y trapos, y botellas rotas, y cosas de hojalata estropeadas y toda clase de cachivaches inservibles, y buscamos en él y encontramos una jofaina agujereada y como pudimos tapamos los agujeros para que nos sirviera para el pastel, y con ella nos fuimos al sótano y robamos harina para llenarla, y nos fuimos a desayunar, y encontramos un par de abismales que Tom dijo que irían bien para que un prisionero escribiera su nombre y sus penas en las paredes de la mazmorra.

Uno de ellos lo dejamos en el bolsillo del delantal de tía Sally, que colgaba de una silla, y el otro lo introdujimos en la cinta del sombrero de tío Silas, que estaba sobre la mesa del despacho, pues oímos que los críos decían que papá y mamá irían aquella mañana a casa del negro fugitivo, y después nos fuimos a desayunar y Tom dejó resbalar la cuchara de peltre en el bolsillo de la chaqueta de tío Silas. Tía Sally aún no había llegado, de modo que tuvimos que esperar un poco.

Y cuando llegó, vino acalorada, y colorada y enfadada, y apenas pudo esperar a que se dijera la bendición. Después, se puso a servir café con una mano y a darle golpes con el dedal, en la cabeza, al crío que tenía más cerca. Dirigiéndose a su marido, dijo:

—He mirado por arriba, y por abajo, y no acabo de entender qué se hizo de tu otra camisa.

El corazón me dio un vuelco y empezó a hundírseme entre pulmones, hígado y demás. Quiso imitarle una corteza de pan, deslizándose garganta abajo, pero en pleno camino se tropezó con un golpe de tos y volvió a salir disparada, dándole de lleno en un ojo a uno de los críos y haciéndole enroscarse como un gusano. Soltó un chillido como un grito de guerra.

Tom cambió un poco de color y la situación se puso tan pésima durante un cuarto de minuto o así que de encontrar quien la comprara, hubiera vendido mi parte en el asunto a mitad de precio. Pero, transcurrido ese tiempo, nos sentimos bien otra vez. Es que durante un rato nos quedamos patitiesos de sorpresa. Tío Silas había dicho:

—Es muy extraño. No lo comprendo. Tengo la completa seguridad de habérmela quitado, porque…

—Porque no tienes más que una puesta. ¡Qué hombre! Yo sé que te la quitaste y lo sé por una razón mucho más firme que tu distraída memoria. Ayer estaba en el tendedero y la vi con mis propios ojos. Pero ha desaparecido, esa es la verdad, y no tendrás más remedio que ponerte una de franela encarnada hasta que tenga tiempo de hacerte otra.

»Y será la tercera que te hago en dos años. Una siempre anda de cabeza para mantenerte en camisas. Y lo que yo no acabo de comprender es qué haces de todas ellas. Podría esperarse que, a tu edad, aprenderías a tener un poco más de cuidado con ellas.

—Lo sé, Sally, y de veras que trato de tenerlo. Pero no debiera de ser mía toda la culpa, porque bien sabes que yo no las veo y nada tengo que ver con ellas como no sea durante los días que las llevo puestas. Y no creo que haya perdido nunca una camisa mientras la llevara puesta.

—No es culpa tuya si no te ha sucedido, Silas… Lo hubieses hecho si hubieras podido, creo yo. Y además, la camisa no es lo único que ha desaparecido. Falta una cuchara, y eso no es todo. Había diez y ahora solo hay nueve. A lo mejor, la ternera se ha comido la camisa, pero la ternera no se llevó la cuchara, eso es seguro.

—¡Cómo! ¿Qué más ha desaparecido, Sally?

—Han desaparecido seis velas, eso es lo que ha desaparecido. Las ratas pueden haberse llevado las velas, y supongo que así habrá sido. Lo que me extraña es que no se lleven toda la casa, cuando siempre estás diciendo que vas a tapar los agujeros y no lo haces nunca. Y si no fueran estúpidas, se dormirían sobre tu pelo, Silas... tú no te enterarías nunca. Pero no puedes culpar a las ratas de la cuchara, eso sí que lo sé.

—Bien, Sally; soy culpable y lo reconozco. He sido descuidado, pero no pasará de mañana sin que vaya a tapar esos agujeros.

—Oh, en tu lugar yo no me apresuraría tanto. Igual puede esperarse para el año que viene. ¡Matilde Angelina Araminta Phelps!

¡Paf!, era el dedal que había vuelto a entrar en acción, y la criatura sacó las manos del azucarero más que volando.

En aquel momento, se asomó la negra por el corredor y dijo:

—Ama, ha desaparecido una sábana.

—¡Una sábana! ¡Santo Dios!

—Hoy mismo taparé esos agujeros —dijo tío Silas, con cara afligida.

—Oh, ¡hazme el favor de callar! ¿Crees que las ratas se han llevado la sábana? ¿Adónde ha ido a parar, Elizabeth?

—No tengo la menor idea, señora Sally. Ayer estaba tendida a secar, pero ha desaparecido. Ya no está allí.

—Debe de estar a punto el fin del mundo. En mi vida he visto cosa igual. Una camisa, y una sábana, y una cuchara, y seis ve...

—Amita —vino a decir una chica amarillenta—, falta una palmatoria.

—¡Largo de aquí, impertinente, o te doy con la cazuela!

Bueno, estaba que echaba chispas. Empecé a buscar la ocasión; decidí escapar con disimulo y refugiarme en el bosque hasta que se hubiera calmado el temporal. Siguió rabiando sin parar, creciéndose a sus propios desplantes, mientras los demás estábamos muy sumisos y callados como muertos. Y, por fin, tío Silas, poniendo cara de tonto, sacó la cuchara de su bolsillo. Tía Sally se interrumpió, con la boca abierta y las manos en alto. En cuanto a mí, hubiera querido estar en Jerusalén o en cualquier otra parte. Pero no mucho rato, porque dijo:

—Me lo figuraba. Conque tú la tenías en el bolsillo. Y no me extrañaría que tuvieras las demás cosas ahí también. ¿Cómo ha ido a parar ahí?

—La verdad es que no lo sé, Sally —dijo él, como excusándose—; si no, ya sabes que te lo diría. Estaba estudiando el asunto de mi sermón en Hechos de los Apóstoles, capítulo diecisiete, antes del desayuno, y supongo que me la guardaría sin darme cuenta, con la intención de guardarme la Biblia. Y sin duda es así, porque en el bolsillo no tengo la Biblia; pero iré a ver, y si la Biblia está donde la tenía, sabré que no me la guardé y eso demostrará que dejé la Biblia y cogí la cuchara y…

—¡Por el amor de Dios, dejadme descansar por un momento! ¡Largaos todos de aquí y no volváis a acercaros a mí hasta que haya recobrado la tranquilidad!

Yo la hubiese oído aun cuando lo dijera para su capote, cuanto más diciéndolo a grito pelado. Y me hubiese levantado y la hubiese obedecido, aunque hubiese estado muerto. Cuando cruzábamos la sala, el anciano recogió su sombrero y el abismal cayó al suelo, y él se limitó a cogerlo sin decir palabra y dejarlo sobre la repisa de la chimenea, y salió. Tom le vio hacerlo, y se acordó de la cuchara y dijo:

—Bueno, pues es inútil mandar más cosas por su mediación: no es de confianza.

—De todos modos, nos hizo un favor con lo de la cuchara, sin saberlo, de modo que iremos nosotros y le haremos otro sin que él lo sepa… Le taparemos los agujeros de las ratas.

En el sótano había una enorme cantidad de ellos y nos costó una hora de trabajo, pero trabajamos bien y los dejamos bien taponados. De pronto, oímos pasos en la escalera, y apagamos la luz y nos escondimos. Y mira por dónde vemos aparecer a tío Silas, con una vela en una mano y un envoltorio en la otra y tan distraído como podáis imaginaros.

Empezó a recorrer el sótano, muy abstraído, mirando un agujero tras otro hasta que los hubo visitado todos. Después quedó parado unos cinco minutos, arrancando gotas de sebo de la vela y pensando. Por último, se volvió lentamente y como en sueños hacia la escalera, diciendo:

—¡Caramba, caramba! No tengo ni la menor idea de cuándo lo he hecho. Podría demostrarle ahora que yo no tengo la culpa por lo de las ratas. Pero, es igual, dejémoslo. Me parece que no serviría de nada.

Y subió así la escalera, sin dejar de hablar. Nosotros le seguimos. Era un anciano más bueno que el pan. Y sigue siéndolo todavía.

Tom estaba muy preocupado por no saber qué hacer para conseguir una cuchara, pero dijo que era necesaria, de modo que se puso a pensar. Cuando encontró la solución, me explicó la manera de hacerlo. Después fuimos a esperar cerca del cesto de las cucharas hasta que vimos venir a tía Sally. Entonces Tom empezó a contar las cucharas y a ponerlas a un lado, y yo me escondí una en la manga y Tom dijo:

—Pero, tía Sally, ¡si aún no hay más que nueve cucharas!

—Idos a jugar —dijo tía Sally— y no me molestéis. Te equivocas, yo misma las conté.

Pareció impacientarse, pero, claro está, se acercó a contarlas; cualquiera hubiese hecho lo mismo.

—¡Cielo santo! ¡Es verdad que no hay más que nueve! —dijo—. Pero, qué diantre... ¡El diablo cargue con ellas! Las contaré otra vez.

Y yo volví a poner la que tenía en la manga, y cuando acabó de contar, dijo:

—¡Malditas sean y cuánta lata dan! ¡Si hay diez ahora!

Y pareció enfadada y al mismo tiempo intrigada. Pero Tom dijo:

—Pues mira, tía, a mí me parece que no hay diez.

—Pero ¿no me has visto contarlas, cabezota?

—Ya lo sé, pero…

—Bueno, pues las volveré a contar.

De modo que volví a escamotear una y le salieron nueve, igual que la primera vez. ¡Cómo se puso! Esta vez temblaba de pies a cabeza de tan furiosa como estaba. Pero contó y volvió a contar hasta que se armó tal enredo, que a veces hasta contaba el cesto como si fuese una cuchara. Y la cuenta le salió bien tres veces, y mal otras tres. Entonces cogió la cesta, la tiró al otro extremo del cuarto e hizo blanco en el gato, que salió disparado. Y nos gritó que nos fuéramos y que la dejásemos tranquila de una vez y que si volvíamos a molestarla antes de la hora de comer nos desollaría vivos.

Y de esta manera nos hicimos con la cuchara y se la dejamos caer en el bolsillo del delantal mientras recibíamos la orden de irnos con viento fresco, y antes del mediodía Jim la tuvo perfectamente, junto con el abismal. El resultado nos dejó bastante satisfechos y Tom dijo que había valido la pena aunque nos hubiese costado dos veces más trabajo del que costó; porque dijo que, ahora, ya no podría contar bien las cucharas dos veces seguidas aunque en ello le fuera la vida. Y cuando le saliera la cuenta también se creería que las había contado mal. Y dijo que, después de quedarse mareada de tanto contar los tres días siguientes, calculaba que se daría por vencida y echaría de casa a quien le pidiese que las volviera a contar.

Aquella noche volvimos a colgar la sábana en el tendedero, y robamos otra del armario. Y nos pasamos un par de días restituyendo una y robando la otra, hasta que ya no supo cuántas sábanas tenía y dijo que le tenía sin cuidado, que no quería darse más mala sangre por eso, y que ni aun por salvar la vida volvería a contarlas; preferiría morir antes que eso.

De modo que ya estaba todo arreglado por lo que respecta a la camisa, la sábana, la cuchara y las velas, gracias a la ternera, a las ratas, y al lío que se había armado al contar. Por lo que se refiere a la palmatoria, no tenía importancia; ya pasaría con el tiempo.

Pero lo del pastel fue grande. Nos dio un trabajo imponente. Lo preparamos en el bosque y lo cocimos allí. Y al fin lo tuvimos hecho, y muy satisfactoriamente, además; pero no en un día. Y antes de acabarlo tuvimos que gastar tres jofainas llenas de harina, y casi nos quemamos por todas partes, y nos cegamos con el humo. Porque, ¿comprendéis?, solo queríamos una corteza, y no conseguimos apuntalarla bien y siempre se nos hundía. Pero, claro está, acabamos por encontrar la manera de hacerlo: guisar también la escalera dentro del pastel.

La segunda noche la pasamos con Jim, y rasgamos la sábana a tiras pequeñas, y la retorcimos juntos y, cuando aún no había amanecido, ya teníamos hecha una magnífica cuerda, con la que se hubiese podido ahorcar a una persona. Fingimos que habíamos tardado nueve meses en hacerla.

Y antes del mediodía, nos la llevamos al bosque, pero no cabía en el pastel. Como lo habíamos sacado de toda una sábana entera, había cuerda suficiente para cuarenta pasteles si hubiéramos querido, y aún habría sobrado bastante para sopa, o salchichas, o cualquier cosa que uno hubiese querido. Hubiéramos podido hacer una comida completa.

Pero no la necesitábamos. Lo único que necesitábamos era la cantidad de cuerda suficiente para un pastel, de modo que tiramos la que no nos hacía falta. No guisamos ninguno de los pasteles en la jofaina, por miedo a fundir la soldadura; pero tío Silas tenía un magnífico calentador de latón con un mango muy largo de madera que tenía en gran estima, porque había pertenecido a uno de sus antepasados que vino de Inglaterra con Guillermo el Conquistador en el *Mayflower* o en uno de esos barcos del tiempo de la nana, y lo tenía escondido en una buhardilla con otros chirimbolos y cosas de valor, no porque sirvieran para algo, porque para nada servían, sino porque eran reliquias.

Bueno, pues arramblamos con el calentador y nos lo llevamos al bosque, pero en los primeros pasteles nos falló porque no sabíamos usarlo; pero con el último dio un resultado magnífico. Lo forramos de masa, lo pusimos sobre las brasas, lo cargamos de cuerda de trapo, le pusimos una cubierta de masa, cerramos la tapa, le pusimos brasas encima, y nos quedamos a cinco pies de distancia, con el mango largo, frescos y cómodos y, al cabo de quince minutos, salió un pastel como la gloria.

Pero la persona que lo comiese tendría que tener al lado un par de barriles de mondadientes porque, si esa cuerda de trapo no se le atascaba en los dientes, yo no sé lo que me digo. Y le daría un retortijón de tripas lo bastante grande para durarle hasta que le diera por volver a comer otro igual, por añadidura.

Nat no miró cuando pusimos el pastel en la cazuela de Jim, y metimos los tres platos de lata en el fondo de la cazuela, debajo de la comida. Y de esta manera, y sin inconveniente alguno, llegó todo a manos de Jim, quien, en cuanto estuvo solo, abrió el pastel y escondió la escalera de cuerda en el jergón de paja, y marcó el dorso de un plato con el abismal, y lo tiró por la ventana.

XXXVIII

AQUÍ SE ROMPIÓ UN CORAZÓN CAUTIVO

Fue de alivio el trabajo que nos costó hacer las plumas y también la sierra. Y Jim dijo que la inscripción sería lo más duro de todo. Quiero decir la que ha de escribir el prisionero en la pared. Pero era necesaria, Tom dijo que había que hacerla. No sabía de ningún prisionero de Estado que no hubiese hecho una inscripción para que quedase y también su escudo de armas.

—Fíjate en lady Jane Grey —dijo—; fíjate en Gilford Dudley; ¡fíjate en Northumberland! Supongamos que sí hay mucho trabajo, Huck, ¿y qué?... ¿Qué vas a hacer?... ¿Cómo lo evitas?... Jim tiene que dejar su inscripción y su escudo de armas. Así lo hacen todos.

Jim dijo:

—Pero, amo Tom, ¡si yo no tengo escudo de armas! No tengo nada más que esta camisa y ya sabe que tengo que poner mi diario en ella.

—Oh, no comprendes, Jim; un escudo de armas es muy diferente.

—Bueno —dije—, pero de todos modos a Jim no le falta razón cuando dice que no tiene escudo de armas, porque no lo tiene.

—Eso ya lo sabía yo —contestó Tom—, pero apuesto a que lo tendrá antes de salir de aquí... porque va a salir bien, y sin que haya ningún fallo en sus antecedentes.

De modo que, mientras Jim y yo limábamos las plumas con una piedra cada uno, haciendo Jim la suya de latón, y yo la mía de la cuchara, Tom se puso a pensar un escudo de armas. Al cabo de un rato dijo que había pensado en tantos buenos que no sabía cuál escoger, pero que le parecía tener uno por el que se decidiría. Dijo:

—En el escudo pondremos: barra *or* en la base del cartón diestro, en la faja cruz de San Andrés morada, con un perro *couchant*, y una cadena almenada debajo de una pata en recuerdo de la esclavitud, con un cabrio sínople en un jefe dentado, y tres líneas entrantes en campo azul, parte de ello con las puntas del ombligo rampantes sobre el zigzag dentado; timbre: un negro fugitivo, sable, con su atillo al hombro sobre barra siniestra; y un par de gules como tenantes, que somos tú y yo. Divisa: *Maggiore fretta, minore atto.* Lo saqué de un libro. Quiere decir: a más prisa, menos prisas.

—¡Recanastos! —dije yo—, pero ¿qué significa lo demás?

—No hay tiempo para ocuparnos de eso, hemos de trabajar como el mismísimo demonio.

—Bueno, pero al menos —insistí—, ¿qué quiere decir «parte de ello»? ¿Qué es una faja?

—Una faja… una faja es… Tú no necesitas saber lo que es una faja. Yo te enseñaré el modo de hacerla cuando llegue el momento.

—¡Qué diablos, Tom! Bien podrías decírselo a uno. ¿Qué es una barra siniestra?

—Oh, yo no lo sé. Pero la tiene toda la nobleza.

Era así. Cuando no le quería explicar a uno una cosa, no lo hacía. Ya podías pasarte una semana tirándole de la lengua: daba igual.

Tenía resuelta la cuestión del escudo de armas, de modo que ahora se puso a resolver el resto de esa parte del asunto, que era pensar una inscripción melancólica. Dijo que Jim tenía que tenerla, como todos. Se inventó una infinidad, y las escribió en un papel, y las leyó en alta voz, así:

1. Aquí se rompió un corazón cautivo.

2. Aquí acabó la impaciencia con la triste vida de un pobre prisionero, abandonado del mundo y de los amigos.

3. Aquí estalló un corazón abrumado por la soledad, y un espíritu agotado marchó a su eterno descanso tras treinta y siete años de solitario cautiverio.

4. Aquí sin hogar y sin amigos, pereció, después de treinta y siete años de amargo cautiverio, un noble extranjero, hijo natural de Luis XIV.

La voz de Tom tembló al leerlas y poco le faltó para romper a llorar. Cuando acabó, no sabía decidir cuál tenía que grabar Jim en la pared, tan buenas eran todas. Pero por último dijo que las podría escribir todas.

Jim dijo que le costaría un año grabar tantísimas cosas en los rollizos con un clavo, y esto sin contar que no sabía hacer letras; pero Tom dijo que se las marcaría él y así no tendría más que seguir las rayas. Al poco rato dijo:

—Ahora que lo pienso, los rollizos no valen. Las mazmorras no tienen paredes de rollizos. Las inscripciones hay que hacerlas en la roca. Traeremos una roca.

Jim dijo que aún eran peor las rocas que los rollizos. Dijo que necesitaría tanto tiempo para grabarlas en una roca que no saldría nunca de allí. Pero Tom dijo que me permitiría a mí ayudarle a hacerlo. Después echó una mirada para ver cómo progresábamos Jim y yo con las plumas.

Era un trabajo muy tostón, duro y lento, y no dejaba que mis manos se curasen de sus llagas. Y apenas parecíamos adelantar nada. De modo que Tom dijo:

—Ya sé cómo arreglarlo. Necesitamos una piedra para el escudo de armas y las inscripciones melancólicas y podemos matar dos pájaros con esa misma piedra. Hay una muela muy grande allá en el aserradero. La robaremos y grabaremos en ella las inscripciones y nos servirá de paso para hacer las plumas y la sierra.

La idea no estaba mal, y la muela no tenía nada de manejable, pero decidimos acometer la empresa. Aún no era medianoche, de modo que nos fuimos al aserradero, dejando a Jim trabajando. Cogimos la muela y nos pusimos a hacerla rodar hacia casa, pero ¡era más pesada que un burro muerto! A veces, por más que hacíamos, no podíamos evitar que se cayera, y si no nos aplastó fue por puro milagro. Tom dijo que acabaría con uno de nosotros, a buen seguro, antes de que hubiéramos terminado.

Conseguimos llevarla hasta la mitad del camino, y para entonces ya estábamos completamente agotados y casi nos ahogábamos de sudor.

Saltaba a la vista que era inútil, que no había más remedio que ir a buscar a Jim. De modo que él levantó la cama, quitó la cadena de la pata, se la lió al cuello y salimos por el agujero, y volvimos a donde habíamos dejado la piedra. Jim y yo le metimos mano a la muela y la hicimos rodar como si nada. Y Tom hizo de superintendente. Como superintendente daba ciento y raya a cuantos muchachos he conocido. Sabía hacerlo todo.

Nuestro agujero era bastante grande, pero no lo bastante para dejar pasar la muela. Jim cogió el pico y enseguida lo ensanchó lo suficiente. Después Tom señaló en la muela todo lo que habíamos de grabar nosotros, y puso a Jim a trabajar con un clavo por cincel y un perno de hierro sacado del montón de la basura por martillo. Le dijo que trabajara hasta que se gastase lo que quedaba de la vela y que después podía acostarse y esconder la muela debajo del jergón y dormir encima. Después le ayudamos a enganchar otra vez la cadena a la pata de la cama, y también nos íbamos a dormir nosotros. Pero Tom se acordó de una cosa, y dijo:

—¿Tienes arañas aquí, Jim?

—No, señor, no tengo, amo Tom, a Dios gracias.

—Bueno, pues entonces te traeremos unas cuantas.

—Pero, querido, ¡si yo no quiero ninguna! Me dan miedo. No me asustaría más tener serpientes de cascabel por aquí.

Tom reflexionó unos instantes, y dijo:

—Es una buena idea. Y me parece que se ha hecho. Tiene que haberse hecho: es lógico. Sí, es una idea de primera. ¿Dónde podrías tenerla?

—¿Tener qué, amo Tom?

—Pues una serpiente de cascabel.

—¡Dios Santo y santa María, amo Tom! ¡Atravesaría esa pared de rollizos de un cabezazo si entrara una serpiente de cascabel aquí! ¡Vaya si lo haría!

—Pero, Jim, si al cabo de unos días ya no le tendrías ningún miedo... Podrías domesticarla.

—¡Domesticarla!

—Sí... fácilmente, no hay animal que no agradezca las muestras de cariño, las caricias, y no soñaría con hacer daño a la persona que lo acariciara. Cualquier libro te dirá eso. Tú prueba... eso es todo lo que pido. Prueba dos o tres días. ¡Si en poco tiempo puedes conseguir que te ame! Y duerma contigo. Y que no se aparte de ti ni un momento. Incluso podrás enroscártela por el cuello y dejar que meta su cabeza en tu boca.

—¡Por favor, amo Tom! ¡No diga usted eso! ¡No puedo soportarlo! Dejaría que me metiera su cabeza en la boca... como favor, ¿eh? Apuesto a que no tendría que esperar poco tiempo si yo se lo tenía que pedir. Y, es más, yo no quiero que la serpiente duerma conmigo.

—Jim, no seas majadero. Un prisionero ha de tener su animal favorito y, si nunca se ha hecho la prueba con una serpiente de cascabel, el ser el primero en probarlo te será de mayor gloria que cualquier otra manera que pudiera ocurrírsete para salvar la vida.

—Pero, amo Tom, ¡si yo no quiero ninguna gloria de estas! Si la serpiente va y me deja sin barba de un mordisco, ¿dónde está la gloria? No, señor, yo no quiero esas combinaciones.

333

—¡Maldita sea! ¿No puedes probarlo? No es necesario continuarlo si no sale bien.

—Es que la cosa ya no tendrá remedio si la serpiente me muerde mientras lo pruebe. Amo Tom, casi estoy dispuesto a probar cualquier cosa que sea razonable, pero si usted y Huck traen aquí una serpiente de cascabel para que yo la domestique, pueden ustedes estar seguros de que yo me las piro.

—Bueno, lo dejaremos, ya que eres tan tozudo lo dejaremos. Podemos conseguirte unas cuantas serpientes que no sean venenosas, y puedes atarles unos botones o anillos en la cola y fingir que son serpientes de cascabel, y eso tendrá que servir, supongo.

—Esas podría soportarlas, amo Tom, pero maldito si no estaría mucho mejor sin ellas, se lo aseguro. Hasta ahora no sabía que daba tanta murga y molestia ser prisionero.

—Siempre la da cuando se hace bien. ¿Tienes ratas por aquí?

—No, amito, no he visto ninguna.

—Bueno, pues te traeremos unas ratas.

—Pero, amo Tom, ¡si yo no quiero ratas! En mi vida he visto bichos más molestos, que más le corran por encima de uno y que más le muerdan los pies cuando se pone a dormir. No, señor, deme usted sus serpientes venenosas si no hay más remedio que tenerlas, pero no me traiga ratas; para mí están todas de más.

—Pero, Jim, ¡si tienes que tenerlas! Todos las tienen. De modo que no des la lata con eso. Nunca les faltan ratas a los prisioneros. No se da un solo caso de ello. Y las adiestran, y las miman, y les enseñan a hacer cosas, y se vuelven tan amigas como las moscas. Pero también tienes que hacerles música. ¿Tienes algo con qué tocar?

—No tengo más que un peine, un pedazo de papel y un birimbao, pero seguro que el birimbao no les llama la atención.

—Ya lo creo que sí. A ellas no les importa la clase de música que sea. Un birimbao es más que bastante para una rata. A todos los animales les gusta la música; en la cárcel o en una mazmorra se vuelven locos por ella. Sobre todo cuando se hace música triste, y no se puede hacer otra cosa con un birimbao. Siempre les interesa, salen a ver qué le pasa a uno. Sí, estás bien. Estás en buenas condiciones. Debes sentarte en la cama, por la noche, antes de dormirte, y a primera hora de la mañana, tocar el birimbao. Toca «El último eslabón se ha roto»... Eso es lo que hará acudir a una rata más aprisa que ninguna otra cosa. Y cuando estés tocando unos dos minutos, verás que todas las ratas, y las serpientes, y las arañas, y todo eso, empiezan a sentirse preocupadas por ti y acuden. Y se te echarán encima y se lo pasarán la mar de bien.

—Sí, ellas sí, seguramente, amo Tom, pero ¿cómo se lo va a pasar Jim? Maldita la gracia si le veo la punta. Pero lo haré si no hay más remedio. Será mejor que tenga contentos a los animales y no tener disgustos en casa.

Tom esperó a reflexionar para ver si se olvidaba de algo. Y no tardó mucho en decir:

—¡Ah! Me olvidaba una cosa. ¿Crees tú que podrías cultivar una flor aquí?

—No sé, pero quizá sí, amo Tom. Esto está bastante oscuro, y no necesito una flor para nada, y me daría demasiado trabajo.

—Bueno, tú lo pruebas, de todas formas. Otros prisioneros lo han hecho.

—Una de esas candelarias que parecen espadañas crecería aquí, amo Tom, creo yo; pero daría más trabajo que provecho.

—No lo creas. Te traeremos una pequeña y tú la plantas en el rincón, allí, y la cultivas. Y no la llames candelaria: llámala Pitchiola... Ese es su verdadero nombre... cuando está en una prisión. Y has de regarla con lágrimas.

—¡Pero si tengo agua de sobra, amo Tom!

—No es agua lo que le hace falta. Has de regarla con lágrimas. Siempre lo hacen así.

—Amo Tom, apuesto a que yo puedo criar una de esas candelarias dos veces con agua mientras otro empieza a criar una con lágrimas.

—No es esa la cuestión. Tienes que hacerlo con lágrimas.

—Se me morirá en las manos, amo Tom, ya lo creo que sí. Porque yo apenas lloro nunca.

De modo que Tom se quedó sin saber qué hacer. Pero reflexionó, y después dijo que Jim tendría que arreglárselas como pudiera con una cebolla. Prometió ir a escondidas a las chozas de los negros y echar una dentro de la cafetera de Jim, por la mañana.

Jim dijo que eso le gustaría tanto como que le pusieran tabaco en el café, y le sacó tantas faltas a eso, y al trabajo de cultivar la candelaria, y de tocarles el birimbao a las ratas, y de tener que mimar y adular a las serpientes, a las arañas y a todo eso, además del trabajo que tenía que hacer con plumas, inscripciones, diarios y cosas que hacían que ser prisionero fuese una molestia, una preocupación y una responsabilidad mucho mayores que ninguna otra cosa que hubiese emprendido en su vida que Tom por poco pierde la paciencia con él.

Dijo que en todo el mundo ningún otro prisionero había tenido nunca mejores oportunidades que él para hacerse famoso, y que, sin embargo, era lo bastante ignorante para no saber apreciarlas, por lo que resultaban desperdiciadas en él. De modo que Jim lo sintió, y dijo que no lo volvería a hacer más, y entonces Tom y yo nos fuimos a la cama.

XXXIX

TOM ESCRIBE ANÓNIMOS

Por la mañana nos fuimos al pueblo y compramos una ratonera de alambre y la bajamos al sótano, y destapamos el mejor agujero y, en poco más de una hora, recogimos quince ratas estupendas. Después nos llevamos la ratonera para colocarla en lugar seguro, y la dejamos debajo de la cama de tía Sally.

Pero, cuando estábamos fuera buscando arañas, el pequeño Thomas Franklin Benjamin Jefferson Alexander Phelps la encontró y la abrió para ver si las ratas saldrían, y sí que salieron. Tía Sally entró y, cuando nosotros volvimos, nos la encontramos encima de la cama, armando la de San Quintín, mientras las ratas, que al parecer eran muy inteligentes, hacían todo lo posible para que no se aburriera.

De modo que nos cogió a los dos y nos sacudió el polvo con una vara de nogal y después hubimos de pasearnos un par de horas para atrapar a otras quince o dieciséis. ¡Maldito crío! Y no eran tan bonitas, por añadidura, porque las primeras eran la flor y nata de todas ellas. En mi vida he visto unas ratas tan hermosas como las de la primera redada.

Conseguimos un estupendo surtido de arañas, insectos de todas clases, ranas, orugas y yo qué sé las cosas. Y hubiéramos querido conservar un nido de avispas, pero no pudimos. La familia estaba en casa. No nos rendimos enseguida, porque nos dijimos que las cansaríamos a ellas o nos cansarían ellas a nosotros. Bueno, pues nos cansaron ellas. Cogimos un ungüento para aliviar el dolor y nos lo frotamos por donde nos habían picado y no tardamos en estar casi bien otra vez; pero no podíamos sentarnos a nuestras anchas.

Fuimos a buscar serpientes y atrapamos como un par de docenas de especies no venenosas, y las pusimos en un saco, y las guardamos en nuestro cuarto, pero entonces era la hora de cenar y habíamos tenido un buen día de trabajo. ¡Y qué hambre teníamos!

Cuando volvimos arriba ya no había ni una serpiente. Se conoce que no habíamos atado bien el saco y se nos habían escabullido. Pero no importaba gran cosa. Aún debían de estar rondando por la casa, de modo que alguna volveríamos a pillar otra vez.

En efecto, no faltaron en casa las culebras durante una temporada. De vez en cuando se descolgaban de las vigas o de algún otro sitio. Y por regla general, aterrizaban en el plato de uno, o sobre la mesa, y la mayoría de las veces por donde uno no quería encontrarlas.

Bueno, eran bonitas, y rayadas, y ni un millón de ellas hacía daño; pero tía Sally eso no lo tenía en cuenta. Detestaba las serpientes, fueran de la raza que fuesen, y de ningún modo podía soportarlas. Y cada vez que se le caía alguna encima no importaba lo que estuviese haciendo: abandonaba en seco el trabajo y ponía pies en polvorosa. En mi vida he visto mujer igual.

Y sus gritos se oían hasta en Jericó. No había quien pudiera hacerle tocar una de ellas ni con pinzas. Y si al volverse se encontraba una en la cama, se levantaba de un brinco y pegaba un chillido que cualquiera creería que la casa estaba ardiendo. Turbaba de tal manera al anciano que este dijo que casi hubiera deseado que las culebras no se hubieran creado.

¡Si cuando ya hacía una semana que había desaparecido de casa la última serpiente aún no se había repuesto tía Sally! Ni con mucho. Cuando estaba sentada y pensaba en algo, uno no tenía más que tocarla con una pluma en la nuca para que diera un brinco fantástico. Pero Tom dijo que todas las mujeres eran así, y que estaban hechas de esa manera, Dios sabe por qué motivos.

Teníamos nuestra paliza cada vez que una de las serpientes se cruzaba en su camino, y decía que las palizas aquellas no eran nada comparado con lo que haría como volviéramos a atiborrar la casa de ellas. A mí no me importaban las zurras, porque no eran gran cosa; pero sí que me importaban las fatigas que pasamos para reunir otra remesa.

Sin embargo, conseguimos reunirlas, y todas las demás cosas también, y nunca se vio cabaña más alegre y animada que la de Jim cuando salían todos los bichos a escuchar la música y se le echaban encima. A Jim no le gustaban las arañas y a las arañas no les gustaba Jim, de modo que le acechaban y le hacían la vida imposible.

Y él decía que entre las ratas, las serpientes y la muela, apenas tenía sitio en la cama. Y cuando lo tenía, ni se podía dormir, tanta era la animación. Y animación no faltaba nunca, según él, porque ellas nunca dormían todas al mismo tiempo, sino que hacían relevos. De modo que cuando las culebras se dormían, las ratas salían a cubierta, y cuando las ratas se iban, entraban de guardia las culebras; de modo que siempre tenía una cuadrilla debajo, haciéndole la pascua, mientras otra cuadrilla hacía circo encima de él. Y si se levantaba para buscar otro sitio, las arañas le atacaban al paso. Dijo que si llegaba a salir de allí algún día, jamás volvería a ser prisionero otra vez, aunque le dieran un sueldo.

Bueno, pues cuando ya habían pasado tres semanas, todo iba bastante bien. Pronto se le mandó la camisa, dentro de un pastel, y, cada vez que una rata le mordía, Jim se levantaba y escribía un poco de su diario mientras la tinta estaba fresca. Las plumas estaban hechas; las inscripciones y demás, grabadas en la muela; la pata de la cama, aserrada, y nos habíamos tragado el serrín, y menudos retortijones tuvimos. Creímos que íbamos a morir todos, pero no fue así. Era el serrín más indigesto que en mi vida he visto. Y Tom dijo lo mismo.

Pero, como decía, ya teníamos hecho todo el trabajo, por fin, y todos estábamos bastante cansados por añadidura, y Jim sobre todo. Tío Silas había escrito un par de veces a la plantación de más abajo de Orleans, para que vinieran a recoger su negro fugitivo; no obteniendo contestación, sin embargo, porque la tal plantación no existía. De modo que decidió anunciar a Jim en los periódicos de Saint Louis y Nueva Orleans, y cuando habló de los de Saint Louis, sentí escalofríos y comprendí que no teníamos tiempo que perder. Y Tom dijo que había llegado el momento de los anónimos.

—¿Qué son anónimos? —pregunté.

—Avisos a la gente de que se trama algo. A veces se hace de una manera y a veces de otra. Pero no falta nunca el que está espiando por ahí y da el soplo al gobernador del castillo. Cuando Luis XVI iba a escaparse de las Tullerías, lo hizo una criada. Es un buen sistema, y las cartas anónimas también. Usaremos los dos. Y es corriente que la madre del prisionero cambie la ropa con él, y que se quede ella, y que él se fugue con su ropa. También haremos eso.

—Pero escucha, Tom, ¿para qué queremos avisar a nadie de que se trama algo? Que lo descubran solos, eso es cuenta suya.

—Sí, ya lo sé, pero uno no puede fiarse de eso. Fíjate cómo han obrado desde el primer momento: han dejado que nosotros lo hagamos todo. Son tan confiados y tan obtusos que no se dan cuenta de nada. De modo que si no les avisamos nosotros no habrá nada ni nadie que estorbe nuestros planes y, después de todas las molestias y de lo mucho que hemos trabajado, esta huida se hará sin pena ni gloria… No valdrá nada…

—Mira, Tom, por lo que a mí respecta, eso es lo que me gustaría.

—¡Bah! —dijo.

Y puso cara de disgusto. De modo que dije:

—Pero no pienso andar con quejas. Lo que es bueno para ti, también lo es para mí. ¿Qué vas a hacer de la criada?

—Lo serás tú. Tú cuélate a medianoche y róbale el vestido a esa chica amarilla.

—Pero, Tom, a la mañana siguiente tendremos jarana, porque es probable que no tenga más vestido que ese.

—Ya lo sé, pero solamente lo necesitas durante un cuarto de hora para llevar el anónimo y echarlo por debajo de la puerta.

—Bueno, lo haré; pero también podría llevarlo con la ropa que tengo puesta.

—Entonces no parecerías una criada.

—No, pero, de todos modos, nadie me verá cuando lo parezca.

—Eso no tiene nada que ver con el asunto. Nosotros lo que debemos hacer es cumplir con nuestra obligación y no preocuparnos de si alguien nos ve o no cumplirla. ¿Es que tú no tienes principios?

—Bueno, me callo; soy la criada. ¿Quién es la madre de Jim?

—Yo seré su madre. Le quitaré un vestido a tía Sally.

—Pues entonces tendrás que quedarte en la cabaña cuando Jim y yo nos vayamos.

—¡Quita! Rellenaré la ropa de Jim con paja y la dejaré sobre la cama para que represente a su madre disfrazada, y Jim se quedará el vestido y se lo pondrá, y nos evadiremos todos juntos. Cuando es un prisionero de importancia el que se escapa, se llama evasión. Siempre se llama así cuando es un rey el que da tornillo, por ejemplo. Y lo mismo cuando se trata del hijo de un rey: lo mismo da que sea hijo natural que todo lo contrario.

De modo que Tom escribió el anónimo, y yo me llevé aquella noche el vestido de la chica amarilla y me lo puse, y eché la carta por debajo de la puerta, tal como Tom me dijo. Y la carta decía: «¡Alerta! Algo se trama. Vigilad sin descanso. *Un amigo desconocido*».

A la noche siguiente pegamos a la puerta principal el dibujo que Tom había hecho con sangre, que figuraba una calavera y dos tibias cruzadas. Y a la otra, uno representando un ataúd en la puerta de atrás. Jamás vi tanto miedo en una familia. No hubieran podido asustarse más si la casa hubiese estado llena de fantasmas que les salieran de detrás de todo, y debajo de las camas, y poblaran el aire.

A la que una puerta golpeaba, tía Sally daba un brinco y decía «¡ay!»; si se caía algo, daba un brinco y decía «¡ay!», y si uno la tocaba cuando estaba distraída, hacía exactamente lo mismo. No estaba tranquila, se volviera hacia donde se volviese, porque se imaginaba que siempre tenía algo detrás de ella; así que no hacía más que volverse de repente y decir «¡ay!», y cuando aún no había dado las dos terceras partes de la vuelta, se volvía de pronto otra vez al punto de partida y lo decía de nuevo, y tenía miedo de acostarse, pero no se atrevía a pasar la noche en vela. De modo que la cosa marchaba sobre ruedas, según Tom; dijo que nunca había visto salir más satisfactoriamente una cosa. Dijo que eso demostraba que estaba bien hecha.

De modo que dijo: ¡ahora lo gordo! Y a la mañana siguiente, al rayar la aurora, preparamos otra carta y nos preguntamos qué debíamos hacer con ella, porque a la hora de cenar les habíamos oído decir que pondrían a un negro de guardia en cada puerta toda la noche.

Tom bajó por el pararrayos para explorar el terreno. Y encontró al negro de la puerta de atrás dormido, y le metió la carta en el cogote y volvió. La carta estaba redactada en los términos siguientes:

No me delatéis; quiero ser vuestro amigo. Una terrible banda de asesinos del Territorio Indio vendrá esta noche a robaros al negro fugitivo. Han intentado meteros miedo para que os quedéis en casa y no les molestéis.

Yo pertenezco a la banda, pero me he convertido y quiero dejarla y volver al buen camino, y descubriré sus infernales propósitos. Bajarán, sigilosamente, del norte, a lo largo de la valla, al punto de la medianoche, con una llave falsa, y entrarán en la cabaña del negro a sacarle.

Yo he de quedarme a cierta distancia y tocar un cuerno de hojalata si veo peligro; pero, en lugar de eso balaré como una oveja en cuanto hayan entrado, y de ningún modo tocaré el cuerno.

Entonces, mientras ellos estén quitándole las cadenas, acercaos y encerradles con llave, y podréis matarles a placer.

No hagan nada que no sea de la manera que yo les digo, de lo contrario sospecharán algo y se armará la gorda. No quiero más recompensa que el saber que he cumplido con mi deber.

Un amigo desconocido

XL

LA ATROPELLADA Y MAGNÍFICA FUGA

Después del desayuno estábamos bastante satisfechos y cogimos mi canoa y nos fuimos por el río, de pesca, con la comida, y lo pasamos bien, y echamos una mirada a la balsa y vimos que estaba bien, y llegamos tarde a casa para cenar.

Los encontramos allí tan angustiados y preocupados que no sabían ya si andaban de pies o de cabeza. Nos hicieron ir aprisa a la cama en cuanto acabamos de cenar y no nos quisieron decir qué pasaba, y no dijeron una palabra de la nueva carta, ni falta que hacía, puesto que nosotros sabíamos tanto de ella como el que más.

Cuando llegamos a mitad de la escalera y tía Sally volvió la espalda, nos escurrimos hacia la alacena del sótano, cargamos con una buena comida, que nos llevamos al cuarto, y nos acostamos. A eso de las once y media nos levantamos y Tom se puso el vestido de tía Sally, que había robado, e iba a salir con la comida, pero dijo:

—¿Dónde está la mantequilla?

—Puse un buen pedazo encima de una rebanada de pan de maíz.

—Pues entonces te lo dejarías puesto… Aquí no está.

—Podemos pasarnos sin ella —dije.

—Y podemos pasarnos con ella también. Ve al sótano y cógela. Y después baja por el pararrayos y vente. Yo iré a meter la paja en la ropa de Jim para que represente a su madre disfrazada y estaré preparado para balar como una oveja y largarme así que tú llegues allí.

De modo que él salió y yo bajé al sótano. El cacho de mantequilla, tan grande como un puño, estaba donde lo había dejado. Cogí la rebanada de pan de maíz con ella encima, apagué mi vela y empecé a subir la escalera con mucho tiento. Llegué a la planta baja sin ninguna dificultad, pero de pronto apareció tía Sally con una vela, y puse la mantequilla y el pan en el sombrero y me lo encasqueté todo en la cabeza, y un segundo después me vio, y dijo:

—¿Has estado en el sótano?

—Sí, señora.

—¿Qué hacías allí?

—Nada.

—¡Nada!

—Sí, señora.

—Pues entonces, ¿cómo se te ha ocurrido bajar ahí a estas horas de la noche?

—No lo sé.

—¿Que no lo sabes? No me contestes así, Tom. Quiero saber lo que has estado haciendo ahí abajo.

—No he estado haciendo nada en absoluto, tía Sally; que me hunda si no es verdad.

Creí que ahora me dejaría marchar y, generalmente, solía hacerlo en un caso así, pero supongo que estaban ocurriendo tantas cosas raras que le ponía nerviosa cualquier pequeñez que no estuviera rigurosamente en orden. De modo que dijo, muy seria:

—Tú vete a la sala y no te muevas de allí hasta que yo vuelva. Has estado haciendo algo que no debías hacer y apuesto a que sabré de qué se trata antes de que haya acabado contigo.

De modo que se fue cuando yo abrí la puerta y entré en la sala, y todo el mundo llevaba escopetas. Empecé a sentirme mal y me dirigí a una silla con el rabo entre las piernas y me senté. También estaban sentados todos ellos, hablando alguno en voz baja, y todos nerviosos e inquietos, pero haciendo como que no lo estaban. Sin embargo, yo comprendí que sí lo estaban, porque no hacían más que quitarse el sombrero y ponérselo, y rascarse la cabeza, y cambiar de asiento, y jugar con los botones de la chaqueta. Yo no estaba nada tranquilo, pero no me quité el sombrero a pesar de todo.

Estaba deseando que tía Sally volviera y acabara conmigo, y me diese unos coscorrones si quería, y me dejara largarme y decirle a Tom que habíamos llevado la cosa demasiado lejos y que era necesario que empezásemos a dejar de hacer el tonto y nos largáramos con Jim antes de que aquella gente acabase la paciencia y fuese a buscarnos.

Por fin volvió y empezó a coserme a preguntas, pero yo no podía contestarlas bien; no sabía si estaba de pies o de cabeza, porque aquellos hombres estaban ya tan impacientes, que algunos querían ir inmediatamente a prepararles una emboscada a los asesinos. Decían que faltaban ya muy pocos minutos para medianoche.

Otros trataban de contenerles y de hacerles esperar a que se oyera el balido de una oveja. Y tía Sally venga dale que te pego con las preguntas, y yo estaba temblando de pies a cabeza y a punto de caerme al suelo de tanto susto que tenía.

Además, la habitación se iba calentando más y más, y la manteca empezaba a derretirse y resbalarme por el cuello y por detrás de las orejas. Y cuando, al poco rato, uno de ellos dijo: «Yo soy partidario de que vayamos y entremos nosotros primero en la cabaña, y ahora mismo, y pillarles cuando lleguen», por poco me desmayé. Y un pringón de manteca me resbaló por la frente, y tía Sally, que lo vio, se puso más blanca que una sábana, y dijo:

—¡Dios Santo! ¿Qué le pasa a este chico? ¡Como hay Dios que tiene fiebre cerebral y se le están derritiendo los sesos!

Y todo el mundo corrió a ver, y ella me quitó el sombrero de un tirón, y salió el pan y lo que quedaba de mantequilla, y ella me cogió del brazo y dijo:

—¡Qué susto me he llevado! ¡Y cuánto me alegro y cuán agradecida estoy de que solo sea eso! Porque tenemos la suerte de espaldas y los males nunca vienen solos, y cuando vi eso creí que te habíamos perdido, porque lo conocí por el color y todo: era tal como tendrías los sesos si… ¡Señor, Señor! ¿Por qué no me dijiste que habías bajado al sótano por eso? A mí no me hubiera importado. Ahora, ¡lárgate a la cama y que yo no vuelva a verte hasta por la mañana!

En un segundo subí la escalera y en otro me deslicé por el pararrayos, y corrí en la oscuridad hacia el cobertizo. Apenas podía hablar, tan grande era mi ansiedad; pero le dije a Tom, tan aprisa como pude, que teníamos que salir volando, sin perder un instante… ¡La casa estaba llena de hombres con escopetas!

Se le iluminaron los ojos. Dijo:

—¿De veras? ¡Qué estupendo! Pero, Huck, si pudiera volver a hacerlo otra vez, ¡apuesto a que haría venir doscientos! Si pudiéramos aplazarlo hasta…

—¡Date prisa! ¡Date prisa! ¿Dónde está Jim?

—A tu lado. Puedes tocarle con solo alargar el brazo. Está vestido y todo a punto. Ahora saldremos y daremos la señal del balido.

Pero entonces oímos pasos de hombres que se acercaban a la puerta y el ruido que hacían al tocar el candado. Y uno dijo:

—Os dije que llegaríamos demasiado pronto. No han venido… La puerta está cerrada con llave. Escuchadme: unos cuantos os encerráis en la cabaña y podéis esperarles en la oscuridad y matarles cuando lleguen. Los demás os repartís por ahí y escucháis a ver si los oís venir.

De modo que entraron, pero no pudieron vernos en la oscuridad y por poco nos pisan cuando corríamos a meternos debajo de la cama. Pero pudimos hacerlo y salir rápidamente por el agujero sin hacer ruido; Jim primero, yo después y Tom el último, lo que estaba de acuerdo con las órdenes de Tom. Ahora estábamos en el cobertizo y oímos pasos muy cerca, fuera. De modo que nos desliza-

347

mos hasta la puerta y Tom nos paró allí y acercó el ojo a una rendija, pero no pudo distinguir nada, tan oscuro estaba todo.

Nos dijo muy bajo que esperaría a que los pasos se alejaran y que, cuando nos diera un codazo, Jim debía deslizarse fuera primero y el último él. De modo que aplicó el oído a la rendija y escuchó, y escuchó, y escuchó, y los pasos seguían arrastrándose por los alrededores.

Y, por último, nos dio un codazo, y salimos, y nos agachamos, conteniendo la respiración y sin hacer el menor ruido. Y nos dirigimos cautelosamente a la valla, en fila india, y llegamos a ella sin novedad, y Jim y yo la saltamos. Pero a Tom se le engancharon los pantalones en una astilla del barrote más alto y después oyó pasos que se acercaban, de modo que tuvo que dar un tirón para soltarse, lo que partió la astilla e hizo ruido. Y al aterrizar a nuestro lado, alguien gritó con voz fuerte:

—¿Quién va? ¡Contestad o disparo!

Pero no contestamos, levantamos los pies y salimos disparados. Entonces sonó una carrera y un ¡pum!, ¡pum!, ¡pum!, y las balas empezaron a silbar a nuestro alrededor.

Les oímos gritar:

—¡Ahí están! ¡Van hacia el río! ¡Tras ellos, muchachos! ¡Y soltad los perros!

Y emprendieron la persecución a todo correr. Los oíamos porque llevaban botas y daban aullidos, pero nosotros no llevábamos botas ni aullábamos. Tirábamos por el camino de la serrería y, cuando se nos acercaron demasiado, nos escondimos tras unos matorrales y los dejamos pasar de largo, y después nos pusimos a andar detrás de ellos.

Todos los perros habían sido encerrados para que no ahuyentaran a los ladrones; pero ya los había soltado alguien y se acercaban armando tanto jaleo como si fueran un millón. Sin embargo, eran nuestros perros, de modo que nos paramos en seco hasta que nos alcanzaron. Y cuando vieron que solo éramos nosotros y que no teníamos nada emocionante que ofrecerles, se limitaron a saludarnos y siguieron adelante hacia donde se oían los gritos y el ruido.

Entonces volvimos a ponernos en marcha y corrimos tras ellos hasta cerca del aserradero y después cruzamos por los matorrales hasta donde estaba amarrada mi canoa, y embarcamos y remamos como el mismísimo demonio hacia el centro del río, pero no hicimos más ruido que el absolutamente necesario.

Después remamos tranquilamente a la isla donde estaba la balsa. Y los oíamos aullar y gritarse unos a otros arriba y abajo de la ribera, hasta que estuvimos tan lejos que los sonidos se fueron apagando y dejaron de oírse por completo. Y cuando saltamos sobre la balsa, dije:

—Ahora, Jim, eres otra vez un hombre libre, y apuesto a que no volverás a ser esclavo.

—Y buena faenita ha sido, Huck. Se planeó maravillosamente y se hizo maravillosamente. Y no hay quien sea capaz de idear un plan más complicado y magnífico de lo que era ese.

Todos estábamos alegres a más no poder; pero Tom era el que estaba más contento de todos, porque llevaba una bala en la pantorrilla.

Cuando lo supimos, a Jim y a mí se nos pasó un poco la animación. La herida le estaba doliendo bastante y le sangraba. De modo que le acostamos en el cobertizo y rasgamos una de las camisas del duque para vendarle. Pero dijo:

—Dadme los trapos, lo puedo hacer yo solo. No os paréis ahora. No perdáis el tiempo por aquí cuando la evasión ha salido tan espléndidamente. ¡A los remos y a navegar! Muchachos, lo hemos hecho estupendamente. ¡A ver, si no! ¡Lástima que no nos hubiésemos encargado nosotros de Luis XVI! No habría «Hijo de San Luis, ¡asciende al cielo!» escrito en su biografía. No, señor; nos lo hubiéramos llevado al otro lado de la frontera… ¡Eso es lo que hubiésemos hecho con él!… Y con la misma habilidad que si no hubiera sido nada, por añadidura. ¡A los remos… a los remos!

Pero Jim y yo estábamos teniendo un conciliábulo y pensando. Y cuando hubimos reflexionado un minuto, yo dije:

—Dilo, Jim.

De modo que él dijo:

—Bueno, pues he aquí cómo veo yo las cosas, Huck. ¿Si hubiera sido él el que hubiese sido puesto en libertad y uno de los muchachos hubiera recibido un tiro, hubiese dicho: «Andad y salvadme y no os preocupéis de un médico para salvar a este»? ¿Es, amo Tom Sawyer, así? ¿Hubiera dicho eso? ¡Claro que no! Pues bueno, ¿lo va a decir Jim? ¡No, señor!... ¡Yo no me muevo de aquí sin un médico! ¡Así tenga que estarme cuarenta años!

Yo sabía que Jim tenía unos sentimientos muy nobles y esperaba que dijese lo que dijo, de modo que ya estaba decidido y le dije a Tom que iba a buscar a un médico. Armó la gran escandalera, pero Jim y yo nos mantuvimos en nuestros trece y no quisimos ceder. De modo que quiso salir del cobertizo arrastrándose y desamarrar él mismo la almadía, pero no le dejamos. Entonces nos soltó una bronca, pero no ganó nada.

Entonces, cuando me vio preparando la canoa, dijo:

—Bueno, pues ya que has de ir, te diré lo que has de hacer cuando llegues al pueblo. Cierra la puerta y véndale al médico los ojos bien fuerte y hazle jurar que guardará el secreto, y ponle una bolsa llena de oro en la mano, y después lo coges y le llevas por todas las callejuelas y todo eso en la oscuridad, y después lo traes aquí en canoa, dando un rodeo por entre las islas, y regístrale y quítale la tiza y no se la des hasta que le tengas otra vez en el pueblo; si no marcará con tiza la balsa para poder encontrarla de nuevo. Es lo que hacen todos.

Así dije que lo haría, y me fui, y Jim había de esconderse en el bosque cuando viera llegar al médico hasta que se hubiese marchado.

XLI

SERÍAN ESPÍRITUS

El médico era un anciano, un anciano muy amable y de bondadoso aspecto, o al menos a mí me causó esta impresión. Le dije que mi hermano y yo habíamos estado cazando en Isla Española el día anterior, por la tarde, y que habíamos acampado en los restos de una balsa que encontramos. A eso de medianoche, en sueños, debía de haberle dado un puntapié a la escopeta, porque se disparó y le dio en una pierna. Y queríamos que él fuese allí para curarle y no dijese una palabra, ni se lo contase a nadie, porque queríamos volver a casa aquella noche y dar una sorpresa a la familia.

—¿Cuál es vuestra familia? —preguntó

—Los Phelps, que viven allá abajo.

—¡Ah! —dijo.

Y después de un momento:

—¿Cómo dices que se pegó el tiro?

—Tuvo un sueño —dije—, y se pegó un tiro.

—¡Qué sueño más singular! —dijo.

De modo que encendió una linterna y tomó las alforjas de la silla de montar y nos pusimos en marcha. Pero así que vio la canoa no le gustó nada su aspecto. Dijo que sería bastante grande para uno, pero no parecía muy segura para dos. Yo dije:

—¡Oh, no tenga miedo! Pudo con los tres divinamente.

—¿Los tres?

—Pues Sid y yo, y… y… y las escopetas. Eso es lo que quiero decir.

—¡Ah! —dijo.

Puso el pie en la borda y sacudió la embarcación, y meneó la cabeza, y dijo que miraría por ahí a ver si encontraba una mayor. Pero todas estaban trabadas con cadena y candado, de modo que tomó mi canoa y me dijo que le esperara a que volviese o que yo me buscase otra embarcación, que tal vez sería mejor que me volviera a casa y les fuera preparando para la sorpresa, si quería. Pero yo dije que no. Le expliqué la manera de encontrar la balsa y se fue.

No tardé en tener una idea. Me dije: ¿y si no puede curar esa pierna en menos de un periquete, como se dice?… ¿Rondar por ahí hasta que se vaya de la lengua? No, señor. Ya sé lo que yo haré. Le esperaré y, cuando vuelva, si dice que tiene que volver allí también iré yo, así tenga que ir a nado. Y le cogeremos y le ataremos, y nos quedaremos con él, y nos iremos navegando río abajo. Y cuando Tom ya no lo necesite, le pagaremos lo que valga o todo lo que tengamos y después lo dejaremos desembarcar.

De modo que entonces me metí entre un montón de maderas a dormir un rato. Y cuando me desperté, ¡brillaba el sol por encima de mi cabeza! Salí corriendo hacia la casa del médico, pero me dijeron que se había marchado aquella noche, no sabían a qué hora, y que aún no había regresado.

Bueno, pensé yo, mala señal es esa para Tom. Me iré a la isla corriendo. De modo que eché a correr y doblé la esquina, y ¡por poco embisto a tío Silas en el estómago! Dijo:

—¡Pero, Tom! ¿Dónde has estado todo este tiempo, perillán?

—Yo no he estado en ninguna parte —dije—; no hacía más que buscar al negro fugitivo… Sid y yo.

—Pero ¿dónde diablos os fuisteis? Vuestra tía está muy intranquila.

—Pues no había por qué estarlo, porque no nos pasaba nada. Seguimos a los hombres y a los perros, pero corrieron más que nosotros y los perdimos. Nos pareció oírles por el agua, cogimos una canoa y salimos tras ellos, y cruzamos, y no supimos dar con su rastro. De modo que remamos ribera arriba y nos dormimos, y no nos despertamos hasta hace cosa de una hora. Entonces remamos hacia aquí para ver qué noticias había, y Sid está en la estafeta de correos para ver qué pesca, y yo voy a buscar algo que comer para los dos y después nos vamos a casa.

De modo que fuimos a correos a recoger a «Sid», pero, como yo me sospechaba, no estaba allí. El viejo recogió una carta y esperamos un poco más; pero Sid no apareció. Y el viejo dijo:

—Vamos, que Sid vuelva a casa a pie, o en canoa, cuando acabe de hacer el tonto por ahí, que nosotros nos vamos en carro.

No pude conseguir que me dejara quedarme para esperar a Sid. Dijo que nada se adelantaba con eso, y que tenía que irme con él para que tía Sally viera que yo estaba bien.

Cuando llegamos a casa, tía Sally se alegró tanto de verme que rió y lloró, y me abrazó, y me dio unos cuantos de esos coscorrones suyos que no tienen gran importancia, y dijo que a Sid le esperaba otro tanto cuando se presentara.

Y la casa estaba llena de estancieros, y de esposas de estancieros, que se quedaron a comer. Y en mi vida he oído comadreo semejante. La vieja señora Hotchkiss era la peor: su lengua no descansaba un solo instante. Dijo:

—Pues sí comadre Phelps, he registrado esa cabaña de cabo a rabo y me parece que el negro estaba loco. Así se lo dije a la comadre Damrell, ¿verdad, comadre Damrell? Decía, digo: está loco: esas mismas palabras dije. Ya me oísteis todos. Está tocado, decía. Todo lo demuestra, dije. Fijaos en la muela esa, decía. ¿Me diríais a mí que una persona que estuviera bien de la cabeza iba a rascar todas esas estupideces en una muela?, dije. Aquí tal y tal persona se partió el corazón. Y aquí, tal y cual fue tirando treinta y siete años y todo eso… hijo natural de Luis no-sé-quién y otras burradas por el estilo. Está loco de remate, dije. Es lo que decía primero, es lo que dije después, y es lo que digo al final y es lo que diré siempre… El negro está loco…, tan loco como Nabucodonosor, digo.

—Y fíjese en esa escalera hecha de trapos, comadre Hotchkiss —dijo la señora Damrell—, ¿qué cielos puede haber querido con…?

—Las mismísimas palabras que le estaba diciendo no hace más de un minuto a la comadre Utterback, y ella misma lo dirá. Dijo ella, digo: fíjese en esa escala de trapos, dijo. Y yo digo que dije: sí, fíjese, dije… ¿Para qué puede haberla querido?, dije. Y ella dijo, comadre Hotchkiss, dice…

—Pero ¿cómo diantre pudieron colar esa muela ahí dentro? ¿Y quién cavó ese hoyo? ¿Y quién…?

—Mis propias palabras, compadre Penrod. Le estaba yo diciendo… (pase ese plato de melaza, ¿quiere?), le estaba yo diciendo a la comadre Dunlap ahora mismo: ¿cómo metieron esa muela ahí dentro?, dije. Sin ayuda, véanlo bien… ¡sin ayuda! Ahí está la cosa. A mí no me diga, dije. Hubo ayuda, dije. Y ayuda abundante, además, dije: ha habido una docena ayudando a ese negro y yo desollaría hasta el último negro de esta casa, pero sabría quién lo había hecho, dije.

—¿Una docena, dice?… ¡Ni cuarenta hubieran podido hacer todo lo que se ha hecho! Fíjense en esas sierras de cuchillo, y eso lo que habrá costado hacerlas; fíjense en la pata de la cama, serrada con ellas, trabajo de una semana para seis hombres; fíjense en ese negro hecho de paja sobre la cama; y fíjense…

—¡Y bien que puede decirlo, compadre Hightower! Es exactamente lo que le estaba diciendo al compadre Phelps en persona. Me dijo, dice: ¿qué le parece a usted todo eso, comadre Hotchkiss?, dijo. ¿Que qué, hermano Phelps?, dije. De la pata de la cama serrada de esa manera, me dijo. ¿Opinar de ello?, dije. Dijo, digo: ella sola no se serró, dije… Alguien la serró, dije. Esa es mi opinión, le parezca bien o le parezca mal. Podrá no valer nada, dije; pero valga o no valga, esa es mi opinión, dije, y si alguien es capaz de dar una mejor, dije, que lo haga, dije, nada más. Le dije a la comadre Dunlap, dije...

—¡Qué rayos! Han de haber tenido la casa llena de negros todas las noches durante cuatro semanas para hacer todo ese trabajo, comadre Phelps. ¡Fíjese en esa camisa! ¡Toda ella cubierta de escritura africana secreta hecha en sangre! Tiene que haber habido una infinidad de ellos trabajando en eso casi todo el tiempo. Daría dos dólares porque me la leyesen, ¡que sí que los daría! Y en cuanto a los negros que la escribieron, ya les apañaría yo a zurriagazos hasta que...

—¿Gente que le ayudara, comadre Marples? ¡Vaya si lo creería usted si hubiese estado en esta casa de algún tiempo a esta parte! Pero ¡si han robado todo lo que han podido coger... y nosotros vigilando todo el tiempo, fíjese bien! ¡Del mismísimo tendedero robaron la camisa! Y en cuanto a esa sábana con que hicieron la escala, ¡Dios sabe cuántas veces no la robarían! Y la harina, y velas, y palmatorias, y cucharas, y el calentador viejo y mil cosas más que no me vienen ahora a la memoria, y mi vestido nuevo de indiana. Y Silas, y yo, y mi Sid, y mi Tom, vigilando constantemente, día y noche como les decía, y ninguno de nosotros pudo verlos en absoluto ni oír el menor ruido.

»Y después, en el último instante, mira por dónde se las piran en nuestras propias narices, y se burlan de nosotros, y no solo de nosotros, sino de los ladrones del Territorio Indio también, y hasta consiguen escapar con ese negro, sanos y salvos, y eso con dieciséis hombres y veintidós perros pisándoles los talones en aquellos momentos. Les digo que da ciento y raya a todo lo que yo haya oído contar. ¡Si no lo hubieran podido hacer mejor los espíritus ni ser más listos! Y seguramente serían espíritus... porque ustedes ya conocen a nuestros perros, que no los hay mejores. Bueno, pues esos perros ¡ni siquiera les encontraron la pista una sola vez! ¡A ver si ustedes pueden explicarme eso! ¡Cualquiera de ustedes!

—¡Eso sí que da ciento y raya a...!

—¡Santo Dios! En mi vida...

—Como hay Dios que no hubiera esta…

—Ladrones de casa además de…

—¡Cielo santo! ¡Qué miedo tendría de vivir en semejante…!

—¡Miedo de vivir! Pero ¡si yo estaba tan asustada que apenas me atrevía a acostarme, o a levantarme, o a echarme, o a sentarme, comadre Ridgeway! Pero ¡si le robarían a uno el mismísimo…! ¡Cielos! ¡Ya pueden ustedes imaginarse en qué estado me encontraría hacia la medianoche! ¡Con decirles a ustedes que tenía miedo de que robaran a uno de la familia…! ¡Había llegado a tal extremo que ni tenía ya facultades para razonar! Eso, ahora, de día, parece bastante absurdo; pero me dije: ahí están mis dos pobres niños que duermen ahí arriba, en ese cuarto tan apartado… y confieso que me sentía tan intranquila, que subí la escalera y eché la llave a su cuarto. De veras. Y cualquiera hubiese hecho lo mismo en mi lugar.

»Porque, ¿saben ustedes?, cuando una se asusta de esa manera, aún sigue la cosa, y se va poniendo cada vez peor, y se le pone tonta la sesera a una, y empieza a cometer majaderías de todas clases… una empieza a pensar: si yo fuese muchacho, y estuviese ahí arriba, y la puerta no estuviera cerrada con llave, y una…

Se interrumpió con una expresión rara, como de sorpresa, y después volvió la cabeza muy despacio, y cuando su mirada se posó en mí… me levanté y me fui a dar un paseo.

Me dije: podré explicar mucho mejor cómo es que no estábamos en el cuarto esta mañana si salgo a reflexionar un poco sobre el asunto. Así que lo hice. Pero no me atreví a irme muy lejos, porque me hubiera mandado a buscar. Y a última hora de la tarde se fueron todos, y entonces entré y le dije que con el ruido y los disparos nos habían despertado a Sid y a mí, que nos encontramos con que la puerta estaba cerrada con llave y que queríamos ver lo que pasaba, de modo que bajamos por el pararrayos y los dos nos hicimos un poco de daño, de manera que no queríamos volver a hacer eso.

Y después fui y le conté todo lo que había contado antes a tío Silas. Y ella dijo que nos perdonaría y que tal vez yo no era tan malo como ella había creído en un principio, ya que todos los críos eran bastante traviesos, por lo que ella veía. Y que, ya que la cosa no había tenido malas consecuencias, le parecía mejor emplear el tiempo en mostrarse agradecida de que estuviéramos vivos y bien, y de que nos tuviera aún, en lugar de pasar mal rato por lo que estaba hecho y ya había pasado. De modo que entonces me besó, y me dio unos capirotecitos, y se quedó ensimismada. Y no tardó en ponerse en pie de un brinco y decir:

—¡Cielo santo! ¡Si ya es casi de noche, y Sid aún no ha venido! ¿Qué ha sido de ese muchacho?

Me pareció ver una oportunidad, de modo que fui y dije:

—Me iré a buscarlo al pueblo.

—No harás tal. Te quedarás donde estás. Con uno que esté perdido, basta. Si no está aquí a la hora de cenar, irá tu tío.

Bueno, pues a la hora de cenar no estuvo, de modo que mi tío Silas se fue inmediatamente después.

Volvió cuando serían las diez, un poco inquieto. No había encontrado rastros de Tom. Tía Sally estaba muy preocupada, pero tío Silas dijo que no había motivos para ello. Son cosas de chicos, dijo, y verás cómo este aparece por la mañana sano y salvo. De modo que tuvo que conformarse. Pero dijo que de todos modos se estaría un rato levantada esperándole, y que tendría una luz encendida, para que la viera.

Después, cuando yo me fui a la cama, subió conmigo y llevó su vela, y me arropó cuidadosamente, y me trató con el mismo cariño que una madre, mimándome tanto que me sentí vil y como si no pudiera mirarle a la cara. Y se sentó en la cama y estuvo hablando conmigo un buen rato, y dijo que Sid era un buen muchacho, y parecía que no quería dejar de hablar de él nunca.

De vez en cuando me preguntaba si me parecía que pudiera haberse perdido, o haberse hecho daño, o ahogado tal vez y estar a lo mejor en aquel momento tirado en alguna parte, sufriendo o muerto, sin tenerle a ella a su lado para ayudarle. Y entonces las lágrimas le resbalaban silenciosamente por las mejillas, y yo le decía entonces que Sid estaba bien, y que seguramente estaría de vuelta en casa por la mañana. Y ella me daba un apretoncito en la mano, o me besaba, y me pedía que se lo dijese otra vez, y que siguiera diciéndolo porque le hacía bien, tan apurada estaba. Y cuando se iba a marchar, me miró a los ojos, con mucha fijeza y dulzura, y dijo:

—No estará la puerta cerrada con llave, Tom, y ahí están la ventana y el pararrayos. Pero serás bueno, ¿verdad? ¿Y no te irás? Por mí.

Bien sabe Dios que yo quería marcharme, que tenía unas ganas endiabladas de hacerlo, para ver a Tom, y mi intención era irme; pero, después de eso, no me hubiese marchado, no, ni por un reino.

No podía olvidarla a ella, y no podía olvidar a Tom, de modo que tuve un sueño agitado. Y por dos veces me deslicé por el pararrayos durante la noche, y me dirigí a la parte delantera de la casa, y allí la vi a ella sentada junto a la vela que tenía puesta en la ventana, con la mirada fija en el camino y lágrimas en los ojos.

Y hubiera querido hacer algo por ella; pero no podía hacer nada más que jurar que nunca volvería a hacer nada que la apenase. Y, la tercera vez, me desperté al amanecer, y me deslicé por el pararrayos, y ella estaba aún allí, y la vela casi se había consumido, y tenía su cabeza de plata apoyada en la mano, y estaba dormida.

XLII

POR QUÉ NO AHORCARON A JIM

El viejo volvió otra vez al pueblo antes de desayunar, pero no pudo encontrar ningún rastro de Tom. Y los dos se sentaron a la mesa, pensando, y sin decir una palabra, y con cara de tristeza, y el café se les iba quedando frío, y no comían nada. Y al cabo de un rato, el viejo dijo:

—¿Te di la carta?

—¿Qué carta?

—La que cogí ayer en correos.

—No, no me diste ninguna carta.

—Pues debo de haberme olvidado.

Y se puso a buscar en los bolsillos, y después se fue no sé adónde, al lugar en que la había dejado, y la trajo, y se la dio. Dijo ella:

—Pero ¡si es de San Petersburgo… de mi hermana!

Me pareció que no me iría mal otro paseíto, pero no pude moverme. Antes de que la tía pudiera abrir la carta, se le cayó y echó a correr, porque había visto algo. Y yo también. Era Tom Sawyer, sobre un colchón. Y el médico, y Jim, con su vestido de indiana, y las manos atadas a la espalda, y un montón de gente. Escondí la carta detrás de la primera cosa que me vino a mano y corrí.

Tía Sally se abalanzó hacia Tom, diciendo:

—¡Oh, está muerto, está muerto! ¡Sé que está muerto!

Y Tom volvió un poco la cabeza y murmuró algo que demostraba que no estaba bien de la sesera. Entonces alzó ella los brazos, y dijo:

—¡Loado sea Dios! ¡Está vivo! Y eso es bastante.

Y le dio un beso a toda prisa, y corrió a casa a preparar la cama, y empezó a dar órdenes por todas partes, a los negros y a todo el mundo, tan aprisa como pudo mover la lengua, a cada paso que daba.

Seguí a los hombres para ver qué harían de Jim. Y el médico y tío Silas entraron en casa detrás de Tom. Los hombres estaban muy furiosos y algunos hablaban de ahorcar a Jim para que sirviera de escarmiento a todos los negros de por allí, y no intentara huir ninguno como había hecho Jim, dando tanto trabajo y teniendo medio muerta de miedo a toda una familia durante días y noches. Pero los otros decían: «No lo hagáis, no resultaría; el negro no es nuestro y saldrá su dueño y nos hará pagar por él, seguro». De modo que eso les enfrió un poco, porque la gente que siempre demuestra tener más ganas de ahorcar a un negro que ha obrado mal, también es siempre la que menos ganas tiene de pagar por él cuando ha dado satisfacción a sus deseos.

Sin embargo, llenaron a Jim de improperios, y le dieron un bofetón o dos de vez en cuando; pero Jim no dijo una palabra, ni dejó ver que me conocía. Le llevaron otra vez a la misma cabaña y le vistieron con su propia ropa, y volvieron a encadenarle, pero no a la pata de la cama, sino a una armella grande clavada en el rollizo de abajo. Y también le encadenaron las manos, las piernas, y dijeron que después de eso, estaría nada más que a pan y agua hasta que viniera su dueño o fuese subastado por no haber aparecido su amo dentro de un plazo determinado.

Taparon el agujero que habíamos hecho nosotros, y dijeron que todas las noches montarían la guardia alrededor de la cabaña un par de estancieros, armados de escopetas, y que de día habría un perro dogo atado a la puerta. Para entonces, acabaron la faena aquella y estaban rematándola con una especie de rosario de insultos de despedida, cuando se acercó el médico, echó una mirada y dijo:

—No le traten ustedes más mal de lo necesario, porque no es un negro malo. Cuando llegué donde estaba el muchacho, comprendí que yo solo no podría extraerle el proyectil, y tampoco estaba en condiciones para dejarle mientras iba a buscar a alguien que me ayudase.

»Cada vez se agravaba más y más y, al cabo de un buen rato, empezó a delirar y no quería dejarme que me acercara, diciendo que si le marcaba la balsa con tiza me mataría y no sé cuántas tonterías más por el estilo. Vi que no podía hacer nada con él. De modo que dije en alta voz: es necesario que tenga ayuda.

»Aún no lo había dicho del todo, que este negro salió de no sé dónde y dijo que me ayudaría él, y me ayudó y además lo hizo perfectamente. Claro está, comprendí que se trataba de un negro fugitivo y ahí estaba yo, y ahí me tenía que quedar durante todo el santo día y la noche entera. ¡Menudo aprieto! Tenía un par de pacientes resfriados y, naturalmente, me hubiese gustado dar una vuelta por el pueblo para verles; pero no me atrevía, porque el negro podría escaparse y entonces tendría yo la culpa. Y, sin embargo, ni un mal bote se acercó lo bastante para que pudiera darle un grito.

»Y allí me tuve que quedar hasta esta mañana al amanecer. Y en mi vida he visto un negro que fuera mejor enfermero ni más fiel, y eso que le iba la libertad en ello. Además estaba derrengado. Vi claramente que había trabajado mucho en estos últimos días.

»Por eso me gustó el negro. Les digo a ustedes, señores, que un negro como este vale mil dólares, y que se le trate bien, además. Yo tenía todo lo que necesitaba y el muchacho iba tan bien allí como si se hubiese estado en casa, tal vez mejor, porque era tanta la tranquilidad. Pero allí estaba yo, cargando con los dos. Y allí me tuve que quedar hasta eso del amanecer de esta mañana.

»Entonces pasó un bote con unos hombres y quiso la suerte que el negro estuviera sentado junto al jergón, con la cabeza apoyada en las rodillas, profundamente dormido. De modo que les hice una seña para que entraran en el cobertizo sin hacer ruido, y se acercaron a él, y le cogieron y le ataron antes de que se diera cuenta de lo que estaba ocurriendo, no nos dio ningún trabajo.

»Como el muchacho también estaba sumido en una especie de letargo, amortiguamos los remos, atamos un cabo a la balsa y la remolcamos silenciosamente. El negro no hizo ningún ruido ni dijo una palabra desde el primer momento. No es un negro malo, señores; eso es lo que yo pienso de él.

Alguien dijo:

—La verdad es que suena muy bien eso, doctor; lo reconozco.

Después los demás también se calmaron un poco, y yo le quedé muy agradecido al médico por haberle hecho ese favor a Jim. Y me alegraba que estuviera de acuerdo con lo que yo pensaba de él, porque me pareció que tenía buen corazón, y que era un buen hombre, la primera vez que le vi.

Entonces todos estuvieron de acuerdo en que Jim se había portado muy bien, y que merecía que se lo tuviesen en cuenta y se lo recompensaran. De modo que todos ellos prometieron, enseguida y de corazón, que no le insultarían más.

Después salieron y le encerraron. Esperaba que dirían que iban a quitarle una o dos de las cadenas, porque eran muy pesadas; o que podría comer carne y verduras con el pan y el agua; pero no se les ocurrió pensar en eso y yo pensé que sería mejor no meterme en el asunto, sino que procurara hacer llegar la historia del médico a oídos de tía Sally de una manera o de otra en cuanto salvara los escollos que yo tenía por delante. Me refiero a las explicaciones que tendría que dar para justificar mi olvido de mencionar que Sid se había llevado un tiro aquella noche que nos pasamos remando en busca del negro fugitivo.

Pero no me apuraba el tiempo. Tía Sally no se movía del cuarto de Tom de noche ni de día, y cada vez que veía a tío Silas vagando por ahí, le esquivaba.

A la mañana siguiente supe que Tom iba mucho mejor y dijeron que tía Sally había ido a descabezar un sueño. Me fui, pues, al cuarto pensando que, si le encontraba despierto, podríamos inventar un cuento para que se lo tragara la familia. Pero dormía, y muy apaciblemente por cierto. Y con la cara pálida y ya no encendida como cuando llegó. Así pues, me senté y me puse a esperar que se despertara.

Cuando había pasado como una media hora, se presentó tía Sally y ¡ya me tenéis de nuevo en un aprieto! Me hizo una seña para que no me moviera, y se sentó a mi lado, y empezó a hablar en un susurro, y dijo que ahora podíamos estar contentos porque los síntomas eran buenos y que ya llevaba durmiendo mucho tiempo, volviéndose su cara más tranquila y mejorando su aspecto cada vez más. Y lo más probable era que se despertara bien de la cabeza.

De modo que seguimos allí, velándole, y, al cabo de un rato, se movió un poco, y abrió los ojos con naturalidad, echó una mirada y dijo:

—Hola, pero ¡si estoy en casa! ¿Cómo es eso? ¿Dónde está la balsa?

—Está bien —dije yo.

—¿Y Jim?

—Lo mismo —contesté.

Pero no pude decirlo muy animado. Sin embargo, él no se dio cuenta. Dijo:

—¡Bien! ¡Magnífico! ¡Ahora estamos bien y seguros! ¿Se lo dijiste a la tía?

Yo iba a decir que sí, pero ella intervino:

—¿Qué había de decirme, Sid? —preguntó.

—Pues la forma en que se hizo todo.

—¿Todo qué?

—Pues todo. No hay más que una cosa: cómo pusimos en libertad al negro fugitivo… Tom y yo.

—¡Dios Santo! Poner al negro fu… ¿De qué está hablando esta criatura? ¡Señor, Señor! ¡Está delirando otra vez!

—No, no estoy delirando. Sé lo que me digo. Sí que le pusimos en libertad… Tom y yo. Nos propusimos hacerlo y lo hemos conseguido.

Ya había empezado, y ella no le contuvo sino que se le quedó mirando, mirando, le dejó hablar y comprendí que era inútil que yo intentara meter baza.

—Sí, tía, nos costó una barbaridad de trabajo… semanas de trabajo… horas y horas todas las noches mientras todos dormíais. Y tuvimos que robar velas, la sábana, la camisa, tu vestido, las cucharas, los platos de hojalata, cuchillos, el calentador, la muela, la harina y qué sé yo cuántas cosas. Y no puedes imaginarte lo que costó hacer las sierras, las plumas, las inscripciones y una cosa y otra. Y no puedes formarte idea de lo divertido que fue. Y tuvimos que dibujar ataúdes y todo eso, escribir cartas anónimas como los ladrones, bajar y subir por el pararrayos, cavar el agujero hasta la cabaña, hacer la escala de cuerda y mandarla guisada en un pastel, mandar cucharas y cosas con que trabajar metidas en el bolsillo de tu delantal…

—¡Dios Santo!

—… y llenar la cabaña de ratas, culebras y todo eso para que Jim tuviera compañía. Y después entretuviste a Tom tanto tiempo aquí con la manteca en el sombrero que por poco lo echas todo a rodar, porque llegaron los hombres cuando aún no habíamos salido de la cabaña. Y tuvimos que correr, y nos oyeron, y dispararon contra nosotros, y yo me llevé lo mío. Después nos salimos del camino y les dejamos pasar de largo, y cuando llegaron los perros, nosotros no les interesamos y siguieron hacia donde oían más ruido. Y cogimos nuestra canoa y nos fuimos a la balsa, y ya estábamos seguros, y Jim era libre, y lo hicimos todo solitos. ¿Verdad que estuvo estupendo, tía?

—¡En mi vida he oído cosa semejante! ¡Conque sois vosotros, bribonzuelos, los que habéis armado ese zipizape y trastornado la cabeza a todo el mundo y casi matado a sustos a todos! ¡Ganas me vienen de hacéroslo pagar en este mismo instante! Y pensar que he estado yo aquí, noche tras noche, asus... ¡Tú a curarte, so granuja, y luego, apuesto a que os saco el demonio del cuerpo a los dos de una buena paliza!

Pero Tom estaba tan contento y reventando de orgullo que no podía contenerse y su lengua seguía dale que dale, y tía metía baza de vez en cuando, escupiendo fuego y hablando los dos a un tiempo como en un congreso de gatos. Y ella dijo:

—Bueno, tú sácale a eso toda la diversión que puedas ahora, porque, óyeme bien, como vuelva a pillarte metiéndote con él...

—¿Metiéndome con quién? —preguntó Tom, y se borró su sonrisa y puso cara de asombro.

—¿Con quién? Pues con el negro fugitivo. ¿Con quién te creías?

Tom me miró muy serio.

—Tom, ¿no me habías dicho que estaba bien? ¿No se ha escapado?

—¿Quién? ¿Él? —exclamó tía Sally—. ¿El negro fugitivo? ¡Claro que no! Le volvieron a pillar, sano y salvo; está otra vez en esa cabaña, a pan y agua, cargado de cadenas hasta que lo reclamen o sea vendido.

Tom se alzó derecho en la cama, con los ojos ardiendo y las fosas nasales se le contraían y dilataban como las agallas de un pez. Me gritó:

—¡No tienen derecho a encerrarle! ¡Corre!... ¡Y no pierdas un minuto! ¡Suéltale! No es un esclavo. ¡Es tan libre como el ser más libre que anda por la Tierra!

—¿Qué quiere decir esta criatura?

—Lo que digo, tía Sally. Todo ello, absolutamente todo. Y si no va alguien, iré yo. Le conozco de toda la vida, y Tom también. La señorita Watson murió hace dos meses, y se había avergonzado de haber querido venderle río abajo y lo dijo. De modo que en su testamento le hizo libre.

—Entonces, ¿por qué querías ponerle tú en libertad si era ya libre?

—¡Qué preguntas tienes! ¡Cómo se ve que eres mujer! Pues por la aventura. Y hubiera nadado en sangre nada más que por... ¡Cielo santo! ¡Tía Polly!

¡Recanastos! ¡Que me zurzan si no estaba allí, en la puerta, con cara tan dulce y satisfecha como un angelito que se atracase de pastel!

Tía Sally dio un salto hacia ella y casi le quitó la cabeza de un abrazo, y lloró, y yo me encontré un buen sitio debajo de la cama, porque me parecía que se estaba cargando un poco la atmósfera para nosotros. Atisbé y, al poco rato, vi que la tía Polly de Tom se desasía y miraba a Tom por encima de las gafas, como si le estuviera moliendo contra el suelo.

—¡Sí, más vale que vuelvas la cabeza...! —dijo después—. Yo lo haría en tu lugar, Tom.

—¡Señor, Señor! —exclamó tía Sally—, ¿tanto ha cambiado? Pero ¡si ese no es Tom! ¡Es Sid! Tom está... Tom está... Pero ¿dónde está Tom? ¡Hace un momento estaba aquí!

—Dónde está Huck Finn, querrás decir. No he criado yo a un tunante como mi Tom todos estos años para no conocerle cuando le veo. No faltaría más que eso. Sal de debajo de esa cama, Huck Finn.

De modo que salí. Pero sin ninguna alegría.

En mi vida he visto a persona alguna poner cara de no saber lo que se pesca como tía Sally, con una excepción: tío Silas cuando entró y se lo contaron. Le dejó borracho, como quien dice, y no se enteró de nada durante el resto del día. Y aquella noche predicó un sermón que le dio un renombre asombroso, porque ni el hombre más viejo del mundo hubiera sido capaz de comprenderlo.

De modo que la tía Polly de Tom contó quién era yo y todo eso. Y yo tuve que decir que me encontré en un apuro mayúsculo cuando la señora Phelps me tomó por Tom Sawyer —me interrumpió ella y dijo: «¡Oh!, llámame tía Sally, estoy acostumbrada ya, ahora ya no hay necesidad de cambiarlo»—, que cuando tía Sally me tomó por Tom Sawyer tuvo que aguantarlo. No cabía otro recurso, y yo sabía que a él no le importaría, porque le entusiasmaría, por ser un misterio, y lo convertiría en una aventura y estaría completamente satisfecho. Y así resultó, y él hizo creer que era Sid, y me arregló las cosas del mejor modo.

Y su tía Polly dijo que Tom tenía razón, que en su testamento la señorita Watson había dejado libre a Jim. De modo que ¡Tom Sawyer se había molestado y trabajado de aquel modo nada más que por dejar libre a un negro que ya lo era!

Hasta aquel momento y después de aquella conversación nunca había podido comprender yo cómo era posible que ayudase a poner en libertad a un negro quien se hubiera criado como Tom.

Bueno, pues tía Polly dijo que, cuando tía Sally le escribió diciendo que Tom y Sid habían llegado bien, se dijo:

—¿Habrase visto? Debí habérmelo esperado al dejarle marchar sin nadie que le vigilase. De modo que ahora tendré que danzar río abajo y averiguar qué embrollo ha estado armando esta vez ese crío, puesto que no puedo conseguir que Sally me lo diga.

—Pero ¡si no he tenido noticias tuyas! —dijo tía Sally.

—¿Es posible? ¡Si te escribí dos veces preguntándote qué querías decir con eso de que Sid estaba aquí!

—Pues yo no recibí esas cartas, hermanita.

Tía Polly dijo, muy severa:

—¡Tú, Tom!

—Bueno… ¿qué? —dijo él, como enojado.

—¡A mí no me vengas con «qués», impertinente…! Dame esas cartas.

—¿Qué cartas?

—Esas cartas. Y te aseguro que como tenga que agarrarte yo…

—Están en el baúl. Bueno, ya lo sabes. Y están exactamente igual que cuando las cogí en correos. No las he abierto, no las he tocado. Pero sabía que iban a ser causa de que hubieran aclaraciones y pensé que, si no tenías mucha prisa, las…

367

—La verdad es que mereces que te desuellen, de eso no cabe la menor duda. Y escribí otra diciéndote que venía y supongo que él…

—No, llegó ayer. No la he leído aún; pero no te preocupes, esa la tengo.

Le iba a apostar dos dólares a que no, pero pensé que tal vez sería mejor no hacerlo. Y me callé.

XLIII

NO HAY MÁS QUE ESCRIBIR

Cuando pude coger a Tom por mi cuenta, le pregunté qué idea tenía en el momento de la evasión y qué era lo que había pensado hacer si la evasión tenía éxito y dejaba libre a un negro que ya era libre antes de eso.

Y dijo que lo que tenía planeado, desde el primer momento, si podíamos sacar a Jim con bien, era que le lleváramos río abajo en la balsa y corriéramos aventuras hasta la mismísima desembocadura, y que después le diríamos que era libre y volveríamos a llevarle a casa en vapor, a todo tren, y pagarle el tiempo perdido, y antes mandar aviso y hacer salir a todos los negros de los alrededores para que le llevaran al pueblo con una procesión de antorchas y una banda de música, y entonces sería un héroe y nosotros también. Pero yo pensé que quizá las cosas habían ido mejor tal como estaban.

Enseguida le quitamos a Jim las cadenas y, cuando tía Polly, y tío Silas, y tía Sally se enteraron de lo bien que había ayudado al médico a cuidar a Tom, todo les pareció poco para él, le equiparon de primera, le dieron de comer todo lo que quiso, y se encargaron de que lo pasara bien y sin nada que hacer.

Y nosotros le hicimos subir al cuarto de Tom, y hablamos mucho rato. Y Tom le dio cuarenta dólares por haber sido prisionero y haber tenido tanta paciencia, y por hacerlo tan bien. Y Jim se puso más contento que unas pascuas, y estalló y dijo:

—¿Lo ves, Huck? ¿Qué te decía yo?… ¿Qué te dije allá, en la isla de Jackson? Te dije que tenía el pecho velludo y lo que eso significaba. Y te dije que había sido rico una vez y que iba a volver a serlo. Y ha sido verdad. ¡Y aquí está! ¿Lo estás viendo? A mí no me digas… señales son señales, fíjate bien en lo que te digo. Y estaba tan seguro de que tenía que volver a ser rico como que ahora estoy de pie aquí.

Y entonces Tom se puso a hablar y a hablar, y dijo: «Escapémonos los tres de aquí una de estas noches, y consigamos un equipo, y vayamos a correr despampanantes aventuras entre los indios, allá en el Territorio, durante un par de semanas o así». Y yo dije: «Bueno, por mí no hay inconveniente, solo que me falta dinero para comprarme el equipo. Y supongo que no podría conseguirlo de casa, porque es lo más probable que papá haya vuelto hace tiempo, y se lo haya quitado todo al juez Thatcher, y se lo haya bebido».

—¡Quita! —dijo Tom—. Está todo allí aún… seis mil dólares y más. Y tu papá no ha vuelto desde entonces. Por lo menos no había vuelto cuando yo me marché.

Jim dijo, con voz solemne:

—No volverá más, Huck.

Yo le dije:

—¿Por qué, Jim?

—No te preocupes por qué, Huck… pero no volverá más.

Sin embargo, seguí insistiendo; de modo que dijo por fin:

—¿No te acuerdas de la casa que flotaba río abajo y que allí dentro había un hombre tapado, que yo entré y le destapé y no te dejé entrar? Bueno, pues puedes recoger tu dinero cuando quieras, porque ese era él.

Tom está ya casi curado y lleva la bala colgada al cuello con una cadena de reloj, y como reloj la usa. Y siempre está mirando la hora que es. Como que ya no queda nada que escribir, y que no estoy poco contento, porque si yo hubiese sabido el tostón que resulta hacer un libro, no hubiese intentado hacerlo, y no pienso hacerlo más.

Pero me parece que voy a tener que salir de estampida para el Territorio Indio antes que los demás, porque tía Sally va a adoptarme y civilizarme y no puedo soportarlo.

Ya antes me he visto en ese caso.

FIN

SINCERAMENTE VUESTRO,

HUCK FINN

ÍNDICE